Judaskus

LINDA JANSMA

Judaskus

DE CRIME COMPAGNIE
CRÈME DE LA CRIME

Omslagontwerp Studio 100%, www.studio100procent.nl

Foto omslag Trevillion Images/ Mark Owen
Boekverzorging Michiel Niesen, ZetProducties, Haarlem
Foto auteur Vicky Keulen, PhotograVics

ISBN 978 94 6109 163 5
NUR 332

Tweede druk, 2016

Meer informatie over De Crime Compagnie op www.crimecompagnie.nl

'Nothing can drive one closer to his own insanity than a haunting memory refusing its own death'.

– DARNELLA FORD –

Dit verhaal is grotendeels ontsproten aan de fantasie van de auteur. Verwijzingen naar werkelijk bestaande mensen, gebeurtenissen, organisaties en plaatsen zijn alleen bedoeld om het verhaal extra authenticiteit te verlenen. Alle andere namen, personages, plaatsen en gebeurtenissen zijn door de auteur bedacht. Elke overeenkomst met de werkelijkheid berust op toeval.

TOEN

De Audi rijdt met hoge snelheid. Een stormachtige wind jaagt wolken langs de donkere lucht. In het licht van de koplampen is de stromende regen te zien die met vlagen op het asfalt plenst. De bomen langs de kant van de weg zijn in duisternis gehuld en strekken hun takken bijna misprijzend uit over de voortjakkerende wagen. Ondanks de vele bochten in de weg en het slechte zicht door ontbrekende straatverlichting, mindert de Audi geen vaart. De chauffeur lijkt zeker van zichzelf, laat zich niet beïnvloeden door het weer en stuurt zijn wagen onverminderd snel over de weg.

De Renault rijdt rustig. Ruitenwissers zwiepen op dubbele snelheid over de voorruit. Remlichten flakkeren bij elke bocht op, alsof de chauffeur zich ervan wil verzekeren dat de weg daarna vrij is van gevaar. Maar gevaar schuilt soms in onschuldige dingen. Zoals een vos, die na de jacht terugkeert naar zijn hol en onbevangen de weg over draaft. Zoals nu. De Renault remt uit alle macht, ontwijkt het dier op enkele centimeters en komt overdwars op de weg tot stilstand.

De Audi nadert de bocht, remt heel even, maar niet genoeg om de auto die vlak voor hem opdoemt te ontwijken. De klap die volgt is oorverdovend. Brekend glas en scheurend metaal. De wind luwt, het ruisen van de regen zwakt af, als een aankondiging van wat daarna komt: doodse stilte.

NU

Mijn leven is in gevaar. Dat wordt me elke dag duidelijker. Ik had er nooit aan moeten beginnen. Meteen moeten weigeren, ondanks de gevolgen waarmee ze dreigden. Nu kan ik niet meer terug; ze hebben me in hun macht. Meer nog dan toen.

Ik heb erover gedacht om te verdwijnen. Gewoon in mijn auto te stappen en weg te rijden, zonder zelf te weten waarheen. Of beter nog: de Afsluitdijk op en ergens halverwege de Waddenzee in, zodat er nooit meer iets van me vernomen zou worden. Dat zou veel beter zijn, voor iedereen. Alleen dat is geen optie meer. Om het op te lossen moet ik mezelf voor de wolven gooien en dat is wat ik ook ga doen. Maar omdat ik niet weet of ik het ga overleven, schrijf ik het op, in de hoop dat mijn bekentenis de vele vragen die zullen rijzen, zal beantwoorden.

Nooit had ik gedacht dat het zo ver zou komen, dat ze zouden doen waarmee ze dreigden. Toch deden ze het, eerst heel subtiel, later een stuk dwingender. Al dagenlang vreet de angst zich een weg door mijn lichaam om wat hun volgende stap zal zijn. Ik kan het niet stoppen. Misschien wíl ik het ook niet stoppen. Misschien moet ik het beschouwen als mijn straf. Want wat ik gedaan heb, toen en nu, kan ik alleen maar terugbetalen tegen de hoogste prijs.

Ik had nooit moeten toegeven. En nu is het te laat, het is niet meer terug te draaien. Het enige wat ik nog kan doen is zorgen dat het ophoudt.

Wethouder met spoed naar ziekenhuis

Leeuwarden – 15 nov. – Wethouder Harry Ritskes is zaterdagavond met spoed naar het Medisch Centrum Leeuwarden vervoerd. Tijdens het jaarlijkse Charity Galadiner in De Kanselarij, waarvan de opbrengsten geheel ten goede komen van de stichting Elk kind een veilig thuis, werd de 46-jarige ambtsdrager onwel. Wat er precies aan de hand is met Ritskes, die onlangs ook al enkele weken met ziekteverlof was, is nog niet bekend gemaakt.

I

'Life is about choices. Some we regret, some we're proud of.
We are what we chose to be.'

– GRAHAM BROWN –

-1-

BARBARA

Ferwerd | maandag 17 november

Het geluid van de telefoon deed me opschrikken en bijna liet ik het insulinepatroon vallen, dat ik net uit de koelkast van de apotheek had gepakt. Ik keek om naar het netjes opgeruimde bureau waarop behalve een telefoon en een postbakje, ook een stapeltje dossiers en drie pennen lagen. Alles wat Marcus nodig had om de dag door te komen.

Het gezoem hield aan en met een blik op de klok besloot ik maar op te nemen. Ik wist dat Marcus het niet prettig vond als ik de telefoon in de praktijk opnam. Hij was altijd bang dat er iets ernstigs aan de hand was en dat ik niet in staat was om dat het hoofd te bieden.

Ik vroeg me weleens af of hij vroeger ook zo was geweest, toen hij nog als chirurg in het Medisch Centrum Leeuwarden werkte, hoewel dat natuurlijk iets heel anders was. Daar had zijn vrouw niet rondgelopen die nul komma nul medische kennis had – behalve dan van diabetes, waar onze oudste van dertien mee behept was. Ik was blij geweest toen hij voorstelde om te verhuizen naar Ferwerd, een klein dorp in het noorden van Friesland, waar hij de huisartsenpraktijk van een vriend kon overnemen. Beter voor de kinderen, de jongste was nog maar een paar weken oud, en beter voor onze relatie, die op dat moment nogal broos was. Bovendien bood het platteland ons en de kinderen meer dan de stad. Schone lucht, veel groen, weinig criminaliteit. En al draaide Marcus naar verhouding méér uren dan hij ooit op de afdeling chirurgie van het MCL had gedaan, ik had nog geen moment spijt gehad dat we tien jaar geleden die keus gemaakt hadden.

Ik drukte de telefoon tegen mijn oor en zei: 'Met de praktijk van dokter Van Brederoo.'

Het bleef even stil aan de andere kant van de lijn, maar toen hoorde ik een mannenstem, een beetje krakerig: 'Is de dokter er niet?'

'Om kwart over acht,' zei ik.

'Ik wil... een afspraak met hem,' klonk het.

'De assistente is er nog niet,' zei ik, 'maar ik wil wel even voor u in de agenda kijken of er een plekje is.'

'Kan het vandaag nog?'

Ik liep naar het bureau van Lotte, Marcus' assistente en tevens mijn beste vriendin, en sloeg de agenda open. 'Voor vandaag staat het al helemaal vol,' zei ik, met een blik op de rij namen.

'Het is dringend,' hield de man vol.

Nogmaals liep ik de lijst door en besloot hem toen maar vlak voor de lunch in te plannen. Dan at Marcus maar wat sneller. 'Lukt het om halfeen?' vroeg ik.

'Dat is prima,' zei de man.

'Wat is uw naam?'

De man mompelde iets, waaruit ik Verlinden opmaakte, en ik schreef het op.

'Dank u,' klonk het. En voordat ik meer informatie aan hem kon vragen, of überhaupt nog iets kon zeggen, had hij opgehangen.

Verbaasd luisterde ik naar de ingesprektoon. Niet iedereen was natuurlijk zo'n kletskous als mevrouw De Zeeuw, die verderop in de straat woonde en iedereen altijd aan de praat hield met de verhalen over haar kleinzoons. Vooral Lotte had er een hekel aan als de vrouw belde. Ze houdt de lijn altijd een eeuwigheid bezet, klaagde ze dan en ze had al eens gedreigd de volgende keer de verbinding te verbreken, wat haar een berisping van Marcus had opgeleverd.

Ik glimlachte bij de gedachte aan de bijdehante Lotte. Ik mocht haar graag. Ze was het zonnetje in de praktijk, had zelden een slechte bui, humor die ik waardeerde en ze was zo eerlijk als goud. Vanaf het moment dat ik haar voor het eerst zag, toen ze solliciteerde naar de baan van praktijkassistente, klikte het tussen ons en niet lang daarna was het alsof we altijd al vriendinnen waren geweest.

In de spreekkamer zette ik de telefoon weer op het oplaadstation en haastte me terug naar de keuken. Deyna lag nog steeds opgerold in haar mand in de hal. Ze opende één oog en nestelde meteen haar neus weer onder de staart die ze als een krul om zich heen had geslagen. Haar rechteroor hing over de rand van de mand en spitste zich, toen ik haar vroeg of ze het soms te koud vond om op te staan.

In de keuken trok ik het rolgordijn omhoog en de eerste stralen van een mager winterzonnetje vielen binnen. Ik legde het insulinepatroon naast Robins bord op tafel en pakte vervolgens de koffiebus uit de kast. Terwijl ik bezig was om koffie te zetten, slenterde Deyna eindelijk de keuken binnen. Ze rekte zich uit, op die speciale manier: voorpoten languit naar voren gestrekt en haar kont hoog in de lucht. Ze gaapte, liet haar kont zakken en bleef me afwachtend aanstaren.

'Je moet nog even wachten, meid,' zei ik met een lach tegen de zwart-witte bordercollie. 'Eerst de ontbijtboel en dan ben jij aan de beurt.'

Het koffiezetapparaat pruttelde zachtjes en ik deed net een paar boterhammen in de broodrooster, toen twee armen zich om mijn middel sloten en ik een kus in mijn nek voelde.

'Môgge,' klonk het achter me.

Ik glimlachte om de slaperige stem van Marcus. 'Je bent vroeg,' zei ik.

'Ik wil voor het spreekuur nog even wat telefoontjes plegen,' zei hij. 'De agenda staat zo vol, daar krijg ik later vandaag geen tijd meer voor.'

Ik draaide me om en keek in de azuurblauwe ogen van Marcus. Een prachtige kleur, die me meteen was opgevallen toen we elkaar vijftien jaar geleden leerden kennen. Voor die ogen was ik gevallen. En oké, ook voor zijn persoonlijkheid. Hij was toen slank en gespierd, had een licht gebruinde huid en kort, ietwat rossig haar. Sinds die eerste dag dat ik hem zag, was hij nog geen steek veranderd, op het buikje na dat hij inmiddels ontwikkeld had.

'Nu je het over telefoontjes hebt,' begon ik, 'zonet haalde ik insuline uit de apotheek en toen belde er iemand voor een afspraak. Ik heb hem in de agenda erbij gezet voor vandaag.'

'Voor vandaag?' vroeg hij fronsend. 'Was er dan nog plek?'

'Om halfeen.' Ik schonk twee bekers koffie in en liep ermee naar de tafel. 'Niet goed?' zei ik, bij het zien van zijn blik.

'Jawel, maar je weet dat ik liever zelf...'

'Ja, dat weet ik,' onderbrak ik hem. 'Maar ik was nu toch in de spreekkamer. En Lotte is er nog niet, dus waarom zou ik niet even de telefoon opnemen?' Ik glimlachte naar hem en zette een beker koffie voor hem neer. 'De man wilde gewoon een afspraak, dat is alles. Geen gekke dingen, geen spoedgeval. Het was wel dringend, zei hij.'

'Naam?'

'Verlinden. Tenminste, dat verstond ik. Voordat ik meer kon vragen had hij al opgehangen.'

Marcus zei niets meer. Hij ging aan tafel zitten en trok zwijgend de krant naar zich toe. Aan zijn gezicht zag ik dat hij zich toch ergerde aan mijn vermeende behulpzaamheid.

Boven klonken de eerste geluiden van onze dochters. Ze deden nooit echt rustig, maar nu was het wel extreem en ik vermoedde dat ze weer eens ruzie hadden. Ik keek naar de klok boven de keukendeur en schatte in dat het zo'n drie minuten zou duren voordat de boel escaleerde.

'Barb!'

Geschrokken keek ik op en merkte dat Marcus me met een vermakelijke blik aanstaarde.

'Waar zit je met je gedachten?' vroeg hij.

Ik glimlachte en wilde net antwoorden, toen vanaf boven het eerste geschreeuw klonk. Deze keer had ik dus verkeerd gegokt; er waren nog geen twee minuten voorbij.

'Nou, bij hen dus,' zei ik met een knikje naar het plafond. Ik stond op en liep naar het aanrecht waar de boterhammen ondertussen uit de broodrooster waren gesprongen.

'Of je vandaag in de bieb bent, vroeg ik,' herhaalde Marcus.

'Tot halftwaalf,' zei ik. 'Vanmiddag is Femke aan de beurt.'

'Is ze weer beter?'

'Ze belde gisteren dat ze weer aan de slag wilde.'

Waarvoor ik een dankgebedje richting de hemel had gezonden. Twee keer in de week een ochtend de dorpsbibliotheek bemannen was voor mij meer dan genoeg. Het was dodelijk saai, omdat er maar weinig mensen langskwamen, en toen Femke met een longontsteking thuis moest blijven, was ik genoodzaakt ook haar uren, elke middag tot halfvijf, over te nemen. Het enige voordeel eraan was geweest dat ik zelf veel had kunnen lezen.

'Ik zal na mijn huisvisites wel even bij haar langs gaan,' zei Marcus, terwijl hij de krant opensloeg. 'Ze zou me nog bellen hoe het met haar ging, maar dat heeft ze niet gedaan.'

'Ach,' zei ik. 'Je kent Femke inmiddels toch. Die doet nooit wat ze zegt.'

'Nee,' verzuchtte Marcus. 'Totdat het een keer mis gaat. Ze is tenslotte al tweeëntachtig.'

'Friese stijfkop,' mompelde ik zacht. 'Net als jij.'

'Wat?' vroeg hij.

Ik maakte een afwerend gebaar en hij vroeg niet door. Boven

nam het geruzie tussen de meiden onaanvaardbare proporties aan en geërgerd stond Marcus op. Met grote stappen verliet hij de keuken en aan het geluid te horen liep hij met twee treden tegelijk de trap op. Ik hoorde een korte brul, gevolgd door een doodse stilte. Nog geen minuut later kwam hij weer beneden en zette zich achter zijn krant, alsof er niets gebeurd was.

Ik glimlachte. Marcus wist altijd precies hoe hij de meiden moest aanpakken. Meestal hoefde hij hen maar een dreigende blik toe te werpen of ze werden zo mak als lammetjes.

Op de trap klonken nu rennende voetstappen en de eerste die binnenstormde was Puck, de jongste. Pas tien geworden en de brutaalste van de twee. Haar lange zwarte krullen (die ze zo van een heiligenbeeld uit een kapel zou kunnen hebben) zaten in twee staarten, waarvan er eentje helemaal scheef zat, en haar amberkleurige ogen schitterden boos achter het ronde brilletje dat op haar neus stond.

Vlak achter haar aan kwam Robin, de oudste van dertien. Zij liep een stuk rustiger en begon meteen met stemverheffing te klagen dat ze Pucks haren in twee staarten had willen doen, maar dat Puck dat niet toeliet, terwijl ze toch alleen maar wilde helpen.

'Ik kan dat best zelf!' riep Puck nijdig. Woest trok ze het elastiekje uit haar rechterstaart en stopte het rode ding tussen haar lippen, waardoor het vervolg: 'Ze moet zich niet altijd met mij bemoeien,' amper te verstaan was.

Ik keek naar Robin, met haar blonde vlecht die keurig over haar rechterschouder hing. Ze richtte theatraal haar ogen naar het plafond en ging zonder nog iets te zeggen aan tafel zitten.

Bijna schoot ik in de lach, terwijl ik Puck, die klungelig met haar losse haren aan het stoeien was, naar me toe trok. Ik pakte het elastiekje tussen haar lippen vandaan en maakte zelf maar even een staart. Nu protesteerde ze niet. Natuurlijk niet. Ze konden best goed met elkaar overweg, maar zodra Robin begon te moederen over Puck, was het gauw gedaan met de lieve vrede. De enige die dat mocht, was ik. Tot op zekere hoogte althans.

Puck ging naast Marcus aan tafel zitten, pakte een boterham uit het mandje en stak fanatiek haar mes in de pot met pindakaas. De klodder die ze daarna op haar brood kwakte, was genoeg voor een dubbele boterham voor ons alle vier.

'Puck...' begon ik dreigend.

Ze keek op, merkte waar ik naar keek, en pakte toen snel een tweede boterham. 'Ik neem er wel twee,' zei ze.

'Dat krijg je toch nooit op,' mompelde Robin.

'Wil jij de helft dan?' stelde Puck voor. 'Doe ik er ook nog hagelslag op.'

Ik zag Robin haar neus optrekken.

'Geef mij maar, muis,' zei Marcus. 'Maar zonder hagelslag.' Hij legde zijn krant opzij en schoof zijn bord naast dat van Puck.

Geconcentreerd smeerde ze de boterham, drukte er met veel geweld de tweede bovenop en sneed ze toen diagonaal doormidden, om een van de helften daarna triomfantelijk op Marcus' bord te schuiven.

'Heb je dat formulier nog ingevuld, mam?' vroeg Robin. En bij het zien van mijn vragende blik: 'Voor het tripje met school, maandag?'

Het kwartje viel. Een paar weken terug had ze me dat formulier in mijn handen gedrukt en me verteld over de excursie voor aardrijkskunde naar een of ander gemaal net boven Leeuwarden. Ze hadden er wel een geweldig moment voor uitgekozen. November. Nat en koud. Al maakte het voor de kinderen vast geen fluit uit wat voor weer het was.

'Ik moet het vandaag inleveren,' vervolgde Robin, terwijl ze het insulinepatroon dat ik voor haar had neergelegd oppakte en in haar Autopen stopte.

'Dan zal ik het zo meteen even invullen,' zei ik.

'Wanneer gaan wij op schoolreis?' wilde Puck weten.

'In mei,' antwoordde ik. 'Naar dat park, weet je nog wel?'

‘Kamelendorp!’ riep Puck.

‘Kameleondorp,’ verbeterde Robin, die net opstond om het naaldje dat ze gebruikt had in de naaldcontainer op het dressoir te gooien. ‘Daar ben ik ook geweest, drie jaar geleden.’

Puck nam net een hap van haar brood en keek met glinsterende ogen naar haar zus op. ‘Was dat leuk?’ vroeg ze.

‘Eet eerst je mond eens leeg,’ merkte Marcus op. Met zijn duim veegde hij wat pindakaas uit Pucks mondhoek weg. ‘En vergeet vandaag eens niet je melk op te drinken.’

Puck schudde haar hoofd. ‘Dat vergeet ik niet.’

‘Nee nee,’ zei Marcus. ‘Dat zei je gisteren ook. En vorige week.’

‘Toen had ik het gewoon druk,’ legde Puck ernstig uit.

Bijna schoot ik in de lach en ook Marcus wendde zijn blik af om de grijns op zijn gezicht te verbergen.

‘Waarmee dan?’ vroeg Robin, die weer tegenover haar ging zitten en een boterham flinterdun met jam besmeerde.

Puck haalde haar schouders op. ‘Met van alles. Ik moet nog een boek uitlezen ook!’

Ik zag dat Robin daar een opmerking over wilde maken – waarschijnlijk iets in de richting van Pucks slechte leesprestaties – en kwam dus maar snel tussenbeide. ‘Dan zou ik nu maar vlug je melk opdrinken,’ zei ik, met een waarschuwende blik in Robins richting. ‘Dat geeft energie.’

‘Ga ik daar dan beter van lezen?’ wilde Puck weten.

‘Absoluut,’ zei ik.

-2-

ANNELIEN

Landgoed Wâldstaete, Leeuwarden | maandag 17 november

Hij was veranderd.

Terwijl ze door het raam naar hem stond te kijken, overviel dat gevoel haar voor de zoveelste keer. Heel even schoten haar gedachten naar Marit en ze vroeg zich af of het misschien door haar kwam, maar vrijwel meteen verwierp ze die gedachte. De verandering in Timo's houding was er langzaamaan ingeslopen en niet iets van de laatste paar dagen. Alhoewel ze moest toegeven dat hij zich sinds vorige week nog meer in zichzelf leek te keren. Of zich eigenlijk van haar afkeerde.

Met haar blik volgde ze hem over de lange oprijlaan, waarover hij een groep bezoekers naar de uitgang van het landgoed begeleidde. Hij zag er nog net zo goed uit als vier jaar geleden. Knap, charmant, een beetje geheimzinnig, met donker krullend haar tot in zijn nek, en intelligente reebruine ogen. Ze was gevallen voor die geheimzinnigheid. Daar hield ze van: een man met een verleden. Alleen was het verleden van Timo wat te veel van het goede gebleken.

Ze draaide zich weg van het raam en keek naar de box, waarin Josh zich aan de spijlen omhoog had gehesen en voorzichtig een paar stapjes opzij zette. Het was voor het eerst dat hij dat deed en ze glimlachte verrast. Bijna elf maanden was hij nu. Een blije baby die altijd vrolijk was en haar dagen opfleurde; en die van Timo. Tenminste, dat dacht ze. Maar eigenlijk wist ze het niet zo zeker meer.

'Wat knap!' riep ze, terwijl ze zich over de box heen naar Josh toe boog.

Josh stak zijn armpjes naar haar uit, maar verloor daardoor zijn evenwicht en plofte op zijn billen neer. Het liet hem hikken van pret, wat ook haar in de lach deed schieten, en met een zwaai tilde ze hem uit de box, waardoor hij nog harder begon te kraaien.

'Jullie hebben er blijkbaar plezier in,' klonk het achter haar.

Ze draaide zich om en zag hem staan. Gekleed in spijkerbroek en lichtgrijze Noorse trui zag hij eruit om op te vreten.

'En ik maar werken,' zei hij. Hij kwam de kamer binnen, kuste Josh op zijn haren en haar even kort op haar mond.

'Wees blij dat je niet elke dag in de file hoeft te staan,' vergoelijkte ze.

Hij haalde zijn schouders op. 'Dat zou dan ook wel weer wennen.'

'Nou, ik ben tevreden zoals het is,' zei ze. 'Al zie ik je amper. Je bent altijd aan het werk, of naar cursussen en bijscholing.'

En daar was geen woord van gelogen. Als beheerder van een vijfhonderd hectare groot landgoed, inclusief landhuis, een Engelse tuin, een vijver met eiland, vier boerderijen en een koetshuis, was hij van 's morgens vroeg tot 's avonds laat aan het werk. Hij droeg de dagelijkse zorg voor het onderhoud en het beheer van de gebouwen, het parkbos, de tuinen en de landschapselementen. Daarnaast leidde hij bezoekers rond, vooral in het voorjaar en de zomer, en onderhield hij de contacten met alle partijen op en rond het landgoed, zoals de agrariërs op de pachtboerderijen, de bewoners van een drietal huizen op het terrein, en de ambtenaren van de omliggende gemeentes en het waterschap. Het was allemaal zijn taak, inclusief het coördineren van de vrijwilligers die meewerkten aan het landschapsbeheer.

Al vanaf de eerste dag dat ze Timo leerde kennen en hij haar vertelde wat zijn werk was, had het haar aangetrokken. Wie wilde er nou niet wonen op een landgoed? De natuur, de rust, de romantiek.

'Wat eten we?' vroeg Timo, waardoor ze opschrok.

Ze zette Josh terug in de box en gaf hem zijn plastic leesboekje dat hij geconcentreerd begon door te bladeren. 'Iets makkelijks,' zei ze. 'Ik moet vanavond naar les.'

'Alweer?'

Ze hoorde een lichte irritatie in zijn stem die haar op slag weer deed terugdenken aan het gevoel van een kwartier geleden. 'Eén keer in de week is toch niet zo vaak?' Ze kon niet voorkomen dat het een klein beetje bits klonk.

Hij gaf geen antwoord, draaide zich van haar weg als een mokkend kind. Maar even later keerde hij zich weer om en glimlachte. 'Ach,' zei hij. 'Wat is nou ook een week? Het lijkt of je gisteren nog naar les ging.' Hij keek haar aan en vervolgde: '*De tiid hâldt gjin skoft*.'

Ze schoot in de lach, liep op hem af en sloeg haar armen om zijn nek. 'De tijd gaat ook snel,' fluisterde ze in zijn oor. Ze liet hem los en plukte een denkbeeldig pluisje van zijn trui. 'Maar het was jouw idee dat ik Fries ging leren.'

'Een goed idee, blijkbaar,' zei hij. Hij drukte een kus op haar voorhoofd. 'Nog even en je spreekt het vloeiend.'

'Ja, over drie jaar zeker,' mompelde ze. Soms was ze jaloers op Timo's Friese roots. Hij was geboren en getogen in Leeuwarden, terwijl zij uit de kop van Overijssel kwam. Steenwijk om precies te zijn. Haar moeder was daar geboren, maar haar vader niet; die kwam uit Harlingen en waarschijnlijk had ze van hem haar liefde voor Friesland geërfd.

'Welnee,' zei Timo. 'Hooguit een paar maanden. Binnenkort ga ik alleen nog maar Fries tegen je praten. Moet je eens zien hoe snel je het leert.'

Ze deed een stap achteruit en zag aan de blik in zijn ogen dat hij het nog meende ook. Maar nog voordat ze kon opmerken dat het daar nog veel te vroeg voor was, zoende hij haar op haar wang en zei: 'Ik ga nog even douchen. Doe jij het eten?' Meteen daarna liep hij de kamer uit.

Nadenkend keek ze hem na. Dit was dus typisch Timo. Het gebeurde regelmatig dat hij een gesprek zo beëindigde. Een zoen en wegwezen. Hij deed dat al zolang ze getrouwd waren. Toch was dat niet wat haar dwarszat. Timo was nu eenmaal geen gemakkelijke man om mee om te gaan, kon koud en gevoelloos zijn. Alleen… nou ja, iets in zijn houding was gewoon anders de laatste tijd. En haar gevoel zei haar dat het niets te maken had met de verjaardag van zijn overleden dochter.

Het was vochtig en koud toen ze die avond na de Friese les thuiskwam. Het was half november en na een natte zomer was het najaar een aaneenrijging van fikse buien. De afgelopen dagen had het ook weer aan een stuk door geplensd. Ze hoopte dat de komende week eens wat droger zou zijn.

Ze trok haar jas wat dichter om zich heen en keek omhoog langs de Vlaamse gevel van het enorme huis. De eigenaar, een baron op leeftijd met een naam die ze nooit kon onthouden, woonde met zijn vrouw al jaren op Aruba en liet het beheer van het gehele landgoed volledig aan Timo over. Het was een schitterend gebouw, opgetrokken uit oranje bakstenen. De donkergroene voordeur was omgeven door wit hardhout, dat aan weerszijden van het raam op de eerste verdieping omhoog liep tot aan het dak, waar het overging in een smalle kapel. Alle ramen bestonden uit vierkante ruitjes en hadden donkergroene luiken.

Aan beide zijden van het hoofdgebouw bevonden zich in een hoek van twintig graden twee uitgebouwde vleugels. In de rechter woonden Timo en zij, de linker bovenverdieping was gereserveerd voor als de baron kwam. Maar dat was in de vijf jaar dat Timo hier nu beheerder was slechts enkele keren voorgekomen. De rest van het huis werd eigenlijk nergens voor gebruikt; een aantal keren per week werden er mensen rondgeleid die zich konden vergapen aan de rijkdom van de Victoriaanse inrichting en de kunst die aan de muren hing. Het meest bekende daarvan was *L'intérieur*, een werk van Edgar Degas, een schilderij dat zelfs zij mooi vond.

Haastig trok ze haar tas met boeken van de bijrijdersstoel en gooide het portier dicht. Terwijl ze naar de achterdeur van hun woongedeelte liep, zag ze op de eerste verdieping het licht in Josh' kamertje uitgaan. Ze glimlachte. Die had zijn papa vast de hele avond beziggehouden.

In de bijkeuken hing ze haar jas aan de kapstok, liet haar tas met boeken in de gang achter en liep de woonkamer binnen. Timo hing met een glas whisky in zijn hand alweer op de bank en staarde verveeld naar de televisie waarop een of ander autoprogramma te zien was. Hij keek om en glimlachte kort naar haar.

'Zo,' zei hij. 'Ik had je nog niet verwacht.'

Ze keek naar de klok. Nog net geen elf uur. Inderdaad vroeger dan anders.

'Wil je koffie?' vroeg hij.

'Nee, ik heb al gehad. Anders slaap ik weer niet.' Ze plofte naast hem op de bank. 'Was Josh net nog wakker?'

'Duck was uit zijn bed gevallen,' zei Timo, terwijl hij zijn glas op de tafel zette en het volume van de televisie wat omlaag deed. 'Hij krijste alsof hij er zelf achteraan was gegaan.'

Ze schoot in de lach. Duck, de pluche eend die Josh van haar ouders had gekregen, was zijn lievelingsknuffel. Overal moest hij mee naartoe en als ze hem toevallig eens niet kon vinden, dan waren de rapen gaar. Ze kroop onder Timo's arm door en vleide haar wang tegen zijn schouder. Timo zei niets en de stilte die viel deed haar weer aan vanmiddag denken. Aan het gevoel dat ze had gehad, maar erover beginnen durfde ze niet. Stel dat het wel vanwege Marit was, dan haalde ze misschien wonden open. Zouden wonden die veroorzaakt worden door de dood van een kind ooit wel helen?

'Ik moet eind van de week een paar dagen weg,' zei Timo ineens.

'Wat?' Ze legde haar hoofd in haar nek en zocht zijn blik. 'Waarnaartoe?'

'Het waterschap geeft een driedaags congres over landschapsbeheer. In Maastricht.'

'En daar kwamen ze nu pas mee?' wilde ze weten.

Hij knikte. 'Alfredo belde. Zei dat het wel kort dag was, maar dat het met de organisatie niet allemaal van het leien dakje liep.'

'En dus moet jij alles uit je handen laten vallen om op te draven?'

'Het zijn maar twee nachten, An,' zei Timo. 'Ik heb geen zin om heen en weer te rijden.'

'Dat begrijp ik ook best wel,' reageerde ze zacht. 'Maar ik ben 's nachts gewoon niet graag alleen op het landgoed.'

'We hebben goede sloten.'

Zijn stem klonk geïrriteerd en daar zou ze inmiddels aan gewend moeten zijn; Timo was iemand die zich al snel ergerde. Vooral aan haar als ze weer eens een opmerking maakte die hij nergens op vond slaan. Tegen zijn dochter Daniëlle was hij nog erger. Dat kind had wat te verduren. Nooit deed ze iets goed, altijd had hij wat op haar aan te merken. Ze was zestien, maar hij behandelde haar als een kleuter. Of hij negeerde haar, dat kon hij ook heel goed. Annelien begreep dat niet; probeerde haar vaak te verdedigen, maar moest het dan zelf bezuren. En Daniëlle was nou ook niet wat je noemt gemakkelijk in de omgang. Al vanaf de eerste dag dat ze elkaar ontmoetten had Daniëlle laten blijken haar niet te mogen.

Echt vreemd kon je dat misschien niet noemen. Tussen Timo en Annelien zat vierentwintig jaar leeftijdsverschil; het moest voor Daniëlle best moeilijk zijn om een stiefmoeder te hebben die maar negen jaar ouder was en dus strikt genomen haar zus zou kunnen zijn. Voor Annelien was het helemaal geen probleem. Ze beschouwde Daniëlle zonder meer als haar dochter, al wilde Daniëlle zelf daar niets van weten.

'Sloten zijn niet alles,' merkte ze op. 'We zitten hier wel ruim een halfuur bij de bewoonde wereld vandaan, Timo. Josh en ik beginnen toch niks als er een gewapende inbreker binnendringt. En wat dacht je van Daniëlle?'

'Daniëlle weet haar mannetje wel te staan,' zei Timo. 'Die heeft zich altijd gered.'

Annelien staarde hem aan. 'Je denkt er nogal gemakkelijk over. Ze is nog een kind!'

'Zoals ik zei,' herhaalde Timo, 'Daniëlle redt zich wel. Ook zonder mij.'

Ze zweeg. Het had geen zin om door te gaan als Timo bokkig deed. Dan kon ze beter haar mond houden.

'Wanneer moet je weg?' vroeg ze na een poosje.

'Donderdag,' zei hij. 'Zaterdagmiddag rond een uur of zes ben ik weer thuis.'

-3-

DANIËLLE

Haastig klapte ze de laptop dicht en schoof hem onder haar dekbed. Het zou haar niets verbazen als het geluid dat ze buiten haar kamerdeur hoorde van die trut was, die weer zo nodig lief en aardig moest komen zijn. En ze wilde niet dat iemand haar betrapte.

Ze luisterde aandachtig en concludeerde toen dat het verbeelding was geweest. Ze hoorde niets meer, geen voetstappen, geen zacht geklop op haar deur. Toch wachtte ze nog enkele minuten voordat ze haar laptop weer tevoorschijn haalde. Met Annelien wist je het namelijk nooit. Voor je het goed en wel doorhad stond ze in je kamer, met die smekende hondenogen van haar.

Ieuw.

Hoe vaak had ze haar al niet gezegd dat ze dat niet zomaar moest doen? Dat ze eerst moest kloppen en dan moest wachten tot Daniëlle toestemming gaf om binnen te komen. Het had er alleen maar voor gezorgd dat ze nu drie seconden bleef staan voordat ze de deur opende.

Voorzichtig haalde ze haar laptop weer tevoorschijn en klapte hem open. Ze moest opnieuw haar wachtwoord intoetsen en dat irriteerde haar. Al dat gedoe. En alleen maar omdat dat stomme wijf zich te verheven voelde om haar privacy te respecteren.

Met een paar klikken opende ze de chat weer en zocht aan de rechterkant naar zijn naam. Gelukkig. Hij was nog online.

Sorry, ben er weer, typte ze in het chatveld.

Merlijn: *Zij weer?*

Daniëlle: *Dacht ik. Was vals alarm.*

Merlijn: *Waarom doe je je deur niet op slot.*

Met haar vingers boven het toetsenbord snoof ze luid. Alsof dat kon!

Daniëlle: *Ze heeft de sleutel ingepikt.*

Dat was niet waar, er zat gewoon geen slot op haar kamerdeur. Maar dat ging ze hém niet aan zijn neus hangen.

Merlijn: *Wat een trut.*

Daniëlle: *Vertel mij wat.*

Merlijn: *Heb je het je vader nog gevraagd?*

Ze aarzelde. Wat ze laatst gezien had, schreeuwde om uitleg. Maar als ze ernaar vroeg, zou ze ook zichzelf verraden. En daar bedankte ze voor.

Daniëlle: *Nog niet.*

De cursor bleef knipperend op het scherm staan, tien, vijftien seconden. Waarom antwoordde hij niet? Hij zou toch niet…

Merlijn: *Waarom niet?*

… gaan aandringen?

Daniëlle: *Waarom denk je?*

Merlijn: *Ben je bang dat hij kwaad wordt?*

Daniëlle: *Ja, natuurlijk!!*

Merlijn: *Vertel het je stiefmoeder dan.*

Daniëlle: *NEE!! Zij mag er niets van weten!!!!!!!!*

Woedend smeet ze de laptop naast zich op het bed. De lul! Hij snapte toch wel dat ze haar, juist háár, niks ging vertellen? Ze zou het aangrijpen om haar zwart te maken bij haar vader. Zoals ze altijd deed als ze Daniëlle betrapte op iets wat buiten hun bekrompen regeltjes viel. Ze keek weer naar het beeldscherm, waar de cursor haar uitdagend toe knipperde.

Merlijn: *Kalm nou maar.*

Daniëlle: *En jij houdt ook je mond erover!*

Merlijn: *Natuurlijk. Van mij horen ze niks.*

Dat hoopte ze dan maar. Het was jammer dat Merlijn erbij was toen ze het had gezien. Een walgelijke aanblik, waar ze nog misselijk van werd als ze eraan terugdacht. Het had haar geschokt tot diep in haar wezen. Waarom waren Merlijn en zij ook naar die plek toegegaan? Hadden ze niets anders kunnen bedenken? Ze beet op haar onderlip. Zelfs dat was al een reden dat ze niks aan haar vader kon laten merken. Hij zou razend worden als hij erachter kwam dat ze daar geweest was. Alleen al om wat ze daar gedaan hadden.

Merlijn: *Ben je er nog?*

Ze pakte de laptop en trok hem op haar schoot. Ze moest in ieder geval zorgen dat Merlijn zijn mond hield. Niemand mocht weten wat ze gezien hadden.

Daniëlle: *Ja.*

Merlijn: *Ben je boos?*

Daniëlle: *Ik wil gewoon dat je nooit iets zegt over wat we gezien hebben.*

Merlijn: *Ik schreef toch dat ze van mij niets zullen horen?*

Daniëlle: *Beloofd?*

Merlijn: **zucht* beloofd.*

Ze keek naar de getypte woorden, hoorde hem zuchten en wist dat ze nooit helemaal zeker kon zijn. En dat besef deed haar hart op hol slaan.

Daniëlle: *Ik meen het serieus. Niemand mag ervan weten.*

Merlijn: *Ik ben ook serieus. Ik zeg niets. Wat heb ik uiteindelijk gezien?*

Genoeg om te beseffen wat het betekende. Iets anders kon het niet zijn en dat maakte het juist zo... zo... Ze wist het niet op de juiste manier te omschrijven, alleen dat het haar dwarszat. Misschien was het allemaal wel heel anders dan ze dacht, zag ze dingen die er niet waren. Al kon ze zich dat niet voorstellen. Daarvoor was het allemaal té overduidelijk.

Merlijn: *Spreken we nog iets voor morgen af?*

Daniëlle: *Waar?*

Merlijn: *De Stee. Vier uur.*

Daniëlle: *OK.*

Merlijn: *Daarna naar Scooters?*

Ze zou niets liever willen, maar ze wist nu al dat ze daar problemen mee ging krijgen. Niet alleen omdat ze dan niet thuis was voor het eten, maar ook omdat ze met haar zestien jaar daar eigenlijk niet naar binnen mocht. Als haar vader erachter kwam, had ze de komende vijftig jaar huisarrest.

Merlijn: *Zeg ja.*

Daniëlle: *Ik weet het nog niet.*

Merlijn: *Zonder jou is er geen zak aan.*

Haar vingers zweefden boven de toetsen.

Merlijn: *Denk aan het podium...*

Ze glimlachte om het fladderige gevoel dat in haar buik omhoog kroop. De eerste keer dat ze het samen gedaan hadden was achter het podium in Scooters geweest. Op donderdagavond, terwijl drie grietjes vlak voor hen een karaoke-act deden, had hij haar ontmaagd. Het had enorm veel pijn gedaan, maar hij had haar verzekerd dat het minder zou worden als ze het vaker deed. Daar had hij gelijk in gehad. Ze hadden het nu al meerdere keren gedaan, de laatste keer eergisteren in zijn auto, en van pijn was nu geen sprake meer. Ze genoot van het samenzijn, zijn aandacht, hun lichamen tegen elkaar, het duizeligmakende gevoel als ze klaarkwam. Het was het enige fijne wat ze nog had. Thuis was er geen zak aan. Daar was ze voor niemand belangrijk, zelfs niet voor haar vader. Als ze dat al ooit geweest was. Bovendien was hij tegenwoordig weer vaker weg dan thuis. Hier twee dagen, daar een week, dan weer een hele avond. Alsof hij vluchtte en ze gaf hem niet eens ongelijk. Dat zou zij ook doen voor een bitch als Annelien en dat krijsende jong, al vroeg ze zich sinds ze hem dáár gezien had af of hij altijd wel ging doen wat hij zei; of hij werkelijk voor zijn werk op pad was. Ze dacht ineens aan haar moeder en voelde de bittere pijn, diep vanbinnen.

Merlijn: *Daan?*

Wat kon het haar ook schelen. Dan werden ze maar kwaad. En *who cares* als ze betrapt werd op haar leeftijd.

Daniëlle: *OK ik ga mee. Ik zal iets supersexy aantrekken* ☺

De cursor knipperde een paar seconden onverschillig. Uiteindelijk kwam het antwoord: *Kan niet wachten.*

-4-

BARBARA

Ferwerd | maandag 17 november

Opgewekt zwaaide ik de meiden uit die om kwart over acht gezamenlijk naar school gingen. De basisschool waar Puck op zat, was niet ver: amper vijf minuten van de boerderij waar we woonden en waar Marcus in de verbouwde deel aan de achterzijde zijn praktijk had. Robin zat in de tweede klas van het Dockinga College dat hier in het dorp een dependance had en als ze het eerste uur les had, liepen ze altijd samen op.

Ik zwaaide een laatste keer naar Puck, die zich vlak voordat ze de hoek omgingen nog even omdraaide, en stapte net terug de hal in toen ik Lotte zag aankomen. Haar ietwat bolle wangen waren rood en haar blauwe ogen glinsterden vrolijk.

'*Moarn*, Barb!' riep ze, terwijl ze haar fiets de oprit naast de boerderij opduwde, waar bij de ingang van de praktijk een fietsenrek stond.

'Morgen, Lotte,' riep ik terug. 'Wil je eerst koffie?'

'Kom ik zo wel halen!'

Ik keek haar na en bedacht dat het weer eens tijd werd dat we iets gingen ondernemen. Een weekendje weg, of zo. Het was al zo lang geleden dat we dat gedaan hadden. Meteen schoten er allerlei bestemmingen door mijn hoofd en diep in gedachten stapte ik terug naar binnen en sloot de deur. Deyna stond kwispelend achter me, alsof ze wist dat het nu haar tijd was. 'Kom op dan maar,' zei ik en ik liep naar de keuken. Marcus was al naar zijn spreekkamer vertrokken en zelf had ik nu nog een halfuurtje voordat ik naar de bieb moest.

Nadat ik wat vlees in Deyna's bak had geschoven, was de ontbijtboel aan de beurt. Lotte kwam net de keuken binnen toen ik de vaatwasser sloot. Haar korte witte jasschort was zoals altijd kraakhelder en gladgestreken. Dat was Lotte ten voeten uit: alles tot in de puntjes verzorgd. Haar kleding, haar haren, haar make-up. Ze was getrouwd met Victor, een grote man die haar op handen droeg. En wat hij letterlijk gezien ook makkelijk zou kunnen; Lotte kwam amper tot zijn schouder met haar iele bouw.

'Koffie voor jou en de dokter, zeker?' vroeg ik.

Lotte knikte en liep naar het aanrecht, waar ik al twee bekers had klaargezet. Ze schonk ze vol, deed in die van haar twee scheppen suiker en keek toen naar me op. 'Hij is chagrijnig.'

'Wie, Marcus?' vroeg ik.

'Ja. Hij zei niet eens goedemorgen.'

Ik glimlachte. 'Maar daarom is hij toch niet meteen chagrijnig?'

'Hij keek in de agenda en mompelde dat hij het gezeik zo ontzettend beu was.'

Nu staarde ik haar verbaasd aan. 'Gezeik? Zei hij dat?'

Weer knikte ze. 'Met precies die woorden. En dat ben ik van hem niet gewend.'

Nee, ik ook niet. Bovendien had ik vanmorgen niets aan hem gemerkt. 'En hij zei niet wat hij bedoelde?' vroeg ik.

'Nou, eerlijk gezegd durfde ik het niet te vragen,' zei Lotte. 'Hij schoof de agenda nogal bokkig opzij en verdween toen zonder nog een woord te zeggen in de spreekkamer.'

Ik dacht aan de afspraak die ik er vanmorgen bij had gezet. Zou hij daar boos om zijn?

Lotte lachte naar me. 'Maar ik laat mijn dag er niet door verpesten, hoor,' zei ze. 'Hij draait wel weer bij.' Ze pakte de twee bekers koffie van het aanrecht en verdween door de gang naar het praktijkgedeelte.

Bewonderend keek ik haar na. Het was wonderbaarlijk hoe vrolijk die altijd bleef. Wat er ook gebeurde, ze bleef positief. Ik voelde een natte neus tegen mijn hand en keek omlaag. Deyna stond naast me, met een blik in haar ogen alsof ze me helemaal begreep. Ik glimlachte, pakte haar riem van het haakje, gebaarde met mijn hoofd in de richting van de deur en vroeg: 'Ga je mee?'

▪▪

Het liep tegen twaalf uur toen ik thuiskwam uit de bibliotheek. In tegenstelling tot andere dagen waren er meerdere mensen geweest die boeken kwamen lenen. Ik had niet eens in mijn eigen boek kunnen lezen en dat was uitzonderlijk. Wel was ik blij dat Femke hersteld was en zelf de middaguren weer kon draaien. Nu kon ik tenminste de rest van de dag aan de administratie van de praktijk besteden. Als afgestudeerd boekhouder was ik daar de aangewezen persoon voor en omdat Marcus niet zo cijfermatig ingesteld was, liet hij het graag aan mij over. Bovendien spaarden we zo een heleboel geld uit.

Ik was net op tijd. Op het moment dat ik mijn fiets in de schuur zette, stoof Puck als een wervelwind de oprit op en sloeg haar armen om mijn middel.

'Was het leuk op school?' vroeg ik, terwijl ze haar hand in die van mij stopte en we samen naar de deur liepen.

Ze mompelde iets wat ik niet kon verstaan en zei toen: 'Ik moest weer lezen met juf Gerda. Dat haat ik!'

'Ging het dan niet goed?' wilde ik weten. Puck had nogal moeite met lezen en Gerda besteedde daar regelmatig wat extra aandacht aan.

'Jawel,' zei Puck aarzelend.

'Juf Gerda wil je alleen maar helpen,' verdedigde ik de juf van groep vijf en zes. 'Als je even doorzet kun je straks ook al die spannende boeken van je zus lezen.'

Haar ogen begonnen te schitteren. 'Ook die van *Dummie de Mummie*?'

'Juist die van *Dummie de Mummie*!' verklaarde ik. 'Die zijn toch hartstikke spannend?'

'Robin zegt dat ze kinderachtig zijn.'

Ik glimlachte. 'Robin wordt een beetje te groot voor kinderboeken. Maar weet je?' Ik boog me naar Puck toe en fluisterde: 'Stiekem vindt ze ze best nog wel leuk!'

'Echt?'

Ik knikte. 'Maar laat haar niet merken dat ik dat gezegd heb, oké?'

Puck schudde haar hoofd, waardoor haar twee staarten om haar gezicht wervelden, en grinnikte.

Ik duwde de deur open en liet Puck voorgaan naar binnen. Ze huppelde door de hal, smeet onderweg haar jas op de trap en verdween naar de keuken, waar ik haar tegen Deyna hoorde praten.

'Puck, kom eens terug en ruim je jas op!' riep ik.

Geen antwoord.

'Puck!'

Met gefronste wenkbrauwen kwam ze de hal weer in en pakte haar roze jack op. 'Die moet ik straks toch weer aan,' mopperde ze.

'Dat maakt niet uit. Straks breekt iemand zijn nek over dat ding.'

'Er is niet eens iemand boven!' wierp ze brutaal tegen. 'En papa...'

De rest slikte ze in bij het zien van mijn blik. Gedwee hing ze haar jas aan de kapstok en liep terug de keuken in. Maar toen ik even later de tafel ging dekken was ze het alweer vergeten en kletste honderduit terwijl ze het broodbeleg op de tafel zette.

Dat Marcus zich niet net als zijn dochter ergens snel overheen zette, zag ik al aan zijn ogen toen hij achter Lotte aan de keuken binnenkwam. Lotte trok even kort haar wenkbrauwen naar me op als een waarschuwing dat Marcus' humeur blijkbaar nog steeds ver beneden het vriespunt lag.

Ook Puck merkte de mineurstemming van haar vader op. Ze

keek toe hoe hij naast haar ging zitten en zwijgend een boterham uit het mandje pakte. Ze volgde zijn voorbeeld en net toen ik de snijdende stilte in de keuken wilde doorbreken door te vragen of er soms iets tijdens het spreekuur gebeurd was, richtte ze haar blik op Marcus en vroeg: 'Ging het bij jou ook niet zo goed?'

'Wat?' vroeg Marcus, alsof hij wakker werd uit hele diepe gedachten.

'Ik had een hele slechte ochtend,' vervolgde Puck. 'Met lezen. Klotezooi.'

Bijna verslikte ik me in mijn brood. 'Puck!' zei ik verontwaardigd.

Ze giechelde. 'Dat zei papa laatst ook hoor, toen er iets op de computer niet lukte! En lezen lukte mij ook niet, dus...'

Ik begreep de link maar al te goed. Marcus was bezig geweest met het bijwerken van het patiëntenbestand. Daar had hij al zo'n hekel aan en soms uitte hij dan een woord dat hij beter voor zich kon houden, vooral met Puck in de buurt.

'Dat wil niet zeggen dat jij zulke woorden ook meteen maar moet gaan gebruiken,' wees ik haar terecht.

Ze haalde haar schouders op en smeerde wat paté op haar boterham. 'Lezen is gewoon klote,' zei ze.

'Ja, dat weten we nu wel,' zei Marcus. Hij keek haar streng aan. 'Bovendien is lezen niet "klote". Lezen is leuk.'

'Precies,' bevestigde Lotte. 'Toen ik zo oud was als jij, vond ik lezen ook niet fijn. Ik vond het moeilijk en wilde liever iets anders doen. Buitenspelen, voetballen met mijn broers.'

'En deed je dat dan?' wilde Puck weten.

'Nee, want ik wist dat als ik niet oefende met lezen, ik later geen doktersassistente kon worden. En dat wilde ik nóg liever dan voetballen.'

Daar leek Puck ernstig over na te denken terwijl ze een stuk brood in haar mond stopte. 'En rekenen?' vroeg ze na een poosje. 'Is dat ook belangrijk?'

Lotte knikte. 'Heel belangrijk.'

'Mooi,' zei Puck. 'Want dat kan ik tenminste wél goed.'

Dat was waar. Rekenen kon ze als geen ander en waar haar klasgenootjes nog bleven steken bij de tafel van acht, kon zij ze al tot en met die van twaalf opzeggen. Zonder haperen.

'Hoe was het in de bieb?' vroeg Marcus aan mij.

'Druk,' zei ik. 'Er waren wel twaalf mensen.'

Marcus grinnikte. 'Geen boek uitgelezen dus?'

'Nee.' Ik schoof Pucks beker chocolademelk naar haar toe. 'Misschien vanavond.'

'Heb je Femke nog gezien?'

Ik knikte. 'Maak je daar maar geen zorgen over. Die had alweer praatjes voor tien.'

'Die zal zelfs nog kletsen als ze halfdood is,' zei Marcus. 'Maar ik rij er straks toch even langs na mijn visiterondje. Ze zit er tot vijf uur toch?'

'Halfvijf,' verbeterde ik.

'Dat lukt wel,' zei Lotte. 'Je hoeft maar bij twee mensen langs.'

⊡⊡

Om halfdrie die middag sloot ik de boeken en legde een stapeltje facturen op de rand van het bureau zodat ik die niet zou vergeten te betalen. Ik moest nu eerst even met Deyna naar buiten; dat kon nog net voordat Puck weer uit school kwam. En dus pakte ik de riem en de hondenfrisbee, trok mijn regenjas en kaplaarzen aan en vertrok in de richting van het bos met een aangelijnde Deyna.

Het was echt novemberweer, koud, met een stevige bries en af en toe een regenbui. Ik voelde me helemaal opknappen, alsof de wind al mijn gepieker uit mijn hoofd blies. Deyna rende af en aan met de frisbee en leek onvermoeibaar.

Helemaal in mijn element wandelde ik door de hoge bebossing aan de andere kant van de Ljouwerterdyk. Mijn gedachten gingen terug naar de boekhouding en naar de rare fout die ik was tegengekomen: een overdaad aan bestelde paracetamol die volgens mij nooit binnen de houdbaarheid zouden worden opgemaakt. Ik moest niet vergeten dat vanavond even aan Marcus te melden.

Een harde windvlaag deed me opschrikken. Boomtakken zwiepten wild heen en weer en kraakten door het plotselinge geweld. Mijn losse haren waaiden in mijn gezicht en met mijn koude handen schoof ik ze achter mijn oren. Ik huiverde, trok de kraag van mijn jas wat dichter om me heen en voelde me ineens kwetsbaar. Eigenlijk was dit maar een desolate plek. Ik zou hier zo overvallen kunnen worden en voor dood worden achtergelaten. Hoe lang zou het duren voordat iemand me vond? Ik keek naar Deyna en ik vroeg me ineens af wat zij zou doen als er plotseling iemand naast me opdook die kwaad in de zin had.

Ik kreeg kippenvel door mijn eigen gedachten. Belachelijk. Ik liep hier zo vaak en was nog nooit iemand tegengekomen. Of jawel, één keer: meneer Hoekstra, met zijn maltezer. Ik grinnikte en terwijl ik bedacht dat het tijd was om terug naar huis te gaan, riep ik Deyna, draaide me om en zag toen ineens de auto. Hij stond aan het einde van het fietspad, net voorbij het hek dat de berm van de Ljouwerterdyk scheidde. Bij het hek zelf stond een man. Hij keek naar me – of tenminste, daar leek het op – terwijl hij een stevige trek van een sigaret nam. Verder deed hij niets.

Onbeweeglijk staarde ik naar hem, naar hoe hij op zijn gemak stond te roken en zijn ogen niet afwendde. Het was echt zo: hij keek naar mij. Of toch niet? Ik wierp een korte blik over mijn schouder, maar achter me was niets anders te zien dan de kale bomen van het bos, en Deyna, die naar me toe kwam lopen. Toen ik weer naar de weg keek, zag ik hoe de man zijn sigaret wegschoot, in de auto stapte en wegreed.

Totaal overdonderd staarde ik naar de plek waar zojuist de auto nog had gestaan. Had die kerel werkelijk naar me staan kijken? Of was het gewoon iemand geweest die daar was gestopt om een sigaretje te roken? Het was daar voor het hek een gewild plekje om te stoppen; langs de rest van de weg was het allemaal zachte berm.

Het gevoel van kwetsbaarheid werd ineens sterker waardoor ik geen moment langer wilde blijven staan. Ik klikte Deyna's riem vast en haastte me terug het fietspad af. Toen ik de Ljouwerterdyk overstak, keek ik automatisch opzij, maar de weg lag er verlaten bij.

-5-

ANNELIEN

Landgoed Wâldstaete, Leeuwarden | maandag 17 november

Het kostte haar moeite om in slaap te komen. Dat had ze altijd de avond dat ze naar Friese les was geweest. Haar hoofd leek dan zo vol dat er voor vermoeidheid geen plaats meer was. Maar deze keer lag het aan Timo die drie dagen weg zou zijn.

Vroeger was hij dat regelmatig. Toen gebeurde het om de haverklap dat hij voor meerdere dagen op pad moest, en vaak was hij dan ook tussendoor nog avonden weg waarvan God mocht weten waarnaartoe.

De laatste jaren echter was het wat minder geworden. Het had haar dan ook verbaasd dat alles zich ineens leek te herhalen. Een maand of twee geleden was hij diverse avonden tot laat van huis, gevolg door een tweedaagse cursus, een midweekse nascholing en nu vanuit het niets ineens weer drie dagen naar een congres. Ze kon er niets aan doen dat ze het vreemd vond. Vooral omdat het elke keer zo kort dag was; meestal waren data van zulke conferenties al ruim van tevoren bekend. Maar ze keek wel link uit om Timo daarover uit te horen. Ze sloeg zich er wel doorheen. Ze had altijd Daniëlle nog. Alhoewel die de laatste tijd steeds vaker wegging. En dan ook nog eens zonder te zeggen waarnaartoe.

Een poosje terug was Annelien haar op een middag gevolgd. Niet zo zeer uit nieuwsgierigheid als wel uit bezorgdheid. Stel dat Daniëlle verkeerde vrienden had? Ze kon wel in de meest verschrikkelijk situaties terechtkomen: drugs, drank, loverboys, en als haar vader niet over haar waakte, dan deed Annelien het wel. Daniëlle bleek naar een kroeg in het centrum van Leeuwarden te gaan. Annelien was er zelf niet naar binnen gegaan; ze hield niet van zulke gelegenheden, maar door het raam had ze gezien dat Daniëlle iemand ontmoette. Ze kenden elkaar, dat was duidelijk, maar hoe goed, dat kon ze er niet uit afleiden. Wel dat het een jongen was.

Annelien was die dag laat thuisgekomen en Timo was nijdig geweest dat het eten nog niet klaar was. Ze had kunnen zeggen waar ze geweest was en dat ze gezien had waar Daniëlle naartoe was gegaan, maar dat deed ze niet. Als ze een vertrouwensband met Daniëlle wilde opbouwen, moest ze zulke dingen niet aan haar vader vertellen. Later had ze er met Daniëlle nog over gepraat, haar gevraagd wie die jongen was. Maar Daniëlle was woedend geworden, had haar toegeschreeuwd dat ze zich niet met haar leven moest bemoeien en dat ze niet zat te wachten op een surrogaatmoeder.

Surrogaatmoeder.

Dat had best zeer gedaan. Niet in het minst omdat Annelien zó haar best deed om het Daniëlle naar de zin te maken en haar de aandacht schonk die ze van haar vader niet hoefde te verwachten.

Wat Timo betrof lag het anders. Soms borrelde de gedachte bij haar op dat ze nooit met hem had moeten trouwen. Als ze terugblikte op de eerste weken nadat ze hem had leren kennen, was het duidelijk dat hij haar op een afstand had willen houden. Ze was Annelien niet geweest als ze had opgegeven; ze was tot over haar oren verliefd en was ervan overtuigd dat haar liefde hem wel zou doen ontdooien. En dat leek ook zo te zijn.

Léék.

Want het was maar van korte duur geweest. Ze had het toegeschreven aan zijn verleden. Aan de dood van zijn dochter Marit. En die van zijn vrouw. Ooit, in het begin van hun huwelijk had ze weleens gevraagd wat er precies gebeurd was, maar behalve het feit dat Marit was overleden, en dat kort daarna zijn eerste vrouw zelfmoord had gepleegd, had hij haar nooit deelgenoot gemaakt van die zwarte periode uit zijn leven. En inmiddels had ze het afgeleerd om ernaar te vragen. Zoals ze zo veel dingen had afgeleerd tijdens hun huwelijk.

Ze ging op haar andere zij liggen en sloot haar ogen. Gelukkig sliep Josh sinds korte tijd bijna elke nacht door en ook nu hoorde ze niets door de babyfoon. Ze probeerde zich te ontspannen en aan niets te denken, maar dat lukte niet erg.

Rond een uur of twee hoorde ze de achterdeur. Het piepen van de scharnieren, gevolgd door een zachte bons toen de deur gesloten werd en even daarna bijna onhoorbare voetstappen op de trap. Daniëlle. Ze was weer weggeweest, ongetwijfeld naar die kroeg en naar die jongen.

Voorzichtig draaide ze zich half om en keek naar Timo, die bewegingloos naast haar lag. Gelukkig, hij had niets gehoord.

⊡⊡

Dat ze uiteindelijk toch geslapen had, merkte ze toen ze haar ogen opendeed. Timo's plek in bed was leeg. Ze keek naar de wekker en zag dat het kwart over vier was. Meteen spitste ze haar oren. Had Josh gehuild en had ze erdoorheen geslapen? Maar uit de babyfoon klonk geen enkel geluid. Geen snikjes, geen sussende woordjes van Timo. Ze keerde zich op haar rug en staarde naar het plafond. Het zou haar ook verbaasd hebben als Timo wel was wakker geworden en zij niet. Zij was de lichtste slaper van hun tweeën.

Na enkele minuten keek ze opzij en staarde naar het omgeslagen dekbed. Waar bleef hij nou? Opnieuw luisterde ze of ze Timo in de badkamer hoorde, wat ze eigenlijk verwachtte, maar het was nog steeds doodstil. Het irriteerde haar ineens en ze ging overeind zitten. Waarom hoorde ze niets?

Ze liet zich onder het dekbed vandaan glijden en liep op blote voeten de gang in. De badkamer was leeg, het licht uit. Misschien was hij toch bij Josh? Zachtjes opende ze de deur van de babykamer en keek naar binnen. Het nachtlampje verspreidde een zacht licht over het ledikantje en de slapende Josh. Geen Timo te zien.

Ze trok de deur weer dicht, liep naar de trap en wierp onderweg al een blik over de balustrade, die de helft van de gang besloeg. Misschien was hij in de keuken, kon hij niet slapen en wilde hij wat warms drinken. Want dat het behoorlijk koud was, bewezen haar voeten, die nu al aanvoelden als ijsklompen.

Maar net toen ze naar beneden wilde gaan zag ze het vage licht dat aan het einde van de gang in een smalle streep op het tapijt viel. Was hij in zijn kantoor?

Geruisloos liep ze naar de half openstaande deur en hoorde al gauw het zachte getik op de toetsen van de laptop. Verbaasd trok ze haar wenkbrauwen op. Hij was aan het werk, de idioot! Wat was er zo belangrijk dat het niet tot morgen kon wachten? Ze legde haar hand tegen de deur om hem verder open te duwen, maar aarzelde ineens, toen ze Timo zag zitten. Achter zijn laptop, zijn profiel niet meer dan een schaduw in het groenachtige licht dat het beeldscherm verspreidde. Ze vond hem nog steeds onwijs aantrekkelijk, ondanks zijn stugge karakter en van tijd tot tijd koele, afwijzende houding. Misschien piekerde ze wel te veel. Misschien kwam het toch allemaal gewoon door Marit. Dit jaar zou ze twintig zijn geworden.

Ze duwde de deur van het kantoor open en liep naar binnen. 'Aan het werk?' vroeg ze, terwijl ze haar armen van achteren om Timo heen sloeg.

Met een ruk draaide hij zijn stoel om, waardoor ze bijna haar evenwicht verloor.

'Jezus, Annelien,' viel hij uit. 'Ik schrik me dood!'

'Je was ook zo ingespannen bezig,' zei ze, een beetje narrig door zijn reactie. Ze wierp een blik op zijn laptop. 'Met wat eigenlijk?

Moet je nu ook al midden in de nacht dingen regelen?'

Timo klapte zijn laptop dicht en keek naar haar op. 'Ik was iets vergeten door te sturen.'

'En dat kon niet tot morgen wachten?'

'Nee,' zei hij afgemeten. 'Dat kon niet tot morgen wachten.' Hij fronste zijn wenkbrauwen. 'Wat doe jíj trouwens uit bed?'

Ze glimlachte. 'Ik kreeg het koud zonder jou naast me.'

'En dus besluip je me maar?'

'Ik besluip je helemaal niet,' zei ze verontwaardigd. 'Ik liep gewoon binnen. Dat jij me niet hoorde omdat je met God mag weten wat bezig was, is niet mijn schuld.' Ze stapte achteruit bij hem vandaan. 'Maar het is goed, hoor, ik laat je wel weer met rust.'

Ze draaide zich nijdig om en wilde weglopen, maar Timo pakte haar bij de arm en trok haar op zijn schoot.

'Sorry,' zei hij. 'Ik bedoelde het niet zo.' Hij zag haar blik en vervolgde: 'Ik ben gewoon een beetje chagrijnig omdat ik vergeten was dat bericht te versturen.'

'Maar daar kan ík toch niets aan doen?'

'Nee, daarom zeg ik ook dat het me spijt. Ik had niet zo moeten snauwen.' Hij legde zijn hand in haar nek en bracht haar gezicht tot vlak bij dat van hem. 'Niet boos meer?'

Ze fronste haar wenkbrauwen. Typisch Timo om haar eerst af te snauwen en meteen daarna weer lief te doen. Ze begon zich daar steeds meer aan te ergeren en gaf als protest geen antwoord.

Timo nam geen genoegen met haar zwijgen en drukte een kus op haar mond. 'Nou?' vroeg hij en hij wreef met zijn duim liefkozend over haar lippen.

Zijn blik deed haar glimlachen. 'Nee,' zei ze. 'Ik ben niet boos meer. Hoe kan ik dat zijn als jij me zó aankijkt?' Deze keer zoende zij hem, lang en dwingend. Ze voelde hoe hij licht weerstand bood, maar dat was maar van korte duur. 'Zullen we weer naar bed gaan?' fluisterde ze tussen twee zoenen door. 'Ik krijg het koud.'

Even bleef het stil, maar toen klonk het zacht: 'Ik weet wel een manier om warm te worden.' Hij stond op, tilde haar met een zwaai in zijn armen en droeg haar naar de slaapkamer.

Het was nog steeds koud, toen ze de volgende morgen de keuken binnenkwam. Buiten motregende het, al was aan de lucht te zien dat het over niet al te lange tijd zou opklaren.

Timo stond bij het aanrecht te wachten tot het theewater kookte en keek naar haar om. 'Goed geslapen?' vroeg hij.

'Grapje zeker?' mompelde ze. Ze liet zich op een stoel zakken en dacht aan afgelopen nacht, waarin hij onverzadigbaar had geleken. Natuurlijk had ze alles gedaan wat hij wilde – tenslotte nam hij zelden het voortouw wat hun liefdesleven aanging en dat had ze niet willen verpesten – maar terwijl ze bezig waren had ze het idee gekregen dat hij zich aan het afreageren was. Waarom wist ze niet. Hij was altijd al fanatiek geweest als het op seks aankwam. Ruw en ruig, daar hield hij van. Het gebeurde niet zelden dat hij haar bij haar haren greep, in haar borsten beet, of haar armen boven haar hoofd op het kussen pinde en hard en diep in haar stootte. Haar regelrecht pijn deed. Maar gisteravond had hij bij elke stoot die hij deed iets gemompeld wat ze niet kon verstaan. Het was alsof hij met zijn gedachten ergens anders was geweest. Ze had er niets van gezegd, dat deed ze nooit, durfde het niet echt, ook niet als hij haar zo'n pijn deed dat ze nog dagenlang bloed in haar slipje vond en amper op een stoel kon zitten.

Hij kwam naar haar toe en zoende haar op haar kruin. 'Vond jij het vannacht dan niet lekker?' wilde hij weten. En zonder op haar antwoord te wachten: 'Nou, ik wel hoor.'

'Jawel,' zei ze aarzelend. 'Natuurlijk was het lekker. Maar...'

'Ik heb daarna geslapen als een roos,' viel hij haar in de rede.

En gesnurkt als een os.

Ze zei het niet. Het had geen zin. Ze keek naar hem, hoe hij water in de theepot schonk, en voelde opnieuw die steek van spijt dat ze met hem getrouwd was en die ze eigenlijk niet goed wist te plaatsen. Want ze hield nog steeds van hem. Dacht ze.

Heel even schoot de onaangename gedachte door haar hoofd dat hun liefde misschien wel een gepasseerd station was en haastig stond ze op. 'Ik ga onze kleine uit bed halen,' mompelde ze.

'Wil je zo koffie?' riep hij haar na.

Ze gaf geen antwoord, liep snel de keuken uit. Dat hun relatie bekoeld was, kon niemand ontkennen, zij nog wel het minst van allemaal. Maar ging dat niet altijd zo? Verliefdheid verdween en ging over in een stabiel houden van. En dat was er toch nog tussen hen? Een stabiel houden van?

Ze liep de trap op en duwde de deur van Josh' kamertje open. Hij was al wakker en lag op zijn rug omhoog te kijken, terwijl hij zachte pruttelgeluidjes maakte. Toen ze naast zijn ledikantje stond, lachte hij naar haar en kraaide van blijdschap.

'Dag kleine man,' fluisterde ze, en ze tilde hem uit bed. Ze drukte hem tegen zich aan en wiegde hem. 'Zullen we jou eens even een schone broek geven? Volgens mij kun je die wel gebruiken.'

Ze draaide zich om naar de commode en schrok toen ze Daniëlle in de deuropening zag staan. Het meisje keek naar haar en Josh, zwijgend, afkeurend. Haar lange steile haren hingen in wilde plukken langs haar gezicht, waardoor Annelien het idee kreeg dat ze amper geslapen had. En waarschijnlijk was dat ook zo, gezien de donkere wallen onder haar ogen.

'Hé Daniëlle,' zei Annelien zo opgewekt mogelijk. 'Je ziet er een beetje moe uit. Heb je slecht geslapen?'

Nog steeds zei Daniëlle niets, staarde alleen maar, haar donkere blik op Josh gericht. 'Bemoei je met je eigen zaken,' mompelde ze uiteindelijk. 'Trut.' Abrupt draaide ze zich om en liep weg.

De pijnlijke steek in Anneliens borst stuwde de tranen omhoog, maar ze knipperde ze weg. Daniëlle meende het vast niet. Ze was gewoon moe, en dat was logisch, nadat ze vannacht zo laat was thuisgekomen. Te weinig slaap; daarom had ze een slecht humeur.

Josh pruttelde zachtjes, greep met zijn vuistje een pluk van haar haren, en ze glimlachte. Gelukkig had ze de kleine man nog. Die was altijd vrolijk.

Snel deed ze Josh in bad, trok hem een schone luier en een rompertje aan, met daaroverheen een blauw ribbroekje en een gestreept truitje, en nam hem mee zijn kamertje uit. Toen ze halverwege de trap was, hoorde ze Timo's stem vanuit de keuken. Ze kon niet horen wat hij precies zei, maar het klonk bars en ze vermoedde dat Daniëlle zojuist te horen had gekregen dat haar vader weer een paar dagen wegging.

Haar hart begon te bonzen. Daniëlle zou ongetwijfeld weer kwaad worden en daar had Annelien zo'n hekel aan. Waarom konden ze toch niet als een gewoon gezin gezellig met elkaar omgaan? Ze ademde even diep in en stapte de keuken binnen. Timo stond tegen het aanrecht geleund, zijn armen over elkaar geslagen, terwijl Daniëlle aan de ontbijttafel zat die Timo gedekt had. Ze keek woest naar haar vader en vervolgens naar Annelien.

'Dat heeft zij je zeker wijsgemaakt?' brieste ze.

'Niemand heeft me dat wijsgemaakt,' zei Timo kalm. 'Je weet onze regels. Door de week ben je op tijd thuis en niet zoals afgelopen nacht pas om twee uur.'

Verbouwereerd staarde Annelien naar Timo. Hij had haar dus tóch gehoord.

'Op jouw leeftijd heb je je nachtrust nodig, Daniëlle' ging Timo verder. 'Je schoolprestaties...'

'Nachtrust?' onderbrak Daniëlle hem. 'Jij valt over nachtrust?' Ze wees driftig naar mij. 'En zij dan? Zij ligt je de hele nacht plat te neuken en tegen mij klaag je over mijn leeftijd? Ik ben verdomme bijna net zo oud als zij! Ga tegen haar lopen zeiken dat ze...'

Nu was het Timo die haar onderbrak. Hij plaatste zijn handen met een klap op de tafel en zei grimmig: 'Dat is genoeg! Zulke praat accepteer ik niet, hoor je me?' Hij boog zich naar haar toe en stak waarschuwend zijn vinger in haar richting.

'Timo...' begon Annelien voorzichtig. Ze legde een hand op zijn arm om hem te kalmeren, maar voelde hoe de spieren zich spanden onder de mouwen van zijn shirt.

'Waar ben je trouwens geweest?' vroeg hij aan Daniëlle.

Enigszins geschrokken door de felle reactie van haar vader haalde ze haar schouders op. 'Nergens.'

'Nergens?' Timo ging weer rechtop staan en keek even kort naar het plafond, voordat hij zijn blik weer op Daniëlle richtte. 'Is dat een club, of zo?'

Daniëlle staarde hem aan. 'Ik was gewoon... stappen. In de stad. Met vrienden.'

'Natuurlijk,' zei Timo. 'Stappen. Op maandagavond.' Hij sloeg zijn armen weer over elkaar en keek met gefronste wenkbrauwen naar zijn dochter. 'Bij mijn weten sluiten op doordeweekse dagen de meeste gelegenheden in de stad rond middernacht hun deuren. Behalve de nachtclubs en daar mag jij nog niet in.' Hij zweeg even, alsof hij op Daniëlles antwoord wachtte, maar toen dat niet kwam, vervolgde hij: 'Of heb jij soms je ID-kaart vervalst?'

Geschrokken keek ze naar hem op. 'Natuurlijk niet!'

'Nee?' vroeg hij. 'Ik weet dat het aan de lopende band gebeurt onder scholieren, alleen maar om discotheken binnen te komen.'

'Maar ik doe daar niet aan mee!' riep Daniëlle.

'Dan wil je me vast je kaart wel even laten zien,' zei Timo. En toen ze niet reageerde: 'Vooruit.' Hij hield zijn hand op.

'Hij ligt boven,' mompelde ze nors.

Timo zei niets, bleef haar afwachtend aankijken totdat ze nijdig overeind kwam en de keuken uit stampte.

'Timo,' begon Annelien weer, terwijl ze Josh in zijn kinderstoel zette. 'Is het nou nodig om haar te controleren? Ze zei toch dat ze daar niet aan meedoet?'

'Ik geloof er niets van,' zei hij. 'Ze kwam vannacht om twee uur thuis, dat kan ik toch niet tolereren? Ze is zestien!'

'Nee, natuurlijk niet,' zei Annelien. 'Maar op deze manier maak je haar alleen maar bozer.'

'Ik ben haar vader. Ze heeft zich aan mijn regels te houden!'

Annelien zweeg. Een boze Timo en een boze Daniëlle. Geen goede combinatie op de vroege ochtend. 'Ze zit in een moeilijke leeftijd, Timo,' begon ze voorzichtig. 'Wees niet te streng voor haar.'

'Als zij gewoon doet wat ik zeg, dan hoef ik helemaal niet streng te zijn,' gromde Timo. 'Maar ze negeert alles, lapt alle regels aan haar laars.'

'Zoals elk meisje van zestien. Het gaat wel weer over.'

'Ja, over tien jaar, zeker,' mompelde Timo.

'Deed jij vroeger altijd wat je ouders zeiden?' vroeg ze.

Timo keek haar aan, nog steeds met een boze frons op zijn voorhoofd. 'Het gaat nu niet om mij,' beet hij haar toe. 'Het gaat om haar. Ze is míjn dochter.'

Die laatste woorden weerkaatsten in Anneliens hoofd. En deden haar pijn. Alsof zij geen recht had om Daniëlle te verdedigen. Oké, Daniëlle wás ook zijn dochter en niet de hare, maar Annelien was wél met Timo getrouwd. Maakte dat haar niet tot Daniëlles moeder? Zij had toch ook het beste met Daniëlle voor?

Gekwetst draaide ze hem haar rug toe en ging zonder nog iets te zeggen aan de keukentafel zitten.

-6-

DANIËLLE

Regen roffelde zo hard op het dak van het fietsenhok, dat ze amper kon horen of haar mobiel wel verbinding maakte. Ze duwde haar iPhone nog wat steviger tegen haar oor en drukte met haar duim haar andere oor dicht. De mobiel ging over.

Ongeduldig luisterde ze en hoorde hoe een twintigtal seconden later naar de voicemail werd overgeschakeld. Klootzak. Waarom nam hij nou niet op? Straks moest ze tóch nog naar de bushalte lopen en met dit weer zou ze binnen de kortste keren zeiknat zijn.

Ze wierp een blik door het gordijn van regen naar de deuren van de school, die potdicht zaten. Alle leerlingen waren waarschijnlijk al naar huis; leraren zaten vast achter een kop koffie elkaar te vertellen wat die of die nou weer had uitgevreten tijdens de les. Het lucht-je-hartuurtje of zo, want ze maakten haar niet wijs dat bepaalde leerlingen achter hun rug door hen niet belachelijk werden gemaakt. Leerlingen zoals zij, bijvoorbeeld. Alsof het haar wat kon schelen.

Met gefronst voorhoofd keek ze weer op haar mobiel en net toen ze voor de zoveelste keer het nummer van Merlijn wilde intoetsen, ging hij over. Ze schrok ervan, en maakte onwillekeurig een beweging waardoor haar rugtas met boeken van haar schouder gleed en met een zware klap aan haar arm kwam te hangen.

'Fuck,' mompelde ze, terwijl ze de tas op de grond dumpte en vervolgens het gesprek aannam met een gesnauwd: 'Waar blijf je nou?'

Er klonk harde muziek, waarvan de bassen in haar oor dreunden. 'Paar minuten, Daantje, dan ben ik er.'

'Ik sta hier verdomme al drie kwartier te wachten! Waarom neem je niet op?'

'Ik werd aan de kant gezet door een smeris,' verklaarde hij. Het klonk alsof het hem totaal niet kon schelen.

'Waarom?' vroeg ze.

'Gordel.'

'Had je die niet om?'

Er klonk luid gesnuif. 'Ik was net weggereden.'

Alsof dat een reden was.

Ze keek op en zag van rechts de donkerblauwe Clio van Merlijn de straat in rijden. Het was een oud barrel uit 1996, door hemzelf opgeknapt. Althans, daar was hij mee bezig. Overal zaten witte schuurplekken, de achterbumper zat met touwtjes vast en de antenne was krom en roestig. Maar Merlijn was er happy mee.

Ze pakte haar rugtas van de grond en hield hem boven haar hoofd, terwijl ze een sprintje over het schoolplein trok. Merlijn had het portier aan de bijrijderskant al opengeduwd, zodat ze er meteen in kon springen.

'Kutweer,' mompelde ze en ze smeet haar tas op de achterbank.

'Je bent leuk als je boos kijkt,' zei Merlijn.

Ze blikte opzij, naar zijn warrige blonde haar dat met gel overeind werd gehouden. Zijn lichtblauwe ogen glinsterden en zijn mond maakte driftige kauwbewegingen, alsof hij zijn kauwgom tot pulp wilde vermalen. 'Doe normaal,' beet ze hem toe. 'Ik ben zeiknat.'

Hij grinnikte en wreef met zijn wijsvinger een druppel regen van haar wang.

Zwijgend liet ze hem begaan en klikte de veiligheidsgordel vast. Ze was blij dat hij er was. Iemand waar ze normaal mee kon praten. Op school liep het ook al niet zo lekker. Ze vond bij niemand aansluiting. Isabel, daar had ze het goed mee kunnen vinden. In de brugklas waren ze al vriendinnen en de eerste drie jaar dat ze samen op het Comenius zaten waren ze onafscheidelijk geweest. Maar toen kreeg Isabels vader een baan in het buitenland. In Dubai *of all places*, 5165 kilometer van Nederland vandaan. Ze had het op internet opgezocht. Geen afstand om elkaar in de kerstvakantie even op te zoeken. Ze hadden nog een paar maanden geskypet en ge-e-maild, maar na een poosje was het verwaterd. Logisch natuurlijk. Isabel had nieuwe vriendinnen gekregen daar aan de andere kant van de wereld. Wat moest ze nog met Daniëlle?

'Pestbui?' vroeg Merlijn, terwijl hij het gaspedaal intrapte en de straat uit reed.

Ze haalde haar schouders op. 'School *sucks*.'

Hij gaf geen antwoord, hield zijn ogen op de weg, terwijl hij half onderuitgezakt in zijn stoel hing. Zijn vingers tikten mee op de maat van de muziek die ritmisch uit de speakers stroomde.

'Zei je vader nog wat over gisteren?' vroeg Merlijn na een paar minuten.

'Hij ging volledig uit zijn plaat,' zei ze. 'Begon te preken over schoolprestaties en zo.' En mompelend: 'Alsof mij dat wat kan schelen.'

Ze dacht aan vanmorgen, aan haar woedende vader. Hoe was het toch mogelijk dat hij altijd alles doorhad? Ze had hem horen snurken toen ze langs hun slaapkamer was geslopen, maar toch had hij haar gehoord. Of Annelien moest tegen haar vader geklikt hebben. Met haar ID-kaart had ze gelukkig geen ellende gehad. Logisch, want ze had haar vader gewoon de echte laten zien. De *fake* met de verkeerde leeftijd zat in het zijvakje van haar rugtas.

'Ik heb er nog eens over nagedacht,' klonk Merlijns stem, 'en ik denk toch dat je met hem moet gaan praten over...'

Ze draaide haar hoofd met een ruk in zijn richting. 'Nee! We houden onze mond! En jij ook!'

Merlijn zei niets, graaide in de zak van zijn jeansjack naar een sigaret en stak hem tussen zijn lippen.

'Je hebt het beloofd,' hielp ze hem herinneren.

'Dat weet ik ook wel,' reageerde hij. 'Maar er klopt iets niet, Daan. Ik vind...'

'Wat?' viel ze hem in de rede. 'Dat ik moet zeggen wat we gezien hebben?'

'Nee, maar ik vind wel dat je er met hem over moet praten.'

'Alsof jij altijd met je vader praat!' snauwde ze.

Hij liet zijn blik kort op haar rusten. Toen keek hij weer voor zich, stak zijn sigaret aan en terwijl de rook tussen zijn lippen vandaan kringelde zei hij: 'Dat is niet eerlijk, Daan. Mijn pa is nou eenmaal niet een type waar je rustig een gesprek mee kunt voeren.'

Nee, hij zou Merlijn eerder het hele huis door schoppen, alleen al vanwege het feit dat zijn zoon überhaupt iets tegen hem zei.

'Hij mag niet weten dat ik het weet,' zei ze.

'Waarom niet?' Merlijn remde af voor een kruising en keek weer naar haar, op het moment dat hij zijn auto tot stilstand bracht.

'Daarom niet,' fluisterde ze zacht. Ze wendde haar blik af en staarde door het raampje naar buiten.

Het bleef stil, en na een kort moment trok Merlijn weer op en draaide de hoek om. Ze wist dat hij het niet begreep. Het liefst wilde ze hem de waarheid zeggen. Vertellen over die keer, een heleboel jaren geleden alweer, toen ze een jaar of zeven was. Die keer dat ze met haar vader in de auto had gezeten. Alleen zij tweeen. Annelien maakte toen nog helemaal geen deel uit van hun leven. Daniëlle en haar vader hadden bij de McDonald's gegeten. Ze had een Happy Meal gekregen, met zo'n poppetje erbij, een lichtgroen Troetelbeertje. Onderweg naar huis had ze daarmee zitten spelen, toen haar vader op een parkeerplaats was gestopt en tegen haar had gezegd dat ze in de auto op hem moest blijven wachten. Dat had ze gedaan, was rustig met haar beertje op de achterbank blijven zitten. Ze voelde de gordel nog tegen haar schouder drukken.

Wat er daarna gebeurde stond haar niet helemaal helder meer voor de geest, behalve dat haar vader ruzie kreeg met iemand. Een man. Tussen de bomen langs de parkeerplaats. Ze was ervan geschrokken, en ze herinnerde zich dat ze bijna in huilen was uitgebarsten toen haar vader weer instapte, wrijvend over zijn vuist waarmee hij de andere man had geslagen. Haar vader had naar haar geglimlacht via zijn binnenspiegel en haar verzekerd dat er niets aan de hand was. Maar hij had haar ook laten beloven nooit iemand iets te vertellen over wat ze gezien had. Ze had geknikt. Natuurlijk had ze geknikt. En een paar dagen later was ze het voorval alweer vergeten. Tot vorige week. Tot ze haar vader gezien had, daar… Iets in het tafereel had de herinnering aan toen getriggerd. Haar vader had niet gevochten zoals toen. Maar toch was er iets geweest wat haar geheugen had wakker geschud. Het liefst wilde ze het weer vergeten, want sinds die avond liep ze te piekeren. Probeerde ze alles weer voor zich te halen, want op de een of andere manier was ze ervan overtuigd dat er iets miste in haar herinnering aan die avond lang geleden. Maar dat lukte niet en dan maakte ze zichzelf maar weer wijs dat het allemaal verbeelding was geweest, dat ze zich daarom de details van toen niet meer kon herinneren. Dromen. Fantasie. Ze had genoeg in imaginaire werelden geleefd nadat haar moeder… nadat…

'Daan!'

Met een ruk keek ze opzij, en vervolgens naar buiten. Merlijn had de auto aan de kant gezet en keek haar met een verontruste blik aan.

'Wat?' vroeg ze geïrriteerd.

'Je was helemaal onbereikbaar,' zei Merlijn. Hij legde zijn hand tegen haar wang. 'Gaat het wel goed met je? De laatste paar dagen ben je zo… anders.'

Ze snoof. 'Natuurlijk gaat het goed, idioot.' Ze duwde zijn hand weg. 'Waarom staan we stil?'

'Omdat ik geen contact met je kreeg. Je leek wel buiten westen.'

Nu grinnikte ze. 'Dan zit ik toch niet rechtop?'

'Ik vond het eng,' mompelde Merlijn, op een toon die ze niet van hem gewend was. Toch reageerde ze er niet op, keek opnieuw uit het raampje, terwijl Merlijn schakelde en wegreed.

'Naar De Stee?' vroeg hij.

'Nee,' zei ze, zonder haar blik naar hem te verplaatsen. 'Ik ga vandaag liever naar huis.'

-7-

BARBARA

Ferwerd | dinsdag 18 november

Nadat de kinderen de volgende ochtend naar school waren vertrokken, besloot ik snel nog even wat boodschappen bij de Spar te gaan doen. De pindakaas was op en Puck zou het me niet in dank afnemen als ze tussen de middag geen dikke laag op haar brood kon smeren.

Zodra ik het winkelwagentje het eerste smalle pad van de supermarkt in duwde, zag ik haar al op me afkomen. Femke. Ondanks dat ze de dag ervoor alweer praatjes genoeg had gehad, zag ze erg bleek, waaraan ik merkte dat ze toch nog niet helemaal hersteld was van haar longontsteking. Mijn eerste gedachte was dus ook dat ze me zou vragen of ik nog een paar dagen haar uren in de bibliotheek wilde overnemen.

Maar dat had ik verkeerd gedacht. Ze legde haar hand op mijn arm en zei: 'Uw man, dokter Van Brederoo, kwam gisteren nog bij me langs toen ik aan het werk was.'

Ik glimlachte om haar gewoonte om altijd naar Marcus te verwijzen als dokter Van Brederoo, alsof ik zelf niet zou weten hoe hij heette. 'Dat had hij tegen me gezegd, ja,' zei ik. 'Hij wilde er zeker van zijn dat u weer helemaal fit bent.'

'Fit?' vroeg ze. 'Natuurlijk ben ik fit. Ik ga nog elke week naar gymnastiek in de Heechfinne. Jetty leidt ons groepje. Doet ze leuk, hoor!'

'Ik bedoel eigenlijk wat uw gezondheid betreft,' verduidelijkte ik. 'Die longontsteking was niet niks.'

Ze zuchtte diep. 'Nee, dat klopt. Ik ben er behoorlijk ziek van geweest. Maar dat is nu weer over. Dat heb ik ook tegen uw man, dokter Van Brederoo, gezegd. Ik voel me prima en heb me nu lang genoeg thuis lopen vervelen.'

'Doe voorlopig nou maar wel even kalm aan,' waarschuwde ik. 'U bent ook geen twintig meer.'

Ze wapperde met haar hand, alsof dat helemaal niet belangrijk was. 'Hij gaat donderdag even langs mijn zuster.'

Ik fronste mijn wenkbrauwen. 'Uw zuster?' vroeg ik.

Ze knikte. 'Ja, Geertje, weet u wel? Ze is weer thuis van de revalidatie. Ze had toch haar heup gebroken?' Ze boog zich vertrouwelijk naar me toe. 'Ze is ook zo roekeloos. Bijna tachtig en dan nog op de fiets naar de supermarkt!'

Ik zei maar niet dat ze dat zelf ook altijd deed, en zij was nog eens twee jaar ouder.

Femke ademde even diep in en ging weer rechtop staan. 'Maar ze is weer thuis dus. En omdat ik nu niet zo gemakkelijk naar haar toe kan, ben ik blij dat uw man, dokter Van Brederoo, even bij haar aanwipt om haar agenda langs te brengen die ze laatst bij mij heeft laten liggen. Hij moest toch in Leeuwarden zijn, zei hij.' Ze trok een langwerpig boekje met Franciens Katten op het omslag uit haar tas en gaf het aan me. 'Ik zou het vanmiddag bij hem afgeven, maar nu ik u hier toch tref...'

Enigszins verbouwereerd keek ik naar de agenda in mijn hand. Marcus had mij helemaal niet gezegd dat hij weg zou zijn. Donderdag was zijn patiëntloze dag. Hij deed dan allerlei klusjes waar hij normaal niet aan toe kwam, zoals patiëntenkaarten bijwerken en de apotheek op orde brengen; de praktijkagenda was dan helemaal leeg. Wat moest hij trouwens in Leeuwarden doen? Er was geen nascholing, dat zou ik geweten hebben.

Bijna vroeg ik het aan Femke, maar besefte op tijd dat dat natuurlijk geen zin had. Ik glimlachte naar haar en vroeg: 'Had ze die dan niet veel eerder nodig?'

Femke maakte opnieuw een afwerend gebaar. 'Welnee. Ze heeft dat ding alleen maar vanwege de leuke plaatjes. Waar moet zij op haar leeftijd nou nog een agenda voor hebben?'

'Nou, ik zal hem aan mijn man geven,' zei ik en ik liet het boekje in mijn jaszak glijden.

⊡⊡

'Heb je je lijstje voor Sinterklaas al klaar?'

Lotte keek naar Puck, die in de hoek van de wachtkamer met haar knuffel, de pluche krokodil Krook, naast de doos met oude *Donald Ducks* op de grond zat. Eigenlijk was ze al iets te oud voor een knuffel, vonden wij, maar ze weigerde er afstand van te doen.

Zonder op te kijken schudde Puck haar hoofd.

'Niet eens?' vroeg Lotte, terwijl ze me over haar bureau heen verontwaardigd aankeek.

'Natuurlijk wel,' zei ik. 'Ze heeft anderhalf A4'tje vol geschreven met alles wat ze hebben wil.' Ik keek naar Puck. 'Weet je nog wel, Puck?'

Er kwam geen antwoord. Het stripblaadje op haar schoot was schijnbaar belangrijker dan wat er om haar heen gebeurde.

'Puck?' vroeg ik nogmaals.

Ze keek op. 'Mam, ik ben aan het lézen,' zei ze nadrukkelijk.

'Dat zal best, maar daarom kun je nog wel antwoord geven als ik wat vraag,' wees ik haar terecht, maar inwendig moest ik lachen. Ze had een bloedhekel aan boeken, maar van strips kon ze geen genoeg krijgen.

Puck zuchtte diep en keek me vragend aan. 'Wat zei je dan?'

'Of je nog wist dat je een hele lijst hebt gemaakt voor Sinterklaas,' herhaalde ik.

'Ja, natuurlijk weet ik dat nog, mam.' Ze keek weer in haar boekje. 'Maar hij bestaat toch niet, dus het is eigenlijk een lijstje voor jou en papa. En mag ik nou weer verder lezen?'

Geamuseerd staarden Lotte en ik elkaar aan.

'Precies haar moeder,' zei Marcus, die met een plastic insteekhoesje uit de spreekkamer kwam. 'Als die ergens mee bezig is, wil ze ook nooit gestoord worden.'

'Alsof dat alles goedpraat,' zei ik.

'Wees blij,' zei Lotte. 'Ze heeft het in ieder geval niet van een vreemde.' Ze draaide haar stoel weer naar Puck, wierp me een blik van verstandhouding toe en vervolgde: 'Puck, oom Victor heeft een nieuw computerspelletje.'

Nu reageerde Puck wel meteen. 'Computerspelletje?' vroeg ze. 'Welke?' En toen met glinsterende ogen: 'Een nieuwe professor Layton?'

Lotte keek gemaakt bedenkelijk. 'Dat weet ik niet hoor. Dat moet je aan oom Victor vragen.'

Ik glimlachte. Ik wist zeker dat Victor weer een van die spelletjes gekocht had. Hij was stapelgek op kinderen, greep elke gelegenheid aan om Puck en Robin om zich heen te hebben. Ze hoefden de naam van een gloednieuwe game maar te laten vallen, of een week daarna had hij het voor hen in huis. Hij en Lotte waren inmiddels bijna zes jaar met elkaar getrouwd en ze hadden dolgraag zelf kinderen gewild, maar de natuur dacht daar anders over. Na van alles geprobeerd te hebben, hormoonbehandelingen, IVF, IUI, hadden ze zich er uiteindelijk bij neergelegd.

'Willen jij en je zus het vanavond komen spelen?' ging Lotte verder.

Met haar hoofd schuin keek Puck me verwachtingsvol aan. 'Mag het, mam?' vroeg ze smekend.

'Dat weet ik nog niet, hoor,' zei ik. 'Robin zal wel weer een heleboel werk voor school hebben.'

'Ah mam, toe nou!' zeurde Puck.

'We zullen wel zien, Puck,' zei ik.

'Maar ik wil...'

Marcus wierp haar een waarschuwende blik toe die haar op slag deed zwijgen. Meteen daarna wilde ze toch nog iets zeggen, maar bedacht zich. Ze wist heel goed dat Marcus geen tegenspraak duldde. Hij kon veel hebben, maar zijn nee (en derhalve ook dat van mij) was en bleef nee. En dus trok ze een boos gezicht, zei niets meer en richtte haar aandacht weer op het stripblaadje op haar knieën in plaats van op ons.

Lotte knipoogde naar me, terwijl ze het plastic mapje van Marcus aanpakte.

'Als je die niet onder de duim houdt...' fluisterde Marcus ons toe en hij knikte naar Puck.

'Nou, dát heeft ze zéker niet van een vreemde,' fluisterde Lotte met een stalen gezicht terug.

'Jij moet oppassen,' zei Marcus quasi-dreigend.

Lotte grijnsde hem toe en hoofdschuddend verdween Marcus weer in zijn spreekkamer.

Met een blik op mijn horloge stond ik op en pakte de lege theebekers van Lotte en mij. 'Halfvijf. Ik ga maar eens aan het eten beginnen.' En tegen Puck: 'Ga je mee?'

Puck knikte en begon de verspreid liggend *Donald Duckjes* bij elkaar te rapen.

'Zeg,' begon Lotte, terwijl haar ogen even kort naar de gesloten deur van de spreekkamer gingen. 'Wat was er gisteren met jou aan de hand?'

Vragend trok ik mijn wenkbrauwen op.

'Toen je na de wandeling met Deyna terugkwam.' Ze knikte even naar het raam tegenover haar bureau dat een vrij uitzicht op de lange oprit bood. 'Ik zag je aankomen en je zag er nogal verhit uit. Ruzie gehad met iemand?' Ze keek me verwachtingsvol aan, alsof ze het meest sappige verhaal ooit te horen zou krijgen.

Ik dacht aan de vreemde man bij het hek langs de Ljouwerterdyk en zei: 'Ach, dat was niets.'

'Niets?' Lotte snoof. 'Je zag er anders uit alsof je je flink had opgewonden.'

'En dat kon jij zien vanaf hier?' zei ik lachend.

Ze haalde haar schouders op. 'Nou ja, je stoof als een idioot de keuken binnen, dát zag ik wel.'

'O ja, en dat zegt alles,' beaamde ik sarcastisch. Ik sloeg mijn armen over elkaar en vervolgde: 'Nee, er was een man. In het bos.'

'Een man?'

Ik knikte. 'Hij stond bij het hek langs de weg, weet je wel? Aan het begin van het pad.'

'Ja, ik weet waar dat hek staat, Barb. Maar wat was er met die man?'

'Geen idee. Hij keek naar me.'

Met grote ogen staarde Lotte me aan.

'Dacht ik...' vulde ik aan. 'Ik bedoel, hij stond daar te roken en keek mijn kant op. Ik dacht eigenlijk dat hij naar mij stond te kijken, maar toen stapte hij weer in zijn auto en reed weg. Ik was er een beetje van geschrokken. Tenslotte weet je nooit wat zo'n vent van plan is, maar achteraf gezien zal het wel gewoon iemand geweest zijn die daar een pitstop maakte. Je weet dat ze daar wel vaker staan.'

'Hij kéék naar je?' herhaalde Lotte.

'Hij keek mijn kant op,' verbeterde ik.

'Heb je het aan Marcus verteld?'

'Nee, waarom zou ik?'

'Nou, ik zou het niet prettig vinden als een wildvreemde kerel me op straat zou begluren.'

'En wat zou Marcus eraan moeten doen?' merkte ik op. 'Die man is in zijn auto gestapt en weggereden, Lot. Die zien we nooit meer terug.'

'Hoop je dan,' mompelde ze. 'Wie weet wacht hij je vandaag of morgen wel weer op.'

Ongeduldig stond ik op. 'Ja zeg,' zei ik. 'Jij weet me wel gerust te stellen. Nu loop ik daar natuurlijk helemaal niet prettig meer.'

'Ik zou er voorlopig maar mooi wegblijven,' adviseerde Lotte. 'Je weet maar nooit.'

Ik snoof. 'Ik laat mijn leven niet beheersen door zoiets onbenulligs als een rokende vent,' zei ik. 'Bovendien, ik heb een hond. Deyna zal me heus wel b...' Ik slikte de rest in toen Marcus zijn hoofd weer om de hoek stak en aan Lotte vroeg of ze nieuwe formulieren voor bloedafname kon aanvragen, om vervolgens weer in zijn spreekkamer te verdwijnen zonder de deur te sluiten.

'Wees toch maar voorzichtig,' fluisterde ze me toe. 'Oké?'

-8-

ANNELIEN

Landgoed Wâldstaete, Leeuwarden | woensdag 19 november

Dat Daniëlle de hele avond thuisbleef, verbaasde haar niets na die uitbarsting van Timo, hoewel ze zich zijn woede amper leek aan te trekken. Ze deed toch wat ze zelf wilde en de keren dat haar late afwezigheid tot ruzie tussen Daniëlle en haar vader had geleid, waren niet te tellen. Vooral toen Timo Daniëlle nog veel te jong had gevonden om 's avonds de deur uit te gaan. Maar sinds ze zestien was, was er dus geen houden meer aan.

Af en toe probeerde Annelien haar over te halen om thuis te blijven, zodat ze samen iets konden doen terwijl Timo boven aan het werk was, maar dan werd Daniëlle meestal kwaad en vertrok ze demonstratief met haar laptop naar haar kamer en ging ze 's avonds gewoon de deur weer uit. Vast naar dat vriendje toe, de langharige jongen waarmee ze Daniëlle in die kroeg had gezien. Hij was blijkbaar belangrijker dan zij. Want het was niet bij die ene keer gebleven dat Annelien hen gezien had. Ze was Daniëlle nog een aantal keren gevolgd en ze had ontdekt dat ze elkaar regelmatig ontmoetten. Die jongen pikte haar zelfs met zijn auto op. Bij school, maar ook hier. Niet op de oprit natuurlijk, o nee. Daar keek Daniëlle wel voor uit. Die was vast veel te bang dat haar vader erachter kwam.

Het was dat vriendje dat Annelien dwarszat. Het leek haar een vreemde knul, vanaf een afstand tenminste. Hij was ergens in de twintig – veel te oud voor Daniëlle – maar ze durfde er niet tegen haar over te beginnen. Wat zou ze trouwens moeten zeggen? 'Ik zag je met een oudere jongen en dat wil ik niet hebben?' Daniëlle zag haar aankomen.

Voorzichtig gluurde ze opzij naar het meisje dat weggedoken zat in de hoek van de bank, haar gezicht stuurs, haar ogen gericht op haar mobiel waar ze constant mee bezig was. Timo had voorgesteld samen een film te kijken. *The Pacifier*. Een film die Daniëlle vroeger erg leuk had gevonden, maar waar ze nu totaal geen aandacht voor had.

Ze zuchtte zachtjes.

'Moe?' vroeg Timo zonder zijn blik van de televisie te halen.

Ze glimlachte. 'Een beetje,' zei ze. 'Er komen weer tandjes door bij Josh. Hij was hangerig vandaag en ik had al zoveel te doen.'

'Gelukkig slaapt hij nu,' reageerde Timo nuchter.

Alsof Josh die woorden gehoord had, klonk er geluid uit de babyfoon, gepruttel, gevolgd door klagelijk gehuil.

'Dat had je nou niet moeten zeggen,' zei Annelien. Ze stond op toen Timo geen aanstalten maakte om te gaan kijken, en verliet de kamer.

Zonder het licht aan te doen liep ze het kamertje van Josh binnen en boog zich over zijn bedje. Zijn wangen waren nat van de tranen en sussend hield ze hem tegen zich aan, hem toefluisterend dat het goed was. Haar rustige stem kalmeerde hem bijna meteen en na een paar minuten lag hij alweer soezend in haar armen.

Voorzichtig legde ze hem terug en duwde het lakentje onder het matras. Daarna keek ze nog even naar hem en glimlachte. Het kleine kereltje maakte haar zo gelukkig. Haar eigen kind, waarnaar ze zo verlangd had.

Zachtjes liep ze de kamer weer uit en sloot de deur. Nu maar hopen dat hij de rest van de avond en de nacht doorsliep. Timo zou het vast niet waarderen als hij werd wakker gehouden door een huilende baby.

Juist toen ze haar voet op de bovenste traptree zette, hoorde ze de zachte ping. Het was het geluid van een binnenkomende e-mail en verbaasd fronste ze haar voorhoofd. Stond de computer nog aan?

Ze liep weer terug en duwde de deur van Timo's kantoor open. Een zachte gloed, verspreid door de schermbeveiliging van het beeldscherm, verlichtte de kamer. Ja hoor, het ding stond nog aan. Alleen was het niet zijn laptop, maar de desktop die hij altijd voor privézaken gebruikte. Timo was hem vast vergeten uit te zetten.

Zachtjes bewoog ze de muis heen en weer om het scherm op te starten. Ze verschoof de cursor om het nog openstaande e-mailprogramma af te sluiten met de bedoeling daarna de computer uit te zetten, toen haar blik viel op de melding van de zojuist ontvangen e-mail.

Van: Rogier

Onderwerp: Ben ik mooi genoeg?

Nu schoten haar wenkbrauwen omhoog. Wat betekende dat nou weer? En wie was Rogier? Iemand van het waterschap? Dat leek haar sterk. Ze had Timo nog nooit over Rogier gehoord en bovendien zou zijn mail dan niet op deze computer binnenkomen.

Ze keek nog eens naar het – nogal vreemde – onderwerp en voelde de nieuwsgierigheid opvlammen. Oké, het hoorde niet om in de privémail van Timo te snuffelen, maar wat kon het voor kwaad? Hij had toch geen geheimen voor haar?

Met een korte klik opende ze de e-mail. Ze zag een kort berichtje van een zin of twee, ondertekend met de naam Rogier. En daaronder drie kruisjes.

Kruisjes?

Wat was dit in vredesnaam? Haar ogen schoten naar het icoontje van de bijlage. Wat zou daar inzitten? Ze wierp een korte blik over haar schouder naar de openstaande deur, verschoof toen snel de cursor en opende het mapje. Meteen daarna klikte ze op het bovenste jpeg-bestand. Op het scherm verscheen een foto van een naakte man in een nogal confronterende, nietsverhullende positie. En ook de foto's daarna lieten dergelijke beelden zien.

Annelien kon haar ogen niet van het beeldscherm afhouden. Wat stelde dit voor? Ze bekeek nogmaals de foto's en daarna nog een keer. Het was steeds dezelfde vent. Niet onknap. Zo'n type dat elke vrouw kon krijgen die hij hebben wilde. Waarom stuurde iemand zulke foto's aan Timo?

Ze schoof de bureaustoel achteruit en stond op. Een nepmail. Dat was het. Spam. Reclame. Tegenwoordig kreeg je van alles in je mailbox, van huwelijksaanzoeken tot beloftes van enorme erfenissen aan toe. Konden daar aparte foto's bij zitten?

Haar adem stokte. Wie weet had ze wel een virus binnengehaald! Bijna kreunde ze van ellende. Er werd altijd zó gewaarschuwd om geen bijlagen te openen. En wat deed zij? Ze opende de eerste de beste bijgevoegde map die ze tegenkwam, omdat ze een beetje nieuwsgierig was. Goed gedaan, Annelien!

Ze liet zich weer op de stoel zakken. Snel die e-mail weggooien. En niet vergeten daarna de prullenbak te legen. Met haar vinger boven de muis staarde ze naar de gespierde jongeman die haar nog steeds toelachte en moest opnieuw bekennen dat hij bovengemiddeld knap was. Hij had een zongebruinde huid, kort blond haar, lichtblauwe ogen en een wasbord waar ze normaal gesproken van zou zijn gaan kwijlen. Ouder dan een jaar of vijfentwintig gaf ze hem niet. Was dit echt een virus? Ze klikte terug naar de e-mail en las opnieuw het bericht:

Heej mooie man, je bent op zoek naar knappe jongens, las ik.
Ben ik knap genoeg voor je?
Rogier
xxx

Ze trok haar neus op van afkeer. Wat een klef, smakeloos berichtje eigenlijk. Zoiets werd toch alleen maar verstuurd door van die speciale types? Prostituees. Homoseksuelen die geen andere manier zagen dan op deze manier aan hun gerief te komen. Die Rogier moest zoiets zijn. Maar Timo was niet op zoek naar knappe jongens. Dit kon nooit voor hem bestemd zijn. Toch? Er stond geen naam boven. Ze keek naar het e-mailadres waar het bericht naartoe was gestuurd. Ze herkende het niet. Het was er wel eentje bij dezelfde provider als zij hadden: KPN.

Ze dacht na. Het kleinste kind wist dat je aliassen kon maken op het account van je provider. Hoe dat moest, wist ze niet, maar dat het kon, wist ze zeker. Had Timo dat gedaan?

Haar ogen gleden omlaag, naar de kleine lettertjes onder aan de mail. SIMPLE LOVE – stond er. En daarachter: FIND YOUR SOULMATE, HE'S JUST ONE CLICK AWAY.

Dat klonk als de typische tekst van een datingsite. Maar wat moest Timo nou op een datingsite? Als dit tenminste niet toch gewoon spam was. Even aarzelde ze. Maar toen schoof ze alsnog de cursor naar SIMPLE LOVE en klikte op de link die eronder zat. Ze wist niet precies wat ze verwachtte, maar wel dat ze moest kijken. Er belandde tenslotte niet zomaar spam van een datingsite in iemands mailbox – in Tímo's mailbox. Dan móést hij die site ooit bezocht hebben.

Het beginscherm van de site werd geladen en vulde zich met foto's van mannen. Voornamelijk jong en breedgeschouderd. Vrijwel meteen popte er een kadertje op waarin stond: *welkom terug, Martinus.*

Met haar vinger zwevend boven de muis staarde Annelien naar de drie woorden. Martinus? Dat was Timo's doopnaam. Wilde dat zeggen dat hij een account had op die site? En 'welkom terug', dat betekende toch echt dat hij hier al eerder was geweest.

Haar ogen schoten naar de link om in te loggen, maar ze wist dat het verloren moeite was daarop te klikken. Het zou beveiligd zijn met een wachtwoord en dat had ze niet. Timo hamerde altijd op deugdelijke, onkraakbare wachtwoorden, dus ze kon op haar vingers natellen dat als hij inderdaad een account had op die site, het wachtwoord niet Annelien of Josh zou zijn.

In een opwelling opende ze de map met verzonden berichten en scrolde erdoorheen. Ze vond geen enkel bericht dat duidde op correspondentie met de datingsite, of met iemand die Timo via die weg benaderd had. Diep vanbinnen luchtte dat op en bevestigde haar vermoedens dat het een fout moest zijn. Misschien een grap van iemand. Ja, dat moest het zijn. Iemand had een account op Timo's naam aangemaakt. Hoewel... het was wel met zijn doopnaam gebeurd en dat was vreemd. Want wie wist die feitelijk? En waarom dan dat persoonlijke *welkom terug* op de site?

-9-

BARBARA

Ferwerd | woensdag 19 november

Harder dan de bedoeling was sloeg ik de voordeur dicht. Dat gezeur van Robin altijd over het beltegoed op haar mobieltje dat alweer op was en haar boze reactie als ik zei dat ze niet eerder nieuw kreeg dan aan eind van de maand. En dan ook nog eens Puck die daardoor was begonnen te drammen dat ze ook een mobiele telefoon wilde, terwijl ze wist dat ze die pas zou krijgen als ze naar de middelbare school ging. Al met al was het ontbijt dus niet al te vrolijk verlopen, maar mijn woede had het toppunt bereikt toen Robin er met haar fiets aan de hand opnieuw over was begonnen.

Ik wreef over mijn gezicht terwijl ik terug naar de keuken liep. Eigenlijk was het niet eerlijk om zó boos te worden. Maar ik had slecht geslapen door een nachtmerrie die me wel vaker teisterde. En daarnaast ook vanwege de ruzie die ik met Marcus had gehad omdat hij dus weer eens vergeten was te vertellen dat hij naar Leeuwarden moest. Als Femke mij die agenda voor haar zus niet had gegeven, dan had ik het waarschijnlijk pas geweten op het moment dat hij ging vertrekken. En als het nou nog voor iets belangrijks was, maar nee, het was voor een afspraak met een oud-collega van hem, die hij al tien jaar amper gesproken had en die nu ineens zijn mening wilde over een casus waar hij mee zat. Alsof een topchirurg zat te wachten op de mening van een collega die al zo lang uit het vakgebied weg was.

Met een groeiend gevoel van spijt dat ik de kinderen zo onheus behandeld had, begon ik de ontbijttafel af te ruimen en zette de spullen in de vaatwasser.

'Je ziet eruit als een geest,' klonk Lottes stem naast me. Het was zo onverwacht dat ik bijna opsprong van schrik.

Ze grinnikte naar me. 'Slecht geweten?'

'Ik hoorde je niet aankomen,' zei ik, terwijl ik de vaatwasser sloot. 'En ik was in gedachten.'

'Spijt van je geschreeuw tegen je dochter?'

'Kon je dat horen dan?' vroeg ik.

Ze maakte een gebaar met haar hand. 'Alleen de hele Elingawei maar. En oké, misschien ook een deel van de Camminghastrjitte.'

Ik schoot in de lach.

'Waarom was je zo boos?' wilde Lotte weten. Ze pakte zoals altijd twee mokken uit de kast voor haar en Marcus en keek me afwachtend aan.

'Ach, om niets, eigenlijk,' zei ik. 'Ik heb gewoon een rotnacht achter de rug. Ik had een nachtmerrie met het gevolg dat ik een hele tijd heb liggen draaien.'

'Over die man?'

'Welke man?'

'Die in het bos,' verduidelijkte Lotte.

Ik wierp een korte, ietwat geërgerde blik naar het plafond. 'Jemig, Lot. Die was ik alweer vergeten. Dit was gewoon weer dezelfde nachtmerrie als anders.'

'Balen,' zei Lotte. Ze schonk koffie in en vervolgde: 'Ik droom zelden hetzelfde. Bij mij zijn ze altijd anders. Komt doordat het dingen zijn die je moet verwerken en die je brein tot een mengelmoes husselt. Het heeft niks te betekenen en nachtmerries al helemaal niet. Vergeet hem nou maar gewoon. Eraan blijven denken heeft geen zin.' Ze pakte de twee bekers van het aanrecht en keek naar me op. 'Oké?'

Ik gaf geen antwoord en Lotte wachtte er ook niet op. Ze draaide zich om en liep de keuken uit, terwijl ik haar nastaarde. Gewoon vergeten? Hoe zou ik dat kunnen? Ik wist heel goed wat die nachtmerrie te betekenen had. En waardoor hij veroorzaakt werd… Het had allemaal te maken met dat ongeluk, tien jaar geleden. Dat ongeluk waar niemand van wist. Behalve Marcus en ik.

▫▫

Een kwartiertje later stopte ik mijn leesboek in mijn tas en greep mijn jas van de kapstok. Het was mijn beurt om de bibliotheek te openen en ondanks dat er nooit echt veel mensen kwamen, wilde ik niet te laat zijn. Snel haalde ik mijn fiets uit de schuur en reed de oprit af. Er stond een flinke wind, maar dat vond ik niet erg. Misschien dat onderweg de nare gedachten uit mijn hoofd werden geblazen.

Tegen de tijd dat ik bij de kleine bibliotheek aankwam, voelde ik me inderdaad een stuk beter. Of in ieder geval opgewekter. Over een paar uurtjes kon ik weer naar huis. Het was woensdag dus Puck hoefde vanmiddag niet naar school. Misschien konden we samen even kijken hoe de kerstspullen eraan toe waren. Uit ervaring wist ik dat er een aantal ballen kapot zouden zijn en nu konden we mooi even inventariseren wat we nieuw moesten kopen. En misschien was er ook nog wel tijd om wentelteefjes te maken. Daar was Puck dol op.

Ik duwde de deur van het kleine winkelpand – een voormalige drogisterij – open en deed het licht aan. De ruimte met de in vijf rijen opgestelde boekenkasten van zo'n drie meter lang werd zichtbaar. Links langs de muur stond een oude, houten stellingkast van vloer tot plafond, een overblijfsel uit de drogisterijtijd, waarin de kinderboeken stonden. Aan de andere kant was het grote, metalen bureau waaraan ik werkte, of zat te lezen, als ik niet bezig was de teruggebrachte boeken op te ruimen.

De stilte in de ruimte deed me goed en nadat ik de thermostaat hoger had gezet, trok ik de stoel achter het bureau vandaan en ging zitten. Een klein stukje papier lag prominent op het vloeiblad en ik zag het priegelige handschrift van Femke, die had geschreven dat ze vandaag waarschijnlijk tien minuutjes later zou zijn om me af te lossen.

Glimlachend vouwde ik het papiertje op en liet het in de prullenmand vallen. Tijd om aan het werk te gaan. Ik pakte een stapel boeken van het bureau en verdween tussen de kasten om ze terug op hun plek te zetten.

Na een uurtje waren alle boeken opgeruimd en ging ik weer achter mijn bureau zitten, pakte mijn meegebrachte boek uit mijn tas en sloeg het open. Ik wierp een blik naar buiten, naar de donkere wolken die zich boven het dorp samenpakten en waaruit binnen afzienbare tijd vast weer een flinke bui zou vallen. Veel mensen zouden er dus niet naar de bieb komen, vreesde ik.

Maar daarin vergiste ik me. Op het moment dat de eerste regendruppels vielen, kwamen Sandra en haar vriendin Tjitske binnen. Ze waren iets ouder dan ik en ratelden nog erger dan Femke. Ik kreeg het nu al warm als ik eraan dacht dat ik de komende drie kwartier alle verhalen over hun kinderen, de buren en de melkboer zou moeten aanhoren, inclusief schoolprestaties, tuinperikelen en de prijs van een pakje boter, dat vast weer drie cent gestegen was.

'Moarn, Barbara!' riep Tjitske. Ze haalde twee streekromans uit haar tas en legde ze voor me op het bureau. Sandra volgde, met drie romans, een thriller en vier jeugdboeken.

'We zoeken nog een paar nieuwe uit, hoor!' zei Sandra. 'Het weerbericht voorspelt storm!'

'Ga je gang,' reageerde ik, terwijl ik de boeken die ze hadden ingeleverd naar me toe trok en ze op de lijst aanvinkte. Ooit hadden we het bij het dorpsbestuur weleens gehad over een geautomatiseerd systeem, maar dat vonden we niet echt rendabel. De bibliotheek was maar klein en met een lijst en een stempeltje werkte het net zo goed.

Ik wilde net weer verder lezen in mijn boek, toen Sandra riep: 'Is die Friese Dan Brown al teruggebracht, Barbara?'

Met de lijst in mijn hand liep ik tussen twee boekenkasten door naar haar toe. 'Als het goed is wel,' zei ik.

'Ik zie hem niet,' klaagde Sandra.

Mijn ogen gleden langs de boeken in de kast en inderdaad, ook ik zag hem er zo vlug niet tussen staan. Gek. Hij moest er zijn. Achter me hoorde ik de deur opengaan, wat een lichte windvlaag veroorzaakte. Nog iemand. Terwijl de regen nu echt tegen de ruit kletterde. En ik had nog wel verwacht dat er niemand zou komen.

'Ik kom er zo aan!' riep ik. Ik legde de lijst op een leeg plekje in de kast achter me en keerde me weer naar Sandra. 'Laat mij nog eens even kijken. Hij is vast verkeerd teruggezet.'

Sandra liep naar Tjitske toe, en begon tegen haar te mopperen dat ze nu toch weleens dat boek wilde lezen. Ze wachtte er al zo lang op. En natuurlijk was het ook weer vreselijk lastig dat ze hier geen boeken kon reserveren.

Omdat ze overduidelijk tegen Tjitske klaagde, reageerde ik er niet op. Als ze betere service wilde, ging ze maar lekker naar de bibliotheek in Dokkum. Of, nog beter, de grote in Leeuwarden.

Mijn oog viel ineens op de goudgele rug met de titel *Ynferno*. Daar was hij! Verkeerd weggezet tussen de boeken van Steve Berry. Snel trok ik hem uit de kast en draaide me om naar de twee vrouwen. Die mekkerden nu over de openingstijden van de bieb, die in hun ogen natuurlijk te beperkt waren, en dat hij bijna altijd gesloten was als zij juist tijd hadden. Ik besloot me er niet mee te bemoeien en me al helemaal niet te gaan verdedigen.

'Alsjeblieft,' zei ik en ik duwde het boek in Sandra's handen.

'O, geweldig!' riep ze. Ze zag eruit alsof ze me wilde omhelzen, dus deed ik snel een stapje achteruit. Dankbaarheid was best, maar al die onnodige intimiteiten hoefden van mij niet. Althans niet van iemand die ik alleen als dorpsgenoot kende.

Nadat ze hun stapeltje boeken hadden laten registreren, verdwenen ze nog steeds kakelend naar buiten, de regen in. De stilte die toen viel was opvallend. Normaal gesproken had ik er nooit zo'n erg in; ik hield er wel van. Even lekker alleen zijn, met mijn boek. Tijd voor mezelf, iets wat ik thuis zelden had. Maar nu was er iets in die stilte wat mijn aandacht trok.

Langzaam stond ik op en liep om het bureau heen. Ik herinnerde me ineens dat er nog iemand binnen moest zijn. Maar waarom had die zich niet gemeld? Meestal maakten ze wel een praatje. Hier bij het bureau, of van achter een van de boekenkasten vandaan. Het was hier niet zo enorm groot dat je hoefde te schreeuwen; een op een normaal volume gesproken 'moarn' was al voldoende.

'Hallo?' zei ik en ik hoorde zelf hoe stom dat klonk. Wie riep er nou in hemelsnaam hallo? Maar zelfs al klonk het raar, als er iemand was, dan zou er toch zeker wel een reactie op komen.

Niet dus.

Ik liep langs de eerste rij boekenkasten en keek naar de andere kant. Niemand. Voorzichtig schuifelde ik door naar het tweede gangpad en tuurde tussen de kasten door. Ook leeg.

'Hallo?' zei ik nogmaals, voordat ik een blik over mijn schouder wierp en vervolgens tussen de boekenkasten door naar achteren liep. Aan het eind keek ik naar links en naar rechts, maar er was niets te zien. Ik draaide me om en net op dat moment hoorde ik de deur weer opengaan, gevolgd door het vage geluid van de ruisende regen. Kwam er nu iemand binnen of ging er iemand weg?

Ik haastte me terug naar de voorste ruimte van de bibliotheek, waar het nog steeds helemaal verlaten was. Mijn blik schoot naar het raam, waar ik nog net een man langs zag lopen. Wie was dat? Een dorpsgenoot zonder geduld? Kon ik hem misschien nog terugroepen?

Hals over kop trok ik de deur open en stapte de stromende regen in. Aan het eind van de straat zag ik iemand in een donkergroene jas. Vlak voor hij om de hoek verdween, keek hij nog even om en toen was hij weg, nog voordat ik mijn arm kon opsteken om hem te wenken.

Terwijl de regen me doornat maakte, staarde ik door de lege straat. Te laat. En ik had hem te kort gezien om hem te kunnen herkennen. Ik haalde mijn schouders op. Dan niet. Tegenwoordig had iedereen altijd haast. Geduld opbrengen om even te wachten was er niet meer bij.

Snel trok ik me weer terug in de behaaglijke warmte van de bibliotheek. Het was nu kwart over tien; ik had nog een krappe anderhalf uur te gaan. Als het meezat kon ik mooi mijn boek uitlezen.

Femke kwam een halfuur te laat. Ondanks dat ze gemeld had dat ze wat later zou komen, had het mijn humeur geen goed gedaan. Nu moest ik me nog haasten ook om op tijd thuis te zijn voor als Puck uit school kwam.

Geërgerd reed ik de stoep voor de bibliotheek af en fietste met een vaartje de straat uit. De stromende regen was afgezwakt tot een gestage miezer, maar zelfs die irriteerde me. Hard trappend schoot ik even later de oprit langs ons huis op, waar Puck al stond te wachten.

'Ik heb een goed gekregen voor lezen!' riep ze. En toen ik afstapte: 'En een zeer goed voor rekenen!'

'Geweldig!' prees ik, terwijl ik haar met mijn vrije arm tegen me aan trok en een kus op haar kruin drukte.

'En ik was ook de enige die de tafel van veertien kon opzeggen,' meldde ze glunderend.

'En wat zei de juf daarvan?'

Ze haalde haar schouders op. 'Dat ik knap was.'

‘Dat je knap was?’ herhaalde ik geamuseerd.

‘Ja. En dat ik later vast iets technisch ging doen.’ Nu keek ze naar me op. ‘Maar ik denk niet dat ik dat wil.’

‘Nee, jij wil maritiem bioloog worden, toch?’

Ze knikte.

Ik glimlachte. Eerst was het altijd dolfijnentrainer geweest, maar sinds ze op de televisie een documentaire had gezien over een maritiem bioloog, was dat het wat ze wilde. Zelf vond ik het vooral belangrijk dat ze ging doen waar ze plezier in had.

‘Ga je straks even mee naar de supermarkt?’ vroeg ik, nadat ik mijn fiets in de schuur had gezet.

Ze knikte en rende voor me uit naar binnen. Mijn vrolijke meisje. Ze hielp me fluitend met tafeldekken en kletste honderduit toen Marcus en Lotte de middagboterham kwamen eten.

Rond halftwee trokken Puck en ik onze regenjassen aan en stapten het vochtige herfstweer in. De nattigheid deed Puck helemaal niets. Terwijl ze onvermoeibaar om me heen dartelde, stampte ze met haar laarzen in elke plas die we tegenkwamen. Hoe vaak ik haar ook zei dat niet te doen, dat ze daar toch veel te groot voor was, bleef ze ermee doorgaan, hardop lachend als er weer een hele plens water tegen mij aan spetterde. Uiteindelijk zei ik maar niets meer en liet haar begaan, me ondertussen afvragend of ik de paraplu ook niet beter kon inklappen.

Het was vlak voordat we de supermarkt binnengingen dat het gevoel dat ik bekeken werd me overviel. Het deed me huiveren, en terwijl Puck voor me door de schuifdeuren liep, keek ik links en rechts de straat in. Er was niets te zien. Natuurlijk niet. Zelfs een hond waagde zich niet buiten met dit natte weer en nadat ik mijn paraplu had ingeklapt, haastte ik me achter Puck aan.

Toen we met twee tassen vol boodschappen weer buitenkwamen, was het wonderbaarlijk genoeg bijna droog. De lucht leek op te klaren en ik hoopte dat er nu eens een paar droge dagen in het verschiet lagen. Kou interesseerde me niet, maar die regen…

Luisterend naar het gekwebbel van Puck liep ik samen met haar terug naar huis. Deze keer was ze rustiger en hielp me met het vasthouden van een van de boodschappentassen.

Vlak bij huis – we hoefden alleen nog maar de straat over te steken – dook er van links ineens iemand naast me op. Ik schrok er zo van, dat ik bijna een van de tassen met boodschappen liet vallen. Het eerste wat ik dacht was dat het een patiënt van Marcus was. Maar toen ik opkeek, zag ik dat híj het was: de man die bij het hek langs de Ljouwerterdyk had gestaan. Ik wist het zeker. En nu ik zijn jas zag, een halflange donkergroene jas, realiseerde ik me meteen dat hij ook de man was die vanmorgen in de bibliotheek was geweest.

Onwillekeurig bewoog ik me een stukje bij hem vandaan en duwde Puck achter me, die natuurlijk niet begreep waarom.

'Ma-ham, niet doen!' riep ze en ze stapte eigenwijs weer naast me. Ze keek op naar de man, die mij zwijgend aanstaarde, en vroeg toen: 'Wie ben jij?'

'U,' zei ik automatisch. 'Wie bent ú.' En tegen de man: 'Dat zou ik ook graag willen weten. Waarom volgt u mij?'

Er kwam geen reactie. De man bleef me aankijken, met om zijn lippen een vage glimlach. Hij nam een trek van de sigaret die hij vast had, blies de rook opzij en richtte zijn blik toen geïnteresseerd op Puck, die onbevangen terug staarde. Maar voordat ik daar iets van kon zeggen, of hem kon toesnauwen dat hij niet zo naar mijn dochter moest kijken, zei hij: 'Ze heeft hele mooie ogen, wist u dat?'

Verbouwereerd staarde ik hem aan, niet in staat om op wat voor manier dan ook te reageren. Toen wierp de man zijn sigaret in een plas, streek met zijn hand even over Pucks haar en liep weg.

Zodra ik thuis was en Puck naar haar kamer was, liep ik meteen door de gang naar de kliniek. Lotte zat achter haar bureau wat papieren in te vullen en keek op toen ik binnenkwam.

‘Hé Barb!’ zei ze. ‘Aan de wandel geweest?’

Verward staarde ik haar aan.

‘Je gezicht,’ verduidelijkte ze, terwijl ze beide handen tegen haar wangen sloeg. ‘Helemaal rood.’

‘O, ja, ik heb boodschappen gedaan,’ zei ik. Ik wees naar de deur van de spreekkamer. ‘Is er een patiënt?’

Ze schudde haar hoofd. ‘Net weg. De volgende zal zo wel komen.’

‘Mooi,’ zei ik. Zonder op een reactie te wachten liep ik door, opende de deur en ging de spreekkamer in. Marcus stond net zijn handen te wassen en keek om.

‘Barbara,’ zei hij verrast. En toen, met een lach: ‘Je ziet er verwaaid uit.’

Ik reageerde er niet op, maar zei meteen: ‘Ik word gevolgd door een man.’

De lach verdween van Marcus gezicht, terwijl hij zich met druipende handen naar me omdraaide. ‘Wát zeg je?’

‘Er is een man die me steeds achterna loopt,’ zei ik. ‘Het lijkt wel of hij me in de gaten houdt.’ Ik dacht weer aan de blik die hij op Puck had geworpen en voelde ineens een ongekende angst opwellen. ‘Gisteren zag ik hem in het bos en vanmorgen in de bibliotheek en net stond hij bij de pinautomaat ineens vlak voor me.’ Kippenvel trok over mijn armen. ‘Hij heeft het op Puck gemunt, Marcus!’

Meteen kwam Marcus naar me toe en greep me vast, zijn natte handen doorweekten mijn shirt. ‘Kom even zitten,’ zei hij rustig. ‘Je trilt helemaal.’ Hij duwde me op een van de stoelen aan de andere kant van zijn bureau.

‘Hij keek naar Puck,’ ratelde ik verder. ‘Marcus, hij zal haar toch niet…’

‘Rustig aan nou even,’ zei Marcus, terwijl hij op de stoel naast me ging zitten. ‘Vertel me eerst eens wat er precies gebeurd is. Waarom zou iemand het op Puck gemunt hebben?’

Ik ademde even diep in en voelde het paniekgevoel wat afzakken. 'Hij volgt me al een paar dagen,' zei ik.

'Wie?' vroeg Marcus. 'Is het iemand uit het dorp?'

'Nee, ik weet niet wie het is, ik heb hem nog nooit eerder gezien.'

Achter ons hoorde ik een zacht geluid en toen ik omkeek stond Lotte in de deuropening. 'Wat is er aan de hand?' vroeg ze bezorgd.

'Niets,' zei Marcus.

'Die man,' zei ik. 'Hij was er weer!'

Lotte kwam de spreekkamer binnen en hurkte naast mijn stoel neer. 'Die uit het bos?'

Ik knikte.

'Keek hij weer naar je?'

'Hij was in de bieb vanmorgen,' zei ik. 'En zojuist stond hij op straat ineens voor me. Hij keek zo eng naar Puck en aaide haar over haar hoofd.'

'Jezus,' mompelde Lotte. 'Ik zei je toch al dat je...'

'Wacht eens even,' viel Marcus haar in de rede. 'Jij wist hier al van?' En tegen mij: 'Waarom heb je mij hier niet over ingelicht?'

'Omdat ik dat onzin vond,' zei ik zacht. Ik staarde naar mijn handen op mijn schoot en had er spijt van dat ik niets tegen Marcus gezegd had. Maar wie had nu kunnen denken dat die vent nog een keer zou opduiken?

Marcus zuchtte diep. 'Hoe zag die man eruit?'

Dat wist ik wel; hij had nog geen tien minuten geleden vlak voor me gestaan. 'Iets langer dan ik, halflang haar, beetje krullerig en bruine ogen. Hij droeg een donkergroene coat, zo'n soort regenjas.'

'Klinkt niet als iemand uit het dorp,' meldde Lotte en ze keek naar Marcus, die mij zwijgend aanstaarde, zijn voorhoofd gefronst.

'Toch?' zei Lotte aarzelend.

Marcus' blik schoot naar Lotte. 'Nee… klinkt niet als een dorpsgenoot.' Hij keek weer naar mij. 'In ieder geval niet eentje die hier in de praktijk komt.'

'Dus jij weet ook niet wie het is?' wilde ik weten. Ik kon er niets aan doen dat ik me nog steeds opgelaten voelde. Had ik eerst nog gedacht dat het verbeelding was geweest dat die man naar me had staan kijken, nu wist ik wel beter. Hij had écht naar me gekeken en dat idee bezorgde me hartkloppingen, vooral nu hij ook nog eens vlak voor me had gestaan en over Puck was begonnen, haar zelfs over haar hoofd had gestreeld.

'Je had me dit al eerder moeten vertellen,' klonk Marcus' verwijtende stem, zonder op mijn vraag in te gaan.

'En dan?' vroeg ik. 'Wat had je gedaan? De politie gebeld? Wat kan die doen?'

'Thijs kan altijd de boel in de gaten houden,' merkte Lotte op.

Ik dacht aan de agent die hier weleens rondliep, Thijs Krol. Officieel kwam hij uit Sint Annaparochie omdat Ferwerd geen eigen politiebureau meer had. Maar af en toe kwam hij langs en maakte dan hier en daar een praatje. Hoe kon híj in vredesnaam de boel in de gaten houden?

'Hallo?' klonk het ineens, waardoor we alle drie omkeken. In de deuropening stond mevrouw Bergsma, waarschijnlijk de volgende patiënt.

'O, mevrouw Bergsma!' Meteen schoot Lotte overeind. 'Ik kom bij u.' Ze keek nog even naar mij en fluisterde: 'Ik zou echt de politie waarschuwen, Barb. Dit is toch niet normaal?'

Nog voordat ik antwoord kon geven, liep ze de spreekkamer echter al uit en leidde mevrouw Bergsma naar haar bureau in de wachtkamer. Ik richtte mijn blik op Marcus en terwijl mijn hartslag weer toenam, vroeg ik zacht: 'Die man zal het toch niet weten, Marcus?' En toen er geen antwoord kwam: 'Marcus?'

Hij keek op en ik zag de weifeling in zijn ogen. 'Ik denk dat we niet op de dingen vooruit moeten gaan lopen,' zei hij toen.

'Maar stel nou dat...'

'Het heeft geen zin, Barb,' onderbrak hij me fel.

Ik dacht aan het ongeluk, nu al zovele jaren geleden. Hij had gelijk. Het had geen zin om daarover te piekeren. Waarom dan nu? Waarom niet eerder? Ik had geen idee wat die man van me wilde. Misschien wel helemaal niets. Misschien was het gewoon een perverseling die een denkbeeldig oogje op me had en me via Puck probeerde te benaderen.

'Je hebt gelijk,' fluisterde ik. 'Alleen... soms ben ik zo bang dat iemand het te weten is gekomen.'

De blik in Marcus' ogen verzachtte. 'Dat weet ik,' zei hij. Hij trok me overeind, sloeg zijn armen om me heen en hield me stevig tegen zich aan. 'Maar ik zal er alles aan doen om dat te voorkomen.'

TOEN

De man ziet het gebeuren: de Audi die de bocht door komt en zich met hoge snelheid in de zijkant van de dwars over de weg staande Renault boort. Hij hoort de klap, brekend glas, scheurend metaal, gevolgd door de onnatuurlijke stilte, die alleen doorbroken wordt door het ruizen van de regen. Benzine lekt uit een van de auto's en vermengt zich met het regenwater dat het asfalt overspoelt: een veelkleurige plas, die zich steeds verder uitbreidt. De motorkap van de Audi is volledig verwrongen; rook kringelt eronder vandaan. De Renault is door de klap om zijn as gedraaid en ligt ondersteboven enkele meters verder.

De man wil het talud af lopen om te kijken of hij wat kan doen, maar ziet dan het portier van de Audi opengaan. Iemand stapt uit. De bestuurder. Hij drukt zijn hand tegen zijn voorhoofd en kijkt ernaar, om hem vervolgens aan zijn broek af te vegen. De bestuurder wankelt, grijpt zich even vast aan het portier. Dan loopt hij met onvaste passen naar de Renault.

Regendruppels lopen in stralen van zijn donkerblauwe waxjas, terwijl de man toekijkt hoe de bestuurder probeert een van de portieren van de Renault open te trekken. Hij wil naar hem toe gaan, hem ermee helpen, maar de brede sloot tussen hem en de weg houdt hem tegen. De bestuurder rukt steeds harder en uiteindelijk schiet het portier open. Opnieuw is er die oorverdovende stilte als de man ziet hoe de bestuurder op zijn knieën valt en zijn handen voor zijn gezicht slaat.

NU

Laat ik beginnen te zeggen dat het nooit mijn bedoeling is geweest. Het gebeurde gewoon. Niet vanzelf. O God nee, absoluut niet vanzelf. Een kleine misstap was er de oorzaak van dat ik een gemakkelijke prooi werd. Chantabel. Ze konden me laten doen wat ze wilden, omdat het openbaar worden van mijn misstap catastrofale gevolgen zou hebben. Gevolgen die nooit meer terug te draaien zouden zijn; die levens overhoop zouden gooien en meer pijn zouden veroorzaken bij degenen die ik zo lief heb, dan ze ooit zouden kunnen dragen.

Het moment waarop alles begon was die avond in oktober. Het had dagenlang geregend en de voorspellingen gaven aan dat het voorlopig ook zou blijven regenen. Ik werd er somber van. Daarnaast ging het al langere tijd niet goed tussen mijn vrouw en mij. Ze zat in een zware depressie en wat ik ook probeerde, ik kon niet tot haar doordringen; het lukte me niet om precies datgene te doen waardoor ze uit haar lethargie zou ontwaken en weer oog zou krijgen voor de dingen om haar heen. Ik geef toe dat het verlies van een kind zwaar is. Heel zwaar. Ook ik verloor mijn meisje; stond machteloos toen dat schermpje in het ziekenhuis die onmiskenbare flatline *vertoonde. Wat er dan door je heen gaat, is onbeschrijflijk. Mijn vrouw stortte in, kon zich niet herstellen. Ze trok zich terug in haar eigen wereldje waar niemand haar kon bereiken en had zelfs geen aandacht meer voor onze andere dochter, die haar op dat moment zo nodig had.*

En ineens, een jaar later, diende zich de oplossing aan. Zomaar uit het niets, op die donkere oktoberavond. Het is nooit mijn bedoeling geweest te doen wat ik toen deed. En toch heb ik het gedaan.

Wethouder overleden

Leeuwarden – 20 nov. – Wethouder Harry Ritskes, die afgelopen zaterdag tijdens het Charity Gala Diner onwel werd en met spoed werd opgenomen in het Medisch Centrum Leeuwarden, is afgelopen nacht overleden. Volgens een van zijn behandelend artsen was zijn dood verre van natuurlijk. Een politiewoordvoerder bevestigt deze uitspraak en zegt dat het onderzoek naar de toedracht van de dood van Ritskes inmiddels is opgestart. Harry Ritskes werd 46 jaar en laat een vrouw en drie kinderen achter.

II

'To lose a child is to lose a piece of yourself.'

– DR. BURTON GREBIN –

-1-

BARBARA

Ferwerd | donderdag 20 november

Een hele poos hadden Marcus en ik 's nachts liggen praten. Over toen, wat er gebeurd was. Het ongeluk, waar niemand van afwist. En natuurlijk over die man. Marcus vroeg me of ik naar de politie wilde, maar dat sloeg ik af. Naar de politie gaan betekende dat er vragen zouden kunnen komen. Over vroeger. Vragen die we niet konden, niet wílden beantwoorden. Thijs was een pitbull; die beet zich overal in vast. Als we zouden melden dat ik werd lastiggevallen, dan zou hij het tot op de bodem uitzoeken en hij zou niet aarzelen daarvoor ons hele doopceel te lichten, iets waar wij niet op zaten te wachten. En dus had ik gezegd dat ik het nog even wilde aanzien. Misschien was die vent gewoon geobsedeerd door mij en droop hij vanzelf af als we er geen aandacht aan schonken.

Van slapen was er die nacht dus niets gekomen en met dikke ogen liep ik 's ochtends de trap af. Marcus was al in de keuken met het ontbijt bezig en omdat ik de krant niet op tafel zag liggen, liep ik na een gemompeld 'môgge' meteen door naar buiten om hem uit de bus te halen. De koele buitenlucht verfriste mijn geest en ik snoof diep de geuren van het platteland op, terwijl ik met de krant terug naar de keukendeur liep. Mijn oog viel op een klein berichtje in de benedenhoek van de voorpagina en verbaasd bleef ik in de deuropening staan. 'Hè?' zei ik.

Bij het horen van mijn uitroep draaide Marcus zich naar me om. 'Wat is er?'

'Die wethouder die vorige week met spoed naar het ziekenhuis moest...' begon ik zonder mijn ogen van de krant te halen.

'Geen idee waarover je het hebt,' zei Marcus. Hij deed het deksel op de theepot en zette hem op de tafel, op het moment dat Puck en Robin binnenkwamen.

'Harry Ritskes,' verduidelijkte ik. 'Hij was op het benefietgala toen hij onwel werd.'

Marcus trok de keukenla open en zei niets.

'Hij is dood,' vervolgde ik.

Met luid gekletter viel het bestek op de grond dat Marcus juist uit de la had gehaald en zacht vloekend liet hij zich door zijn knieën zakken.

'Ga je lekker?' vroeg Puck, terwijl ze Marcus kruipend over de vloer hielp de messen en vorken bij elkaar te zoeken.

Ik zag haar gezicht boven de tafel toen ze weer opstond en schoot bijna in de lach om haar scheef zittende staartjes en de gekleurde speldjes die ze kriskras in haar haren gestoken had.

'Kijk niet naar mij,' zei Robin met opgeheven hand bij het zien van mijn blik. 'Mijn hulp wil ze toch niet.'

Ik legde de krant op tafel, trok Puck naar me toe en fatsoeneerde haar haren. Ze leek het niet eens te merken, zo gefocust was ze om het bestek naast alle borden te leggen.

'Vork links, mes rechts,' hielp Robin haar.

'Dat wéét ik wel,' zei Puck, terwijl ze het mes dat ze net links had neergelegd opzijschoof naar het volgende bord. 'Ik hoef het trouwens niet te doen, want papa was ermee bezig voordat hij ging strooien.'

Ik keek om naar Marcus en vroeg me af waarom hij zich er niet zoals altijd met een grapje uit redde. Hij stond nog steeds met zijn rug naar de keuken toe, vaatdoek in zijn handen geklemd, en staarde uit het raam.

'Papa slaapt zeker nog,' merkte Puck op. 'Ik maak 'm wel even wakker.' Ze liet de rest van het bestek op de tafel liggen, liep naar

Marcus toe en sloeg van achteren haar armen om hem heen.

Ik zag hem schrikken. Hij liet de vaatdoek vallen en keek om, met een blik die ik niet kon plaatsen. Hij was dus duidelijk heel ergens anders geweest met zijn gedachten.

'Sorry,' zei hij, nog steeds een beetje afwezig. Hij wreef met zijn hand door zijn haar en herhaalde: 'Sorry, ik was er even niet bij.' En tegen Puck die hem de vaatdoek overhandigde die ze voor hem had opgeraapt: 'Dank je wel, muis.'

'Ik ben vandaag niet je slaafje, hoor,' merkte ze op. Ze wierp Marcus een schuine blik toe, terwijl ze op haar plek aan de tafel ging zitten.

Hij trok zijn wenkbrauwen op en keek van mij naar Puck.

'Eerst het bestek, toen de vaatdoek,' somde Puck op. 'Straks moet ik nog patiënten voor je gaan oprapen.'

'Doe normaal,' snoof Robin. 'Jij laat toch ook weleens wat vallen. Daarnet nog je tandenborstel. Alles zat ónder de tandpasta.'

Pucks voorhoofd rimpelde tot een nijdige frons, wat haar gezicht een komische uitdrukking gaf, maar waarvan ik wist dat we die niet moesten onderschatten en snel schoof ik het mandje met brood in haar richting. 'Opschieten nu, anders kom je te laat op school.'

Puck wilde toch nog wat zeggen, maar hield wijselijk haar mond toen ze mijn blik zag. Ik keek weer naar Marcus, die zwijgend voor zich uit zat te staren, en niet door leek te hebben dat Robin tegen hem praatte over een scheikundetoets die ze volgende week had en dat ze daar zijn hulp wel bij kon gebruiken. Hij was er absoluut niet met zijn hoofd bij vanmorgen.

'Geen zin?' vroeg ik hem, toen Robin na het ontbijt haar tas van boven haalde en Puck alvast haar jas ging aantrekken.

'Wat?' Marcus keek me niet-begrijpend aan.

'In je ontmoeting met Jan,' zei ik. 'Heb je geen zin? Je bent zo afwezig.'

Hij haalde zijn schouders op. 'Jan is altijd wel een fijne gesprekspartner, dus ik kijk er wel naar uit. Ik heb alleen beroerd geslapen vannacht.'

Dat was waar. Niet alleen ik had lang wakker gelegen, ook Marcus had na ons gesprek liggen draaien.

'Vanwege dat gedoe met die man?' wilde ik weten. En om hem gerust te stellen: 'Daar moet je je geen zorgen over maken. Die kan ik wel aan, hoor.' En dat meende ik. Ik had de afgelopen nacht tijd genoeg gehad om erover na te denken en na lang piekeren had ik besloten me niet meer te laten intimideren door die vent. Wie dacht hij wel dat hij was?

Marcus glimlachte naar me en legde zijn hand over die van mij. Boven was het zachte gestommel van Robin te horen die natuurlijk op het laatste moment nog boeken bij elkaar moest zoeken. Puck hoorde ik niet. Die zat misschien op de trap op haar zus te wachten, zoals ze wel vaker deed.

Ik trok de krant weer naar me toe en tikte op de minuscule foto van wethouder Ritskes die op de voorpagina stond afgedrukt. 'Gek eigenlijk,' merkte ik op. 'Zo oud was hij nog niet.'

'Wie?' vroeg Marcus, die wat spullen van de tafel pakte en zich naar het aanrecht omdraaide.

'Wethouder Ritskes. Hij was pas vijfenveertig.'

Er kwam geen antwoord. Ik liet mijn ogen op Marcus' rug rusten en keek hoe hij het mandje met zoet broodbeleg in de kast zette.

'Jij kende hem toch?' vroeg ik.

Onverschillig haalde hij een schouder op. 'Hij heeft bij me op school gezeten. Maar verder hadden we weinig contact.' Hij kwam weer naar de tafel en pakte de boter en de melk.

'Jammer dat jullie elkaar op dat gala dan niet even gesproken hebben,' zei ik. 'Het zou een mooie kans zijn geweest om bij te praten.'

'Ja,' mompelde Marcus zonder me aan te kijken. 'Heel jammer.'

Zodra Marcus was vertrokken, stortte ik me opnieuw op de boekhouding, om uit te vinden wat er precies mis was met het overschot aan paracetamol. Marcus had verklaard dat er volgens hem niet te veel was besteld, waardoor ik vastbesloten was om te ontdekken waar de fout dan wel lag.

Ik was zo druk bezig, dat ik me wezenloos schrok toen de huistelefoon ineens overging. Haastig liep ik door de gang naar de woonkamer om op te nemen, mopperend op mezelf dat ik eens moest leren het ding mee naar de praktijk te nemen als ik aan het werk ging.

Lichtelijk buiten adem graaide ik de telefoon van het basisstation. 'Barbara van Brederoo,' zei ik. Het klonk als een lange aaneenschakeling van b's, die iemand die mij niet kende vast niet zou verstaan. Ik was te laat. In plaats van antwoord, hoorde ik de kiestoon. Verdorie. Ik keek in de bellijst, maar zag dat het een afgeschermd nummer was geweest. Vast weer zo'n idioot die me iets wilde aansmeren.

Ik keek naar de klok en zag dat het al over tweeën was. En nog had ik die afwijking niet kunnen thuisbrengen. Bleef over een fout bij de groothandel, al hadden die me een paar dagen terug verzekerd dat het niet aan hen lag. Misschien moest ik hen straks toch nog maar een keer bellen.

Terwijl ik de keuken in liep, riep ik Deyna. Vrijwel meteen hoorde ik haar nagels op de plavuizen tikken, toen ze met grote haast uit de bijkeuken kwam, waar ze waarschijnlijk had liggen wachten op haar dagelijkse wandeling. 'Ga je mee?' zei ik tegen haar en ik aaide haar stevig achter haar oor, wat ze beantwoordde met een hevig gekwispel.

In de hal trok ik mijn regenjas aan, klikte de riem aan Deyna's halsband en opende de voordeur. Er scheen een waterig zonnetje en dat stemde me vrolijk. Het werd eens tijd dat we droog, vriezend weer kregen. Misschien zou er dit jaar eindelijk weer eens strenge vorst komen, zodat we de schaatsen uit het vet konden halen. Vooral de kinderen keken daar erg naar uit. Helaas voorspelden de weerberichten voor voorlopig alleen maar herfstweer: wind en regen.

Terwijl ik de straat uit liep keek ik nog even verwonderd achterom. Het tuinhekje... Het viel me nu pas op dat het had opengestaan. Maar ik was er stellig van overtuigd dat ik het vanmorgen had dichtgedaan.

Toch?

-2-

DANIËLLE

De rode cijfers op haar wekker gaven 07:18 aan. Ze moest eruit. Twintig minuten geleden al. Maar ze had er absoluut geen zin in en dus draaide ze zich loom op haar andere zij.

Vanmorgen had ze haar vader al vroeg horen weggaan. Rond halfzes had ze de deur gehoord, het onverstaanbare gefluister buiten onder haar raam, en geërgerd had ze liggen luisteren naar het zachte, zeurderige gemompel van Annelien. Ze hoefde het niet te verstaan om te weten wat ze zei: dat haar vader goed moest uitkijken en ervoor moest zorgen dat hij heelhuids weer thuiskwam.

Braak.

Het ergste was dat ze nu alleen met haar aan de ontbijttafel zou zitten. Met haar en die jankende krielkip. Hoera, gezellie! Het liefst was ze de deur uit gegaan zonder iets te eten, zodat ze haar ontliep, maar dat zou niet verstandig zijn. Ze werd altijd megaberoerd als ze 's morgens niets at en ze had vast geen tijd om ergens een broodje te halen.

Ze keek weer naar de wekker, die nu vier minuten later aangaf. Ze moest echt opstaan, anders kwam ze te laat op school.

Snel liet ze zich uit bed glijden, pakte haar mobiel van het nachtkastje en keek onderweg naar de badkamer of ze berichtjes had. Eentje. Van Merlijn.

Hoe laat vanmiddag?

Ze stak haar tandenborstel in haar mond en terwijl ze poetste, typte ze met de duim van haar andere hand een berichtje terug.

Ben om 3 uur klaar.

Konden ze daarna meteen naar De Stee. Thuis was er toch niks aan.

Je ziet me!

xxx

Ze stuurde twee hartjes terug en klapte het mapje van haar mobiel dicht. Ze was blij dat ze Merlijn had. Zonder hem zou ze allang van het dak gesprongen zijn. Haar moeder had het voorbeeld al gegeven; niemand zou gek opkijken als ze in haar voetsporen trad.

Ze trok haar korte geruite rokje, een strakke legging en haar Madonna T-shirt aan en ging naar beneden. Ze gooide haar tas alvast in de richting van de voordeur, duwde de dopjes van haar iPhone in haar oren en liep op blote voeten de keuken binnen. Annelien stond bij het aanrecht een bord pap te maken voor die kriel en keek glimlachend naar haar om.

Ze lachte niet terug, ging aan tafel zitten en pakte meteen een boterham uit het mandje, dat Annelien al had klaargezet. De schat. Terwijl ze de boter pakte, zag ze dat Annelien iets zei. Eerst wilde ze het negeren, maar omdat ze geen zin had in nog meer ellende met haar vader straks, trok ze een van de dopjes uit haar oren en snauwde: 'Wát?'

'Ik zei goedemorgen,' herhaalde Annelien. 'En of je ook een croissantje wilt. Ik heb ze even in de oven gelegd. Dan zijn ze lekker warm.'

Croissantjes? Serieus?

Eigenlijk wilde ze weigeren. Gewoon haar schouders ophalen en zeggen dat ze die croissantjes wat haar betrof ergens kon steken. Toch deed ze dat niet. Ze was gek op croissantjes, vooral als ze warm waren. Met boter die dan zo lekker smolt. En dus knikte ze en mompelde maar wat. Ze wist heel goed dat dit weer zo'n halfbakken poging van Annelien was om vriendjes met haar te worden. Nou, ze deed maar. Vrienden worden zouden ze toch nooit. Maar ze zou er niet een warm croissantje voor afslaan. Ze wierp een koele blik op Josh in zijn kinderstoel en duwde het oordopje weer terug in haar oor.

Toen Annelien een bordje met een goudgele croissant – die er smakelijker uitzag dan wanneer haar vader ze had afgebakken – voor haar neerzette, zag ze opnieuw haar lippen bewegen. Wat nou weer?

Theatraal trok ze het oordopje weer uit haar oor en keek Annelien vragend aan.

'Waarom laat je die muziek niet eens uit?' vroeg Annelien. 'We kunnen gezellig wat praten onder het ontbijt.'

Het klonk helemaal niet onvriendelijk, of dwingend, of wat dan ook, maar toch ergerde Daniëlle zich eraan.

'Alsjeblieft?' voegde Annelien toe. Niet smekend, niet eisend. Gewoon neutraal.

Daniëlle fronste haar wenkbrauwen en voelde een hatelijke opmerking opkomen, maar gek genoeg uitte ze die niet. Ze zag de blauwe ogen van Annelien – net poppenogen had ze tegen haar vader gezegd toen ze Annelien voor het eerst had ontmoet – en slikte haar woorden in, al wist ze niet precies waarom. Annelien deed haar niets. Annelien was surrogaat. Een slap aftreksel van Daniëlles moeder die ze had aanbeden. Alles aan haar moeder was mooi geweest. Uiterlijk, karakter, alles. O, ze wist wel wat iedereen zei. Dat ze dat helemaal niet kon weten. Vijf was Danielle geweest toen haar moeder er een streep onder zette. Te jong om zich bepaalde details te herinneren. Maar dat was niet waar. Ze zag het beeld van haar moeder nog haarscherp voor zich. Haar lieve lach, haar glinsterende ogen als ze zachtjes een liedje zong voor haar, en voor Marit, als die weer eens ziek op bed lag. Ze had een prachtige stem gehad, haar moeder. Heel anders dan die van Annelien. Ze had haar weleens een slaapliedje horen zingen voor Josh. Nee, Annelien haalde het niet bij haar moeder. Nog in geen miljoen jaar.

'Daniëlle?'

Ze schrok op en zag Annelien bezorgd naar haar kijken. Ze haatte die blik. Het liefst was ze opgesprongen en de deur uitgerend. Maar in plaats daarvan trok ze het andere oordopje ook uit haar oor en duwde het samen met haar iPhone in de zak van haar rokje. Voor deze keer gaf ze toe. Maar Annelien moest niet denken dat ze haar kon gaan bemoederen. Dat zou ze haar dan gauw afleren.

'Dank je,' zei Annelien. Ze ging naast Josh aan tafel zitten, schuin tegenover haar, en schoof een lepeltje pap in zijn mond.

Daniëlle smeerde wat boter op haar warme croissant en keek tersluiks toe hoe Annelien de jongen voerde. Toen Annelien na een kort moment weer haar kant opkeek en glimlachte, merkte Daniëlle de vreemde trieste blik in haar ogen op. Dat was haar nog niet eerder opgevallen. Of was dat vandaag voor het eerst? Ze had hen gisteravond wel gehoord, haar vader en Annelien, in de slaapkamer naast die van haar. Ze hadden ruzie gehad. Of eerder woorden, want echt tegen elkaar geschreeuwd hadden ze niet. Daniëlle had er eigenlijk nooit bij stilgestaan dat haar vader en Annelien ook weleens ruzie konden krijgen. Ze had zich dat niet kunnen voorstellen. De zijige Annelien, die alles deed om het Daniëlles vader naar de zin te maken. Eigenlijk naar zijn pijpen danste en voor hem kroop. Ruziemaken? *No way!*

En toch had ze het gehoord. Al had ze niet kunnen ontdekken waarover het ging. Het was haar zaak ook niet; al had ze nu wel begrepen dat Annelien blijkbaar toch niet over zich heen liet lopen, en nu ze zo tegenover haar zat en die trieste blik zag, begreep Daniëlle dat er misschien toch meer pit in Annelien school dan ze liet blijken.

Ze nam een hap van haar croissant en veegde met de rug van haar hand wat boter van haar kin. Trouwens, als ze er goed over nadacht was dat afscheid onder haar slaapkamerraam vanmorgen ook niet allerhartelijkst geweest. Het had strikt genomen anderhalve minuut geduurd voordat ze haar vader hoorde wegrijden.

Wat dus best vreemd was, gezien het feit dat Annelien daar altijd ruim de tijd voor nam. Minstens een kwartier hing ze wel bij haar vader om de nek als hij voor een paar dagen wegging. Betekende dat misschien dat ze vanmorgen nog steeds ruzie hadden? Dat zou wel die blik in Anneliens ogen verklaren.

'Heb je zaterdag iets te doen?'

Daniëlle stopte met kauwen en keek op. Nu pas merkte ze dat Annelien haar aandachtig aanstaarde. 'Hoezo?' vroeg ze. Het klonk botter dan ze eigenlijk bedoelde.

'Nou, ik dacht eigenlijk...' begon Annelien. Ze aarzelde. 'Je vader komt pas laat in de middag terug. Misschien zouden wij iets leuks kunnen gaan doen? De stad in, of zo?'

Nu was het Daniëlle die Annelien aanstaarde. De stad in? Samen met haar? Wat moesten ze daar doen? Ze hadden allebei een heel andere smaak dus kleding kopen, of wat ze ook in gedachten had, was geen optie.

'Lijkt me niet verstandig,' zei ze en ze richtte haar aandacht weer op de croissant.

Het bleef stil, waardoor ze toch even haar ogen opsloeg en over de tafel naar Annelien keek. Anneliens blik was veranderd. Die was nu niet alleen triest, maar ook gekwetst en op de een of andere manier gaf dat Daniëlle een rotgevoel. Het maakte haar kwaad. Ze wilde helemaal geen diepere relatie met Annelien. Samen leuke dingen doen, winkelen, taarten bakken, *whatever*, het zou allemaal een schijnvertoning zijn. Hoe kon ze vriendinnen worden met een vrouw die amper tien jaar ouder was dan zij en die de plaats van haar moeder had ingenomen? Dat was zó ondenkbaar!

Maar toch, die blik... gek genoeg deed die haar iets. Misschien kwam het door die ruzie tussen Annelien en haar vader. Het idee dat het helemaal niet allemaal koek en ei was tussen hen, veroorzaakte barstjes in Daniëlles oordeel over Annelien. Deed haar beseffen dat Annelien helemaal niet feilloos en perfect was.

'Ik moet studeren voor een tentamen,' verontschuldigde ze zich.

Het (tamelijk zwakke) excuus was eruit voordat ze het besefte. Ze keek even naar Josh, die onder de pap zat, en fronste haar voorhoofd. Nog even en ze werd sentimenteel. En dat was wel het laatste wat ze wilde: dat iemand – Annelien – te dichtbij kwam. Niemand kwam in haar wereldje. Daar hield ze hen juist ver vandaan. Want als je niemand toeliet tot je gevoelens, konden ze je ook geen pijn doen. En pijn hadden ze haar al genoeg gedaan. Op het moment dat haar zus Marit stierf en haar moeder besloot dat Daniëlle het niet waard was om voor verder te leven, had ze die denkbeeldige streep getrokken. Tot hier en niet verder. Toen niet, en nu niet. Nooit meer.

'Wat jammer,' zei Annelien zacht. Geen verwijten. Geen gepush. Was het een wonder dat Daniëlle haar een softie vond? Walging stak de kop weer op.

'Ik moet weg,' mompelde ze, terwijl ze het laatste stukje croissant in haar mond stopte en opstond. Ze dronk nog snel een slok van haar thee en haastte zich vervolgens naar de deur, waar ze zich in een opwelling naar Annelien omdraaide en met een halfbakken glimlachje 'Dank je wel voor de croissant,' zei.

-3-

ANNELIEN

Landgoed Wâldstaete, Leeuwarden | donderdag 20 november

Met haar armen over elkaar staarde ze door het keukenraam en keek Daniëlle na, die de enorme oprijlaan van het landgoed af liep. Waarom ze toch niet de fiets nam, was Annelien een raadsel. Hoewel, het zou natuurlijk kunnen dat ze weer werd opgepikt door die jongen. Wat moest Daniëlle toch met die knul? Waarom zocht ze haar toevlucht toch altijd buiten de deur? Oké, Annelien wist dat Timo niet de gezelligste vader ter wereld was; dat was ook de reden dat Annelien juist probeerde het voor Daniëlle zo huiselijk mogelijk te maken. Maar ja, als Daniëlle niet wilde...

Annelien dacht aan het ontbijt en glimlachte. Ze was verbaasd geweest toen Daniëlle op haar verzoek die muziek had uitgezet. Meestal kon ze rekenen op een grauw en een snauw. Niet dat dat haar ervan weerhield om het te blijven proberen, maar het was toch wel prettig geweest om voor de verandering eens een normale reactie te krijgen. Wie weet begon Daniëlle nu eindelijk bij te draaien; zou ze over niet al te lange tijd inzien dat het thuis ook best gezellig kon zijn. Als die jongen er tenminste niet tussen kwam.

Ze draaide zich terug naar de tafel en glimlachte om Josh die met het groene lepeltje in zijn knuistje meer pap op zijn gezicht gesmeerd had dan hij in zijn mond had gestopt. Sinds een week of wat wilde hij eigenlijk niet meer dat Annelien hem voerde. Hij wilde het zelf doen en zo hoorde het ook, op zijn leeftijd. Als

Timo erbij was liet ze hem liever niet alleen knoeien. Timo kon er niet tegen als Josh zich helemaal onder smeerde. Maar nu was hij er toch niet en kon Josh zich helemaal uitleven.

Ze schonk nog een beker koffie in en ging naast Josh zitten, die haar breeduit toelachte. Hij sputterde beledigd tegen toen ze zijn mond met een doekje afveegde. Annelien bedacht dat het maar goed was dat hij afgelopen nacht had doorgeslapen na de ruzie die ze met Timo had gehad. Ze had niet verwacht dat hij zo kwaad zou worden toen ze hem vertelde over wat ze in zijn e-mailbox had gezien. Ze had het recht niet om in zijn computer te kijken, had hij haar toegeschreeuwd. Bovendien, zo zei hij, was het gewoon een lolletje geweest tussen hem en Pitter, de toezichthouder van de paar hectare bos die bij het landgoed hoorde. Zelf noemde ze Pitter altijd de boswachter, al had hij in principe weinig te vertellen over het bos waar hij toezicht op hield. Dat was nog altijd Timo, maar die twee konden gelukkig goed met elkaar overweg. Pitter woonde in een kleine boerderij helemaal aan de andere kant van het enorme landgoed. Hij was achtenvijftig, niet getrouwd, woonde samen met zijn Ierse setter Flann, en was een man waar iedereen direct van hield. Zachtaardig, vrolijk, een harde werker en hij had een enorm gevoel voor humor. Volgens Timo hadden Pitter en hij een weddenschap afgesloten over het aanmaken van een account op die datingsite en de tijd die het zou duren voordat Timo er een respons op kreeg.

Ze was in eerste instantie geschrokken van Timo's boze reactie, maar had hem vrijwel meteen duidelijk gemaakt dat ze niet stiekem in zijn computer had gekeken, maar hem gewoon had willen uitzetten. Dat was toch heel iets anders.

Josh sloeg met zijn lepel in het laatste restje pap en schaterde om de spetters die in het rond vlogen. Ook Annelien moest lachen. Met zo'n clown in de buurt kon je toch niet somber blijven? Maar toch bleef dat nare gevoel in haar buik aanhouden. Hetzelfde gevoel dat ze gisteravond ook had gehad, toen ze voor het eerst die e-mail had gezien. Want wat Timo ook beweerde, er klopte iets niet aan zijn verhaal.

⊡⊡

Toen ze die middag Timo's werkkamer binnenging was alles opvallend netjes en opgeruimd, alsof er de afgelopen nacht kaboutertjes aan het werk waren geweest. Gisteravond had het bureau er nog rommelig uitgezien, zoals het eigenlijk altijd was: geen puinhoop, maar gewoon... ongeordend. Timo was niet zo'n neuroot die compulsief alles op de juiste plek moest hebben. Maar nu leek het wel alsof hij obsessief bezig was geweest met een opruimactie, die hij dus midden in de nacht moest hebben uitgevoerd.

Ze luisterde nog even of ze Josh hoorde, die ze in de kleine box in zijn kamertje had gezet met wat speelgoed. Na zijn middagslaapje hadden ze eerst samen een wandelingetje gemaakt en had Annelien hem daarna zijn fruithapje gegeven, zodat hij nu even helemaal niets nodig had en zij kon gaan doen wat ze de hele ochtend al had willen doen: nog een keer in Timo's computer kijken.

Haar ogen gingen de kamer door en bleven rusten op het bijna lege bureau. De laptop was weg, maar dat had ze min of meer verwacht. Die had Timo meegenomen. En die was ook niet belangrijk. De desktop moest ze hebben. Snel schoof ze op de stoel achter het bureau en startte de computer op.

Het duurde niet lang voordat het bureaublad verscheen: een oude foto van Timo met zijn eerste vrouw en hun twee dochters: Daniëlle en Marit, genomen op het zeiljacht dat Timo toen nog bezat. Eigenlijk schrok ze er een beetje van. Ze wist niet dat Timo die foto als bureaublad gebruikte. Gisteren was het haar niet opgevallen; het mailprogramma had de foto verborgen en ze had de computer uiteindelijk uitgezet zonder alle programma's behoorlijk af te sluiten.

Ze beet op haar lip en wreef onbewust met haar vinger over het gezicht van Michelle, Timo's eerste vrouw. Ze droeg een feloranje reddingsvest, net als de twee meisjes. Daniëlle kon niet ouder zijn dan een jaar of vier, haar zusje Marit dus iets van acht, een jaar voordat ze overleed.

Annelien huiverde en trok met een ruk haar hand terug. Ze moest daar niet aan denken. Dat had ze al genoeg gedaan, in het begin van haar relatie met Timo. Hij was toen zo afstandelijk geweest en het enige wat zij wilde was hem begrijpen.

Even hield ze haar adem in en staarde naar de gezichten op het scherm; Timo's vroegere leven. Zijn leven vóór Annelien. Michelle was al zeven jaar dood toen ze Timo leerde kennen. Betekende deze bureaubladfoto dat hij zijn eerste vrouw nog steeds niet had losgelaten?

Ze liet haar ogen over het computerscherm glijden zonder verder nog op de foto te letten. Er stond niet veel op. Ze opende het mapje DIVERSEN en er ontvouwde zich een lijstje met documenten. Een kort lijstje maar; niet meer dan vier bestanden onder elkaar. Ze klikte het eerste aan en na een poosje startte Word op. Er verscheen een korte brief, geadresseerd aan het Medisch Centrum Leeuwarden, gedateerd 3 september 2006. Ze las hem vluchtig door. Het ging over een afspraak die Timo wilde maken met een arts. Haar blik viel op de naam Marit Camminga, Timo's dochter. Waarom hij de afspraak wilde maken stond er niet bij, alleen dat het op korte termijn moest zijn.

Ze keek op en staarde over de computer heen de kamer in. In 2006 was Marit al drie jaar dood. Waarom zou Timo na zo'n tijd nog met een arts over haar willen praten? Dat was toch helemaal niet logisch?

Met een muisklik sloot ze het document en klikte het volgende aan. Het was een lijst met materialen die blijkbaar nodig waren voor het onderhoud van het landgoed. Tenminste, daar leek het op. Het woord 'schroefcentrifugaalpomp' zei haar voldoende. De lijst was al oud; gezien de datum van het document had Timo het in 2001 samengesteld.

Het derde document was een aanmelding voor de cursus Weer en waterbeheer, een korte HBO-cursus die hij blijkbaar in het najaar van 2004 gevolgd had.

Ze sloot ook dit document en opende het vierde en laatste. Het was een ingescand krantenartikel over een op handen zijnde benefietgala in Leeuwarden, met diner, waarop allerlei hoogwaardigheidsbekleders uit de politiek, al dan niet plaatselijk, aanwezig zouden zijn. Dit artikel was vrij recent, wist ze. Ze was zelf mee geweest naar dat gala omdat Timo dergelijke gelegenheden altijd uit naam van de baron moest bijwonen. Er stond een foto bij, genomen tijdens een rondleiding op het landgoed. Timo schudde de hand van een plaatselijke politicus waarvan ze de naam niet meer wist. Ze kon zich hem nog wel herinneren, omdat de man ook op dat gala was geweest.

Ze liet zich achterover tegen de stoelleuning vallen en dacht na. Hoe heette die man ook alweer? Er was iets met hem. Was hij niet ziek? Ze wist het niet meer. En eigenlijk was het ook niet belangrijk.

Ze sloot het document en bekeek opnieuw het bureaublad. Niet de foto van Michelle en de kinderen, maar de programma's. Er was niets wat haar achterdocht kon staven. In ieder geval niet in de documenten die ze bekeken had.

En de e-mail?

Haar blik schoot naar het icoontje van het mailprogramma en zonder verder na te denken klikte ze het aan. Ze zag het meteen: alle mapjes waren leeg. Ze opende de map Verzonden, maar ook die was leeg. De hele boel was opgeschoond! Was Timo werkelijk bang geweest dat ze opnieuw in de computer zou gaan kijken? Ergens kon ze zich dat niet voorstellen. Hij wist dat ze hem vertrouwde.

Ook na gisteravond?

Ze aarzelde. Ze had wél in zijn spullen gesnuffeld. Net als nu. En wat had het haar feitelijk opgeleverd? Helemaal niets. Misschien sprak Timo toch wel de waarheid, over die weddenschap met Pitter. Was het gewoon een lolletje onder twee vrienden. Zou ze het Pitter gaan vragen? Hij had altijd al gezegd dat als Timo weer eens weg was, ze gerust eens mocht langskomen voor een bakje koffie. Ze kon daar dus gewoon aankloppen. Maar dan? Hem uithoren over Timo? Dat kon ze toch niet maken? Waar bleef dan het vertrouwen? Waar bleef dan…

Het geluid van de telefoon op het bureau deed haar opspringen van schrik. Haar hart bonsde zo hard in haar borst dat ze een moment lang duizelig was, voordat ze opnam. Er klonk geruis, alsof iemand van buiten belde en er een stevige wind stond. Ze keek even vluchtig naar het raam, waar de regen tegenaan sloeg.

'Annelien?'

Van verbazing gingen haar wenkbrauwen omhoog. *Daniëlle*?

'Annelien, ik ben het.' Een kort moment was het stil. Toen klonk Daniëlles stem weer: 'Annelien, zou je mij bij school willen oppikken?'

Even wist ze niets te zeggen. Daniëlle die haar hulp vroeg? Dat was voor het eerst in al die jaren.

'Merl… iemand zou me oppikken,' ging Daniëlle verder, 'maar die komt maar niet en ik kan hem… eh, niet bereiken.' Ze slikte. 'En ik ben mijn ov-kaart kwijt.'

Daar had je het al. Haar vriendje was niet komen opdagen en zonder buskaart kon ze geen kant op. Ze glimlachte. Het ging de goede kant op. Misschien zag Daniëlle nu ook in dat ze die jongen beter links kon laten liggen. Hij was onbetrouwbaar, dat zag ze nu toch wel? Haastig zette Annelien de computer uit en zei: 'Ik kom eraan!'

-4-

BARBARA

Ferwerd | donderdag 20 november

Ik had steenkoude voeten toen ik na de wandeling met Deyna terug naar huis liep. De bosgrond was doorweekt en ik had spijt dat ik geen dikke sokken had aangetrokken in mijn laarzen.

Terwijl ik de Elingawei in liep, zag ik in de verte Robin aankomen. Met haar vriendin Anke kwam ze de straat in fietsen, druk kwebbelend en nergens op lettend. Anke zag me en stak haar hand in de lucht, waarna Robin hetzelfde deed. Vlak voor de oprit van onze woonboerderij scheidden hun wegen.

'Dag mevrouw Van Brederoo!' riep Anke, toen ze voorbij kwam en een gevaarlijke slinger naar de andere kant van de weg maakte. Een langsrijdende auto kon haar nog net ontwijken.

'Dag Ank, doe je voorzichtig?' zei ik en ik koppelde Deyna los.

'Altijd!' Ze stak nogmaals haar arm in de lucht en zwaaide.

'Wat ben je vroeg,' zei ik tegen Robin, die haar fiets de oprit naar de garage opduwde, terwijl Deyna achter haar aan huppelde.

'Laatste uur viel uit,' verklaarde ze. 'Platje is weer eens ziek.'

Meneer Plat, de leraar Duits, leek inderdaad nogal vaak iets te mankeren. Ik had het idee dat het dit schooljaar al de vierde keer was dat er lessen van hem uitvielen.

'Dan heb je maandag misschien ook wel het eerste uur vrij?'

'Dat maakt niks uit,' zei Robin. 'Maandag gaan we naar dat gemaal. Met De Bruin van aardrijkskunde. Zijn we de hele dag zoet mee.' En meteen erachteraan: 'Heerlijk. De hele dag geen les!'

'En die excursie is geen les?' stelde ik, glimlachend om haar feeststemming.

'Nou ja, ánders les,' zei ze. Ze zette haar fiets in de garage en sloot de deur, om vervolgens haar armen om Deyna's nek te slaan en haar een zoen op haar kop te geven.

In de keuken smeet Robin haar jas over een stoel en liep meteen door naar de kraan om een glas water te vullen en in een paar slokken achterover te slaan. 'We gaan met busjes,' zei ze, terwijl ze haar glas naast de spoelbak op het aanrecht zette en met de rug van haar hand haar lippen afveegde. 'En in elk busje gaat een begeleider mee.' Ze duwde haar rugtas van de tafel en liet zich op een stoel neerploffen. 'Ze behandelen ons écht als kleine kinderen.'

Ik keek naar haar, naar haar blauwe ogen, de eigenwijze trek om haar mond die ze overduidelijk van haar vader had, en schoot bijna in de lach. Een jaar op de middelbare school en ze dachten al dat ze volwassen waren.

Mijn gemijmer werd ruw onderbroken door de achterdeur die openvloog. 'Ik ben er!' riep Puck, terwijl ze de keuken binnenstoof. Gelukkig had ik haar nog om te bemoederen.

⊡⊡

Op blote voeten en slechts gehuld in een T-shirt sta ik in de stromende regen op een verlaten weg. Het is donker en ik ben doornat. Ik weet dat ik het steenkoud moet hebben, maar dat is niet zo. Om precies te zijn voel ik niets, behalve een soort verlangen. Ik wacht ergens op, maar ik kan niet bedenken waarop. Ik kijk om, naar de weg achter me en zie Robin staan. Drie jaar oud, duim in haar mond, een wollen lapje tegen haar wang gedrukt. Haar grote blauwe ogen staren me aan, verwijtend bijna. Ik wil iets tegen haar zeggen, maar er komt geen geluid uit mijn keel. Als ik weer voor me kijk, zie ik de brandende auto. Vlammen slaan uit naar de donke-

re hemel, er klinkt gesis door de regen die het vuur tart. Dan staat Marcus naast me, zijn arm om me heen. 'Ik kon niet anders,' fluistert hij. 'Ik moest...' Dan overstemt een enorme knal zijn woorden en vol afschuw schreeuw ik het uit.

Ik schoot overeind. Happend naar adem keek ik om me heen door de schemerige keuken en besefte vrijwel meteen dat ik aan de keukentafel in slaap was gevallen. En gedroomd had. Die akelige nachtmerrie weer, die me al jaren kwelde.

De herinnering aan de levendige droombeelden deed me rillen en met de vingers van mijn beide handen masseerde ik mijn slapen, om daarmee de hoofdpijn die kwam opzetten tegen te gaan. Vanuit de woonkamer klonk het geluid van de televisie dat zoals altijd weer eens te hard stond en mijn hoofd geen goed deed. Mijn blik ging naar de klok die tien voor vijf aangaf.

Op datzelfde moment zag ik het vanuit mijn ooghoeken: een donkere schim bij het keukenraam. Het was slechts een flits, maar toch slaakte ik een zachte kreet. Ik stond zo snel op, dat mijn stoel achterover tegen de grond sloeg. Er stond iemand buiten! Marcus?

Met drie stappen was ik bij het raam, boog me over het aanrecht en staarde langs de oprit. Niets te zien. Had ik het me verbeeld? Nee! Er had iemand gestaan, iemand die naar binnen had gekeken! Ik was toch niet gek?

Resoluut duwde ik de deur naar de bijkeuken open en stapte door de tuindeur naar buiten. De automatische lamp brandde, wat mij nog meer sterkte in mijn vermoeden dat er wel degelijk iemand op de oprit was geweest.

'Hallo?' riep ik.

Natuurlijk kwam er geen antwoord.

Ik draaide me om en tuurde in de richting van de garage, aan het einde van de tuin. Er stond geen auto voor; het was dus niet Marcus geweest. Dat leek me ook sterk; hij zou pas laat in de avond thuiskomen.

Ik wierp een blik over mijn schouder naar de straat, maar er was niets te zien. Niemand kon zich zo snel uit de voeten maken. Daar was de oprit veel te lang voor. Die schim moest toch verbeelding zijn geweest. Een voortvloeisel uit die rotnachtmerrie.

Bewegingloos stond ik daar, in het pikkedonker. Ik huiverde en voelde nu pas dat het regende. Weliswaar niet hard, eerder een druilerige miezer, maar het was voldoende om me koud en klam te laten voelen. Ik sloeg mijn armen om mezelf heen en na een laatste blik over de oprit ging ik terug naar binnen, naar de warmte van de keuken.

'Mam, is papa er al?' Op de drempel naar de hal stond Puck, op haar berensloffen, Krook onder haar arm.

'Papa komt pas laat thuis,' zei ik, terwijl ik een lamp aandeed. 'Hoezo?'

'Ik heb honger.' En toen, een beetje kribbig: 'We gaan toch niet op hem wachten?'

'Nee hoor,' zei ik. 'We eten met z'n drietjes.'

'Iets lekkers?' vroeg ze.

'Ik denk dat ik maar wat frietjes in de frituur gooi,' stelde ik voor. 'Vind je dat wat?'

Ze lachte breeduit en knikte, voordat ze zich omdraaide en naar de woonkamer rende, waar Robin naar de televisie zat te kijken. 'Rob!' schreeuwde ze. 'We eten patat!'

⊡⊡

Het eten verliep gelukkig rustig, zonder ruzie, wat door mijn pijnlijke hoofd erg gewaardeerd werd. Ik merkte dat ik het lang niet zo vervelend als vroeger meer vond dat Marcus er niet was. Oké, ik miste hem wel een beetje, vooral omdat hij de sfeerschepper van ons tweeën was, maar toch was het wel even lekker rustig. Met een echtgenoot die zijn praktijk aan huis had, was er van tijd voor jezelf immers maar weinig sprake. Ik nam het er dus van en toen de kinderen op bed lagen nestelde ik me met een boek op de bank.

De hoofdpijn werd serieuzer rond een uur of halftien. Ik voelde een lichte misselijkheid opkomen, waardoor ik vreesde voor een migraineaanval als ik niets deed. Snel ging ik naar boven, nam een dubbele pijnstiller en trok mijn pyjama aan. Als ik even een halfuurtje ging liggen, zou het waarschijnlijk over zijn voordat Marcus thuiskwam. Ik kroop in bed, deed het licht uit en sloot mijn ogen.

Het geluid van de telefoon wekte me. Mijn hoofdpijn was zo goed als verdwenen, maar ik voelde me loom en moe. Het liefst had ik de telefoon dan ook gewoon laten gaan, maar het geluid hield aan, zodat ik uiteindelijk slaapdronken over het bed heen naar het nachtkastje aan de andere kant reikte en het ding van de oplader haalde. Op de wekker zag ik dat het even na elf uur was.

'Barbara van Brederoo,' zei ik.

Het bleef stil aan de andere kant. Meteen dacht ik aan Marcus. Was er iets gebeurd?

'Marcus?' vroeg ik bezorgd.

Er kwam geen antwoord en met een vaag gevoel van onrust vroeg ik nogmaals: 'Ben jij dat, Marc?' Ik kon niet voorkomen dat mijn stem trilde.

Stilte. Ik hoorde iemand ademhalen, zacht en regelmatig. En toen klonk een mannenstem, fluisterend: 'De regen heeft niet alle sporen weggespoeld, als je dat soms dacht.'

Ik verbrak de verbinding en gooide de telefoon naast me op het bed, alsof het ding besmet was met een levensgevaarlijk virus. Sporen? Weggespoeld? Wat bedoelde hij?

Opnieuw ging de telefoon over en ik schrok op. Dit was geen toeval. Ik durfde niet weer op te nemen en staarde een poosje naar de telefoon op het bed, me afvragend hoe ik erachter kon komen wie me belde.

Het schoot ineens door me heen. *Nummermelding!*

Ik graaide naar de telefoon, maar op dat moment hield het bellen op en was ik te laat om het nummer op het display te kunnen zien. Even dacht ik dat het misschien een hijger was, zo'n perverseling die er lol in had vrouwen te bellen. Maar deze man had niet gehijgd. Hij had wat gezegd. Gefluisterd. Wilde iemand me bang maken? Daar slaagde hij dan goed in. Was Marcus eigenlijk al thuis?

Voor de derde keer klonk het geluid van de telefoon. Dit was echt geen hijger, dat wist ik nu heel zeker. Ik keek op het display, maar er stonden alleen streepjes. Mijn hart begon onbeheerst te bonzen. Was het soms die kerel die me achtervolgde? Hield hij me ook thuis in de gaten? Dat idee deed de adem in mijn keel stokken, want als dat zo was, dan wist hij nu precies dat ik alleen thuis was.

Zijn alle deuren wel afgesloten?

Haastig stapte ik uit bed en rende op blote voeten door de gang, de trap af, naar de achterdeur in de bijkeuken. Ik deed de deurkruk omlaag; hij zat niet op slot!

Ik voelde paniek opkomen. De sleutel! Ik schoot terug door de keuken, naar de hal en graaide gejaagd naar mijn sleutels in mijn jaszak. Terug in de bijkeuken trok ik de achterdeur met een klap dicht, stak de sleutel in het slot en draaide hem om.

Met mijn rug tegen de deur bleef ik staan en sloot mijn ogen. Elke poging om mijn bevende lichaam tot rust te brengen faalde volledig. Ik liet me langs de deur op de grond zakken en bleef zo met opgetrokken knieën zitten. Wat was er in godsnaam met me aan de hand? Waarom was ik ineens zo angstig? Het moest door die kerel komen. Die bezorgde me al drie dagen de kriebels en nu begon hij me ook nog te bellen. Want ik twijfelde er geen moment aan dat hij dat was geweest. Wie anders kon het zijn? Hij was het, beslist. En dan zijn woorden... Wist hij het? Wist hij van...

Ik werd ziek van het idee alleen al en ik weigerde nog steeds om dat te geloven. Niemand had het gezien. Niemand. Daarvan was ik overtuigd. Ik moest mezelf weer onder controle krijgen, want dit liep uit de hand. Nog even en ik werd stapelgek. Met mijn vingers masseerde ik mijn slapen en sloot mijn ogen.

Rustig blijven, Barbara, denk na.

Het suisde in mijn hoofd. Eerst moest ik kijken of alle andere deuren ook dicht waren. Ik wist bijna zeker van wel, maar voor mijn eigen gemoedsrust wilde ik het met eigen ogen zien.

Met moeite kwam ik overeind en merkte toen pas dat mijn hele lichaam verkleumd was. Ik wreef stevig met mijn handen over mijn armen om warm te worden, terwijl ik haastig via de keuken naar de praktijk liep, waar alles afgesloten bleek, evenals de voordeur. Vervolgens liep ik naar boven om de ramen te controleren. De schrik zat er goed in en ik rilde; mijn voeten waren zo koud dat ik ze amper voelde.

Ik checkte alle ramen, die stuk voor stuk dicht bleken te zijn. Robins regelmatige ademhaling zei me dat ze in diepe slaap was en ook Puck lag rustig half onder het dekbed. Krook lag naast het bed op de grond. Zachtjes trok ik het dekbed over haar heen, pakte Krook en legde hem voorzichtig naast haar.

Weer beneden voelde ik me nog steeds door en door koud en ik snakte naar iets warms, liefst met een flinke scheut alcohol erdoor om mijn zenuwen te kalmeren. Ik besloot koffie te maken en op zoek te gaan naar de whisky van Marcus. Daarna zou ik gaan bedenken wat ik moest doen. De meest voor de hand liggende optie was om de politie in te schakelen. Het was toch niet normaal dat een wildvreemde vent me in de gaten hield en me 's avonds laat opbelde? Of ik zou vertellen wat hij gezegd had, wist ik niet. Ik wist überhaupt niet of het wel een goed idee was om Thijs in te schakelen. Wat als hij op wat voor manier dan ook ontdekte wat er toen gebeurd was? Het zou vérstrekkende gevolgen hebben voor mij, voor Marcus. Voor ons gezin... Nee, het was toch niet zo verstandig om nu meteen Thijs bellen, hoe angstig ik me ook voelde. Ik moest er eerst met Marcus over praten.

Nog steeds rillend stapte ik de keuken binnen, waar ik ineens werd overvallen door een eigenaardig gevoel dat ik niet onder woorden kon brengen; het was intuïtief, iets wat me zei op mijn hoede te zijn. Mijn blik schoot naar de deur van de bijkeuken, maar door de kier kon ik zien dat de achterdeur goed dicht zat; de sleutel stak nog in het slot. Het kwam duidelijk door die telefoontjes dat ik me zo schichtig gedroeg. Ik leek verdorie wel paranoïde! Maar toen viel mijn blik op de keukentafel en zag ik nu pas het wollige object op de rand: een vaalbruin teddybeertje, met zwarte kraaloogjes en een zwarte snuit.

Ik deed een stap achteruit, terug de hal in en hapte naar adem. Op datzelfde moment hoorde ik achter me een zacht geluid. Met een ruk draaide ik me om, mijn ogen gericht op de voordeur, op het smalle raam ernaast, en toen was het alsof mijn hart er helemaal mee ophield. Buiten, achter het raam, tekende zich een donkere schaduw af.

Er stond iemand voor de deur!

De haartjes in mijn nek stonden overeind, kippenvel trok over mijn armen en met ingehouden adem bleef ik verstijfd staan. Er werd aan het slot gemorreld, ik hoorde een klik en ineens zwaaide de deur open. Deyna kwam de gang in, haar tong uit haar bek. Ze trippelde kwispelend op me af om me te begroeten. En achter haar aan kwam…

Marcus!

Zijn binnenkomst was zo onverwacht, dat het me begon te duizelen. Ik pakte met één hand de deurpost vast, terwijl ik tegelijkertijd achteruit stapte en zodoende via een halve draai met mijn rug hard tegen de kelderdeur smakte. Mijn hoofd sloeg achterover tegen het hout en langzaam zakte ik op de grond. Deyna schoot van schrik weg en bleef onder de keukentafel met verbaasde ogen naar me staan kijken.

Met een paar stappen stond Marcus voor me. 'Barbara, wat is

er?' Er klonk een oprechte ongerustheid in zijn stem. 'Ben je gestruikeld?'

Ik kon geen woord uitbrengen, dus ik schudde mijn hoofd.

Hij hurkte naast me neer, sloeg zijn arm om me heen en zocht mijn blik. 'Lieverd toch. Heb je je pijn gedaan?'

Opnieuw schudde ik mijn hoofd, nog steeds niet in staat iets zinnigs te zeggen.

'Je sliep toen ik thuiskwam,' verontschuldigde hij zich. 'En toen ben ik Deyna maar gaan uitlaten voor de nacht.'

'I-ik heb...' begon ik schor. Mijn blik schoot weer naar het teddybeertje en opnieuw hapte ik naar adem.

Marcus trok me tegen zich aan en wreef stevig over mijn schouder. 'Je bent helemaal koud,' zei hij bezorgd en hij legde zijn hand tegen mijn wang. 'IJskoud zelfs, Jézus! Je moet onmiddellijk terug je bed in!'

'Marcus,' zei ik nadrukkelijk en ik wees voor me uit.

Zijn blik volgde mijn vinger en stopte bij het beertje. Langzaam kwam hij overeind en staarde naar het pluchen ding op de rand van de tafel.

'Iemand belde me,' fluisterde ik. 'Een man. Hij zei... hij zei dat de regen niet alle sporen had weggespoeld.'

Heel even staarde hij me aan. 'Wát?' zei hij.

'En nu z-zie ik dát zitten!' Ik slikte. 'Het is die man die me volgt, Marcus.'

Marcus knielde weer naast me neer. 'Die man?' herhaalde hij. 'Weet je dat zeker?'

'Nee,' zei ik aarzelend. 'Maar wie moet het anders zijn? Hij volgt me overal, spreekt me zelfs op straat aan. En nu dit weer!' Ik ging overeind zitten en keek hem aan. 'Hij weet het, Marcus!' Ik wees weer naar het beertje. 'Dat is het bewijs!'

Marcus zweeg, leek niet goed te weten wat hij moest zeggen. Hij wierp nogmaals een blik op het beertje, stond weer op en liep naar de tafel, waar hij bleef staan. Toen leek hij woedend te worden. Hij greep de knuffel hardhandig van tafel, beende naar de vuilnisbak en smeet het ding erin.

Een diepe stilte volgde, terwijl Marcus met gebalde vuisten naar de vuilnisbak bleef staren.

'Marcus...' zei ik uiteindelijk. 'Weggooien lost het probleem niet op.'

Hij draaide zich naar me om, zijn ogen schoten vuur. 'Dat wéét ik ook wel!' riep hij. 'Maar ik wil... ik moet...' Hij wreef over zijn voorhoofd en staarde naar de grond. Na een poosje keek hij weer op en zuchtte diep. Vervolgens kwam hij naar me toe en hielp me voorzichtig overeind. 'We gaan eerst zorgen dat jij weer op temperatuur komt,' zei hij, alsof hij over een fles rode wijn sprak, die hij zojuist had ontkurkt. 'Kom.'

Even wilde ik protesteren toen hij me naar boven bracht, maar zodra hij me met lichte dwang op het bed neerduwde, voelde ik pas hoe koud ik het had en klappertandend trok ik het dekbed om me heen.

'Wat doen we nu?' vroeg ik aan Marcus, die naast me was komen zitten.

Hij gaf niet meteen antwoord, leek diep na te denken en in zekere zin stelde dat me gerust. Ik was niet het type dat gauw bij de pakken neerzat; kon heel goed mijn eigen boontjes doppen en oplossingen zoeken voor allerlei problemen, maar in dit geval wist ik het niet meer. Eigenlijk had ik al geweten dat er iets niet goed zat op het moment dat die man voor me stond en zijn ogen over Puck liet gaan. Het had gevoeld als een bedreiging, een manier om me duidelijk te maken dat hij wist waarover hij sprak en dat ik geen geintjes met hem hoefde uit te halen. Maar wie was die man? En wist hij werkelijk wat er gebeurd was? En zo ja, hoe dan? Wat wilde hij van ons? Van mij? Ik wist niet wat ik doen moest om dit op te lossen en keek afwachtend naar Marcus.

'Ik ga toch de politie bellen,' zei hij uiteindelijk.

Daar schrok ik van, maar voordat ik kon protesteren, ging hij alweer verder: 'Ik zeg niets over die teddybeer. Alleen dat iemand jou lastigvalt.'

Ik keek hem aan, zag de bezorgdheid in zijn ogen en wist dat hij gelijk had. Dit konden we niet negeren. Hoe ver zou die man bereid zijn te gaan? Ik had geen flauw idee wat zijn intenties waren, maar goed konden ze niet zijn. Niet na wat hij me door de telefoon had toegefluisterd.

Hij wist het!

Alles wees erop.

'Wat zou hij van ons willen, Marcus?' vroeg ik zacht.

Hij zweeg, keek me alleen maar aan. Heel even leek het alsof hij iets wilde zeggen, iets wat hem van het hart moest, maar uiteindelijk stond hij op en zei: 'Ik ga Thijs bellen.' Hij drukte een kus op mijn voorhoofd en liep de kamer uit. Op de drempel draaide hij zich nog even om. 'En daarna breng ik je iets warms te drinken.'

Een paar minuten lang bleef ik zitten, het dekbed stevig om me heen. De ergste kou was alweer uit mijn lichaam getrokken, maar dat kwam waarschijnlijk ook door Marcus kordate besluit om Thijs te bellen, een beslissing die verstrekkende gevolgen kon hebben. Maar daarnaast besefte ik ook dat het gevaarlijk kon zijn om de politie erbuiten te houden. We wisten helemaal niet wat die man van plan was, waarom hij mij volgde, en zolang we voorzichtig waren met wat we vertelden, hoefde Thijs nergens achter te komen. Als hij maar een oogje in het zeil hield; dat was misschien voldoende om die man af te schrikken en zou het nooit verder komen dan gefluister door de telefoon.

Gefluister...

Ik ging rechtop zitten. Als Marcus daar dan ook maar over zweeg! Thijs zou ongetwijfeld doorvragen als hij daarover hoorde. Het was zo'n specifieke zin geweest. Voor ons duidelijk genoeg, maar Thijs zou willen weten waar het op sloeg. Nee, Marcus mocht er absoluut niets over zeggen! Haastig liet ik het dekbed van mijn schouders glijden en liep op blote voeten de kamer uit, de gang door.

Ik was net halverwege de trap toen ik Marcus' mobiel in de woonkamer hoorde overgaan, die vrijwel meteen door hem werd opgenomen. Met mijn voet boven de volgende tree zwevend bleef ik staan. Wie kon dat nu zijn om deze tijd? Een spoedgeval? Nee, onmogelijk, niet op zijn mobiel. En hij had geen wachtdienst. Was het Thijs soms, die vijf minuten geleden geen tijd had en nu terugbelde? Dat zou kunnen, natuurlijk. Ik liep de trap verder af en bleef beneden even staan om te luisteren. Deyna lag in haar mand en kwispelde voorzichtig toen ze me zag, alsof ze doorhad dat ook zij stil moest zijn. De kamerdeur stond half open en een flauw lichtschijnsel viel de hal in. Binnen hoorde ik Marcus' stem: 'Ik dacht al dat jij het was.'

Jij? Bedoelde hij Thijs?

Ik liep de hal door naar de woonkamer en wilde net de deur verder openduwen, toen Marcus' stem opnieuw klonk: 'Nee, die ligt in bed. Ik kan vrijuit praten.'

Mijn hand lag al tegen de deur om hem verder open te duwen, maar ik trok hem weer terug.

Vrijuit praten?

Doodstil bleef ik staan.

'Natuurlijk denk ik daarom,' ging Marcus' stem verder. 'Maar was het nou echt nodig om…'

'…'

'Heb ik een keus?'

'…'

'Die zijn me duidelijk ja. Ik dacht alleen…'

'…'

'Nee, maar… nou ja, ik bedoel… Ritskes is dood… kunnen we niet beter…'

'…'

Er viel een korte stilte, voordat Marcus vervolgde: 'Je wilt dit dus doorzetten?'

'...'

'Ja, ik kreeg je berichtje over de morfine. Zaterdag neem ik het mee.'

Stomverbaasd staarde ik naar de halfgesloten kamerdeur. Morfine? Waarom moest hij morfine meenemen? En waarnaartoe, voor wie? En wat had de dood van wethouder Ritskes ermee te maken?

Er kwam ineens zo'n ijselijke gedachte in me op dat het kippenvel over mijn armen trok en heel even hield ik mijn adem in. Marcus zou toch geen morfine verhandelen? En dat die Ritskes daardoor was overleden? In de krant had gestaan dat zijn dood niet natuurlijk was en ook op de televisie hadden ze dat gemeld. Kon het een overdosis morfine zijn geweest?

Meteen wees ik mezelf terecht. Kom op, zeg, waarom zou Marcus morfine verkopen? En dan ook nog aan een wethouder! Dat sloeg toch helemaal nergens op? Zoiets was helemaal niets voor Marcus. Bovendien zou het overzicht in de apotheek dan niet meer kloppen, en voor zover ik wist was de lijst opioïden volledig up-to-date.

'... mijn vrouw erbuiten laat!' klonk Marcus' stem. Hij was boos, dat hoorde ik aan de intonatie.

'...'

'Dat kan me niet schelen!' gromde Marcus. 'Het is iets tussen...'

Hij werd blijkbaar onderbroken, te horen aan de stilte die viel. Ik hoorde Marcus op en neer lopen en uiteindelijk snauwde hij: 'Ik spreek je er later nog wel over.'

Opnieuw werd het stil, waardoor ik vermoedde dat het gesprek was afgelopen. Wat moest ik nu doen? Naar binnen gaan en hem op de man af vragen wat dit gesprek te betekenen had? Dat zou wel het meest logische zijn. Maar net op het moment dat ik over de drempel wilde stappen, hoorde ik Marcus een gesmoorde kreet slaken. Door de inmiddels halfopen deur zag ik zijn mobiel voorbij zeilen en stuiterend op de bank terechtkomen.

Ik nam acuut een besluit. *No way* dat ik op dit moment naar binnen ging en Marcus zou laten weten dat ik had staan luistervinken. Geruisloos liep ik terug door de hal, sloop zo snel mogelijk de trap op en kroop in bed. Ik draaide me op mijn zij, met mijn rug naar Marcus' kant, en trok het dekbed tot aan mijn oren over me heen. Ik probeerde de malende gedachten in mijn hoofd te stoppen, rust in mijn hersenen te creëren, zodat ik alles op een rijtje kon zetten, maar faalde daar volledig in.

Vijf minuten later kwam Marcus boven. Ik kneep mijn ogen stijf dicht en deed net of ik sliep. Als ik nu met hem moest praten, zou hij direct doorhebben dat me iets dwarszat en omdat ik altijd al slecht in liegen was, leek het me beter om op dit moment elke conversatie uit de weg te gaan.

'Barb?' klonk het zacht.

Ik reageerde niet en hoopte dat mijn snelle ademhaling hem niet zou opvallen.

Door mijn oogharen zag ik hem naast mijn kant van het bed opduiken, waar hij een kort moment naar me bleef staan kijken. Toen zette hij een beker op mijn nachtkastje en klikte zacht het bedlampje uit. Vervolgens kleedde hij zich uit, kroop naast me in bed en schoof zijn arm over mijn zij.

'Je bent alweer lekker warm,' fluisterde hij, terwijl hij zijn wang in mijn nek legde.

Ik bewoog niet, bleef stil liggen, totdat zijn zachte, regelmatige ademhaling me vertelde dat hij sliep.

-5-

DANIËLLE

Ze had geweten dat Annelien haar meteen zou komen ophalen. Annelien had laatst zelf aangeboden Daniëlle elke dag naar school te brengen en ook weer op te halen. Zodat ze niet steeds zo'n eind naar de bushalte hoefde te lopen. Ze had het gauw afgewimpeld. Haar klasgenoten zagen haar aankomen...

Daniëlle trok haar schouders op en dook nog wat dieper weg in haar spijkerjack. Eigenlijk was het ding veel te koud voor de winter. Dat had haar vader – en ook Annelien – haar al zo vaak gezegd, maar ze had zich er niets van aangetrokken. Niet omdat het niet zo was, maar gewoon omdat ze er een hekel aan had betutteld te worden. Ze maakte zelf wel uit wat ze aantrok.

Ze keek op haar mobiel hoe laat het was en schatte in dat Annelien er nu toch zo ongeveer wel bijna moest zijn. Dan kon ze eindelijk naar huis; ze had zere voeten van het wachten en ze rilde aan een stuk door. Ze begreep nog steeds niet waarom Merlijn niet was komen opdagen. Hij had toch echt gezegd dat hij haar zou ophalen. Het was niets voor hem om dat te vergeten. Ze toetste voor de zoveelste keer zijn nummer, maar kreeg opnieuw vrijwel meteen de voicemail. Zo raar. Hij moest het ding hebben uitgezet, maar waarom? Hij zette zijn mobiel eigenlijk nooit uit, zelfs niet als het moest.

Haar blik schoot de straat in toen ze een auto hoorde naderen, maar het was niet die van Annelien. Waar bleef ze nou? Zo veel tijd kostte het toch niet om van huis naar hier te rijden. Of wacht, ze zat natuurlijk met 'r baby. Die kon ze niet alleen laten en moest dus mee. Ze hoopte dat die kleine brulaap niet de hele weg naar huis zou zitten te jengelen.

Opnieuw kwam er een auto de straat in rijden en deze keer was het raak. Snel liep Daniëlle het schoolplein af, de stoep over en schoof op de achterbank van de kleine gezinsauto.

Annelien keek glimlachend tussen de stoelen door. 'Is het misgegaan met jullie afspraak?' vroeg ze.

'Afspraak?' herhaalde Daniëlle, terwijl ze haar rugtas naast zich neer gooide.

'Ja, je zei dat iemand je zou ophalen, maar dat hij niet kwam opdagen.'

Daniëlle mompelde wat en haalde haar schouders op.

'Is het die jongen waar ik je laatst mee zag?' vroeg Annelien.

'Wát?' riep Daniëlle. Het klonk behoorlijk agressief, besefte ze, maar het feit dat Annelien van Merlijn wist, was wel het laatste wat ze wilde.

'Die jongen met die gebreide muts,' ging Annelien verder. 'Ik vond...'

'Het kan me niet schelen wat je van hem vindt,' snauwde Daniëlle. 'Het zijn jouw zaken niet, dus bemoei je er niet mee.'

Er viel een korte stilte, waarin Annelien haar met een blik als van een geslagen hond aankeek. Toen draaide ze zich om, keek in de spiegels en reed weg.

Het gaf Daniëlle toch wel een beetje een rotgevoel. Misschien had Annelien alleen maar aardig willen zijn.

Ja, daar heb je het al! Met aardig doen schiet je geen fuck op, Daniëlle!

Wat had ze eraan om leuk en lief te doen? Wat had ze eraan om vriendjes met haar te worden? Het enige wat dat haar zou brengen was opnieuw ellende. Want ook Annelien zou haar in de steek laten, daar was ze zo goed als zeker van. Iedereen had dat gedaan. Ze hadden haar gewoon aan haar lot overgelaten. Nee, ze liet niemand meer toe. Veel veiliger.

Ze dacht aan Merlijn. Behalve hij dan. De laatste tijd waren ze steeds dichter tot elkaar gekomen en af en toe kreeg ze het benauwd als ze eraan dacht hem kwijt te raken. De seks die ze samen hadden – en die ze hem ook nooit weigerde – was haar manier om hem aan haar te binden. Om ervoor te zorgen dat hij haar niet in de steek zou laten, maar of het effect had wist ze niet. Ze kreeg geen hoogte van Merlijn; wist absoluut niet of hij wel om haar gaf. Ze dacht van wel. Maar dan zou hij haar toch niet zomaar ineens als een baksteen laten vallen? Want daar leek het veel op, nu hij helemaal niets van zich liet horen.

'Heb je enig idee waar je je ov-kaart bent verloren?' vroeg Annelien.

Geïrriteerd keek Daniëlle op. 'Als ik dat wist, was ik hem niet kwijt,' vitte ze. Om de toon wat af te zwakken grinnikte ze halfslachtig naar Annelien die via de binnenspiegel naar haar keek.

'Ja, dat is ook wel zo,' reageerde Annelien met een lachje.

Daniëlle wendde haar blik weer af en keek naar buiten, naar de voorbijschietende bomen van het enorme park dat om het landgoed heen lag. Soms vervloekte ze het dat ze zo ver bij alles vandaan woonde. Ze kon nooit eens impulsief besluiten om ergens naartoe te gaan. Altijd moest ze rekening houden met bustijden, of ze moest op de fiets gaan. Maar dat vond haar vader weer niet goed; die wilde niet hebben dat ze in het donker door het bos reed. Alsof het allemaal wat uitmaakte. Wie zou haar missen als ze de struiken in werd getrokken, verkracht en voor dood werd achtergelaten? Niemand toch?

⊡⊡

Toen ze die avond na het eten eindelijk weer naar haar kamer kon, sloot ze de deur zorgvuldig en plofte op haar bed neer. Annelien had met alle geweld na het eten nog koffie willen drinken bij de open haard en omdat Daniëlle geen gedoe wilde als haar vader thuiskwam, had ze maar toegegeven. Ze was natuurlijk niet lang blijven zitten en na een halfuur had ze gemompeld dat ze nog huiswerk moest doen. Dat deed het altijd goed; mooie cijfers waren belangrijk.

Terwijl ze zich met haar rug tegen de muur liet vallen, klapte ze haar mobiel open. Nog steeds geen bericht van Merlijn. Ze begreep niet waarom hij helemaal niets liet horen. Dat was echt niks voor hem.

Haar vingers vlogen over het schermpje en niet veel later verzond ze het whatsappje. Zoals ze al zes keer eerder had gedaan. Hij had ze geen van allen gelezen, wat haar steeds bozer maakte. Ze verwachtte dat hij ergens in een café zat en de tijd vergat, omdat hij met zijn vrienden de grootste lol had. Zonder haar. Misschien was hij wel boos omdat ze hem gisteren had afgewezen. Al had hij dat nog nooit eerder gedaan. Het kon natuurlijk ook onder druk van zijn gabbers zijn. Er was er eentje bij die ze niet mocht. Een lange vent, gezet, met armen vol tatoeages, die haar ook liever zag gaan dan komen. Stel dat hij Merlijn had opgestookt! Zou hij daar gevoelig voor zijn?

Nee, zo was Merlijn niet!

Maar toch liet het haar niet los. Waarom nam hij ook gewoon zijn mobiel niet op? Waarom reageerde hij niet op haar berichtjes? Hij kon op zijn minst toch iets terugsturen, al waren het maar drie woorden: *bel je later*. Of zoiets. Nu wist ze helemaal niets. Zou hij misschien online zijn?

Ze gooide haar mobiel opzij en pakte haar laptop. Uit voorzorg opende ze de chat nooit op haar mobiel. Als ze wisten waar ze Merlijn had leren kennen, zouden de rapen gaar zijn. Snel logde ze in en klikte door naar de chat. Geen Merlijn. Het puntje naast zijn naam was rood.

Met een diepe zucht schoof ze de laptop van haar schoot op het bed. Ze snapte er niets van. Wat mankeerde hem? Moest ze zich zorgen maken? Misschien wel. Merlijn stond op het punt het op te geven toen ze hem ontmoette en ze had nooit gedacht dat er iets zou zijn wat hem van zijn plannen af kon brengen. Was het hoogmoed geweest dat haar had doen denken dat zij alles kon veranderen voor hem? Zoals hij haar leven had veranderd? Nog steeds vond ze haar leven waardeloos, maar hij had het nog een beetje de moeite waard gemaakt. Door er te zijn. Naar haar te luisteren.

Yeah, right!

Zoals nu, zeker? Waar was hij, verdomme?

Een zacht klopje op de deur deed haar opkijken. 'Daniëlle?' klonk Anneliens stem. 'Er is een leuke film op de tv. Kom je ook kijken?'

Ze deed net of ze het niet hoorde.

-6-

BARBARA

Ferwerd | vrijdag 21 november

Zachte geluiden uit de badkamer dwongen me om mijn ogen open te doen. Loom rekte ik me uit, terwijl ik me langzaam op mijn rug draaide. De plek naast me in bed was leeg en een blik op de wekker vertelde me dat het bijna halfacht was. Meteen was ik klaarwakker en vloog overeind.

Ik heb me verslapen!

Snel graaide ik mijn badjas van de stoel, trok hem aan en haastte me de trap af. Terwijl ik mijn haar uit mijn ogen veegde, duwde ik de keukendeur open en liep naar binnen. De tafel was gedekt, de koffie was bijna klaar en het rook naar geroosterd brood. Marcus stond met zijn rug naar me toe aan het aanrecht en draaide zich naar me om zodra hij me hoorde.

'Môgge,' zei hij. 'Ik heb het ontbijt maar vast klaargemaakt.' Hij pakte de koffiepot, schonk twee mokken vol en zette ze op tafel. 'Je sliep zo lekker. Je was zelfs al onder zeil toen ik gisteravond boven kwam.'

Het woord gisteravond bracht alles weer terug. De dreigende telefoontjes, de fluisterstem, het beertje op de keukentafel. Het rare telefoontje van Marcus… Had hij Thijs eigenlijk wel gebeld?

'Je ziet bleek,' zei Marcus. Hij ging tegenover me zitten en zocht mijn blik. 'Maar dat is ook begrijpelijk,' vervolgde hij. 'Na wat er gisteravond gebeurd is.'

'Heb je Thijs nog gesproken?' vroeg ik.

Hij knikte. 'Hij zou een oogje in het zeil houden. Meer kon hij niet doen, zei hij.'

'Wilde hij niet weten hoe die man eruitzag?'

'Daar vroeg hij niet naar.'

'Hoe kan hij dan een oogje in het zeil houden?' zei ik, iets vinniger dan ik bedoelde.

Marcus zuchtte. 'Hij begint niet veel, Barb. Vooral niet als het geen bekende is.'

'Nee, hij grijpt zeker pas in als het te laat is,' mompelde ik.

'Lieverd...' Marcus stond op, liep om de tafel heen en ging nu naast me op Robins plek zitten. 'Ik begrijp dat je bang bent. Ik vind het ook verontrustend. Maar er is...'

'Ja, natuurlijk ben ik bang!' riep ik. 'Hij houdt me in de gaten, Marcus, en misschien beloert hij de kinderen ook wel. Hij belt me op als jij niet thuis bent en fluistert me dingen toe. Iedereen zou daar toch bang van worden? Wat wil hij van me?'

'Jou angst aanjagen,' zei Marcus. 'Al is dat natuurlijk onzinnig.'

'Onzinnig?' herhaalde ik. 'Hoezo?'

'Nou ja...' Hij aarzelde, leek geschrokken door zijn eigen woorden, maar vervolgde toen toch: 'Ik bedoel eigenlijk dat als hij inderdaad weet van het... van het ongeluk, wat wil hij dan met die kennis? Jou of de kinderen iets aandoen zou daar toch niets aan veranderen?'

Daar had hij een punt. Natuurlijk wilden we niet dat ooit zou uitkomen wat er op die oktoberavond gebeurd was, maar dan zouden wij er technisch gesproken meer baat bij hebben als wij zogezegd die man uit de weg zouden ruimen en niet omgekeerd. Het had geen zin, precies wat Marcus zei.

Ik keek naar hem, zag de blik in zijn ogen en voelde ineens dat ik ernaar moest vragen. Naar het telefoongesprek dat ik gehoord had en waarover het ging. Of het te maken had met die man die me lastigviel en waarom hij ergens morfine naartoe moest brengen.

'Marcus,' vroeg ik voorzichtig. 'Met wie was je gisteravond...'

Op dat moment vloog de keukendeur open en stormde Puck binnen, gevolgd door Robin. Ik vloekte nog net niet hardop, niet alleen van schrik, maar ook doordat ik besefte dat Marcus en ik nu waarschijnlijk niet eerder weer met elkaar konden praten dan vanavond.

'Maak je geen zorgen,' fluisterde Marcus me nog snel toe. 'Thijs zal regelmatig door de straat rijden, heeft hij beloofd.'

Alsof dat me geruststelde.

Met veel kabaal schoof Puck een stoel achteruit en plofte erop neer. Marcus raakte nog even zacht mijn hand aan en glimlachte naar me, voordat hij opstond en naast Puck ging zitten.

'Wat is dit, mam?'

Ik keek om en zag Robin naast de geopende vuilnisbak staan. Ze had het teddybeertje dat Marcus er gisteravond zo ruw in had gesmeten bij zijn oor vast en hield het omhoog. Ik staarde ernaar, niet in staat iets te zeggen. Ik voelde paniek opkomen, zoals ik gevoeld had toen ik het ding op de rand van de tafel had zien zitten, maar de stem van Marcus klonk kalm en geruststellend. 'O, die was ik al kwijt.' Hij hield zijn hand op zodat Robin het beertje erin kon leggen, en vervolgde: 'Gisteren in de spreekkamer achtergebleven. Ik denk dat Lotte hem heeft weggegooid.'

'Weggegooid?' riep Puck verontwaardigd. 'Wie gooit er nou een béér weg?'

'Vast per ongeluk,' vergoelijkte Marcus. Hij draaide zich om en zette het beertje op de hoek van het aanrecht, vanwaar het me nu recht aanstaarde. 'Ik neem het zo wel mee naar de praktijk en dan laat ik Lotte de vast ontroostbare eigenaar opsporen.'

Puck knikte goedkeurend. 'Dat kindje is denk ik heel verdrietig en zal blij zijn als hij weer thuis is.'

Thuis.

Ik huiverde.

'Het ding ziet er anders aardig verfomfaaid uit,' merkte Robin op.

'Teken van liefde,' verklaarde Puck.

Robin reageerde daar niet op. Ze ging ook aan tafel zitten en veranderde subtiel van onderwerp: 'We moeten maandag al om halfacht op school zijn.'

Heel even staarde ik haar aan, maar toen schoot het me weer te binnen. De excursie!

'Halfacht?' herhaalde Puck, met haar mond vol brood met chocoladepasta. 'Waarom?'

'Weet ik veel? Het zal wel een heel eind lopen zijn vanaf de bus. En we krijgen eerst nog informatie over wat we wel en niet mogen doen, geloof ik. Alsof het levensgevaarlijk is bij zo'n gemaal.'

'Dat is het ook,' zei Marcus, zonder van de krant op te kijken. 'Als je eens wist hoeveel ongelukken er in zo'n omgeving kunnen gebeuren. Ze mogen jullie allemaal wel een zwemvest geven.'

Robin snoof luid. 'Doe normaal, pap. We kunnen toch zwemmen?'

'Ik ook,' merkte Puck op. 'Ik heb A en B.'

'Maar jij gaat niet mee, hè?' zei Robin fijntjes. En tegen Marcus: 'Het zijn gewoon de regels, zei Platje. En iedereen moet zich eraan houden. Ze zullen wel bang zijn voor schadeclaims als er iets misgaat.'

Nu keek Marcus wel op. 'O, reken maar dat ik genoegdoening wil als jou wat gebeurt, daar in die contreien.'

Robin rolde dramatisch met haar ogen. 'Natuurlijk, pap,' zei ze. 'Leuk om te weten.'

'Niemand komt aan mijn twee meiden,' ging Marcus door. Terwijl hij dat zei, keek hij naar mij en heel even hielden onze blikken elkaar vast en wist ik waar hij op doelde.

'En mama dan?' vroeg Puck.

'Ook niet,' zei Marcus stellig. Hij vouwde de krant op en legde hem op de hoek van de tafel, voordat hij met zijn duim wat chocoladepasta uit Pucks mondhoek wegveegde en zichzelf verbeterde met: 'Niemand komt aan mijn dríé meiden.'

Puck giechelde en ook Robin moest erom glimlachen. Ik kon het niet, omdat ik de werkelijke betekenis van zijn woorden heel goed besefte. Als vanzelf ging mijn blik weer naar het aanrecht, naar het beertje dat daar nog net zo prominent zat. Het was net of hij terugkeek. Met ogen vol verwijt.

Zodra de kinderen naar school waren en Marcus naar zijn spreekkamer was vertrokken, pakte ik het beertje van het aanrecht en hield het in mijn handen. Mijn gedachten gingen terug naar tien jaar geleden, naar die avond waarop ik de zwartbruine knuffel ook had gezien, langs de kant van de weg, zijn snuit gedompeld in een diepe plas. Het was op dat moment het symbool voor wat er vlak daarvoor gebeurd was; voor wat er nog zou gebeuren. En voor alles wat we kwijt waren en opnieuw hadden gevonden.

Ik huiverde en wist niet zo goed wat ik met het ding aan moest. Bewaren was geen optie. Het liefst wilde ik alles van toen vergeten, maar op de een of andere manier dacht die onbekende man daar anders over. Hij wílde dat ik het me herinnerde. En dat ik wist dat ook hij het zich herinnerde.

'Een dubbeltje voor je gedachten,' klonk het achter me.

Met een ruk draaide ik me om. Lotte stond bij het koffiezetapparaat en nam me nieuwsgierig op. Haar blik ging naar het beertje en terwijl ze koffie in twee mokken schonk, zei ze: 'Toch geen plannen voor een derde?'

Ik kon er niets aan doen dat ik in de lach schoot. 'Doe me een lol,' reageerde ik. 'Deze is van, eh...' Ik hield de knuffel even omhoog en vervolgde: '... van Puck. Ze vroeg of ik hem wilde wassen.'

'Lijkt me niet overbodig,' zei ze. 'Hij ziet er wat smoezelig uit.'

Smoezelig? Ik keek naar het beertje. Hij zag er verweerd uit. Geblakerd. Voor haar leek het zwart op zijn vacht gewoon op gekleurde vlekken. Maar ik wist beter.

'Koffie aan mijn bureau straks?' vroeg Lotte.

Ik knikte.

Ze pakte de twee mokken en met een vrolijk 'Toedels!' verdween ze weer naar de praktijk.

Met nog steeds de knuffel in mijn hand stond ik daar. Weggooien of bewaren? Ik wist het niet en uiteindelijk nam ik het ding mee naar boven en propte het weg achter de stapel hoeslakens in de linnenkast. Niemand kwam daar. En zo hoefde niemand die link naar het verleden nog te zien. Behalve ik.

Toen ik rond halfelf met de koffie naar de praktijk liep, zat Lotte niet achter haar bureau. Ik hoorde stemmen in de spreekkamer en vermoedde dat ze iets met Marcus aan het bespreken was. Ik zette de thermoskan en mijn beker neer en begon een gelegenheidspraatje met meneer Tjepkema, de patiënt die zat te wachten tot hij naar binnen kon. Of alles goed was met hem? En met zijn vrouw? Met beiden ging het prima en nadat ik had aangehoord over hoe hij en zijn vrouw de kerstdagen gingen doorbrengen, knikte ik hem toe en liep naar de stoel naast Lottes bureau, waar ik altijd zat als we onze late ochtendkoffie dronken. Mijn blik viel op de deur van de apotheek en in een opwelling liep ik door en duwde de deur open. De lamp floepte automatisch aan en deed de niet al te grote ruimte baden in het licht. Hier werden alle medicijnen bewaard. De meest voorgeschreven middelen had Marcus ook in een kastje in zijn spreekkamer liggen, maar de voorraad lag hier, inclusief de minder frequent voorgeschreven medicijnen. Zoals morfine. Ik keek naar de gifkast, waarin alles stond wat achter slot en grendel bewaard moest worden, waaronder dus de opioïden. Zonder verder na te denken draaide ik het sleuteltje om en opende het deurtje van de kast. Heel erg veel stond er niet in, maar in ieder geval wel een kleine voorraad morfine; tabletten, pleisters en ampullen. Van zowel de pleisters als de tabletten vond ik twee doosjes: eentje was aangebroken en de andere was een nieuwe, ongeopende verpakking. We zorgden ervoor dat er altijd een onaangebroken doosje lag; zodra die werd geopend, werd er meteen een nieuwe besteld, zodat we nooit zonder zaten. Ook bij de doosjes ampullen van 10 en 20 mg zag ik van elk een geopende en een nieuwe, verzegelde verpakking. Alles klopte dus. Ik zag geen reden om aan te nemen dat er morfine miste en opluchting overspoelde me. Ik had me zorgen gemaakt om niets. Marcus die morfine verhandelde, het was ook eigenlijk te zot voor woorden.

Snel sloot ik de kast en draaide hem weer op slot. Ik trok net de deur van de apotheek achter me dicht, toen Lotte uit Marcus' spreekkamer kwam.

'Er is nog genoeg insuline, hoor,' deelde ze me mee.

Vragend keek ik haar aan.

'Voor Robin,' verduidelijkte ze. 'Daar keek je toch naar?'

'O, eh... nee, niet echt,' zei ik. 'Ik keek hoeveel Imigran er nog stond.'

Lotte wierp me een meewarige blik toe. 'Ik dacht dat het beter ging met je migraine.'

'Gewoon voorzorg,' zei ik. 'Ik had gisteravond weer hoofdpijn, maar gelukkig bleef het daarbij.'

'Mooi,' zei Lotte. Ze gebaarde naar meneer Tjepkema dat hij de spreekkamer kon binnengaan, pakte toen de thermoskan en schonk onze bekers vol. 'Hoe is het afgelopen met die enge man?' vroeg ze, terwijl ze op haar stoel neerplofte. 'Hebben jullie Thijs nog gebeld?'

'Gisteravond,' zei ik. 'Die man belde me op, toen ik alleen thuis was.'

'Néé!' Lotte keek me met grote ogen aan. 'Wat zei hij dan?'

Bijna vertelde ik haar wat de man me had toegefluisterd, maar ik slikte net op tijd de woorden weer in. Hoe kon ik dat tegenover Lotte verklaren? Ze wist helemaal niets over wat er tien jaar geleden gebeurd was. Ik kende haar toen nog niet eens. En Lotte kennende zou ze doorvragen tot ik er ziek van werd. Het was dus beter om niet te vertellen wat die man gezegd had. Sterker nog, ik had er veel beter helemaal over kunnen zwijgen, maar daar was het nu te laat voor.

'Hij, eh... fluisterde iets, maar ik kon het niet goed verstaan. Iets over dat hij me wel zag zitten, of zo.'

'Je wel zag zitten?' herhaalde Lotte. 'Wat een perverseling! Het is dus gewoon een ordinaire stalker?' Ze schoof mijn beker over het bureau naar me toe en vervolgde: 'Heel goed dat jullie Thijs hebben ingeschakeld. Dan zal het wel gauw afgelopen zijn met die grappen.'

'Nou, ik ben me hoe dan ook rot geschrokken gisteravond,' zei ik.

Vooral van die teddybeer.

Maar dat zei ik niet hardop.

-7-

ANNELIEN

Landgoed Wâldstaete, Leeuwarden | zaterdag 22 november

Nog even en Timo zou weer thuiskomen. Gek genoeg keek ze er helemaal niet naar uit. De laatste twee dagen had ze geprobeerd dat hele gedoe wat ze in de computer gezien had te vergeten. Tegen zichzelf te zeggen dat het moest zijn zoals Timo had gezegd: een weddenschap tussen hem en Pitter. Maar – *surprise, surprise* – dat was haar dus voor geen meter gelukt. Het was onzin, wat Timo haar had wijsgemaakt, dat voelde ze diep vanbinnen. En ze wist niet wat ze nu moest doen. Of eigenlijk wist ze dat wel: Pitter vragen, dan had ze zekerheid. Maar dat durfde ze niet. Stel dat Timo erachter kwam dat ze hem controleerde?

Ze liet Josh in de box zakken, gaf hem iets om mee te spelen en draaide zich naar het raam. Buiten liep Daniëlle over het grind van de grote oprit heen en weer, zoals altijd met haar mobiel in haar handen, haar voorhoofd gefronst. Ze leek niet gelukkig. Dat had Annelien altijd al gevonden, maar de laatste paar dagen viel het haar wel heel erg op. Ze hoopte maar dat de verandering die ze gisteren ineens in Daniëlles gedrag had opgemerkt, zou doorzetten. Annelien wist zeker dat als ze samen leuke dingen konden doen, Daniëlle zichzelf langzamerhand wel weer zou terugvinden. Het was ook niet niks om op jonge leeftijd je zusje én je moeder te verliezen. Dat moest er enorm ingehakt hebben. En Timo had ook niet echt veel gedaan om haar op te vangen.

Annelien keerde zich weer om en liep naar de keuken, waar ze de ontbijtspullen in de vaatwasser zette. Door haar hoofd speelde opnieuw die zogenaamde weddenschap. Op de een of andere manier liet het haar niet los. En zolang ze geen zekerheid had, zou ze erover blijven piekeren. Ze moest toch met Pitter praten. Alleen dat zou haar gerust kunnen stellen.

Ze besloot gelijk maar te gaan. Het was droog en er scheen een waterig zonnetje. Een lekkere wandeling met Josh door het bos naar Pitters huis zou haar misschien ook goed doen. Ze zou zeggen dat ze nu eindelijk maar eens dat bakje koffie bij hem kwam halen en het gesprek dan ongemerkt richting die weddenschap sturen.

Meteen voelde ze zich wat beter, nu ze besloten had actie te ondernemen. Ze kleedde Josh warm aan, trok haar dikke wollen jas aan, en duwde even later de wandelwagen via de achterdeur naar buiten. Josh kraaide van plezier toen er wat vogels opvlogen vanuit het grote gazon waar de brede oprit omheen liep. Het geluid deed Daniëlle omkijken en Annelien schrok van de uitdrukking op haar gezicht. Het leek wel of ze ergens ongerust over was. Vreselijk ongerust, bijna tegen het radeloze aan.

Verschrikt bleef Annelien staan en vroeg: 'Wat is er? Heb je slecht nieuws gekregen?'

Daniëlle keek haar aan alsof ze een wildvreemde was. Het duurde slechts enkele seconden, toen schudde ze haar hoofd en draaide zich zonder iets te zeggen van Annelien weg.

Ontgoocheld bleef Annelien staan, met haar handen op de stang van de wandelwagen. Waarom deed Daniëlle toch altijd zo afstandelijk? Ze woonden nu al ruim twee jaar onder hetzelfde dak, het werd nu toch weleens tijd dat ze ontdooide. Ze ademde even diep in en uit om de teleurstelling te verdrijven, en duwde Josh langs het bordes van het grote huis in de richting van het bos, dat zich westelijk over het terrein uitstrekte en bijna acht hectare omvatte.

De wandeling naar het huis van Pitter nam ongeveer twintig

minuten in beslag en ze genoot van de vochtige boslucht, de vogels en de andere dieren die er te zien waren: een groepje reeën, een haas, soms een vos of een wild zwijn, en het duurde niet lang of ze was volledig opgeslokt door de hoge loofbomen. Ze voelde zich nietig als ze omhoog keek langs de grillige stammen van de eeuwenoude eiken die hun kale takken over haar en Josh uitstrekten. Af en toe maakte het haar bang, als ze besefte dat die bomen er nog steeds zouden staan als zij er allang niet meer was. Als Josh er niet meer was. En misschien zijn kinderen ook wel niet meer.

Josh had daar duidelijk geen last van. Hij maakte tevreden geluiden, wees naar van alles om hem heen en brabbelde dan in zijn babytaaltje, om vervolgens een kreet van plezier te slaken als bladeren opwaaiden en rond de kinderwagen wervelden. Het deed Annelien glimlachen. Ze bleef even stilstaan, boog zich naar hem toe en terwijl ze zijn sjaal wat herschikte, zei ze: 'Mooi hè?'

'Ooi,' imiteerde hij haar en hij schaterde het uit.

Glimlachend duwde Annelien de wagen weer over het bospad terwijl ze naar een koekoek luisterde, die een eindje verderop zijn stem verhief. In de verte zag ze het huis van Pitter. Het was niet groot, maar wel mooi. Pittoresk, wit met rode luiken die volgens haar nooit gesloten werden, maar het geheel daardoor juist een authentieke sfeer gaven. Ze stapte stevig door en vroeg zich ineens af of Pitter wel thuis zou zijn. Tenslotte was hij de boswachter; als hij op pad was, kon het zomaar uren duren voordat hij weer kwam opdagen.

Het gefluit van de vogels werd ineens verstoord door stemmen. Ze kwamen van links, waar de zandweg liep waarover Pitter met zijn auto moest om zijn huis te bereiken. Ze bleef weer staan en probeerde tussen de bomen door te kijken, maar zag niet veel, behalve twee schimmen die langs de kant van het pad, vlak voor een houten schuur, stonden te praten. Ze kneep haar ogen tot spleetjes en tuurde in de verte. Was dat nou Timo? Maar... die was toch nog op cursus? Hij zou vanavond pas thuiskomen! Ze keek nog een keer goed, maar zag dat het inderdaad Timo was. Met wie stond hij te praten? Dat was niet Pitter. Die was stukken groter dan Timo en deze man was kleiner. Tengerder. Jonger! Hij kwam haar lichtelijk bekend voor, maar om hem beter te kunnen zien zou ze dichterbij moeten gaan. Had hij misschien deelgenomen aan een van de rondleidingen?

Nee, onzin. Maar waarom leek ze hem dan te kennen? En waarom was Timo al terug zonder haar daarvan op de hoogte te stellen?

In een opwelling duwde ze de wandelwagen in de richting van de twee mannen, maar een plotselinge gedachte deed haar weer stoppen. De foto's. In de e-mail. Had Timo soms een geheim rendez-vous met een man? Was dat misschien de reden dat hij haar niet had laten weten dat hij al terug was?

Het duizelde haar. Ze moest hiermee ophouden. Op deze manier maakte ze zichzelf helemaal gek. Die man daar bij Timo leek in de verste verte niet op de man van die foto's. Dat zag ze zelfs vanaf hier.

Ze keek opzij, naar de boerderij van Pitter en had ineens geen zin meer om door te lopen. Ze wilde naar huis. En dus draaide ze de wandelwagen en duwde hem haastig terug in de richting van het landhuis.

Nog geen kwartier later liep ze de oprit weer op. Daniëlle was verdwenen en eigenlijk vond Annelien dat wel prettig. Ze had nu absoluut geen zin om te praten. Die hele toestand met Timo begon op haar zenuwen te werken.

Nadat ze Josh in zijn bedje had gelegd voor zijn middagdutje, zette ze een kop thee en ging ermee aan de keukentafel zitten. Rust. Dat was wat ze nu nodig had. Zodat ze de dingen eens goed op een rijtje kon zetten. Ze had Timo gezien. Met een man. Was dat vreemd? Niet echt. Timo had contact met zo veel mannen. Over het landgoed, de gemalen, de boerderijen, het beheer. Niet zo gek dus dat Timo daar bij dat schuurtje had gestaan. Misschien was het wel een onderhoudsman geweest die onderdelen ergens voor moest hebben en was Timo de enige die hem die had kunnen geven. Het verklaarde niet waarom Timo vroeger – véél vroeger – weer terug was, maar daar konden allerlei redenen voor zijn. Misschien was er een noodsituatie geweest en was hij teruggeroepen; had hij haar gewoon niet kunnen bellen omdat hij met spoed naar Pitter moest. Maar Pitter had ze niet gezien. Wel die man. Waar kende ze die nou toch ook alweer van?

Met een diepe zucht stond ze op. Zo kon ze nog wel even doorgaan. Wie het ook was geweest, Timo zou vast een goede reden hebben waarom hij die man daar op dat tijdstip ontmoette. En dat zou hij haar vanavond gewoon vertellen. Ze moest nou ook niet overál iets achter zoeken.

Door de babyfoon hoorde ze Josh brabbelen. Misschien kon ze hem beter uit bed halen? Ze zette haar lege kopje op het aanrecht, liep de keuken uit en ging naar boven. Terwijl ze door de gang liep hoorde ze ineens een mobiel overgaan en verbaasd bleef ze staan. Dat kon Timo weleens zijn! Haastig probeerde ze zich te herinneren waar ze het ding gelaten had. Ze gebruikte haar mobiel niet zo vaak en liet hem regelmatig ergens slingeren.

Het geluid stopte net op het moment dat ze bedacht dat ze hem in de slaapkamer had laten liggen. Te laat. Waarom belde Timo haar ook niet gewoon op de huistelefoon? Hij wist dat ze haar mobiel niet altijd bij zich had.

Ze stond nog te aarzelen wat te doen – eerst Josh uit bed halen of eerst kijken of er een berichtje op haar mobiel was achtergelaten – toen ze het riedeltje hoorde. Het toontje dat aangaf dat er een whatsapp binnenkwam; ze herkende het door Daniëlle, die om de haverklap zulke berichtjes ontving. Alleen kwam het geluid niet uit hun slaapkamer. Ze keek om, naar de op een kier staande deur van Daniëlles kamer. Was háár telefoon overgegaan? Waarom had ze hem dan niet opgenomen?

Voorzichtig liep ze naar de deur en klopte. Geen reactie. Zachtjes duwde ze de deur verder open. 'Daniëlle?' vroeg ze.

Er kwam geen antwoord. Op het bureau tegenover het onopgemaakte bed zag ze de mobiel liggen. Daniëlle was er niet en verwonderd keek ze over haar schouder de gang in. Op dat moment hoorde ze zacht gestommel in de badkamer. Daar was ze dus.

Annelien liep de kamer in en keek weer naar de mobiel. Zou ze kijken wat voor bericht het was? Ze strekte haar arm al uit, maar trok hem toen toch weer terug. Nee. Nee, dat kon ze niet maken. Als Daniëlle haar betrapte waren de rapen gaar. Bovendien zou ze Annelien dan helemaal nooit meer vertrouwen. Nee, dat moest ze echt niet doen.

-8-

BARBARA

Ferwerd | zaterdag 22 november

De ochtendwandeling met Deyna verliep rustig. Ondanks dat Marcus Thijs had ingelicht, bleef ik op mijn hoede, maar zowel in het bos als op straat was er in de verste verte niemand te bekennen. Ik had ook niet het gevoel dat de man in de buurt was, al kon ik niet verklaren waarop ik dat gevoel baseerde. Toch was ik blij toen ik de deur van de keuken weer achter me dichttrok. Nergens zo veilig als thuis.

Ik hing mijn jas op de kapstok en wreef even stevig mijn handen tegen elkaar om de kou te verdrijven. Straks had ik misschien eindelijk eens de kans om met Marcus te praten over dat telefoongesprek. Dat was gisteren niet gelukt; vlak nadat de kinderen naar bed waren, was er een spoedgeval gekomen waar Marcus naartoe moest. Hij had eigenlijk geen dienst, maar hij zei zelden nee als iemand hem nodig had. Het had hem zijn hele avond gekost. Maar als het goed was, waren we met de koffie alleen. Robin was naar Anke om huiswerk te maken – *ja ja* – en Puck zou inmiddels al moeten zijn opgehaald voor scouting. Het verbaasde me dan ook dat ik Marcus in de keuken hoorde praten.

Nieuwsgierig duwde ik de keukendeur open en liep naar binnen. Het koffiezetapparaat stond te pruttelen en de geur van verse koffie drong mijn neus binnen. Marcus leunde met zijn mobiel tegen zijn oor gedrukt tegen het aanrecht aan.

'Nee, ik breng het straks naar...' zei hij, maar hij brak zijn zin af toen hij me in de deuropening zag staan. Zijn ogen ontmoetten die van mij en heel even hielden onze blikken elkaar vast. Toen wendde hij zich van me af en zei: 'Is goed, je ziet me. Ik bel later nog wel even.' Meteen daarna verbrak hij de verbinding en stopte de mobiel in zijn broekzak.

'Môgge,' zei hij, alsof er niets aan de hand was. 'Koffie?' Zonder op mijn antwoord te wachten pakte hij de koffiepot, schonk twee koppen vol en zette ze op tafel.

Ik ging zitten en keek naar hem op. 'Wie was dat?' vroeg ik.

Marcus pakte de krant van het aanrecht en nam tegenover me plaats. 'Dat was... Jan.'

Verbeeldde ik het me nou, of aarzelde hij toen hij dat zei?

'O,' zei ik, terwijl ik een beker koffie naar me toe trok. 'Wat wilde hij?'

Deze keer aarzelde hij niet, maar zei: 'Bernie Koperberg gaat met pensioen.' Hij keek me niet aan, alsof hij mijn blik ontweek, en sloeg de krant open. 'Er is vanmiddag een afscheidsreceptie en Jan vroeg of ik meeging.' Nu keek hij wel op en nog voordat ik kon reageren vervolgde hij: 'Ik heb jaren met hem in het MCL gewerkt, Barb. Het lijkt me wel zo netjes om dan even mijn neus te laten zien.'

'Maar je hebt die man ruim tien jaar niet meer gezien of gesproken,' zei ik. 'Hij heeft je niet eens een uitnodiging gestuurd.'

'Hij wist ons adres niet,' zei Marcus. 'Vandaar dat hij het via Jan heeft gedaan.'

Een paar uur van tevoren?

'Is het een probleem dan?' Marcus richtte zijn blik weer op de krant en sloeg opnieuw een bladzij om. 'Ik blijf echt niet lang weg. Met een uurtje of twee ben ik weer terug.'

'Waarom heeft hij je dat afgelopen donderdag dan niet gevraagd?' vroeg ik.

'Vergeten,' zei Marcus.

Vergeten...

Zaterdag neem ik het mee.

Ik kon er niets aan doen dat die woorden zich ineens weer aan me opdrongen. De woorden die hij gezegd had tijdens dat telefoongesprek dat ik niet had mogen horen. Wat nam hij mee? Waarnaartoe? En voor wie? Voor Jan?

Ik geloofde er niets van. Ik opende mijn mond al om hem dat te zeggen en hem duidelijk te maken dat hij niet moest denken dat ik gek was, toen ik een ander idee kreeg. Het verdiende geen schoonheidsprijs, maar ik zou misschien wel antwoorden krijgen.

Ogenschijnlijk tevredengesteld roerde ik in mijn koffie en vroeg: 'Ben je met het avondeten thuis?'

Hij knikte zonder op te kijken. 'Natuurlijk,' zei hij.

De regen kletterde met veel geraas op het dak van mijn auto. Al vanaf dat ik van huis was vertrokken hadden donkere wolken de lucht weer zwart en grijs gekleurd en was de regen met bakken naar beneden gekomen.

Feitelijk was het niet mijn auto waarin ik zat, maar die van Wietske, de moeder van Anke. Toen Marcus naar boven was vertrokken om zich te verkleden voor de vermeende receptie, was ik naar de overkant gelopen en had ik Wietske gezegd dat mijn auto niet wilde starten en dat ik dringend naar mijn ouders moest omdat mijn moeder ziek was, en dat Marcus zijn eigen auto nodig had. Dat mijn ouders allang overleden waren, wist ze gelukkig niet, en dat was maar goed ook, want de ware reden had ik haar nooit kunnen vertellen: ik ging Marcus schaduwen.

Het was zomaar in me opgekomen, op het moment dat Marcus zei dat Jan hem vergeten was in te lichten over de receptie. Ik kon maar niet geloven dat hij heimelijk iets ging doen zonder mij op de hoogte te stellen. Maar als hij dat wel deed, wilde ik weten wat het was. De morfinevoorraad in de apotheek klopte; dat kon het niet zijn. Wat dan wel? Daar kon ik alleen achter komen als ik ging kijken waar hij heen ging. Hij zou het me zelf niet vertellen, al zou ik hem zeggen dat ik geen woord geloofde van die receptie en dus nam ik het heft in eigen hand en besloot hem te volgen. Ik had Wietskes auto om de hoek gezet en zodra Marcus wegreed was ik achter hem aan gegaan.

Er was niet veel verkeer op de weg. Marcus reed richting Stiens en op de een of andere manier had ik daar niet op gerekend. Het was namelijk ook de route naar Leeuwarden en dat verbaasde me een beetje. Was ik echt te achterdochtig geweest?

Het hield op met regenen toen hij uiteindelijk tóch Leeuwarden binnenreed. Marcus reed nog steeds de weg naar het MCL, en mijn hoop dat hij niet gelogen had, nam steeds meer toe. Maar zodra het grote ziekenhuiscomplex links van de weg opdoemde, sloeg hij rechts af. Weg van het MCL.

Verdomme!

Ik trapte op het gaspedaal en reed door toen het verkeerslicht op rood sprong. Ik trok me er niets van aan, stuurde iets te snel de bocht door en kreeg Marcus vrijwel direct weer in het vizier. Hij vervolgde de weg tot een eindje buiten Leeuwarden. We passeerden de villawijk waar we vroeger gewoond hadden, vervolgens het crematorium, en net toen ik me begon af te vragen of hij soms op weg was naar de N31 en de snelweg op zou gaan, sloeg hij weer af naar rechts en reed een smal landweggetje op, dat na een meter of vijftig een spoorbaan kruiste.

Even aarzelde ik. Niemand anders behalve Marcus reed daar; als ik achter hem aan ging, kon dat betekenen dat hij me alsnog opmerkte. In de verte zag ik Marcus' auto over de spoorbaan uit het zicht verdwijnen. Blijkbaar liep de weg daar wat naar beneden en impulsief nam ik een beslissing: ik reed eveneens het landweggetje op. Bij de spoorwegovergang hield ik in en bleef er even staan, de weg afspeurend naar de wagen van Marcus. Ik zag hem een eindje verderop. Hij passeerde met flinke snelheid twee boerderijen en haastig trapte ik op mijn gaspedaal. Ik mocht hem nu niet kwijtraken.

Een minuut of tien volgde ik Marcus over de weg tussen de weilanden door en uiteindelijk zag ik hem afslaan en een smal pad oprijden. Het leidde naar een eenzame boerderij die half verscholen tussen een grote groep bomen stond. Langzaam reed ik langs en tuurde in de richting van de boerderij. Ik zag Marcus' auto stoppen en na even vluchtig rond te hebben gekeken, parkeerde ik mijn auto vlak naast een paar struiken.

Ik stapte uit, liep heel voorzichtig terug en sloop het zandpad op. Gelukkig was het nu droog; een waterig zonnetje brak door de wolken en gaf alles een trieste uitstraling.

Langzaam liep ik naar de boerderij, erop lettend dat ik niet ongewild iemand – vooral Marcus niet – tegen het lijf liep. Zijn verlaten auto stond rechts, tussen de boerderij en twee andere gebouwen in. Een ervan leek op een grote loods, opgetrokken uit glad metaal, met een licht hellend golfplaten dak en een dubbele, vuilblauwe deur. Marcus zag ik niet meer.

Behoedzaam liep ik over het kale erf naar de voordeur van de boerderij. Heel zacht duwde ik ertegenaan, probeerde de klink, maar hij zat potdicht. Ik deed een stapje opzij en loerde door het lange, smalle raam naast de deur. Het glas was grijs van viezigheid, waardoor ik amper iets zag. Wel was gezien de staat waarin de boerderij verkeerde duidelijk dat hij niet bewoond was.

Ik stapte achteruit en keek om me heen. Niets te zien. Ik liep naar links, langs een met hedera begroeide muur, sloop verder tussen een paar flinke coniferen door en kwam bij een groot raam, waardoor een enorme woonkeuken te zien was. Met mijn handen beschermend boven mijn ogen gluurde ik naar binnen en zag een eenvoudige keuken, met nog wat haveloze meubels. Er stond een laag dressoir links tegen de muur en in het midden nam een enorme eettafel met acht stoelen flink wat ruimte in beslag. Op de tafel lag een opengescheurd pakje gevulde koeken en verspreid stonden of lagen een aantal plastic bekertjes. Verder nog een bord met kruimels en twee bekers met koeienprint. Het leek erop dat ik me vergist had: de boerderij was wel degelijk bewoond. Er was alleen niemand thuis, leek het.

Geknerp van grind deed me opkijken en na een blik tussen de coniferen door zag ik Marcus over het erf naar zijn auto lopen. Hij kwam bij de loods vandaan en meteen draaide ik me om en drukte me met mijn rug tegen het raam. Door de wildgroei van de hedera hoopte ik uit zicht te blijven en met kloppend hart bleef ik bewegingloos staan. Zweet parelde op mijn voorhoofd bij het idee dat Marcus tussen de bomen zou verschijnen en me zou vragen wat ik in godsnaam aan het doen was.

Maar dat gebeurde niet. Ik hoorde niets en toen ik voorzichtig om de hedera heen gluurde, zag ik dat Marcus met zijn mobiel tegen zijn oor bij zijn auto stond. Hij leek geen gehoor te krijgen. Na een poosje verbrak hij de verbinding en stak zijn mobiel weer in zijn zak. Meteen daarna stapte hij in, startte de motor en reed stapvoets van het erf weg. Een paar seconden later was hij uit mijn blikveld verdwenen.

Voor de zekerheid wachtte ik nog heel even, maar toen liep ik haastig tussen de coniferen door, terug het erf op. Aan het einde van het zandpad zag ik nog net Marcus' auto om de hoek verdwijnen.

Even wist ik niet wat ik doen moest. Achter hem aan gaan? Dat was mijn eerste gedachte, maar ik besefte vrijwel meteen dat ik daar nu te laat voor was. Tegen de tijd dat ik weer bij Wietskes auto was en die gekeerd had, zou hij al hoog en breed op de rondweg zijn. Geen optie dus.

Ik draaide me om en keek naar de loods waar Marcus vandaan was gekomen. Wat had hij daar gedaan? Hij had gezegd iets mee te nemen; had hij daar spullen afgeleverd? Ik voelde me ineens verschieten. *Je ziet me daar*, had hij aan de telefoon gezegd. Was er iemand in die loods? Onmogelijk, er was nergens een auto te bekennen en lopend hierheen komen leek me onzinnig.

Snel rende ik over het erf en drukte me even later tegen de zijkant van het gebouw aan. Daar hield ik mijn adem even in en spitste mijn oren. Ik hoorde niets. Niet in de omgeving, maar ook niet in de loods.

Behoedzaam keek ik om de hoek en speurde het erf af. Nog steeds niemand te zien. Nu kon ik twee dingen doen. Terug naar de auto en naar huis gaan zonder iets te zijn opgeschoten, of die loods vanbinnen gaan bekijken. Ik koos voor het laatste. Om moed te verzamelen ademde ik even een paar keer diep in en uit. Het was ineens doodstil geworden rondom de boerderij. Zelfs de vogels, die ik net nog min of meer in bomen en struiken had horen kwetteren, zwegen. Marcus had hier met iemand afgesproken. Ik had geen idee of dat met de bewoner van de boerderij was, maar omdat er nergens een vervoermiddel stond, kon ik dus zo ongeveer wel aannemen dat die er nu niet was, of nog moest komen. Ik moest er in ieder geval voor zorgen dat ik niet onverwacht oog in oog kwam te staan met die persoon. Dat was wel het laatste wat ik wilde.

Heel voorzichtig kwam ik achter de loods vandaan en schuifelde voetje voor voetje naar de deur. Na nogmaals goed om me heen gekeken te hebben, probeerde ik de klink en na een flinke duw schoot de deur open, waardoor ik bijna naar binnen struikelde.

Ik wierp een snelle blik de ruimte door. Er was niet veel te zien. Het deel van de loods waar ik stond, was leeg, op een vrieskist, een koelkast en een tafel - waarop een doos stond - na. Aan het plafond hingen grote lampen en in de muur aan de linkerkant zat bovenin een smal, horizontaal raam, waardoor licht naar binnen viel. Het rook er muffig, maar ook merkte ik een specifieke geur op die ik niet zo snel kon thuisbrengen. Ongeveer halverwege werd de ruimte in tweeën gesplitst door een soort plastic gordijn. Het was zo dik, dat ik er niet doorheen kon kijken. Zo op het eerste gezicht was alles erachter pikdonker.

Ik keek weer naar de doos op de tafel. Had Marcus die daar

neergezet? Waren dat de spullen die hij zou afleveren? Erg veel kon er niet inzitten.

Na nog een blik op het plastic gordijn te hebben geworpen, besloot ik eerst die doos te bekijken. Ik liep naar de tafel en strekte mijn arm uit om het deksel op te lichten, toen ik buiten het geluid van een motor hoorde. Van schrik hield ik even mijn adem in en keek om.

Door de open deur van de loods zag ik een auto stoppen. De koplampen gingen uit en meteen daarna werd het portier aan de bestuurderskant opengegooid.

O jezus!

Ik moest me verstoppen, ze mochten me hier niet vinden! Ik speurde om me heen, maar zag nergens een plek waar ik me kon verstoppen. Behalve achter dat plastic...

Zo snel mogelijk sloop ik erheen, zocht gejaagd met mijn handen naar een opening, die ik niet vond. Paniek laaide op. Ik keek weer om naar de deur, die nog steeds half open stond. Misschien kon ik...

Haastig liep ik terug en ging achter de deur met mijn rug tegen de muur staan. Geen geweldige plek, maar ik had geen andere keus. Ik was tenminste uit het eerste zicht als ze binnenkwamen en misschien was er een kansje dat ik ongezien kon wegkomen. Ik hield mijn adem in en hoopte vurig dat ze de deur open zouden laten staan.

Buiten werd een autoportier dichtgeslagen. Ik hoorde geknars van grind en enkele seconden later zag ik op de grond de vage schaduw van een vrouw.

Een vrouw?

Gek genoeg had ik van alles verwacht, maar dat niet. Op de een of andere manier had ik op een man gerekend. Wie was deze vrouw? Mijn maag kromp samen. Had Marcus iets met een ander?

'Marcus?'

Haar stem klonk zacht, beschaafd, en zo gewoon, dat ik meteen een hekel aan haar had. Ik vroeg me af waarom ik dit eigenlijk deed. Waarom verborg ik mezelf achter de deur, in plaats van de confrontatie met die vrouw aan te gaan? Was het angst? Uitgesloten. Het zou hooguit angst kunnen zijn voor wat Marcus zou zeggen als hij hoorde dat ik hem vanuit Ferwerd hiernaartoe gevolgd was.

De vrouw kwam verder de loods in, zag direct de doos op tafel staan en zonder de deur te sluiten liep ze eropaf. Ze trok de klep open en rommelde tussen de inhoud. 'Prima spul, dokter Van Brederoo,' klonk het zacht.

Ze stond nu met haar rug naar me toe en ik wist dat dit mijn kans was. Misschien wel mijn énige kans. Geluidloos sloop ik om de deur heen, achteruit lopend, mijn ogen onafgebroken op de rug van de vrouw gericht. Mijn hart klopte in mijn keel en het liefst had ik het buiten meteen op een rennen gezet, maar omdat ik besefte dat het grind me zou kunnen verraden, dwong ik mezelf dicht langs de loods te blijven. Vanaf de hoek hoefde ik nog maar een klein stukje over open terrein om bij de bomen langs het zandpad te komen, en eenmaal daar zette ik het op een lopen, dook tussen de struiken door, verder het zandpad af, rechtstreeks naar Wietskes auto. Ik aarzelde geen moment, startte de motor en reed weg, zonder me erom te bekommeren dat de vrouw in de loods de auto zou kunnen horen wegrijden. Ik wilde nog maar één ding en dat was zo snel mogelijk hiervandaan.

Onderweg naar huis besefte ik dat ik niet veel was opgeschoten. Ik wist nu – of althans, ik vermoedde – dat Marcus iets had afgeleverd in de loods bij die oude boerderij. Maar wat, dat was nog steeds de vraag. Daarnaast vroeg ik me nu af wie die vrouw was. Dat Marcus een relatie met haar had leek me onwaarschijnlijk. Hoewel ik dat eerst wel even gedacht had, haar reactie toen ze de doos openmaakte wees er voor mij op dat het haar alleen daar om te doen was.

Zodra ik onze straat in reed zag ik dat Marcus al thuis was. Dat had ik niet verwacht en ik was benieuwd naar wat hij te zeggen had. Tenslotte was hij nog geen anderhalf uur weg geweest, hoe wilde hij dat verklaren? Of ik hem ging confronteren met wat ik gezien had, wist ik nog niet. Het feit dat ik hem stiekem gevolgd was, zou hij me vast niet in dank afnemen.

Ik bracht Wietskes auto terug en bedankte haar nog eens hartelijk dat ik hem had mogen lenen. Ze haalde me over om nog een kop thee te blijven drinken en dat durfde ik niet af te slaan. Tenslotte had ze me wel uit de brand geholpen. En het gaf me meteen een goede smoes om Marcus mijn afwezigheid te verklaren. Al moest ik daarvoor wel alle roddels uit de straat aanhoren.

Opgelucht trok ik drie kwartier later de deur van Wietskes huis achter me dicht. Eindelijk. Lief mens, maar vermoeiend.

Haastig liep ik de oprit af, terwijl ik nog steeds aan het dubben was wat ik moest doen: wel of niet met Marcus praten. Vlak voordat ik het gietijzeren hek van Wietskes tuin opende ging mijn mobiel. Ik bleef staan om hem uit mijn jaszak te vissen – en misschien ook wel om tijd te rekken – en zag op het display dat het een anonieme beller was.

'Met Barbara.'

Ik hoorde niets, behalve een zachte ademhaling.

'Hallo?' probeerde ik nog een keer, maar er kwam geen antwoord. Het bleef doodstil, op het ademen na, wat een rilling over mijn rug joeg. Het deed me terugdenken aan afgelopen donderdagavond. Was dit die vent weer?

'Wat wil je toch van me?' riep ik met overslaande stem, maar de persoon aan de andere kant van de lijn bleef zwijgen. Ik verbrak de verbinding, liep behoedzaam het trottoir op en keek links en rechts de straat in. Hij moest weten dat ik niet thuis was, anders had hij me vast niet mobiel gebeld. Hij loerde dus echt op me. Maar wat me nog het meest beangstigde was dat hij mijn beide telefoonnummers had. Het was dus niet zómaar iemand, maar iemand die meer van me wist dan ik prettig vond.

Gespannen keek ik rond, om te zien of er iemand in de buurt was, maar ik zag niets verontrustends. Geparkeerde auto's, een fietser. In de verte kwam een auto de Meekmastrjitte uit en reed de richting van de Ljouwerterdyk op, terwijl aan de andere kant iemand met zijn hond in de Johannes Wildeboerstrjitte verdween. Verder was er niemand te zien. Ik zocht net in mijn jaszak naar mijn huissleutels, toen mijn mobiel opnieuw overging. Ik klapte het mapje open en keek op het display. Anoniem.

Mijn angst maakte plaats voor woede. Ik nam de oproep aan en riep: 'Luister, klootzak! Laat me met rust, of ik ga er werk van maken!'

Stilte. Behalve de regelmatige ademhaling. In, uit. In, uit. Het maakte me bloednerveus. Die man was gestoord, gewoon compleet stapelgek!

'Ik weet niet wat jouw probleem is, maar ik heb er genoeg van, hoor je me?' riep ik kwaad. 'Ik ga gelijk de politie inlichten! Je kunt je nummer dan wel afschermen, maar ze kunnen je zo traceren, weet je dat? Ze weten zó wie jij bent!'

Er kwam geen reactie, maar er werd ook niet opgehangen. Mijn hart klopte in mijn keel. 'Heb je me gehoord?' riep ik nogmaals. 'Laat me met rust!' Ik verbrak de verbinding en stond daar, bewegingloos, hijgend van nijd. Na enkele minuten zakte de woede weer, en kwam de ongerustheid terug. Ik moest naar huis. Zo snel mogelijk. Op de een of andere manier voelde ik me niet veilig op straat. Ik haalde mijn huissleutels uit mijn zak en liep de straat in, op het moment dat mijn mobiel opnieuw overging. Ik keek naar het verlichte scherm. Weer anoniem.

Niet opnemen!

Met trillende vingers zette ik mijn mobiel helemaal uit en stopte hem terug in mijn jaszak. Toen ik weer opkeek zag ik hem. Aan de overkant, op de hoek van de straat, vlak voor onze voortuin. Hij keek naar me, zijn mobiel in zijn hand; ik zag het puntje van zijn sigaret oplichten. De adem stokte in mijn keel. Wat was hij van plan? Waarom stond hij daar? Moest ik hem aanspreken? Vragen wat hij van ons, van míj wilde?

Nee, niet doen! Wie weet is hij gevaarlijk.

Ik moest Marcus halen. Thijs bellen! Wat dan ook! Half in paniek stak ik de straat over, mijn mobiel in mijn hand geklemd.

Het geluid van de naderende auto drong pas op het laatste moment tot me door. Ik keek naar links, zag een glimp van twee koplampen en toen niets meer.

Lichtflitsen. Een kalme zee met zacht ruisende golven die me terugvoerden naar mijn jeugd, terug naar de lange zomers die ik samen met mijn ouders en mijn broer Tom aan het strand doorbracht. Als kind kon ik er geen genoeg van krijgen, zittend bij het water in de verte te staren, één te worden met de golven die het strand op kwamen rollen. Ik voelde me weer tien jaar oud, op blote voeten rennend door het warme zand, op weg naar het water om schelpen te zoeken, waarvan ik de mooiste voor mijn vader bewaarde.

'Barbara!'

De kalme zee veranderde, het zacht ruisende water maakte plaats voor woeste, beukende golven die mijn hoofd bijna uit elkaar deden barsten. Ik kreunde.

'Barbara!' Een vlakke hand tegen mijn wang. 'Word eens wakker, lieverd!'

De stem kwam van heel ver weg. Ik had moeite me erop te concentreren, wilde er eigenlijk niet naar luisteren, maar de stem bleef roepen.

'Laat me toch,' mompelde ik.

Een andere stem. 'Is ze bijgekomen?'

'Amper.'

'Waar blijft die ambulance nou?' Een vrouwenstem die verdacht veel op die van mevrouw Tjepkema leek.

Opnieuw ruisende golven, zacht, regelmatig.

'Barbara! Doe je ogen open!'

Met moeite wist ik mijn oogleden een klein stukje van elkaar te krijgen. Alles om me heen tolde. Ik lag half op mijn zij, midden op de weg. Boven me zag ik het bezorgde gezicht van Marcus, in drievoud, draaiend om elkaar heen. Ik werd misselijk, kneep mijn ogen weer dicht en opende ze daarna wat verder. Ik knipperde om mijn wazige zicht te verhelderen. Het draaien werd minder, de misselijkheid niet.

'Daar is ze weer!' klonk het, opgelucht.

Ik deed mijn ogen weer dicht. Ik hoorde gesuis, gefluit in mijn oren. Ik voelde een stekende pijn in mijn lijf en ik had het koud. Het liefst wilde ik slapen, opnieuw opgaan in die warme zee waaruit ze me zojuist hadden weggehaald.

Weer die hand tegen mijn wang, waardoor ik wakker schrok, Marcus' stem die zei: 'Bíj ons blijven, Barbara. Niet wegzakken!'

'Ik ben misselijk,' wist ik uit te brengen, terwijl ik half overeind kwam. 'Ik moet...' Ik slikte, iemand duwde me terug op de grond.

Opnieuw de vrouwenstem – toch mevrouw Tjepkema? – 'Je hebt geluk gehad dat ik medicijnen kwam halen.'

Geluk gehad? Waarmee? Ik keek versuft opzij. Waarom lag ik op de grond? Wat was er gebeurd? Ik wilde aan mijn hoofd voelen om te ontdekken waar die pijn vandaan kwam, maar Marcus hield me tegen.

'Niet doen,' zei hij zacht. 'Niet aankomen. Je hebt een flinke hoofdwond. En God weet wat nog meer,' mompelde hij erachteraan.

Wat bedoelde hij toch? Was ik gevallen? Ik probeerde op te roepen wat ik blijkbaar met alle geweld wilde verdringen, maar het lukte me niet; in mijn hoofd was het één groot, grijs, mistig gebied. Het irriteerde me dat ik me helemaal niets kon herinneren. Ik deed mijn ogen weer dicht en zuchtte diep. Het begon opnieuw te suizen in mijn oren, de misselijkheid werd heviger, de geluiden om me heen vervaagden.

⊡⊡

'Mevrouw Van Brederoo!'

Ik schrok wakker van een venijnige tik tegen mijn wang. Ik knipperde met mijn ogen en zag in het felle licht boven me het gezicht van een vrouw die ik niet kende. Haar lichtblauwe ogen straalden vriendelijkheid uit, maar de blik waarmee ze me aankeek was bezorgd.

'Mevrouw Van Brederoo!' riep ze nogmaals. 'U moet nu echt wakker blijven, hoor.'

Ik slikte; proefde een bittere smaak in mijn mond en voelde de misselijkheid weer opkomen. Waar was ik? Ik lag in een bed, een wit laken tot mijn middel over me heen. Ik keek opzij en zag Marcus, die naast het bed stond. De ruimte om me heen was niet zo groot. Er stond apparatuur die ik niet kon thuisbrengen, langs de muur kasten met glazen deurtjes. Het rook er naar ontsmettingsmiddelen. Was ik in het ziekenhuis? Hoe was ik hier gekomen?

'Barbara...' klonk Marcus' stem ineens zacht. 'Ik ben me rot geschrokken.' Hij pakte mijn hand vast. 'Het was een geluk dat mevrouw Tjepkema en haar man nog langskwamen om medicijnen te halen en net de straat in reden. Wie weet hoe lang je daar anders gelegen zou hebben.'

Ik probeerde me te herinneren wat er was gebeurd, maar mijn hoofd leek vol met watten. Ik wilde wat zeggen maar door mijn droge keel kwam er amper geluid uit mijn mond. Ik slikte nogmaals en schraapte mijn keel.

De verpleegster hielp me overeind, hield me een beker water met een rietje voor en ik zoog gulzig een paar slokken op. Ze liet me weer terug in het kussen zakken en drukte op een knop naast het bed om het hoofdeinde omhoog te brengen, waardoor ik half rechtop kwam te zitten.

'Maar wat is er dan gebeurd?' vroeg ik uiteindelijk.

'Je bent aangereden,' zei Marcus. 'Toen je de straat overstak. Meneer en mevrouw Tjepkema zagen het gebeuren en hebben meteen 112 gebeld en mij gewaarschuwd.'

Ik staarde hem aan, groef in mijn geheugen, maar er kwam weinig naar boven. Flarden van gebeurtenissen schoten door mijn hoofd. Wietske, het gevoel dat ik naar huis moest, angst...

'Kun je je niets meer herinneren?' vroeg Marcus bezorgd.

Verward wreef over mijn voorhoofd. 'Ik kwam bij Wietske vandaan, geloof ik. En toen stak ik de weg over. Daarna niets meer.' Ik keek om me heen. 'Hoe kom ik hier?'

'Je was volledig van de wereld, dus ik vond het verstandiger dat de ambulance je naar het ziekenhuis bracht. Je bent nu op de Spoedeisende Hulp waar ze gaan kijken of je behalve die hoofdwond nog iets anders mankeert.'

Opnieuw dacht ik diep na, maar ook van de ambulance kon ik me niets herinneren.

'Je hebt me zo laten schrikken,' zei Marcus zacht, terwijl hij in mijn hand kneep. 'Je had wel dood kunnen zijn.'

Daar wilde ik liever niet aan denken en voorzichtig ging ik nog wat meer rechtop zitten, wat een scherpe pijnscheut door mijn schouder joeg.

Bezorgd stond Marcus op. 'Heb je pijn?'

'Een beetje,' zei ik. 'Mijn hoofd voelt alsof ik zes flessen whisky achterover heb geslagen.'

Hij glimlachte. 'Daar kan ik me iets bij voorstellen,' zei hij. 'Maar dat komt door de pijnstillers.' Hij keek me aan met zijn door mij zó gehate chirurgenblik. 'Dat je je niets meer weet te herinneren is niet echt verontrustend. Het komt regelmatig voor na een klap tegen het hoofd.'

'Het is irritant,' mopperde ik.

'Dat zal best,' zei Marcus. 'Maar ga jezelf nou niet dwingen om je iets te herinneren, dan wordt het alleen maar erger. Hoe minder je het forceert, hoe sneller het allemaal weer terugkomt.'

'Ik mag toch wel naar huis?' vroeg ik. 'Ik weet zeker dat ik daar...'

'Uitgesloten,' onderbrak Marcus me. 'Je blijft vannacht hier, heb ik met de eerstehulparts afgesproken.'

'Maar... de kinderen...'

'Daar zorg ik voor.'

Ik voelde ineens tranen opkomen, puur uit onmacht. Waarom was mij dit nou overkomen? Mij, die er bij de kinderen altijd op hamerde dat ze goed moesten uitkijken, ook hier in het dorp, omdat een ongeluk in een klein hoekje zat. Dat bleek nu maar weer.

'Het komt goed, Barbara,' zei Marcus zacht, terwijl hij met zijn duim een traan van mijn wang wreef. 'Echt waar. Het komt goed.'

-9-

BARBARA

Ferwerd | zondag 23 november

De volgende dag, laat in de middag, mocht ik naar huis. Onderzoeken hadden uitgewezen dat ik geluk had gehad. Behalve een hersenschudding, een gehechte hoofdwond, een scheurtje in mijn sleutelbeen en talloze blauwe plekken en schaafwonden, hadden ze niets kunnen vinden. Mijn redding – zo zei de arts – was de lage snelheid van de auto geweest. Dat ik het bewustzijn had verloren was gekomen omdat ik op de motorkap was geslingerd en met mijn hoofd de voorruit van de auto had geraakt. Dat verklaarde ook de moeite die ik had om me de gebeurtenissen die zich hadden afgespeeld te herinneren. Maar het zou allemaal overgaan, zo werd me verzekerd.

De nacht in het ziekenhuis was een doffe ellende geweest. Nadat Marcus naar huis was gegaan, was ik naar een verpleegafdeling overgebracht. Daar werd ik om de twee uur wakker gemaakt en vroegen ze naar mijn naam en of ik wist waar ik was. Ik begreep best het noodzakelijke ervan, maar het maakte me doodmoe en omdat ze me de dag erna ook al niet lieten doorslapen, was ik dus enorm opgelucht toen Marcus me om vijf uur kwam ophalen. Thuis kon ik misschien ongestoord een paar uur slapen zónder wakker gemaakt te worden.

Tijdens het laatste gesprek voordat ik weg mocht drukte de arts me op het hart me goed aan de adviezen te houden die ik meekreeg, om te voorkomen dat er problemen zouden optreden. Ik mocht de eerste paar dagen niet autorijden, geen alcohol drinken en behalve een paracetamol geen pijnstillers slikken. Ik moest zware fysieke inspanningen vermijden en veel rusten, niet te veel lezen, televisiekijken of achter de computer werken. Na een week of twee mocht ik dat allemaal weer langzaam opbouwen en over een dag of tien moest ik terugkomen om de hechtingen te laten verwijderen.

Ik vond het allemaal best. Ik zou alles hebben beloofd om maar naar huis te kunnen en ik voelde me al stukken beter toen ik buiten de frisse lucht inademde.

Puck en Robin waren dolblij toen ik thuiskwam en de eerste tien minuten waren ze niet bij me vandaan te slaan. Maar al gauw begonnen ze zich te vervelen en verdwenen ze naar de andere kant van de kamer, waar ze een spelletje op de pc gingen doen. Een warm gevoel overspoelde me toen ik ze zo bezig zag. Ik was maar één nacht weggeweest en toch had ik ze vreselijk gemist.

'Hoe voel je je nu?' vroeg Lotte, die samen met de kinderen op mijn thuiskomst gewacht had.

'Eigenlijk best goed,' zei ik, terwijl ik met moeite mijn blik van Puck en Robin lostrok. 'Alleen moe, maar dat komt doordat ik vannacht slecht geslapen heb. Ze maakten me steeds wakker.'

'Dat wordt vaker gedaan,' zei Marcus. 'Voor het geval er een hersenbloeding optreedt. Maar volgens de Vereniging voor Neurologie is het bij volwassenen niet noodzakelijk.'

'Dus jij laat me slapen?' vroeg ik.

'Er is een CT-scan gemaakt en er waren geen rare dingen op te zien. Dus ja, ik laat je lekker slapen vannacht.'

'Gelukkig,' verzuchtte ik.

'Die moeheid is gewoon een symptoom van de hersenschudding,' verklaarde Marcus. 'Zie je ook dubbel? Of wazig?'

Ik schudde mijn hoofd. 'Ik heb alleen een beetje hoofdpijn.'

'Kun je je het ongeluk nog herinneren?' vroeg Lotte, terwijl ze mijn beker koffie van tafel pakte en hem me aanreikte.

‘Vaag,’ zei ik. ‘Sommige dingen wel, sommige niet. De uren voor het ongeluk zijn één groot mistig gebied. Ik weet dat ik bij Wietske vandaan kwam. En ik zie die auto op me afkomen, maar dat is alles.’

Lotte roerde verwoed in haar koffie. Na een poosje zei ze: ‘Maar het komt wel weer terug? Je geheugen?’

Marcus knikte in mijn plaats. ‘Duurt vaak niet zo lang. Hooguit achtenveertig uur. Posttraumatische amnesie is een bekend verschijnsel na een klap tegen het hoofd.’

‘Misschien heb je wel iets reuzespannends gedaan,’ mijmerde Lotte.

‘Ja hoor,’ zei ik. ‘Vast!’

Ik staarde in mijn beker en probeerde voor de zoveelste keer terug te halen wat er voor mijn vertrek bij Wietske gebeurd was. Het laatste wat ik me nog van daarvoor herinnerde, was dat ik met Deyna buiten liep. Dat was zaterdagochtend geweest, maar van daarna… helemaal niets. Ook niet hoe ik bij Wietske terecht was gekomen, want normaal gesproken was ik niet zo happig op een kop thee bij haar aan de keukentafel. Ik nam me voor haar morgen te vragen of ik haar soms gezegd had wat ik die dag gedaan had.

‘Je hebt in ieder geval mooie bloemen gekregen,’ merkte Lotte op en gebaarde naar de vaas met het enorme boeket dat was afgegeven door de bestuurder van de auto die me had aangereden.

‘Die man was helemaal ontdaan,’ zei Marcus. ‘Hij schrok zich wild toen Barbara ineens voor zijn auto opdoemde.’

‘Ach, het had allemaal veel erger kunnen zijn,’ vergoelijkte ik.

‘Dat is waar,’ zei Lotte. ‘En nu ga ik maar eens opstappen.’ Ze klopte me even op mijn hand en vervolgde: ‘Doe je rustig aan? Ook morgen?’

‘Ben je vrij dan?’ vroeg ik.

‘Ligt eraan wat je onder vrij verstaat,’ zei ze met een grimas. ‘Bruiloft van Esther en Lucas, weet je wel?’

Ik grinnikte. Erg blij was Lotte niet geweest toen haar zus en zwager haar hadden gevraagd om ceremoniemeester te zijn bij hun bruiloft. Maar hoe meer ze had moeten regelen, hoe leuker ze het had gevonden.

'Woensdag ben ik er weer. We overnachten in Maastricht en 's middags rijden Vic en ik weer naar huis.' En bij het zien van Marcus' blik: 'Ik zal zorgen dat ik géén kater oploop, goed?'

'Jij en een kater,' snoof Marcus. 'Da's net zo onwaarschijnlijk als sneeuw bij een straalkacheltje.'

Lotte knipoogde naar me en ik wist wat ze bedoelde. Ooit had ze tijdens een weekendje weg zo veel gedronken dat ze in haar ondergoed op een biljarttafel was geklommen. Naderhand schaamde ze zich dood en sindsdien dacht ze wel drie keer na voordat ze meer dan twee glazen wijn nam.

Ze stond op, stak nog even haar hand op en verdween. Twee tellen later liep ze buiten voor het raam langs en zwaaide nogmaals.

'Hoe ga je dat morgen en dinsdag doen?' vroeg ik aan Marcus. 'Heb je het uitzendbureau gebeld voor vervanging?'

Hij schudde zijn hoofd. 'Die twee dagen zonder assistente kom ik wel door. Iedereen weet dat Lotte naar die bruiloft is en dat ze dus wat meer geduld moeten hebben als de telefoon niet meteen wordt opgenomen.'

'Anders ga ik er wel zitten om dat te doen,' grapte ik. 'Medische dingen zal je zelf moeten doen, maar de telefoon beantwoorden en afspraken plannen kan ik wel.'

Bedenkelijk staarde hij me aan. 'Geen goed idee. Je moet rustig aan doen.'

'Nou, zoveel inspannends is er niet aan de telefoon opnemen,' merkte ik op.

Hij glimlachte. 'We zien morgen wel,' zei hij. 'Eerst maar eens kijken hoe je je voelt.'

⊡⊡

Die nacht kon ik niet slapen. Dat was gek, want ik voelde me dodelijk vermoeid en had verwacht dat ik onder zeil zou zijn zodra mijn hoofd het kussen raakte. Niet dus. Terwijl Marcus naast me lag te snurken, draaide ik van mijn ene zij op mijn andere.

Tegen alle adviezen van Marcus in probeerde ik me krampachtig te herinneren wat ik allemaal gedaan had voordat ik werd aangereden. Al met al miste ik toch ruim acht uur in mijn geheugen en ik kon het niet uitstaan dat het me maar niet te binnen wilde schieten wat mijn bezigheden in die periode waren geweest.

Maar natuurlijk kwam er niets. Het bleef mistig in mijn hoofd en met een zucht keerde ik me weer op mijn andere zij.

'Mama...'

Geschrokken schoot ik overeind. Naast mijn bed, in de vage streep licht die door een kier in de gordijnen naar binnen viel, stond Puck, doodstil, Krook in haar armen.

'Wat is er, lieverd?' vroeg ik.

'Ik kan niet slapen,' zei ze met een dun stemmetje.

'Heb je naar gedroomd?'

Ze schudde haar hoofd, maar knikte daarna ook meteen. 'Je ging dood,' fluisterde ze. 'Door die auto.'

'Ach meisje toch,' zei ik zacht. 'Mama mankeert toch niets? Het is allemaal goed afgelopen!'

Het bleef even stil en ik merkte dat mijn ongeluk haar meer had aangegrepen dan ik in eerste instantie gedacht had. Ze was er geen getuige van geweest, net zo min als Robin, maar toch bleek de wetenschap dat ik was aangereden bij Puck de meest angstwekkende scenario's op te roepen. Of zou het te maken hebben met... met toen? Zat er iets in haar onderbewustzijn wat haar die angst bezorgde?

'Mag ik bij jou in bed?' vroeg ze.

Ik tilde het dekbed op en ze kroop naast me. Haar voetjes waren ijskoud en ik trok haar stevig tegen me aan. Met mijn neus in haar krullen snoof ik haar geur op, een mengeling van appeltjes-shampoo en Zwitsal-zeep. Het oude gevoel van dankbaarheid laaide weer op. Puck was tien jaar geleden zó gewenst geweest. We zaten in een moeilijke periode en ik wist heel goed van mezelf dat ik er mentaal niet al te best aan toe was. Robin was toen drie jaar oud en ondanks dat zij ook zeer gewenst was, ontbrak er iets in mijn, in ons leven. Puck had ons gezin compleet gemaakt; zij gaf ons wat we tot op dat moment als zand door onze vingers hadden zien glippen. Het is hard om te beseffen dat waar je zo naar verlangd hebt ineens zo oneindig ver weg is. Dat hetgene wat altijd zo vanzelfsprekend leek in luttele seconden kan vervliegen. Maar toen kwam zij. Ons engeltje. Ik gaf haar voorzichtig een zoen op haar haren en nestelde me nog wat dichter tegen haar aan.

TOEN

De tijd vernauwt zich tot het moment van nu; vloeit samen tot een irreëel droombeeld, waarin schaduwen overheersen. De man in de waxjas beweegt niet, kijkt alleen maar naar de twee verwrongen auto's op de weg beneden hem. De regen blijft gestaag vallen, lijkt zelfs nog heviger te worden. Hij zou zelfs durven beweren dat er in jaren niet zo veel neerslag is gevallen. Maar daarom is hij ook hier. Juist op dit moment, op dit tijdstip. Alsof het zo heeft moeten zijn.

De bestuurder van de Audi komt weer in beweging. Hij staat op en buigt zich opnieuw naar het geopende portier van de Renault. Er klinkt een geluid, ijl, maar helder. De man in de waxjas kan het niet thuisbrengen, voelt alleen hoe de haren in zijn nek overeind gaan staan. Zijn blik verplaatst zich naar het water op de weg, een veelkleurige glinstering in het licht van de koplampen van de Audi. Hij ziet de vonken tussen de voorwielen van de Renault. Kortsluiting. Het eerste wat door hem heen schiet, is dat de bestuurder van de Audi daar weg moet.

Dan is er de flits. Een vuurkolom maakt zich los uit de op zijn kop liggende auto en schiet naar de inktzwarte hemel. Vlammen als woeste tongen proberen grip te krijgen op het metaal, terwijl de bestuurder van de Audi nog steeds door het geopende achterportier gebogen staat. De man in de waxjas schiet enkele stappen naar voren, zijn ogen zoekend naar een manier om de bijna overstromende sloot te overbruggen, maar blijft weer staan op het moment dat de bestuurder van de Audi iets uit de brandende Renault trekt en vervolgens achteruit wijkt. De enorme explosie die volgt blaast hem nog enkele meters verder naar achteren, richting de berm, waar hij ruggelings in valt, en versuft blijft liggen.

NU

Het was de keuze die ik toen maakte, op die avond in oktober, waardoor mijn leven een onherroepelijke wending kreeg. Ik ging naar huis, alsof er niets was gebeurd. Alsof het altijd zo was geweest, en ik wentelde me in de wetenschap dat niemand, behalve wij, ervan wist. O, hoe heb ik me zo kunnen vergissen.

Nog geen twee jaar later werd ik geconfronteerd met de gevolgen en werd ik gedwongen mee te werken aan iets waar ik altijd ver bij vandaan had willen blijven. Als er een mogelijkheid was geweest om te weigeren, zou ik dat gedaan hebben. Maar dat kon ik niet. Niet als ik iedereen die ik liefhad, maar vooral mijn dochter, wilde beschermen.

God weet dat ik geprobeerd heb hen op andere gedachten te brengen. Maar ze waren niet voor rede vatbaar en hoe ik het ook verafschuwde, ik moest doen waartoe ze me dwongen. Heel even heb ik overwogen hun plannen te saboteren, maar dat zou een onschuldig man het leven kosten. Ik deed dus wat ze van mij vroegen. En het ging goed.

Daarna lieten ze me verrassend genoeg met rust. Tot enkele maanden geleden. Al die jaren hadden de herinneringen aan die avond amper nog deel uitgemaakt van mijn verleden, al besefte ik heel goed dat het een kwestie van tijd was voordat onze toekomst zou wegzinken in het moeras dat we zelf gekweekt hadden. En hoe reëel dat besef was, bleek al snel. Ook deze keer dwongen ze me mee te werken aan hun plannen. Maar deze keer ging het fout.

Onherstelbaar fout.

Wethouder overleden aan infectie

Leeuwarden – 22 nov. – Onderzoek naar de dood van wethouder Harry Ritskes heeft aangetoond dat hij is overleden aan een zware infectie. Wat de infectie veroorzaakt heeft, is nog niet duidelijk. Bronnen melden dat een ontstoken operatiewond bij Ritskes heeft geleid tot een ernstige bloedvergiftiging, maar familie van de wethouder ontkent dat hij onlangs een operatie heeft ondergaan. Een woordvoerder van de politie meldt dat het onderzoek nog steeds in volle gang is.

III

'Death is not the greatest loss in life.
The greatest loss is what dies inside of us while we live.'

– NORMAN COUSINS –

-1-

BARBARA

Ferwerd | maandag 24 november

Het was nog vroeg toen ik met een kop thee aan de keukentafel zat. In het regionale deel van de krant was een klein stukje over mijn ongeluk terug te vinden, maar echt veel woorden werden er niet aan besteed. Gelukkig maar. Zo belangrijk was het nou ook weer niet. Als vrouw van 'de dorpsdokter' was ik al bekend genoeg en nog meer aandacht kon ik missen als kiespijn. Het was maar goed dat Marcus me verboden had de komende dagen in de bibliotheek te zitten; het halve dorp zou zomaar ineens zin kunnen krijgen om een boek te komen lenen.

Aandacht schonken ze wél aan de dood van wethouder Harry Ritskes, die breed werd uitgemeten. Na twee alinea's schoof ik de krant opzij; ik kon me niet goed concentreren en bovendien las ik op dit moment liever iets vrolijkers.

'Ik heb geen zin,' meldde Robin, toen ze de keuken binnenkwam en haar tas in de hoek op de grond smeet. 'Helemaal met de bus naar Leeuwarden om zo'n stom gemaal te bekijken. Wat een onzin.' En terwijl ze naast me op een stoel neerplofte: 'Mag ik niet thuisblijven?'

Ik keek haar aan.

'Je hoeft alleen maar te bellen dat ik ziek ben,' zei ze. 'Dat geloven ze zo. Pap is dokter, dus...'

'Ja ja,' zei ik. 'Alleen hebben we wel een probleempje.'

'Wat dan?'

'Je bent niet ziek.'

'Ik heb buikpijn.'

Ik glimlachte. 'Die vlieger gaat niet op, jongedame.'

'Maar...'

'Geen denken aan,' onderbrak ik haar. 'Hup, opschieten. Even spuiten en eten, ik heb je brood voor vanmiddag al gesmeerd, want je zal wel honger hebben als je bij dat gemaal vandaan komt.'

Robin zei niets meer, trok alleen een boos gezicht, terwijl ze naar de koelkast liep om een nieuw insulinepatroon te pakken. Boven hoorde ik Puck en Marcus met elkaar praten. Zij waren dus ook al op, veel vroeger eigenlijk dan nodig was.

'Ik heb geen oog geslapen,' declameerde Puck dramatisch, toen ze aan tafel ging zitten.

'Dichtgedaan,' zei Robin, zonder op te kijken.

'Wat?' vroeg Puck geërgerd.

'Dichtgedaan,' herhaalde Robin. 'Geen oog *dichtgedaan*.'

'Lijkt er toch op,' meesmuilde Puck. 'Ik heb gewoon heel slecht geslapen.'

Ik zei niets, en dacht er niet over om haar te vertellen dat ze de uren die ze bij mij in bed had gelegen heerlijk had liggen ronken.

'Jullie hebben rotweer,' meldde Puck na een paar minuten, met een blik naar het keukenraam, waar de regen tegenaan sloeg. 'Jammer.'

'Misschien gaan we nu wel niet,' zei Robin hoopvol.

Ze had duidelijk echt geen zin, iets wat ik niet van haar gewend was. 'Het zou in de loop van de ochtend opklaren,' zei ik.

Robin snoof. 'Ja, zeker als wij al zeiknat zijn geregend.'

'Het wordt vast leuk,' probeerde ik haar op te monteren.

Ze wierp me een sceptische blik toe en zei niets meer, maar smeerde in plaats daarvan een boterham en nam een hap.

Ik streek met mijn hand over mijn hart en stelde voor om haar met de auto naar school te brengen. Dat deed ik nooit, maar ik zag het ook niet zitten dat ze drijfnat die bus in moest.

'Je mag toch niet autorijden?' vroeg ze, haar ogen naar me opslaand.

'Ach, het is maar een klein stukje,' zei ik. 'Dat is vast niet zo erg.'

Ze keek me bedachtzaam aan. 'Weet je het zeker?'

'Anders zeg ik het niet.'

Ik zag aan haar blik dat ze twijfelde. Alsof ze zich afvroeg of het wel verantwoord was, maar uiteindelijk ging ze overstag. Natuurlijk. Ze had een hekel aan haar regenpak en dat zou ze nu niet nodig hebben.

Ze knikte. 'Oké dan.'

'Mag ik mee?' vroeg Puck. 'Ik hoef toch nog niet naar school. Over een uur pas.'

'Vooruit dan maar,' zei ik. 'Snel je boterham opeten dan, anders komen we te laat.'

In de hal hoorde ik Marcus de trap af komen en ik keek op, maar in plaats van dat hij de keuken binnenkwam, liep hij de gang door naar de praktijk. Dat bevreemdde me. Misschien moest hij eerst iets pakken, bedacht ik. Maar toen ik met Robin en Puck de voordeur uit liep, had hij zich nog steeds niet laten zien.

Nadat ik om halfnegen Puck bij school had afgeleverd, ruimde ik de keuken op en ging naar de praktijk. Marcus was met een patiënt bezig; dat hoorde ik aan het praten door de gesloten deur heen en dus ging ik maar achter Lottes bureau zitten. Het was opgeruimd als altijd, precies zoals we van haar gewend waren. Mijn blik viel op een klein knuffelbeertje dat naast haar computer zat. Het deed me denken aan de teddy die nu achter in mijn linnenkast lag. Ik kreeg er nog steeds een naar gevoel bij. Ik had, nadat ik het ding had opborgen, geprobeerd een verklaring te vinden die anders was dan ik vermoedde – nee, eigenlijk heel zeker wist: die knuffel was daar bewust achtergelaten, door iemand die van het ongeluk afwist.

Ik schrok op toen de deur van de spreekkamer opengING en een bleke Marcus op de drempel stond.

'Môgge Barb,' zei hij. Hij liep op me af en kuste me op mijn wang. 'Hoe voel je je?'

'Goed,' zei ik, terwijl ik langs hem heen keek, maar een lege spreekkamer zag. Geen patiënt dus.

'Heb je wel geslapen? Ik zag Puck vanmorgen naast me liggen.'

Ik knikte. 'Ze had naar gedroomd en wilde graag bij mij in bed. Ik heb het voor een keertje maar toegestaan.'

'Zal wel door de schrik van gisteren komen,' zei hij. 'Even in de gaten houden.'

Typisch Marcus. Als er iets was gebeurd, dan moesten we het altijd 'in de gaten houden'. Standaard artsentaal, waar ik inmiddels wel aan gewend was en die me soms nog steeds een soort geborgenheid gaf; de wetenschap dat niets hem ontging wat onze gezondheid betrof.

'Je hebt vanmorgen niet ontbeten,' zei ik.

Hij maakte een gebaar met zijn hand. 'Ik had geen trek. En ik moest nog wat dingen doen.'

'Zoals?'

'Dokterszaken,' zei hij met een lachje. 'Niets om je zorgen over te maken.'

Alsof ik dat deed. Hij had zijn zaakjes altijd goed voor elkaar. Tenminste… dat dacht ik. Terwijl ik hem aankeek schoot er een flits van een herinnering door me heen. Iets met Marcus. Het moest iets zijn van vlak voor het ongeluk, anders zou het niet zo ongrijpbaar zijn. Want dat was het: ongrijpbaar. Het was voorbijgekomen, maar nu was ik het alweer kwijt. Mijn blik gleed naar de apotheek. Ik had gekeken naar de morfine, dat wist ik nog. Het was allemaal in orde geweest, dus daar had het niets mee te maken. Ik zuchtte diep, geïrriteerd dat ik geen controle had over mijn eigen herinneringen.

'Gaat het wel?' vroeg Marcus bezorgd.

Ik knikte.

'Geen hoofdpijn? Misselijkheid?'

'Nee, ik voel me prima. Het is alleen…' Ik aarzelde. 'Het is zó irritant dat ik dingen kwijt ben in mijn geheugen.'

Hij glimlachte weer. 'Lieverd, dat is tijdelijk. Geloof me, het komt vanzelf terug. Waarschijnlijk ergens vandaag, of hooguit morgen. Je ziet iets, je hoort iets en "bam!" alles is er weer.'

Nu schoot ik in de lach. 'Ik hoop dat je gelijk hebt,' zei ik.

'Ik heb altijd gelijk,' snoefde Marcus. Hij kuste me op mijn haren en vervolgde: 'Als mevrouw Bergsma komt, stuur haar dan maar meteen naar binnen.'

⊡⊡

Na de lunch vond Marcus dat ik hem lang genoeg geholpen had. Ik moest maar iets voor mezelf gaan doen – iets rustigs – en omdat ik wist dat hij dat serieus meende, deed ik wat hij zei. Ik had tenslotte toch een flinke smakkerd gemaakt met die aanrijding en alleen al daarom was het beter om niet te veel hooi op mijn vork te nemen, hoe goed ik me ook voelde.

Het advies om een uurtje naar bed te gaan sloeg ik echter in de wind. Wat moest ik in bed doen? Slapen, zodat ik vannacht weer uren wakker zou liggen? Geen optie. Ik besloot mijn tijd beter te gebruiken en Wietske op te zoeken. Ik liep achterom – iets wat heel gewoon was in ons dorp – en stapte haar keuken binnen.

'Hé, Barbara!' riep Wietske, terwijl ze zich naar me omdraaide. Ze stond met een ouderwets schort om af te wassen en trok meteen een keukendoek naar zich toe om haar handen af te drogen. 'Hoe gaat het? Ik wilde juist straks even bij je langswippen.'

'Ik ben eerder,' zei ik glimlachend.

'Je hebt ons wel laten schrikken, hoor,' zei Wietske verwijtend. 'Koffie?'

Ik schudde mijn hoofd.

‘Thee dan?’

Ze keek me zo verwachtingsvol aan dat ik geen nee durfde te zeggen. ‘Nou, één kopje dan. Ik moet nog een boel doen.’

‘Daar zou ik maar mee oppassen,’ raadde ze me aan, terwijl ze de fluitketel vulde en op het grote fornuis zette. ‘Zo vlak na die aanrijding.’

‘Marcus houdt me met arendsogen in de gaten, hoor,’ zei ik.

‘Maar goed ook,’ stemde Wietske in. ‘Je loopt altijd al van hot naar her. Je moet eens wat tijd voor jezelf nemen!’

Ik gaf maar geen antwoord. Dat betuttelende gedoe begon me tegen te staan.

Wietske zweeg terwijl ze thee zette en na een minuut of vijf schoof ze twee kopjes op tafel, vergezeld van de suikerpot en een schaal met koeken. ‘Neem maar, hoor,’ zei ze. Ze draaide zich weer naar het aanrecht en pakte de theepot. Daarna ging ze tegenover me zitten.

Ik had geen trek in koek en liet de schaal dan ook onaangeroerd staan.

‘Hoe kon die aanrijding nou gebeuren?’ vroeg Wietske, terwijl ze een kokosmakroon pakte. ‘Het is hier altijd net de Kalahari. Amper verkeer.’

‘Ik weet het niet,’ zei ik naar waarheid. ‘Ik stak de weg over en toen was het al gebeurd. Ik zag die auto gewoon niet aankomen.’

‘Werd je ergens door afgeleid?’

Ik schudde mijn hoofd. ‘Niet dat ik weet.’

Op het moment dat ik dat zei schoot er opnieuw een herinnering voorbij. Een korte flits. Iemand die naar me keek. Een man.

Even hield ik mijn adem in. Had hij me weer lastiggevallen? Die man? Was dat het geweest wat me zonder uit te kijken had doen oversteken? Nee, dat leek me sterk. De laatste keer dat ik hem gezien – nee, gehoord! – had was die avond geweest dat die teddybeer op tafel zat. Daarna niet meer.

Toch?

'... altijd al gezegd dat ze hier te hard door de straat rijden,' hoorde ik Wietske zeggen. 'Alsof ze dat laatste stukje naar de Ljouwerterdyk wel even op hun gaspedaal kunnen trappen. Maar rekening houden met de bewoners en vooral de kinderen, ho maar.'

'Wietske,' onderbrak ik haar tirade.

Ze keek me vragend aan.

'Heb ik jou zaterdag verteld wat ik gedaan had voordat ik thee bij je kwam drinken?'

Haar wenkbrauwen schoten omhoog. 'Je kwam bij je ouders vandaan. Je moeder was ziek en je had mijn auto geleend omdat die van jou niet wilde starten.' En meteen daarna: 'Is dat opgelost nu? En hoe is het met je moeder? Er heerst een vervelende griep, die zal zij ook wel te pakken hebben gekregen.'

Ik staarde haar nadenkend aan, terwijl ze doorratelde over allerlei vervelende symptomen die de griep met zich meebracht. Ik luisterde er niet naar. Mijn gedachten dwaalden alle kanten op. Mijn ouders? Die waren al meer dan vijftien jaar dood. Waarom zou ik dat tegen Wietske gezegd hebben? En waarom had ik haar auto willen lenen? Vanmorgen was er niets mis met die van mij. Had hij door de kou niet willen starten? Onzin, zo koud was het niet. Nat, ja, maar koud? Niet echt.

'... je je wel goed?'

Ik schrok op. 'Wat?' vroeg ik. En bij het zien van Wietskes bezorgde blik: 'O sorry, ik was er niet helemaal bij met mijn gedachten.' Ik glimlachte flauwtjes en maakte een verontschuldigend gebaar. 'Komt door de hersenschudding, zegt Marcus.'

Ze knikte geestdriftig. 'Daarom moet je ook oppassen,' zei ze. 'Veel rusten en vooral geen inspannende dingen doen.'

'Nee,' gaf ik toe. 'Daar was ik inmiddels ook al achter.'

'Weet je wat jij moet doen?' opperde Wietske. 'Lekker naar huis gaan en je bed in kruipen.'

Ze had me geen beter advies kunnen geven. Voor wat dat eerste betrof dan. In bed kruipen deed ik vanavond wel. Haastig dronk ik mijn thee op en stond op. 'Ik ga je raad opvolgen,' zei ik.

Wietske stond ook op en streek haar schort glad. 'Goed plan. En dan kom je over een paar dagen nog maar eens een kop thee halen.'

'Doe ik,' zei ik, met gekruiste vingers. Ik had nu een opening gezien om te kunnen opstappen; een volgende keer zou me dat vast niet lukken. Ik stak mijn hand op en verdween door de keukendeur naar buiten, waar ik opgelucht zuchtte. Lief mens, Wietske, maar een enorme kletskous.

Ik liep de oprit af en trok het hek open. Een vreemd gevoel overspoelde me. Alsof ik iets verwachtte, maar ik wist niet wat. Ik keek opzij, naar ons huis een stuk verderop in de straat en toen was het alsof er een gordijn achter mijn ogen werd opengetrokken. Die man! Hij had me weer gebeld, een paar keer. Hij had op de hoek van de straat gestaan en naar me gekeken! Daarom was ik zo roekeloos overgestoken. Door hem! Ik hapte naar adem.

Marcus had gelijk gehad. Ik wist het weer!

-2-

DANIËLLE

Haar hoofd bonkte, op het ritme van het tikken van haar wekker. Ze werd er gek van. Maar hoe harder ze probeerde het geluid buiten te sluiten, hoe erger het werd.

Voorzichtig draaide ze zich op haar andere zij, trok met gesloten ogen haar kussen tot in haar nek en zocht met haar wang naar een koel plekje. Ze wilde dat die kuttabletten maar eens gingen werken. Al een halfuur geleden had ze ze ingenomen – en bijna weer uitgekotst – dus ondertussen moest die hoofdpijn toch wel minder worden.

Het kwam allemaal door Merlijn. Waar was hij? Waarom reageerde hij niet op haar voicemail? Op haar whatsappjes? Ze maakte zich zorgen. Net zoals hij dat altijd deed over haar. Logisch natuurlijk. Als je wist waar ze elkaar ontmoet hadden...

Het forum!

Haar ogen schoten open, een stekende pijn trok door haar hoofd. Zou hij een berichtje op het forum hebben achtergelaten? Ze was er al een poos niet op geweest. Drie dagen geleden had ze alleen even bij de chat gekeken of Merlijn online was, maar ze was niet op het forum zelf geweest. Daar had ze al een tijdje geen behoefte meer aan gehad. Sinds ze Merlijn daar had leren kennen en ze elkaar persoonlijk ontmoet hadden, was de reden waarom ze zich had aangemeld op het forum langzaamaan naar de achtergrond verdwenen. O, het sluimerde nog steeds, ergens diep in haar achterhoofd, maar Merlijn had haar leven weer een beetje zin gegeven.

Ze kwam overeind en negeerde de duizeling. Misselijkheid welde op, maar ze slikte het weg. Ze moest nu kijken of er een bericht op het forum stond. Iedereen meldde het daar als ze de laatste stap zetten; Merlijn zou dat ook doen.

Maar waarom had hij het haar dan niet zelf verteld?

De woorden drongen zich aan haar op, stuiterden rond in haar toch al pijnlijke hoofd. Ja, waaróm niet? Heel even haatte ze hem, om zijn gedrag, om zijn geheimen waarvan ze wist dat hij ze had maar nooit met haar had willen delen. Ze had gehoopt hem later zover te krijgen dat hij er wel over zou spreken, zijn gevoelens zou uiten, zodat ze begreep wat hem dreef. Wat hem ertoe had doen besluiten tot het forum toe te treden. Zij had hem wel háár redenen verteld.

Op blote voeten liep ze wankelend naar haar bureau en zette haar laptop aan. Het oplichtende scherm deed pijn aan haar ogen en ze kneep ze tot kleine spleetjes. Meteen nadat de desktop verscheen, opende ze Safari en typte het adres van het forum. Ze had het nooit aan haar favorietenbalk toegevoegd, uit angst dat iemand – haar vader vooral – het zou zien en daardoor zou ontdekken met welke ideeën ze rondliep.

Het beginscherm van het forum ontvouwde zich en de topheader verscheen: FINAL COUNTDOWN, met daaronder in kleinere letters: FORUM VOOR MENSEN MET EEN DOODSWENS. Ze scrolde naar het portal VOOR HET LAATST en klikte erop.

Haar hand trilde toen de lijst met topics verscheen en gehaast scande ze de kolom met topicstarters. Merlijn stond er niet bij.

Opgelucht ademde ze diep in en weer uit. Hij had geen laatste melding gedaan. Hij had de stap nog niet gezet. Maar waar was hij dan? Waarom liet hij niets meer van zich horen? Ze klapte de laptop dicht zonder hem uit te zetten en met haar hand tegen haar hoofd gedrukt strompelde ze terug naar haar bed. Ze moest slapen, dat wist ze. Maar ze wist ook dat haar dat voor geen meter ging lukken zolang ze niet wist waar Merlijn was.

In bed pakte ze haar mobiel van het nachtkastje en klapte hem open. Geen bericht. Helemaal niets. Ze opende WhatsApp en stuurde voor de zoveelste keer een berichtje of hij alsjeblieft contact wilde opnemen. Al was het alleen maar een sms'je, of appje waarin hij schreef dat het goed met hem ging. De reden waarom hij niets had laten horen hoefde ze niet eens te weten.

Ze schoof haar mobiel weer terug op zijn plek en ging liggen, haar ogen gesloten. Misschien dat ze morgenochtend bericht van hem had. Dat moest gewoon.

Ze schrok wakker van de deur die onder haar raam werd dichtgetrokken. Vast haar vader die op pad ging. Ze had geen flauw idee wat hij eigenlijk de hele dag deed. Behalve het rondleiden van bezoekers op het landgoed (eigenlijk altijd van die ouwe taarten die met een bus kwamen en al snaterend de tuinen en het huis bezichtigden) en het onderhouden van de bossen, weilanden en gemalen die erbij hoorden, wist ze niets af van zijn werkzaamheden. En eigenlijk kon het haar ook geen zak schelen. Dat had het toch al nooit, maar nadat ze hem gezien had, daar... sindsdien ontliep ze hem. Ze walgde van hem en tegelijkertijd deed het haar pijn te weten wat ze wist.

Ze draaide zich om en bemerkte dat haar hoofdpijn gezakt was tot een draaglijk niveau. Ze reikte naar haar mobiel en klapte het hoesje open. Niets. Nog steeds geen teken van leven van Merlijn. Haar maag kromp ineen. Dit was niet goed. Absoluut niet goed. Merlijn zou haar dit nooit aandoen. Echt niet. Er moest een reden zijn dat hij niets van zich liet horen. Ze draaide zich op haar rug en gooide haar mobiel naast zich neer. Of zou hij haar gewoon laten stikken? Had hij soms genoeg van haar? Hij was zeven jaar ouder dan zij; misschien had hij wel een ander gevonden. Iemand die beter bij hem paste.

Fuck nee.

Zo was hij niet. Merlijn was anders. Merlijn wist meer van haar dan haar eigen vader. Wist wat haar plannen waren; wat haar daartoe dreef. Hij zou haar nooit in de steek laten. *Never*.

Ze wierp een blik op haar wekker. Kwart over zeven. Eigenlijk moest ze nu opstaan. Op maandag had ze het eerste uur al les. Maar het idee dat ze de hele dag op school moest zitten zonder te weten waar Merlijn was, of wat er met hem aan de hand was maakte haar bijna net zo beroerd als ze de afgelopen nacht was geweest. Ze kon niet naar school, niet zolang ze niets wist. Ze moest Annelien zover zien te krijgen dat ze haar ziek meldde. Maar dat was simpel. Annelien was zo goedgelovig als de pest. Bovendien wist ze dat ze er na de migraineaanval van vannacht niet al te best zou uitzien. Wat ze verder de hele dag thuis moest doen, wist ze niet. Merlijn had haar nooit verteld waar hij woonde, dus bij hem langsgaan kon ze niet. En ze betwijfelde of ze terecht kon bij de moderator van het forum. Als die al Merlijns adres zou weten – en die kans was megaklein – dan nog zou ze dat vast niet krijgen. Wet op de privacy en dat soort gezeik.

Woede overspoelde haar. Ze kwam overeind en trapte het dekbed van zich af. Waarom liet die lul toch ook niets van zich horen? Hij wist dat ze hier niet tegen kon. Het maakte haar bloednerveus. Dat intense gevoel niet belangrijk te zijn, overbodig te zijn, wakkerde haar zelfhaat weer aan en drukte haar voor de zoveelste keer met haar neus op het feit dat niemand haar zou missen. Dat ze er gewoon een streep onder kon trekken zonder dat iemand erom gaf en waardoor ze zelf overal vanaf zou zijn. Van de eenzaamheid, de intense pijn diep vanbinnen, het verdriet om het verlies van een moeder die ze zich steeds minder leek te herinneren. Tranen welden op en zittend op de rand van haar bed sloeg ze haar handen voor haar gezicht en huilde zachtjes.

Tien minuten later herpakte ze zich weer. Hier schoot ze niets mee op. Janken had ze al genoeg gedaan en inmiddels had ze geleerd dat tranen geen troost boden en je ook niet beter deden voelen. Ze had een paar dingen te doen. Als eerste zorgen dat er een ziekmelding naar school ging. Dat was het makkelijkste. Daarna moest ze bekijken hoe ze in contact kon komen met Merlijn. En het enige wat ze daarvoor kon doen was naar De Stee gaan. Daar moest iemand zijn die meer wist over Merlijn. Zijn adres bijvoorbeeld. Alleen kon ze dat pas vanmiddag doen. Die tent was 's morgens niet open. Pas om vier uur. Even dacht ze nog dat ze misschien naar Scooters kon gaan, maar die was op maandag zelfs de hele dag gesloten. Nee, De Stee, daar zou ze gaan rondvragen. Vanmiddag. En tot die tijd zou ze het internet afspeuren of er iets te vinden was wat haar op het spoor van Merlijn kon brengen. Hij moest toch te vinden zijn!

Ze hulde zich in haar badjas en liep de trap af, toen het ineens in haar opkwam: moest ze de politie niet bellen? Tenslotte had ze al vier dagen geen contact meer met hem gehad. Nou ja, drieënhalf. Als je dat appje meerekende dat ze donderdagochtend had ontvangen. Ze bleef halverwege de trap staan en dacht na. Merlijn zou het vast niet fijn vinden als ze de politie op zijn dak stuurde. Niet dat ze hem zouden arresteren of zo, maar hij had helemaal niets op met flikken, zei hij altijd. Ze bemoeiden zich met zaken die hen geen fuck aangingen. Dus nee, ze kon de politie er beter nog maar even buiten laten.

In de keuken zat Annelien aan de tafel de baby te voeren. Hij keek naar haar met zijn grote ogen en lachte, terwijl hij met zijn eigen lepeltje in haar richting wees en 'da!' riep. Ze had altijd het gevoel dat hij haar naam wist, maar natuurlijk was dat onzin. Het wurm was elf maanden oud, hij kon nog niet eens mama zeggen. Of wel? Ze had eigenlijk geen idee. Ze schonk er nooit aandacht aan en ze had geen flauw benul of kinderen op die leeftijd al een beetje konden praten.

Zonder iets te zeggen liep ze naar het aanrecht en schonk een beker thee in.

'Daniëlle!' riep Annelien, toen Daniëlle zich op de stoel tegenover haar liet zakken. 'Je ziet eruit als een spook! Ben je niet lekker?'

'Migraine,' mompelde Daniëlle. 'Heb de hele nacht barstende koppijn gehad.'

'En nu?' vroeg Annelien. 'Is het weer over?'

Daniëlle haalde haar schouders op.

'Zal ik school bellen dat je vandaag thuisblijft?' zei Annelien. 'Je kunt zo toch niet aan de lessen deelnemen? Je moet terug je bed in!'

Dat ging nog gemakkelijker dan ze gedacht had. Ze hoefde er niet eens om te vragen!

'Ach, nou ja,' begon ze.

'Niks nou ja,' reageerde Annelien. 'Ik bel straks je mentor en jij blijft lekker thuis. In bed.' En toen, aarzelend: 'Of op de bank. Als je dat wilt.'

Ze haalde nogmaals haar schouders op en staarde in haar beker thee. De baby sloeg met zijn lepeltje in zijn bord pap en kraaide van plezier.

'St!' vermaande Annelien hem en ze tikte hem zachtjes tegen zijn wang. 'Je zus heeft hoofdpijn, dus niet zo schreeuwen.'

Je zus. *Je zus*? Ze was zijn zus niet. En hij haar broertje niet. Marit was haar zus geweest. Maar die was er niet meer. Net als haar moeder. Ze slikte, wilde zoals altijd kwaad worden, maar kon het niet op de een of andere manier. Ze wilde liever huilen, net als vanmorgen. Ze wilde getroost worden, een arm om haar heen voelen, een stem horen die haar vertelde dat ze niet alleen was, dat alles goed zou komen.

'Hoe heet je mentor?' hoorde ze Annelien vragen.

'Bert Douwsma,' fluisterde ze zonder op te kijken.

'Denk je dat ik al kan bellen?'

'Moet tussen halfacht en acht. Hoeft niet speciaal bij Bert, maar mag ook gewoon bij de conciërge, of wie er dan ook opneemt.'

Annelien wierp een blik op de klok. 'Het is al halfacht geweest, dus dan bel ik meteen maar even. Let jij op Josh?'

Ze knikte, hoewel ze zich afvroeg wat er op te letten viel. Hij zat in een kinderstoel en speelde met zijn eten; hij kon geen kant op, en zodra Annelien naar de woonkamer was verdwenen, stond ze op en liep naar het aanrecht om naar buiten te kijken. Ze hoorde daar nog steeds de stem van haar vader en ze vroeg zich af wat hij aan het doen was.

Op de brede oprijlaan zag ze hem staan, naast zijn landrover. Hij was in gesprek met Pitter en nog iemand, die ze vaag kende. Vast ook iemand die in dienst was op het landgoed. Er waren er meer, maar haar vader had het voor het zeggen, die stond rechtstreeks onder meneer de baron. Ze mocht hem wel, de baron. Een goedlachse, maar strenge man. Hij had altijd blosjes op zijn wangen en noemde haar kleine Daan. Tenminste, dat deed hij vroeger. Ze zag hem niet zo vaak, hij kwam alleen naar Nederland als er een reden voor was.

'Er komt straks een groep jongelui om het gemaal te bezichtigen,' klonk Anneliens stem achter haar. Ze kwam naast Daniëlle staan en keek ook naar buiten, terwijl ze vervolgde: 'Een stuk of twintig, voor een project van hun school.'

Ook dat nog. Een stel van die onderbouwtypes op het terrein. Ze kwamen wel vaker, altijd van dezelfde school, een college in Dokkum als ze zich goed herinnerde. Of uit een van die dorpjes daar, maar precies wist ze het niet meer. Het kon haar ook niks schelen. Ze had zelf al genoeg aan haar eigen school en alle rottigheid die daaruit voortvloeide.

Ze draaide zich van het raam weg en ging weer aan de tafel zitten.

'Wil je wat eten?' vroeg Annelien bezorgd.

Ze schudde haar hoofd. Ze moest er niet aan denken. Het enige wat ze wilde was Merlijn spreken. Zo snel mogelijk.

-3-

ANNELIEN

Landgoed Wâldstaete, Leeuwarden | maandag 24 november

Daniëlle was echt ziek. Dat zag Annelien zodra ze de keuken was binnengekomen. Waarschijnlijk had die migraine al een paar dagen gesluimerd, want Daniëlle had vreselijk bleek gezien sinds Annelien haar vorige week donderdag van school had opgehaald. Nou zag Daniëlle eigenlijk altijd wel bleek. Ze lachte ook nooit. Annelien had het gevoel dat het meisje doodongelukkig was en dat gevoel werd steeds sterker. Ze wilde Daniëlle graag gelukkig zien, probeerde haar ook de liefde te geven die ze haar hele leven waarschijnlijk niet had gehad. In ieder geval niet na de dood van haar moeder. Daniëlle was nog zo jong geweest toen zij overleed.

'Ga zo lekker nog maar even je bed in,' zei ze, toen Daniëlle haar thee op had en nog steeds niets had willen eten. 'Dan voel je je vanmiddag weer een stuk beter.'

Zonder antwoord te geven stond Daniëlle op en verliet de keuken. Even later hoorde Annelien boven een deur dichtgaan en voelde ze een intens gevoel van medelijden. Het was vast vanwege die jongen dat ze niet lekker in haar vel zat. Daarom zat ze natuurlijk steeds op haar mobiel te kijken: ze wachtte wanhopig op berichtjes van hem. Hij op zijn beurt liet niets meer horen. Zoals te verwachten was. En ja, dat deed pijn, maar later zou Daniëlle beseffen dat het veel beter was dat die jongen uit haar leven was verdwenen.

Ze veegde Josh' gezicht schoon met een doekje, zette hem in de box en ruimde de keuken op. Door het raam zag ze dat de scholieren die het gemaal kwamen bezichtigen, gearriveerd waren. Ze schatte dat het ongeveer twintig kinderen moesten zijn.

Ze staarde naar de jongens en meiden die in groepjes bij elkaar op de oprijlaan stonden. Ze zag Alfredo, die hen straks naar het gemaal zou brengen. Timo was uit zicht verdwenen en ze had geen idee waarnaartoe; waarschijnlijk was hij in zijn landrover alvast vooruitgegaan of moest hij nog spullen pakken. Pitter was ook vertrokken. Die had het niet zo op grote groepen. Misschien kon ze opnieuw proberen hem vandaag te spreken te krijgen over die weddenschap. En hem dan meteen vragen of hij wist waarom Timo gisteren alweer zo vroeg terug was geweest op het landgoed. Zelf had Timo daarover niets gezegd en Pitter was de enige die het misschien zou weten; Timo en hij bespraken alles met elkaar.

Ze spoelde de vaatdoek uit en hing hem over de kraan. Buiten was het nog steeds een drukte van belang en met een blik op de klok vroeg ze zich af hoe laat ze naar dat gemaal zouden vertrekken. Het was inmiddels al kwart over negen. Het weer werkte in ieder geval niet echt mee; er viel een miezerige motregen, die door een krachtige westenwind alle kanten op werd geblazen. Niet alleen de scholieren zouden drijfnat worden als ze het laatste stuk straks van de busjes naar het gemaal moesten lopen, maar zijzelf ook als ze nu naar Pitter vertrok, en dus besloot ze eerst nog wat klusjes in het grote huis te doen. Wie weet was het straks wel weer droog.

Zo tegen halfelf besloot Annelien dat ze genoeg had gedaan. Tijd om Pitter op te zoeken. Ze verwachtte dat Timo met de scholieren zo ongeveer een halfuur geleden bij het gemaal was gearriveerd en dat ze dus nog minstens anderhalf uur had voordat ze zouden terugkeren. Meestal waren ze dan nog een halfuur tot een uur bezig met het invullen van de vragenlijsten die door hun leraren werden uitgedeeld, maar toch wilde ze voor die tijd weer op het landhuis zijn. En dus trok ze Josh zijn jasje aan, zette hem in de wandelwagen en duwde hem via de keukendeur naar buiten. Het regende nog steeds en behendig trok ze de regenkap over de wagen heen, zodat Josh droog zou blijven. Zelf had ze de gloednieuwe waxjas aangetrokken die Timo ooit voor haar had gekocht, maar die ze zelden droeg. Ze vond hem te grof en te zwaar, maar met dit weer was hij ideaal.

In tegenstelling tot de vorige keer dat ze de route naar Pitters boerderij liep, was er niets mooi aan de wandeling. Er floten geen vogels, er waren geen andere dieren te zien. Het enige wat ze hoorde was het ruisen van de wind tussen de bomen; het vallen van de regen op de dorre bladeren die de grond bedekten en de dikke druppels die van de takken boven haar op de capuchon van haar jas tikten.

Ook Josh leek er weinig aan te vinden. Normaal kraaide hij van plezier bij alles wat ze met hem ondernam, maar nu hoorde ze hem niet. Ze liep ook sneller dan anders. Hoe eerder dit achter de rug was, hoe beter. Normaal gesproken zou ze er niet over gepeinsd hebben om met dit weer door het bos te lopen, maar nu had ze geen keus.

Even later doemde Pitters boerderij op en haastig duwde ze het tuinhek open, om snel door te lopen naar de voordeur en aan te bellen. Binnen klonk een zacht geblaf, één, twee keer, gevolgd door de warme stem van Pitter die zijn hond tot stilte maande.

Heel even hield ze haar adem in. Er was nu geen ontkomen meer aan en dat drong pas goed tot haar door, toen Pitter de deur opentrok en haar eerst verbaasd, maar toen met een blij verraste blik aanstaarde.

'Mevrouw Camminga,' zei hij. 'U bent wel de laatste die ik verwachtte met dit weer.'

'Alsjeblieft, noem me gewoon Annelien,' reageerde ze.

Hij glimlachte, waardoor de rimpeltjes naast zijn ogen nog wat dieper werden, en stapte achteruit de gang in. 'Wilt u koffie?'

Annelien keek even over haar schouder om zich ervan te vergewissen dat niemand haar naar binnen zag gaan, en knikte toen bevestigend. Ze duwde de wandelwagen de ruime hal in en sloeg de regenkap terug.

'En hoe is het met de kleine man?' vroeg Pitter. Hij boog zich naar Josh toe en wreef met zijn vinger over zijn wang.

'Hij wordt zo snel groot,' zei Annelien. 'Hij heeft zijn eerste stapjes al gezet.'

'Nu al?' vroeg Pitter. 'Hoe oud is hij precies?'

'Ruim elf maanden. Hij is er vroeg bij, zegt de consultatiearts.'

'Dat kun je wel zeggen,' zei Pitter. 'Ik liep pas toen ik anderhalf was.'

Hij ging haar voor naar de grote woonkeuken en gebaarde dat ze aan de tafel kon gaan zitten, terwijl hij bij het aanrecht koffie zette. Ze tilde Josh uit de wagen en nam hem op schoot. Hij keek nieuwsgierig om zich heen en kirde vergenoegd. Toen wees hij naar Flann en zei: 'Waf!'

'Ja, dat is een hond,' prees Annelien. 'En die zegt waf. Heel goed!'

'Los!' eiste Josh en hij begon zich los te wringen uit Anneliens armen. Ze wist niet of dat wel een goed idee was en dus hield ze hem stevig vast, wat een fel protest van Josh opleverde.

'Hij kan op de grond hoor,' zei Pitter en hij zette twee kopjes koffie op de tafel, gevolgd door een suikerpot en een kannetje melk. 'Flann vindt kinderen leuk, hij zal hem niets doen.'

Even aarzelde ze nog, maar toen liet ze Josh toch voorzichtig op de grond zakken. Meteen kroop hij naar Flann en liet zich naast de hond op zijn bibs vallen. Hij stak zijn handje uit en legde het in Flanns nek, die het rustig toeliet, en lachte vervolgens hardop.

'Die vermaakt zich wel even,' zei Pitter, terwijl hij tegenover Annelien ging zitten. Hij trok een van de kopjes naar zich toe, deed er een schepje suiker in en roerde aandachtig. 'Vertel eens, wat kan ik voor je doen?'

Onthutst staarde Annelien hem aan.

'Tja,' zei Pitter bij het zien van haar blik. 'Je gaat mij niet wijsmaken dat je met dit weer alleen voor een kop koffie komt.'

Ze voelde zich betrapt en eigenlijk wilde ze zeggen dat ze dat wel degelijk kwam, dat hij haar dat al meerdere keren had aangeboden, maar besefte toen dat ze die schijn niet kon ophouden. Haar blik ging naar het raam, waar de regen in vlagen tegenaan sloeg. Hij had gewoon gelijk. Niemand ging met dit weer voor zijn lol met een klein kind naar buiten.

Ze aarzelde. 'Eigenlijk heb ik een vraag aan je,' zei ze. 'Een vreemde vraag misschien.'

Pitter zweeg even, keek haar aan met pretlichtjes in zijn ogen. 'Nou, kom maar op, zou ik zeggen.'

Ze nam een slokje van haar koffie en wist niet zo goed hoe ze moest beginnen. Was het eigenlijk niet onzinnig dat ze aan hem kwam vragen of haar man loog? Wat als Pitter het later aan Timo vertelde? Ze zouden hooglopende ruzie krijgen. 'Ik heb...' begon ze, maar stopte toen weer. Ze voelde zich ineens nogal dwaas en wilde dat ze hier nooit naartoe was gekomen.

'Is het zo delicaat?' vroeg Pitter. Hij boog zich iets naar haar toe en vervolgde: 'Alles wat je hier zegt, blijft tussen ons, als dat is wat je wilt.'

Ze glimlachte. Zijn woorden en de blik in zijn ogen stelden haar gerust en ze zei: 'Het gaat om die weddenschap. Tussen jou en Timo.'

Even bleef het stil. 'Weddenschap?' herhaalde Pitter uiteindelijk. 'Ik geloof niet dat ik begrijp wat je bedoelt.'

'Over die... website? Waar Timo lid van is geworden? Jullie hebben gewed hoe lang het zou duren voordat hij, eh... bericht zou krijgen van een ander lid.'

Hij schudde zijn hoofd. 'Ik heb geen flauw idee waarover je het hebt,' zei hij. 'Timo en ik hebben geen weddenschap afgesloten. Ik ben niet zo'n gokker. Bovendien hebben we eigenlijk hoofdzakelijk contact over het werk.'

Annelien zweeg, terwijl ze Pitters reactie tot zich liet doordringen. Hij had dus gelogen. Timo had écht tegen haar gelogen! Maar waarom? Ze dacht aan de website. De foto. Het bericht erbij. De mogelijke betekenis ervan begon langzaam tot haar door te dringen. Met een klap zette ze haar kopje terug op het schoteltje en ademde even diep in.

'Gaat het wel?' vroeg Pitter bezorgd. Hij maakte aanstalten om op te staan, maar ze gebaarde dat dat niet nodig was.

'Wil je een glas water?'

Ze schudde haar hoofd en keek vervolgens naar hem op. 'Er is dus geen weddenschap?'

'Niet met mij,' zei Pitter.

Annelien pakte haar kopje weer op. Eigenlijk had ze het wel verwacht. Het verhaal van Timo was te idioot geweest. Een weddenschap. Over zoiets! Ze wist dat mannen soms rare dingen deden, vooral als het om seks ging, maar een weddenschap over een datingsite…

'Was dat wat je wilde weten?' vroeg Pitter, enigszins verbaasd.

Ze glimlachte. 'Ik vrees van wel,' zei ze. 'Timo had… gezegd dat hij met iemand gewed had en dat… eh, dat ik nooit zou raden met wie. Als ik dat wel deed, dan zou hij me trakteren op een avondje uit. En aangezien we haast nooit uitgaan…'

Ze zweeg en sloeg haar blik neer. Ze wilde Pitter niet aankijken, omdat ze bang was dat hij de leugen in haar ogen zou kunnen lezen. Het was al een stomme leugen, een belachelijk verzinsel, en het was nog maar de vraag of hij haar geloofde.

Maar Pitter lachte luid. 'Jullie jongelui houden er maar rare spelletjes op na,' zei hij.

Ze gaf er geen antwoord op en keek naar Josh, die vrolijk op de grond met de bal van Flann zat te spelen. Flann zelf leek het wel best te vinden en duwde zo nu en dan de bal terug naar Josh, als hij toevallig in zijn richting rolde.

Het maakte Annelien ineens boos. Dat het allemaal op een vergissing berustte geloofde ze niet. Er was geen weddenschap. Niet met Pitter, met niemand. Timo had een andere reden om zich te hebben aangemeld bij die datingsite, en dat kon maar één ding betekenen. Ze ademde even diep in. Hield hij eigenlijk wel van haar? Of was hij werkelijk op zoek naar... naar contact met mannen? Het moest haast wel; er was geen andere verklaring voor.

Ze kneep haar handen tot vuisten. Dit kon ze niet. Hier kon ze niet mee leven.

'Weet je zeker dat het gaat?' vroeg Pitter.

'Ja hoor,' zei ze en ze veinsde een glimlach. 'Het gaat prima. Meer dan prima zelfs.' Maar ze zou zich nog beter voelen wanneer ze Timo had geconfronteerd met wat ze ontdekt had en hem met zijn neus op de feiten had gedrukt.

⊡⊡

De terugweg naar het grote huis ging sneller dan de heenweg. Het regende nog steeds pijpenstelen, maar deze keer gaf ze er geen snars om. Het was over en uit met het zichzelf voor de gek houden. Ze eiste een verklaring van Timo. De waarheid. En als die was zoals ze vermoedde, dan pakte ze meteen daarna haar koffers.

Bij elke stap die ze zette, groeide haar verbijstering. Het was niet te geloven dat hij haar zo voorgelogen had. Hoe lang was dit al aan de gang? Was hij al jaren heimelijk aan het rotzooien, of was hij daar onlangs pas mee begonnen? Met die vent van de foto misschien? Waarom had ze nooit iets gemerkt? Er moesten toch aanwijzingen geweest zijn? Of had ze die niet willen zien? Want al vanaf het begin had ze geweten dat Timo anders was. Afstandelijk. Koel. Met af en toe een uitschieter van overdreven affectie – uit schuldgevoel?

Nijdig duwde ze de wandelwagen over het bospad. Josh zweeg, alsof hij aanvoelde dat zijn moeder niet aanspreekbaar was. Uiteindelijk kwam ze weer bij de oprijlaan van het landhuis aan. De drie busjes die de scholieren hadden gebracht, stonden langs de kant. Ze lette er niet op, duwde de wagen rechtstreeks naar de keukendeur. Ze hoorde ineens stemmen en geërgerd keek ze opzij en zag dat de voordeur van het grote huis openstond. Dat was raar.

Wantrouwend bleef ze staan; de stemmen kwamen vanuit het huis! Wie waren daar binnen? De baron was toch niet onverwacht teruggekomen? Ze duwde de wandelwagen naar het bordes en keek langs de trap omhoog naar de openstaande deuren. Binnen was het een lawaai van jewelste. Geroep en geschreeuw, duidelijk genoeg, maar toch was het onmogelijk te verstaan wat er gezegd werd. Annelien begreep er niets van. Ze zette de wagen op de rem en liep de acht treden van het bordes op. In de deuropening keek ze verbouwereerd naar de scholieren die in groepjes verspreid in de grote hal van het landhuis stonden en door elkaar praatten alsof het gewoon een schoolpauze was.

Waar was Timo?

Ze liet haar blik door de ruimte gaan en zag uiteindelijk Alfredo aan het andere eind van de hal. Ze wierp even een controlerende blik achterom naar Josh in de wandelwagen en liep toen tussen de scholieren door naar Alfredo. Ze hoefde hem niet eens te vragen of er iets gebeurd was; de blik in zijn ogen zei haar voldoende. Maar toch verrasten zijn woorden haar: 'Er drijft een lichaam in het water bij het gemaal!'

-4-

BARBARA

Ferwerd | maandag 24 november

In de paar minuten die ik nodig had om terug in mijn keuken te komen, waren ook de overige missende uren me weer helder voor de geest gekomen. Ik was niet naar mijn moeder geweest, sterker nog: mijn moeder was al jaren dood. Het was een smoes geweest. Ik was achter Marcus aangegaan, vanwege dat telefoontje dat hij zo abrupt had afgebroken.

Ik zag alles weer voor me: de landweg, het zandpad, de loods. Ik herinnerde me de geur die er gehangen had. Een vreemde geur die ik herkende, maar toch niet had kunnen thuisbrengen. Of wel? Mijn gedachten schoten ineens naar het ziekenhuis, en alsof mijn brein, na even tijdelijk buiten werking te zijn geweest, vanzelf de link legde, wist ik ineens wat ik geroken had: ontsmettingsmiddelen.

Ik hing mijn jas aan de kapstok en probeerde me scherper voor de geest te halen wat ik precies in die loods gezien had. De doos, de tafel. Het dikke plastic gordijn... Was die specifieke geur daarachter vandaan gekomen? Wat zat erachter? Ik voelde spijt opwellen. Het was zó jammer dat die vrouw net op de proppen was gekomen. Wist Marcus wat daar was? Dat moest haast wel, anders had hij daar nooit spullen afgeleverd. Wat voor spullen eigenlijk? Dat wist ik nu nog steeds niet. Geen morfine; onze voorraad was compleet.

Toch?

Ik keek door de gang naar de praktijkruimte. Marcus was er niet. Hij was vlak na de lunch weggegaan voor een paar huisvisites. Vier stuks, had ik in de agenda gezien, wat hem bij elkaar minstens twee uur zou kosten. Ik rekende terug naar het moment waarop ik de voorraad morfine gecheckt had. Dat was geweest voordat Marcus naar die boerderij ging. Zou hij daarna...?

Terwijl mijn hart in mijn borst bonsde, liep ik naar Lottes bureau, pakte de sleutel van de gifkast en stapte de apotheek binnen. Ik opende het deurtje van de kast en zocht naar de juiste doosjes. Ik vond een potje morfinetabletten dat nog helemaal dicht zat, een doosje pleisters, gloednieuw, een doos morfineampullen van 10 mg, volledig vol, en tot slot de 20 mg ampullen. Ook nog helemaal dicht en verzegeld.

Ik geloofde mijn ogen niet. Drie dagen geleden had er naast de volle verpakkingen van elk nog een aangebroken doos gelegen. Nu waren ze weg! En al had Marcus vandaag morfine meegenomen naar die huisvisites – wat ik me überhaupt niet kon voorstellen – dan zouden dat nooit al die aangebroken doosjes zijn. Automatisch reikte mijn hand naar de zijkant van de kast, naar de lijst waarop Marcus noteerde wanneer, hoeveel en aan wie hij medicijnen voorschreef die onder de opioïden vielen – iets wat wettelijk verplicht was. Maar de lijst lag niet op zijn plek. En het was juist het ontbreken van die lijst wat me deed beseffen dat het goed mis was. Dat Marcus hoogstwaarschijnlijk tot over zijn oren in de problemen zat. Dat kon haast niet anders. Ik wist niet wat voor problemen, maar het moest met de verdwenen morfine te maken hebben. Zou hij dat werkelijk daar in die loods hebben achtergelaten? Maar waarom? Wat hadden ze aan een paar aangebroken verpakkingen morfine?

Een heleboel waarschijnlijk. Er zouden genoeg mensen zijn die daar een fortuin voor betaalden. Aan Marcus? Ik kon het nog steeds niet geloven. Maar hij had wel een doos met spullen achtergelaten. Wat zat er nog meer in behalve morfine? De te veel bestelde paracetamol die ik in de administratie ontdekt had? En wat zat er achter dat plastic gordijn in die loods? Had het met elkaar te maken?

Het begon me allemaal te duizelen. Ik wilde er met Marcus over praten, maar wist niet goed hoe. Ik had te weinig feiten en alleen...

Het geluid van een binnenkomend tekstberichtje onderbrak mijn gedachten en ik keek om. Verbaasd staarde ik naar Marcus' privémobiel op de plank met medicamenten achter me. Die moest hij hier vergeten zijn toen hij spullen uit de apotheek haalde voor zijn huisvisites.

Ik pakte de iPhone en klapte het mapje open om te kijken of het iets belangrijks was. Zo ja, dan kon ik Marcus altijd op de praktijkmobiel bellen. Het was duidelijk niet het hele berichtje dat op het display verscheen toen ik op de home knop drukte. Er stond:

Spullen ontvangen.
Verdere instructies
liggen op de gebr...

Verbaasd staarde ik ernaar. Waar sloeg dit op? Wie gaf Marcus instructies? Ik veegde over het scherm om in het sms-programma de rest te kunnen lezen, maar de vraag om een pincode belemmerde dat. Verdomme. Die wist ik niet. Misschien de geboortejaren van de kinderen? Ik toetste 0104 en toen dat niet werkte 0401. Ook niet. Snel klikte ik de mobiel in de slaapstand en vervolgens weer aan, maar nu was ook het beginstukje van het bericht verdwenen. Gefrustreerd liep ik naar Lottes bureau en smeet de mobiel erop neer. Dat kon ik dus vergeten; wat er nog meer in dat bericht stond kon ik niet lezen. En ineens was ik het allemaal zó zat! Dit gedoe met Marcus en die verdwenen morfine, mijn ongeluk, die vent die me volgde en blijkbaar alles wist van wat wij al die jaren zo goed verborgen hadden weten te houden. Ik wilde weten wat het allemaal met elkaar te maken had. Want dat het met elkaar te maken had, lag ineens zo voor de hand. *Instructies liggen op de gebr...* Op de gebruikelijke plek? Waar was dat? Die loods? Dat was het meest waarschijnlijk. En misschien was het ook wel de plaats waar ik antwoorden zou vinden.

Een blik op de klok vertelde me dat het kwart voor twee was. Ik kon nog net een tweede bezoek aan die loods brengen voordat Puck uit school zou komen. Ik liep terug naar de keuken, waar Deyna haar natte neus in mijn hand duwde alsof ze het roerend eens was met mijn beslissing, en pakte mijn tas en autosleutels.

Met een vastberadenheid die ik niet van mezelf verwacht had, reed ik opnieuw naar de boerderij. Vreemd genoeg voelde ik helemaal geen angst meer en ik parkeerde mijn auto dan ook gewoon op het terrein.

Ik stapte uit en liep naar de deur van de loods waar tot mijn verbazing een hangslot op zat. Dat had er de vorige keer niet gezeten. Het besef dat ik niet naar binnen kon maakte me nog kwader dan ik al was. Ik keek om me heen en zag een stukje verderop een stapel oude, kapotte grindtegels liggen. Ik bedacht me geen moment. Als het niet goedschiks kon, dan maar kwaadschiks. Ik zocht een stevig stuk tegel uit, liep ermee terug naar de deur en liet hem een aantal keren met een klap op het hangslot neerkomen. Uiteindelijk schoot het los en viel op de grond.

Ik gooide de tegel naast me neer en duwde de deur open. Binnen rook het net zo muf als de vorige keer en in de flauwe streep licht die door het hoge raam naar binnen viel zag ik minuscule stofdeeltjes dwarrelen. Het was er koud, heel erg koud, en mijn voetstappen klonken hol in de kale ruimte.

Er was weinig veranderd sinds de vorige keer dat ik hier was. De tafel, de vrieskist, de koelkast, alles was nog precies zoals een paar dagen geleden, inclusief de vage lucht van ontsmettingsmiddelen. Alleen de doos die Marcus gebracht had was verhuisd en stond nu op de koelkast.

Rechts achter in de loods zag ik nu een metalen kast staan, die me de vorige keer niet was opgevallen. Ik keek nog even achterom door de open deur naar buiten om me ervan te verzekeren dat er niemand in de buurt was, liep toen snel naar de kast en trok hem open. Wat ik verwachtte te zien, wist ik eigenlijk niet. Medicijnen? Dozen met morfine die erop wezen dat Marcus inderdaad betrokken was bij drugshandel? Maar wat ik ook verwacht had, in ieder geval niet dat de kast leeg zou zijn, op de bovenste plank na, waar een paar potten verf stonden, die duidelijk in geen jaren gebruikt waren.

Teleurgesteld sloot ik de kast en liep naar de doos die op de koelkast stond. Ik tilde de deksel op en zag wat ik al die tijd gevreesd had te zien. Morfine. Ampullen, pleisters, tabletten. Niet veel, van alles alleen de aangebroken doosjes uit onze apotheek. Verder nog een heleboel paracetamol – zo te zien ongeveer de hoeveelheid die in de praktijk te veel besteld was – en een heleboel verbandmaterialen: hechtpleisters, gaaskompressen, zwachtels, snelverbanden, steriel verpakte latex handschoenen.

Verrast staarde ik ernaar. De morfine en de paracetamol had ik min of meer verwacht, maar de rest absoluut niet. Waarom had Marcus hier een doos met spullen voor de inrichting van op zijn minst een kleine EHBO-post gebracht? En voor wie was het? Wat was de bedoeling ervan?

Ik klapte de deksel van de doos weer dicht en trok vervolgens de koelkast open. Leeg. Echt helemaal leeg. Maar hij stond wel aan, gezien het lampje dat brandde. Ik duwde de deur weer dicht en opende de vrieskist. Het ding was zo groot dat er minstens een koe in kon worden ingevroren en even gaf me dat een unheimisch gevoel. Maar dat gevoel veranderde al gauw in teleurstelling toen bleek dat de vrieskist voor de helft gevuld was met diepvriesmaaltijden. Van de AH, bleek uit de etiketten.

Ik schoot in de lach. Ik kon er niets aan doen, maar het feit dat er in een loods op het terrein van een zo goed als verlaten boerderij een hele stapel diepvriesandijvie en God wist wat nog meer voor maaltijden in een vrieskist lag, ging mijn verstand te boven. Het was té belachelijk.

Met een klap sloot ik de klep van de vriezer en keek weer om me heen. Op de tafel zag ik wat verbleekte tijdschriften liggen met daarnaast een bruine dossiermap. Die had er de vorige keer niet gelegen. Ik liep ernaartoe en sloeg de map open. Er zaten papieren in die waarschijnlijk niet voor mijn ogen bestemd waren.

Een medisch dossier!

Wat deed dat hier? Ik probeerde een naam te ontdekken, maar die werd nergens vermeld. Wel stonden er een heleboel andere gegevens in; medische gegevens vermoedde ik, maar ik kon ze niet echt ontcijferen.

Ik sloeg het dossier weer dicht en schoof het terug op zijn plek. Mijn blik bleef op het plastic gordijn rusten. Het hoorde hier niet. Niet in deze omgeving. Het deed me ergens aan denken en dat was niet het plastic dat gebruikt werd bij verbouwingen. Nee, het was iets anders. Ik rook opnieuw die vage lucht van ontsmettingsmiddelen en liep toen vastberaden naar het plastic gordijn. Ik zocht naar een opening en toen ik die uiteindelijk gevonden had, ademde ik even diep in en stapte ertussendoor. Wat er voor mijn ogen opdoemde, ging mijn voorstellingsvermogen te boven.

-5-

DANIËLLE

Wat was dat toch voor een takkeherrie beneden?

Daniëlle keek op van het boek dat ze languit op haar bed aan het lezen was. Nou ja, lezen... Ze had in geen tijden een bladzijde omgeslagen. Haar hoofdpijn was nagenoeg weg. In tegenstelling tot de bezorgdheid om Merlijn; die was alleen maar toegenomen en de enige reden dat ze nu een boek voor haar neus had, was om de tijd te doden tot ze naar De Stee kon.

Ze keek naar haar wekker. Bijna kwart voor twaalf. Waren die kinderen alweer terug soms? Onwaarschijnlijk. Daarvoor was het gemaal te ver weg. Ze moesten er eerst met de bus heen, naar de andere kant van het landgoed, om van daar lopend naar het gebouw te gaan. Dat kostte op zijn minst al een klein halfuur. Ze had haar vader weleens gevraagd waarom ze niet gewoon lopend gingen. Door de landerijen heen was het maar tien minuten, een kwartiertje op zijn hoogst. Maar dat vond hij geen optie. Het landgoed was te weids. Als ze een van die kinderen kwijtraakten, was hij verantwoordelijk.

Het lawaai beneden hield aan en geïrriteerd gooide ze haar boek naast zich neer en stond op. Dit was niet normaal, er moest iets aan de hand zijn. Ze verliet haar kamer en bleef boven aan de trap staan luisteren. Het geluid was hier iets duidelijker, waardoor ze besefte dat het binnenshuis was.

Ze ging naar beneden en toen zag ze het: een hele groep scholieren in de hal van het grote huis. De hoge deuren die dat deel van hun woongedeelte scheidde stonden open en het gekwek en geschreeuw was niet van de lucht.

Djiezes! Wat moesten die kinderen hier? Waren ze soms zichzelf een beetje gaan rondleiden, of zo? En waarom waren ze niet gewoon bij dat stomme gemaal?

Ze keek om en vroeg zich af waar haar vader was. Moest ze hem gaan zoeken? Hem vertellen dat die brugsmurfen het grote huis hadden bezet? Ze aarzelde. Hij zou het toch wel weten? Ze voelde er eigenlijk niks voor om hem onder ogen te komen. Dat wilde ze zo min mogelijk; omdat hij steeds onverschilliger werd. In het begin had ze gedacht dat Annelien hem misschien zou kunnen veranderen, terug naar de man die hij ooit was, maar dat was valse hoop gebleken. Nog steeds was hij in niets de vader die ze zich herinnerde van voor de dood van haar moeder. En nadat ze hem gezien had toen hij… toen hij… Ze had haar ogen niet kunnen geloven. Nee, ze wilde hem niet zien. Echt niet.

Ze draaide zich om en liep terug om weer naar boven te gaan, maar bedacht zich bij de trap. Ze moest iets eten anders ging ze van haar graatje. Vanmorgen had ze alleen die beker thee met suiker maar gehad. Nu lustte ze wel iets. Een beschuit, of zo.

Opnieuw liep ze de gang door, weg van de scholierenherrie, en duwde de keukendeur open. Daar was het rustiger, vooral nadat ze de deur weer had dichtgedaan. Ze pakte de beschuitbus en haalde er eentje uit. Pas toen ze zich naar de koelkast draaide om de boter te pakken, merkte ze dat ze niet alleen was en van schrik liet ze bijna het mes dat ze al uit de keukenla gepakt had uit haar handen vallen.

'Fuckaduck!' riep ze uit, bij het zien van het blonde meisje aan de keukentafel.

Het kind, gekleed in een gele regenjas, kauwde onverstoord op een stukje brood en zei niets.

'Wat doe jij hier?' zei Daniëlle op gebiedende toon.

'Eten,' reageerde ze. Vervolgens hield ze een grijs ding omhoog en vervolgde: 'Ik ben diabeet en moest insuline spuiten. Die man met die baard bracht me hier, omdat het hier rustiger is.'

Rustiger? Het was nog steeds een pokkeherrie.

'En jij?' vroeg het meisje.

Daniëlle staarde haar aan. Hoe oud was dat kind? Twaalf? Veel ouder kon ze niet zijn. 'Ik woon hier,' antwoordde ze met een zweem van ongeduld in haar stem.

'Hier? In dit grote huis?' De ogen van het meisje werden groot van bewondering.

'Nee, natuurlijk niet in het landhuis,' snauwde Daniëlle. 'Gewoon in deze vleugel. Zal niet veel groter zijn dan jullie eigen huis.'

'Wij wonen in een boerderij,' zei het meisje. 'Nou ja, vroeger was het een boerderij. Nu heeft mijn vader er zijn praktijk. Hij is huisarts,' verklaarde ze.

Daniëlle zei niets. Ze draaide zich naar de koelkast en haalde de boter eruit. Het was weer lekker geregeld. Herrie in de grote hal, schreeuwende scholieren die hier helemaal niet hoorden te zijn, een vreemd kind dat in hun keuken haar brood zat op te eten, wat volgde er straks? Een nieuwe migraineaanval, naar alle waarschijnlijkheid.

'Daarom wist ik dat hij dood was.'

Het klonk een beetje arrogant en het verband tussen haar vader en weten of iemand dood is, was absoluut irrelevant, en normaal gesproken zou Daniëlle daar wel een opmerking over hebben gemaakt. Maar nu niet. Met haar hand nog aan de open koelkastdeur, bevroor ze in haar handeling. 'Wat?' zei ze, terwijl ze zich omdraaide.

'Bij dat gemaal,' zei het meisje. 'Er dreef iemand in het water. Een man. Daarom zijn we teruggekomen. Ik zag meteen dat hij dood was.' En toen nogmaals: 'Mijn vader is dokter, snap je? Waarschijnlijk is de politie nu onderweg.'

Even hield Daniëlle haar adem in. Een dode man? In het water? *Merlijn?*

Daniëlle duwde de koelkast dicht en liet zich er met haar rug tegenaan vallen. Ze sloot haar ogen en voelde haar hoofd bonken. Kon het Merlijn zijn? Nee! No way! Natuurlijk niet! Hij had geen bericht geplaatst op het forum. Dat zou hij gedaan hebben als hij van plan was geweest om… om…

'Hé!' riep het meisje. 'Gaat het wel?'

Ze voelde hoe ze bij haar arm werd gepakt en wilde zich eerst losrukken, maar had er de kracht niet toe. Merlijn. Stel dat het werkelijk Merlijn was?

'Hier, ga zitten,' klonk de stem van het meisje, terwijl ze haar op een stoel duwde. 'Je ziet helemaal wit. Het is te begrijpen dat je schrok. Wij schrokken ook. Ik liep helemaal vooraan en was een van de eersten die hem zag. De man die ons begeleidde zei dat we onmiddellijk terug naar de busjes moesten en toen begonnen de leraren ons bij dat gemaal weg te duwen. Nou ja, en toen zijn we terug naar hier gereden. Die man bleef daar om op de politie te wachten.'

Daniëlle keek op en zag dat het meisje weer tegenover haar was gaan zitten. Zíj had hem gezien. Zou ze…

'Hoe zag hij eruit?' fluisterde ze.

Het meisje schokschouderde. 'Hij was nog niet zo oud, geloof ik. Hij had een spijkerbroek en een spijkerjack aan. Die draag je niet als je zestig bent, lijkt mij. En hij had best lang haar. Donker. Ik zag het in het water rond zijn hoofd golven.'

Misselijkheid welde op. Ondanks de summiere beschrijving voelde ze het diep vanbinnen. Het was Merlijn; dat kon niet anders. Merlijn droeg altijd een spijkerbroek. En een spijkerjack. Daar was hij zo ongeveer mee getrouwd. En hij had ook halflang haar. Donkerblond…

O God!

Daniëlle sloot haar ogen en ademde even diep in. Ze moest ernaartoe. Ze kon niet geloven dat Merlijn er een einde aan had gemaakt, zomaar, zonder haar iets te vertellen. Ze wilde het met eigen ogen zien.

Met een ruk stond ze op. 'Ik moet erheen!' zei ze, niet specifiek tegen het meisje, maar meer tegen zichzelf.

'Er mag niemand bij,' zei het meisje. 'Die man is daar nog tot de politie komt.'

'Die man is mijn vader,' beet Daniëlle haar toe. 'Bovendien doe ik toch wat ik zelf wil.'

'M-maar...' begon het meisje, terwijl ze ook opstond.

'Luister... eh... hoe-je-ook-heet, ik...'

'Robin,' zei het meisje. 'Ik heet Robin. Maar wat wil je daar gaan doen?'

Daniëlle gaf geen antwoord, rende naar de bijkeuken en trok daar haastig haar bergschoenen aan. Merlijn... Dood? Het kon niet. Het mócht niet! Ze rukte haar regenjas van de haak aan de muur en trok hem aan, terwijl ze de achterdeur al uit stoof.

'Wacht nou!' hoorde ze het meisje roepen, maar Daniëlle luisterde niet. Ze rende naar rechts, naar het bos. Daarachter lagen de weilanden waar ze doorheen moest, voordat ze bij het water kwam dat rechtstreeks naar het gemaal leidde.

Onder het rennen ritste ze haar jas dicht en voelde amper de regen die in haar gezicht sloeg. Het kon haar niet schelen. Ze moest naar het gemaal, voordat de politie er was. Als die de boel afzette kon ze het vergeten. Dan kon ze er niet meer bij. En ze moest het weten. Of het werkelijk Merlijn was.

'Wacht dan toch!' klonk het achter haar en nu hield ze in en keek om. Daar kwam die Robin op haar af gerend.

'Wat doe je!' riep Daniëlle. 'Ga terug!'

'Nee,' zei Robin. 'Je bent helemaal overstuur. Straks gebeurt er wat met je.'

'En wat zou jou dat kunnen schelen! Je kent me niet eens!'

'Dat maakt niet uit. Ik weet niet wat je precies wilt gaan doen, maar ik laat je niet alleen gaan!'

Daniëlle staarde haar aan, boos, verward. Het was lang geleden dat iemand, behalve Merlijn, zich op zo'n pure, ongedwongen manier om haar bekommerd had en ze wist niet goed hoe ze erop moest reageren. Ze wreef de natte haren uit haar gezicht en keek achterom, in de richting van de weilanden. Ze moest opschieten. Maar ze kon dat kind toch niet zomaar meeslepen naar het gemaal? Ze schudde haar hoofd. 'Ga terug,' zei ze. 'Ik wil niet dat je meegaat! Ik heb je niet nodig!'

Meteen daarna draaide ze zich weer om en rende verder. Maar ze had nog geen tien meter afgelegd of ze hoorde voetstappen achter zich in de drassige grond. Dat kind wist niet van ophouden!

'Denk je dat je die man kent?' vroeg Robin, toen ze Daniëlle eindelijk had ingehaald. Daniëlle begon buiten adem te raken, maar wilde niet inhouden. Daar had ze geen tijd voor. Ze moest het gemaal bereiken vóór de politie. Toch ging ze iets langzamer lopen. Ze kon het niet riskeren dat ze straks niet verder kon. Op de vraag van Robin gaf ze geen antwoord.

'Hé,' zei Robin, zonder zich er iets van aan te trekken dat er geen reactie kwam. 'Je vader weet dan toch ook wie het is? Als jij hem kent?'

Met een ruk bleef Daniëlle stilstaan. 'Mijn vader weet helemaal niks!' beet ze Robin toe. 'En al helemaal niet over mij en mijn vrienden!' En zonder op Robins verbaasde blik te letten, liep ze met grote passen verder.

Het duurde niet lang of Daniëlle hoorde haar weer achter zich lopen. Het was bijna komisch. Echt een pitbull dat kind! Waarom ging ze niet gewoon terug? Maar omdat Daniëlle inmiddels wel doorhad dat Robin niet naar haar luisterde, zei ze niets en zette er weer flink de pas in.

Na een minuut of vijf hoorde ze het water stromen. Nu was het nog maar een klein stukje naar het gemaal. In de verte zag ze het gebouwtje al opdoemen en ze maakte nog meer haast, vocht zich een weg tussen lage struiken en brak bijna haar nek over een paar graspollen. Robin ploeterde nog steeds achter haar. En ook zij leek zich niet te bekommeren om de regen, of de zompige grond waarin hun schoenen centimeters diep wegzakten.

Vlak bij het gemaal zag ze hem al: haar vader. Ze herkende hem aan zijn oude waxjas. Hij zat gehurkt naast het hek dat vanaf het gemaal langs de oever van het water liep. Hij keek op toen hij haar en Robin hoorde naderen.

Meteen kwam hij overeind. 'Daniëlle,' zei hij geërgerd. 'Wat doe jij hier?'

Daniëlle zei niets, keek alleen maar naar het lichaam dat naast haar vader in het gras lag. Al haar twijfels losten op in de mistige waas aan waterdruppels die opsteeg vanaf het razende water onder het gemaal.

Merlijn!

Ze stoof naar voren en liet zich op haar knieën vallen. Ze wilde hem vastpakken, tegen zich aan houden, maar ze werd ruw bij haar arm gepakt en overeind gehesen.

'Ik vroeg je wat!' zei haar vader.

'I-ik hoorde dat... dat...' Ze slikte, kwam niet meer uit haar woorden. Met haar hand streek ze de natte haren uit haar gezicht en keek weer naar Merlijn. Naar zijn bleke gezicht, de half gesloten ogen, zijn haren die om zijn hoofd plakten. Tranen welden op en stroomden over haar wangen. Het was waar. Merlijn was dood. Waarom had hij haar niet gewaarschuwd? Waarom had hij geen afscheid genomen?

'Hij had hier nooit moeten komen,' zei haar vader.

Er klonk geen spoortje medelijden in zijn stem en ze keek naar hem op. 'Wat?' vroeg ze schor.

'Ik had hem gezegd hier weg te blijven. Maar hij luisterde niet.'

'Heb je... ken jij Merlijn?' Vol ongeloof liet ze haar blik van de dode Merlijn naar haar vader gaan.

'Hij kwam zichzelf voorstellen,' zei hij. 'Met een belachelijk aanbod.'

'Aanbod?' Ze hapte naar adem. Merlijn zou toch niet...

'Hij wilde geld. Omdat hij wat gezien zou hebben. Omdat júllie wat gezien zouden hebben.'

Daniëlle deed een stapje achteruit, niet in staat iets te zeggen. Hij had het beloofd! Merlijn had haar beloofd er nooit tegen haar vader over te praten. 'M-maar… wat heb je hem dan gezegd?'

Haar vader lachte even kort. 'Wat denk je nou? Ik laat me niet zomaar chanteren door zo'n snotjong.'

'Hij heeft een hoofdwond,' klonk de stem van Robin. Ze stond naast Daniëlle en keek ook naar het lichaam op de grond. 'Iemand heeft hem geslagen.'

Geschokt staarde Daniëlle haar vader aan. 'Heb jij hem…'

'Hij had moeten luisteren,' beet hij haar toe. 'Hij had hier gewoon weg moeten blijven zoals ik hem had opgedragen.'

Het waren juist die laatste woorden die Daniëlle ineens razend maakte. 'Opgedragen?' fluisterde ze met ingehouden woede. 'Jij denkt altijd maar dat iedereen naar jouw pijpen danst! Dat alles wat jij zegt, wat jij wil, zonder protest of commentaar wordt uitgevoerd. Zelfs Annelien volgt werktuiglijk jouw "orders" op. Je bent gewoon een bullebak en als iets je niet aanstaat, dan moet het uit de weg. Denk je dat ik niet meer weet hoe je tegen mama deed? Hoe je haar behandelde? Ik begin steeds meer te begrijpen waarom ze er een einde aan maakte. Ze had…'

'Zo is het genoeg, Daniëlle,' onderbrak haar vader haar. Zijn stem had nu een onheilspellende klank.

'Nee!' gilde ze. 'Het is niet genoeg! Je hebt nooit om mij gegeven! Marit was alles voor je! En ik? Ik was altijd maar bijzaak. Het kind dat niet eens haar zus kon redden en dus nooit geboren had mogen worden. Helemaal toen mama doodging. Daar gaf je mij de schuld van en waarom? Kon ik er wat aan doen dat ze niet meer verder wilde leven met jou? Voor mij ben je nooit…'

Haar woordenstroom werd opnieuw onderbroken, deze keer door de klap in haar gezicht. Haar vader had zijn hand geheven en haar met de rug van zijn hand tegen haar wang geslagen. Het was zo hard, dat ze opzij viel en alleen overeind bleef doordat Robin haar opving.

'Waag het niet om mij te veroordelen,' zei hij knarsetandend.

Met haar hand tegen haar wang keek Daniëlle ontzet naar haar vader, die nog steeds met opgeheven hand voor haar stond. 'Ik ga het vertellen,' fluisterde ze rancuneus. 'Aan iedereen. Over je ontmoeting met die wethouder. Wat jullie deden. En hoe je hem daarna dwong in je auto te stappen!'

Even stonden zij en haar vader als kemphanen tegenover elkaar. Toen pakte hij zowel Daniëlle als Robin ruw bij de bovenarm. 'Dat zullen we nog weleens zien,' zei hij dreigend. En met een blik op Robin: 'Wacht maar af.'

-6-

BARBARA

Ferwerd | maandag 24 november

Veel te hard reed ik door de stromende regen terug naar huis. Ik kon nog steeds niet bevatten wat ik gezien had, probeerde het in een perspectief te plaatsen dat alles zou verklaren, maar het lukte me niet. Het was te luguber om het rationeel te kunnen zien. En het feit dat Marcus er blijkbaar bij betrokken was maakte het nog eens dubbel zo erg.

Ik reed mijn auto tot halverwege de oprit en stapte uit. Vlak voor de garage stond de wagen van Marcus. Hij was dus thuis. Mooi. Dan kon hij me direct uitleggen waar hij in godsnaam mee bezig was.

Zonder mijn jas uit te trekken liep ik via de bijkeuken naar de praktijkruimte. Maar het was er verlaten en ook in zijn spreekkamer was Marcus niet te vinden. Terwijl ik nog een snelle blik in de – ook lege – apotheek wierp, hoorde ik vanuit de keuken een geluid en meteen liep ik terug door de gang en gooide de keukendeur open.

Marcus stond tegen het aanrecht geleund, een glas water in zijn hand. Zijn ogen stonden nijdig en met een donkere blik keek hij me aan.

'Waar ben jij in godsnaam mee bezig?' vroeg hij, nog voordat ik iets kon zeggen.

'Ik...' begon ik verbouwereerd, maar hij liet me niet uitpraten.

'Wat heeft die arts in het ziekenhuis nou gezegd?' zei hij. 'De eerste week niet autorijden! En wat doe jij?' Met een klap zette hij zijn glas op het aanrecht en vervolgde: 'Meteen de volgende dag in je auto stappen. Dat je niet naar mij luistert, ben ik inmiddels wel gewend, maar naar de arts die je heeft opgelapt na die aanrijding...' Hij schudde zijn hoofd. 'Je brengt jezelf in gevaar, Barbara.'

Op de een of andere manier voelde ik me nu schuldig. Ja, ik wist dat me was afgeraden om auto te rijden, maar ik voelde me goed, op wat steken in mijn schouder na, en ik had geen hoofdpijn meer. Ik was dus ronduit vergeten dat ik beter niet de weg op kon gaan.

'Je had wel een ongeluk kunnen krijgen,' ging Marcus verder. 'De kinderen zijn zich al wezenloos geschrokken door die aanrijding, om over mij nog maar te zwijgen.'

'Ik loop heus niet in zeven sloten tegelijk, hoor,' verdedigde ik mezelf.

'Daar gaat het helemaal niet om,' beet Marcus me toe. 'Als je achter het stuur een hersenbloeding krijgt, kan dat dodelijke gevolgen hebben. Dat snap je toch wel?'

'En je zei vanmorgen zelf dat dat onzin was!' wierp ik tegen.

'De NVN vindt dat. Bovendien ging dat over het wekadvies en niet over autorijden.' En na een korte stilte: 'Ik wil gewoon niet dat jou wat overkomt. Ik zou me geen raad weten zonder jou.'

'Nou, het gaat je anders goed af om dingen zonder mij te ondernemen,' zei ik koeltjes.

Een kort moment leek hij niet te weten wat hij zeggen moest. 'W-wat bedoel je?' vroeg hij uiteindelijk.

'Hou je niet van de domme, Marcus,' zei ik vinnig. 'Daar is het nu te laat voor.'

Hij staarde me aan, alsof hij zich afvroeg wat hij nu het beste kon doen. 'I-ik weet niet precies wat...'

'Leg eerst maar eens uit waarom je morfine uit de apotheek hebt meegenomen. En de paracetamol. De verbandmaterialen.'

‘Hoe weet jij nou…’

Maar opnieuw onderbrak ik hem met een gesnauwd: ‘Vertel op, Marcus!’

Hij zweeg, wreef met zijn hand door zijn haar en wendde zijn blik af, naar het raam, waar de regen in straaltjes vanaf liep. Na een poosje sloeg hij zijn ogen neer en zuchtte diep. ‘Ik ben…’ begon hij, maar hij stopte weer. Hij zocht naar woorden die hij blijkbaar niet kon vinden.

Het deed me ineens pijn hem zo te zien. Hij leek op een geslagen hond die niet wist of hij nu moest blijven staan, of moest wegrennen. Ergens was er iets misgegaan, dat was duidelijk. ‘Wat heb je gedaan, Marcus?’ vroeg ik zacht.

Nog steeds zei hij niets. Toen ademde hij weer diep in en zei: ‘Ze dwongen me om mee te werken.’

‘Om morfine aan hen te verkopen?’

Hij keek op. ‘Wat? Nee, natuurlijk niet!’

‘Kom op, Marcus,’ zei ik. ‘Je levert in de *middle of nowhere* een doos vol ampullen, pleisters en God weet wat af. Dat doe je niet zomaar. Wat is dat daar in die loods, Marcus? Worden daar…’

‘Ben je in de loods geweest?’

Ik schrok van de felheid in zijn stem. ‘Ja,’ zei ik. ‘Afgelopen zaterdag ben ik achter je aan gereden en zag ik dat je daar een doos afleverde. Toen je weg was ben ik er binnen geweest. Als ik niet gestoord was door die vrouw, dan had ik…’

‘Vera,’ onderbrak Marcus me. Hij sloot even zijn ogen. ‘Ze was te laat. Als ze op tijd was geweest, hadden we de loods afgesloten en had jij er helemaal niet naar binnen gekund.’

‘Dat kon ik vandaag ook niet,’ zei ik.

‘Vandaag?’

‘Ik kom er zojuist vandaan. Ik heb het slot geforceerd.’

Hij staarde me aan met een blik vol ongeloof. ‘Je hebt wát?’

‘Ik heb het slot kapot gemaakt,’ herhaalde ik. En toen, nijdig: ‘Ik wilde antwoorden, Marcus. Antwoorden waarvan ik verwachtte dat jij ze me niet ging geven! Ik moest toch iets doen?'

'Heb... heb je...'

Ik wist waar hij op doelde en knikte. 'Ik heb het gezien, ja. En ik weet nu ook waarom ze die morfine van jou nodig hebben.'

Woede lichtte op in zijn ogen. 'Jij weet helemaal niets!' fluisterde hij. 'Je hebt je op levensgevaarlijk terrein begeven! Hoe haal je het in je hoofd om zelf op onderzoek uit te gaan terwijl je toch al in de gaten wordt gehouden!'

'In de gaten gehouden?' riep ik. 'Dus die kerel heeft er ook mee te maken?'

'Natuurlijk!' schreeuwde Marcus nu. 'Jij bent zijn garantie! Hoe denk je dat ze me anders zover hebben gekregen?'

Zijn woorden deden me naar adem happen. Garantie? Garantie voor wat? Ik ging vlak voor Marcus staan en zei: 'Wat hebben ze je laten doen, Marcus? Waartoe hebben ze je gedwongen?'

Hij opende zijn mond om wat te zeggen, maar sloot hem meteen weer. Hij zocht opnieuw naar woorden en net toen ik hem wilde toebijten dat ik niet op leugens zat te wachten, doorkliefde het geluid van de telefoon de gespannen stilte.

'Laten bellen,' zei ik nijdig, toen ik zag dat Marcus wilde opnemen.

'Het kan een patiënt zijn,' zei hij. 'Een spoedgeval. Ik moet opnemen.'

Zonder op mijn antwoord te wachten, greep hij de telefoon van het basisstation en drukte hem tegen zijn oor. 'Van Brederoo,' meldde hij en hij luisterde. Zijn ogen werden groot.

-7-

ANNELIEN

Landgoed Wâldstaete, Leeuwarden | maandag 24 november

Het maakte haar nerveus. Al die jongelui in huis, schreeuwend, lachend, rennend. Toen Alfredo vertelde over het lichaam dat in het water bij het gemaal dreef, had ze geschrokken gereageerd, maar Alfredo had haar verzekerd dat het geen van de kinderen was. Timo had de scholieren en de docenten meteen met de busjes terug naar het landhuis gestuurd en zou zelf bij het gemaal op de politie wachten. En ondertussen werden in het landhuis de scholieren een voor een door een aantal agenten ondervraagd.

Annelien sloot met een klap de koelkast waaruit ze zojuist de melk had gepakt. Ze schonk een beker voor zichzelf in en keek naar Josh, die ze in zijn kinderstoel gezet had en die steeds met grote ogen om zich heen keek. Hij was het niet gewend dat er zo veel commotie was. Misschien kon ze hem beter even op bed leggen. Dan had zij haar handen vrij voor als de politie haar kwam ondervragen. Timo was ook nog steeds niet terug; die zou wel bij het gemaal blijven tot het onderzoek afgerond was. Juist nu ze hem had willen confronteren met zijn leugens. Het was vervelend dat ze dat lichaam net nu gevonden hadden; wie wist hoe lang het zou duren voordat Timo eindelijk weer beschikbaar zou zijn. Ze zuchtte diep. Al dat gedoe bezorgde haar hoofdpijn.

Ze tilde Josh uit zijn stoel en droeg hem de trap op. Ze wist nu al dat hij zou slapen als een roos. Al die indrukken van de laatste uren hadden hem duidelijk moe gemaakt; ze zag het aan zijn slaperige oogjes. Voorzichtig legde ze hem in zijn bedje en drukte een kus op zijn voorhoofd. 'Tot straks, kleine man,' fluisterde ze. 'Droom maar fijn.'

Op haar tenen sloop ze de kamer weer uit en trok zacht de deur dicht. Voorlopig had ze daar geen omkijken naar. Haar blik viel op de deur van Daniëlles kamer en bedacht dat ze haar de hele ochtend niet meer gezien had. Aarzelend liep ze ernaartoe en klopte zachtjes aan. 'Daniëlle?' vroeg ze. 'Ben je wakker?'

Er kwam geen antwoord. Waarschijnlijk sliep ze en dat was maar goed ook. Van een paar uur rust zou ze vast opknappen en Annelien was blij dat het gelach en geschreeuw van die scholieren haar niet gewekt hadden.

Ze liet Daniëlle met rust en liep de gang door. Ze voelde zich nog steeds somber. En verward. Toen ze bij Pitter vandaan kwam, had haar besluit zo goed als vastgestaan: koffers pakken en vertrekken. Maar was dat de juiste oplossing? Moest ze Timo niet de gelegenheid geven alles uit te leggen? Voor zover er iets uit te leggen viel dan. Want wat voor verklaring, behalve dat hij op mannen viel, kon hij hebben voor het ontvangen van e-mails van een naakte vent die hem ook nog eens vroeg of hij knap genoeg was? Ze begreep het niet. Hij was verdorie al eerder getrouwd geweest! Hij had twee dochters! Of had hij daarna pas ontdekt waar zijn ware liefde naartoe ging? Dat kon ze zich ergens niet voorstellen. Hij was kapot geweest door de dood van zijn vrouw. Dat zei toch alles? Hij had om haar gegeven. Om haar en om zijn dochter Marit. Hoe zijn gevoelens ten opzichte van Daniëlle waren, daar kreeg ze na al die jaren nog steeds geen hoogte van. Hij hield haar kort, pikte niets van haar en verwachtte dat ze alles deed wat hij zei. Maar eigenlijk deed hij dat bij haar ook. En zij sprak hem nooit tegen. Omdat ze wist dat hij een kort lontje had, ongeduldig was, en weinig tegenspraak duldde. Maar was dat voldoende reden om aan te nemen dat hij op mannen viel? Ze wist het niet meer. Ze dacht aan Josh, aan hoe hij op Timo leek en dat maakte het besef dat hun leven samen misschien wel één grote leugen was nog pijnlijker.

Ontgoocheld duwde Annelien de deur van de slaapkamer open. Het was er lekker koel, wat haar goed deed. Nooit had ze gedacht nog eens in een situatie als deze terecht te komen. Wat moest ze nou doen, behalve Timo confronteren met zijn leugens? Weggaan? Of hem nog een kans geven? Dat laatste zou pas kunnen als hij alles toegaf. En ze betwijfelde of hij dat ging doen.

Ze rechtte haar rug, ademde even diep in en reikte naar de spijkerbroek op het bed, die daar vanmorgen door Timo was achtergelaten. Vroeger had ze zich eraan geërgerd dat hij altijd zijn kleren liet slingeren, maar nu niet meer; nu ruimde ze ze gewoon op.

Ze vouwde de broek dubbel en hing hem over een stoel, waarop ook al een verkreukeld shirt van Timo lag, waarna ze een zachte plof hoorde. Verbaasd keek ze naar het Zwitserse zakmes dat blijkbaar uit de zak van Timo's spijkerbroek was gevallen. Hij had dat ding altijd bij zich. Behalve vandaag dus, bedacht ze. Grote kans dat hij vanavond niet te genieten was omdat hij de hele dag had gedacht dat hij het kwijt was geraakt. Snel pakte ze het mes op. Het leek haar beter om het in zijn kantoor te leggen, dan vond hij het ding vanzelf.

Timo's kantoor was nog steeds smetteloos opgeruimd. Ze had ook niet anders verwacht; hij was er volgens haar na die laatste keer niet meer geweest. Haar blik schoot naar de computer, die nu uit stond. Daarmee was alles begonnen. Ze wenste dat ze die rot e-mail nooit gezien had. Die stomme ping nooit gehoord had.

Ze voelde ineens tranen opwellen en om te voorkomen dat ze ter plekke in huilen zou uitbarsten, gooide ze het zakmes op het bureau en draaide zich met een ruk om. Op dat moment viel haar blik op de la, die een klein stukje openstond. Verrast staarde ze ernaar. Timo was hier vanmorgen vroeg dus tóch geweest.

Haar nieuwsgierigheid dwong haar de la verder open te trekken. Het eerste wat ze zag was een stapel losse papieren, die slordig over elkaar heen lagen, maar die ook iets zwarts gedeeltelijk bedekten. Voorzichtig schoof ze de papieren wat opzij. Haar ogen werden groot; haar adem stokte.

Een pistool!

Met een ruk kwam Annelien overeind. Wat deed dat ding daar? Was het van Timo? Dat moest wel. Het lag in zijn la. Maar hoe kwam hij eraan? En wat deed hij ermee? Waarom wist zij er niets vanaf? Ze huiverde en bedacht vrijwel meteen dat ze er ook helemaal niets vanaf wílde weten. Ze wilde er sowieso niks mee te maken hebben en met een klap smakte ze de la dicht. Ze draaide hem op slot en legde het sleuteltje bij het zakmes op het bureau. Nog meer geheimen van Timo. O, hij had zo veel uit te leggen! Hij moest haar…

'Mevrouw Camminga?'

Geschrokken draaide ze zich om en staarde naar Alfredo die in de deuropening stond.

'Wat?' snauwde ze hem toe. Ze schrok zelf van de toon die ze aansloeg.

'Het gaat om de schoolkinderen,' vervolgde Alfredo.

'De schoolkinderen?' herhaalde ze. 'Wat is daarmee?'

'Ze staan op het punt terug naar huis te gaan. De politie is klaar met hen.' Alfredo wreef even over zijn kin en vervolgde: 'Maar er ontbreekt er eentje.'

-8-

BARBARA

Landgoed Wâldstaete, Leeuwarden | maandag 24 november

Het telefoontje had zowel Marcus als mij volledig overdonderd. Hoe was het in godsnaam mogelijk dat ze Robin waren kwijtgeraakt op dat landgoed? Hoe raakte je überhaupt een kind kwijt? Ze hadden niet goed opgelet, dat kon niet anders. Waarom waren ze ook met zo'n grote groep gegaan? Een paar docenten konden dan toch nooit goed toezicht houden? Voor de honderdste keer toetste ik op mijn mobiel het nummer van Robin in en voor de honderdste keer kreeg ik direct de voicemail. Ze had hem uit staan. Dat deed ze nooit. Waarom nu dan wel?

Ik keek opzij naar Marcus, die met een verbeten trek om zijn mond achter het stuur zat en zijn auto veel te hard over de weg jakkerde. Nadat ik Wietske had gebeld met de vraag of zij Puck wilde opvangen als ze uit school kwam en Marcus en ik op weg waren gegaan naar dat landgoed, hadden we nog geen woord gesproken. Ik had er ook geen behoefte aan. De angst dat er iets met Robin gebeurd was, werd steeds sterker en verdrong alle andere problemen – zélfs die met Marcus en de morfine – naar de achtergrond. Al dat water daar. Die uitgestrekte landerijen. Want dat was hoe ik me dat landgoed voorstelde: als een bijna onbegaanbare woestenij. Er kon daar van alles met ons meisje gebeuren! En had ze wel genoeg insuline bij zich? Had ze tussen de middag wel gegeten? Gespoten? Als ze maar geen hypo kreeg. Ik kneep mijn handen tot vuisten uit pure onmacht.

'Ze komt wel terecht,' zei Marcus. Zijn stem klonk overtuigd en vastberaden. 'Ze is vast weer eigenwijs geweest en bij de groep vandaan gegaan. Je weet hoe ze is.'

Ja, dat wist ik. Maar ik wist ook dat ze niet onverantwoord was. Ik kon me niet voorstellen dat ze daar in die landerijen zomaar zonder reden bij de groep was weggegaan en hen niet meer had kunnen terugvinden. Waarom zou ze dat doen? Als er nou meer kinderen zoek waren... Maar het was alleen Robin en dus deelde ik Marcus' optimisme beslist niet. Bovendien was er nog iets anders wat me absoluut angst aanjoeg: die man. Marcus had gezegd dat ik als garantie diende. Wat als dat ook voor de kinderen gold? Dat de verdwijning van Robin alles te maken had met die loods die ik zo nodig had moeten bekijken? Het deed me rillen van ellende.

We schoten voorbij twee hoge stenen pilaren, met op een ervan de naam van het landgoed – Wâldstaete – en we reden een lang bospad op, dat blijkbaar het begin van een oprijlaan was. Links en rechts van ons waren bossen, met oude, dikke bomen die daar vast al honderden jaren stonden. Ik kon er niets aan doen dat ik ineens huiverde bij het idee dat Robin daar ergens lag. Koud. Gewond. *Dood.*

Ik sloot mijn ogen en ademde even diep in. Ik moest zulke dingen niet denken. Robin was zoek. Dat was alles. Het hoefde helemaal niets te betekenen. We vonden haar wel, straks. En dan zou ze moe zijn en hongerig. En misschien in slechte conditie vanwege haar suiker. Maar verder zou ze niets mankeren. Daarvoor was ze nog te kort vermist. Hoe lang was ze nou in feite zoek? Een uur? Anderhalf? Dat stelde toch niets voor? Vroeger was ze ook weleens een paar uur weg, toen ze als kind op straat speelde. Toen maakte ik me ook geen zorgen. Nou ja, niet zo véél zorgen. Ze was nog altijd diabeet en het kon gruwelijk misgaan als ze een te lage bloedsuikerspiegel had.

De auto verliet het bospad en we reden nu een brede laan op, volledig bedekt met grind. Het was inmiddels opgehouden met regenen en de vocht die vanaf de grond optrok, veroorzaakte een laaghangende mist over de velden om ons heen. Vlak voor ons doemde ineens het enorme landhuis op en even hield ik mijn adem in bij de aanblik ervan. Het was schitterend! En als ik niet zo vreselijk ongerust was over mijn dochter had ik er misschien nog wel van kunnen genieten. Maar niet nu.

Zodra Marcus de wagen stopte, was ik er al uit. Ik zag twee politieagenten staan, met tussen hen in een andere man, een wat gedrongen figuur met een baardje. Meteen liep ik naar hen toe, met Marcus op mijn hielen. 'Hebben jullie mijn dochter al gevonden?'

'Jullie zijn de ouders van Robin?' wilde een van de agenten weten.

Ik knikte.

'Ik haal er even iemand bij,' zei de agent. En nog voordat ik kon reageren, liep hij al weg.

'Er wordt druk naar haar gezocht,' begon de man met het baardje. Hij keek van Marcus naar mij en vervolgde: 'Ik ben Alfredo, één van de begeleiders bij de excursies.'

'Begeleider?' herhaalde ik. 'Hoe hebben jullie in vredesnaam...'

... een kind kwijt kunnen raken? wilde ik zeggen, maar Marcus' hand op mijn arm weerhield me ervan die laatste woorden uit te spreken.

'Kunt u ons vertellen wat er precies gebeurd is?' vroeg Marcus. 'Voor zover ik begreep uit het telefoongesprek met een van de leraren was het hier nogal hectisch vanwege een incident?'

Alfredo knikte. 'Toen de groep bij het gemaal aankwam, dreef er iets in het water. Een, eh... lichaam. Mijn baas, de heer Camminga, heeft direct...'

'Wacht even,' onderbrak ik hem. 'U bedoelt dat die kinderen een lijk vonden?'

'Het was op dat moment nog niet duidelijk of het om een dode ging,' vervolgde Alfredo voorzichtig. 'Meneer Camminga gaf opdracht de jongelui direct terug te brengen naar het landhuis en belde de politie. Hij is daar gebleven om hen op te wachten, terwijl de docenten en ik de kinderen mee terugnamen.'

Op dat moment kwamen er een man en een vrouw op ons af lopen. De man was duidelijk van de politie, maar de vrouw niet. Ze was nog jong, tenger, had donkerblond, rossig haar en, de belangrijkste reden voor mijn deductie, ze droeg een kind op haar arm.

'U bent de ouders van het vermiste meisje?' vroeg de vrouw. Haar stem was zacht en uitgesproken lief. Misschien een beetje soft.

'Ja,' zei ik. 'Weten jullie al meer?'

De vrouw schudde haar hoofd. 'Ik ben Annelien Camminga. Mijn man is de beheerder van het landgoed, maar hij is nog niet terug van het gemaal. Ik verzeker u echter dat we inmiddels met man en macht naar uw dochter aan het zoeken zijn.'

'Maar hoe zijn ze haar dan kwijtgeraakt?' wilde ik weten. 'Hebben ze de kinderen niet geteld toen ze daar de busjes in gingen?'

'Uw dochter is vanuit het huis verdwenen,' ze de man, van wie ik aannam dat hij een politieman was. 'Jochem Grotendijk, rechercheur bij de politie Leeuwarden,' stelde hij zich voor bij het zien van mijn vragende blik. Hij knikte naar Alfredo. 'Volgens meneer is uw dochter gewoon met de andere kinderen in de bus gestapt en terug naar het landhuis gereden.'

'Dat klopt,' zei Alfredo. 'Ik heb haar zelf rond halftwaalf naar de keuken gebracht. Ze moest insuline spuiten en iets eten en dat deed ze het liefst op een rustige plek.'

Ondanks alles moest ik glimlachen, al was het misschien ook een beetje van nervositeit. Mijn eigen verstandige Robin. Zelfs na het vinden van een lijk nam ze haar verantwoordelijkheid.

'Hoe kan het dan dat ze weg is?' vroeg Marcus. Zijn stem klonk autoritair, waarin ik de gerespecteerde chirurg van vroeger herkende. Deze houding had hij zich al lange tijd niet meer aangemeten en het stelde me gerust. Marcus straalde op zulke momenten iets uit, wat hem altijd aan de antwoorden hielp die hij hebben wilde, en dat was juist wat we nodig hadden.

'Dat weten we niet,' zei Grotendijk. 'Ze is aan de keukentafel achtergelaten en zodra ze klaar was, zou ze zich weer bij haar klasgenootjes voegen. Dat was de afspraak. Maar blijkbaar is dat niet gebeurd. Pas toen de jongelui de bus weer ingingen om naar huis te gaan, trok een vriendin aan de bel.'

'Anke,' zei ik.

'Pardon?' vroeg Grotendijk.

'Anke. Dat is Robins vriendin. Weet zij niet waar Robin is? Die twee vertellen elkaar alles!'

Alfredo schudde zijn hoofd. 'Ik ben in alle drie de busjes geweest en heb aan de jongelui gevraagd of ze enig idee hadden waar Robin was, maar niemand kon iets vertellen. Ook het vriendinnetje niet. En dat is natuurlijk te begrijpen,' vulde hij vergoelijkend aan. 'Ze waren allemaal opgewonden door wat ze gezien hadden. Het is logisch dat in de hectiek niemand van hen Robin miste.'

Natuurlijk wist ik dat hij gelijk had. Die jongelui hadden wel wat anders te doen gehad dan opletten of Robin zich weer bij hen voegde. Maar toch maakte het me boos. Waar waren de docenten in dit verhaal? Hadden ze wel geweten dat Robin door die Alfredo naar de keuken was gebracht? Hadden ze überhaupt stilgestaan bij haar conditie en wat die kon veroorzaken?

Ik voelde ineens tranen opkomen. Van onmacht, schrik. Van angst. Ik kon er niets aan doen dat het beeld van die man zich aan me opdrong. Ik hoorde Marcus' stem weer: jij bent zijn garantie. Wat nou als die man haar had? Het leek onmogelijk – hoe zou hij hebben moeten weten dat Robin vandaag met school op pad ging? Maar toch... Ik boog mijn hoofd en sloot mijn ogen om de tranen tegen te houden, maar het hielp niet. Ik voelde hoe Marcus zijn arm om mijn schouders sloeg en me tegen zich aan trok.

'Kom,' zei Annelien Camminga, terwijl ze haar hand op mijn arm legde. ‘We gaan even naar binnen, dan kunnen jullie wat drinken.’

Ik schudde mijn hoofd. ‘Ik wil Robin zoeken,’ zei ik beslist. Achter me hoorde ik geblaf en toen ik me omdraaide, zag ik een aantal politieagenten met honden aan de lijn. Speurhonden! Dat was goed. ‘Ik ga met hen mee.’

Niet lang nadat ik met de hondengeleiders het bos in was gegaan, ging het opnieuw regenen en dat zorgde ervoor dat de zoekactie maar traag verliep. De drassige grond was verraderlijk; op sommige plekken leek het wel een moeras. Iedereen riep Robins naam, maar er kwam geen reactie. Ook de helikopter die ze hadden ingezet pikte nergens iets op, evenmin als de honden. Al honderden keren had ik op mijn mobiel Robins nummer getoetst, maar elke keer kreeg ik de voicemail. Uiteindelijk was het Alfredo die me vertelde dat Robin haar mobiel niet bij zich had, omdat zijn baas niet wilde dat scholieren mobieltjes meenamen op de excursie naar het gemaal. Hij eiste van de docenten dat ze die dingen innamen en in de bus achterlieten. Het was zeker geen onzinnige eis, maar nu Robin zoek was, zonder mobiel en dus zonder mogelijkheid om contact te maken, maakte het me kwaad. Op Alfredo’s baas, op die kinderen die altijd maar met hun mobieltjes liepen te spelen waardoor zo’n eis nodig was, eigenlijk kwaad op alles en iedereen. De angst om hoe we Robin zouden aantreffen kneep mijn keel dicht. Waar was ze toch? Ze moest zo moe zijn, en bang. Had ze zich soms ergens verstopt? O God. Waarom vonden we haar toch niet?

‘Jullie moeten terug,’ klonk een stem naast me.

Ik keek opzij en merkte nu pas hoe donker het was geworden.

‘Nee,’ zei ik tegen Alfredo. ‘Ik ga hier niet weg zonder mijn dochter.’ Hijgend ploeterde ik verder door het hoge gras, terwijl ik amper nog kon zien waar ik liep.

'Het is levensgevaarlijk om hier in het donker rond te lopen,' zei hij.

'Dat kan me niet schelen,' gromde ik, zwaaiend met een zaklantaarn die niet al te veel licht meer verspreidde.

'Er is net al bijna een agent verdronken,' drong hij aan. 'Het is niet meer verantwoord voor mensen die het terrein niet kennen.'

'Hij heeft gelijk, Barbara,' klonk Marcus' stem aan de andere kant. 'We moeten stoppen.'

Ik bleef stilstaan en keek naar hem. Zijn silhouet tekende zich scherp af tegen de grauwe lucht die de nacht aankondigde. 'Dat kan ik niet,' fluisterde ik.

'Je moet,' zei hij. 'Het is tijd om even rust te nemen. Anders red je het niet.'

'Mijn collega's en ik zoeken verder,' zei Alfredo. 'We vinden haar wel.'

Heel even stribbelde mijn hart nog tegen, maar toen nam mijn verstand het over. Ze hadden gelijk. Het was waanzin om hier in het donker te blijven rondlopen. Ik moest het nu overlaten aan mensen die wisten wat ze deden en die het terrein kenden. Niemand had er iets aan als Marcus of ik een misstap maakte en in een van de vele sloten of kanalen viel die het landgoed rijk was.

Ik ademde diep in en knikte. 'Oké,' zei ik zacht.

Marcus legde zijn arm om me heen en Alfredo ging ons voor, terug naar het landhuis.

Het was volledig donker toen we doornat bij het huis aankwamen. Lampen langs het bordes verspreidden een zacht licht, waarin nog net de politiewagens te zien waren die nog op de oprit stonden. Alfredo bracht ons via de voordeur in een grote hal, waar rechercheur Grotendijk met nog een aantal politiemannen stond te overleggen. Zodra hij ons zag, kwam hij naar ons toe, gevolgd door Annelien Camminga.

'We hebben hierbinnen alles doorzocht,' zei Grotendijk. 'Maar geen spoor van Robin.' Hij keek naar Alfredo, die zijn hoofd schudde ten teken dat ook buiten niets gevonden was.

'Wij zoeken nog door,' zei Alfredo en hij wees met zijn duim over zijn schouder. Hij wilde zich omdraaien, maar ik pakte hem bij zijn arm.

'Dank u,' zei ik zacht. 'Voor... voor wat jullie doen.'

Alfredo zei niets, maar accepteerde mijn bedankje met een kort knikje.

'Jullie zijn helemaal verkleumd,' zei Annelien Camminga. 'Kom even opwarmen in de keuken.' Ze maakte een uitnodigend gebaar naar de gang waaruit ze zojuist was opgedoken.

Eigenlijk wilde ik dat helemaal niet; ik wilde net als Alfredo blijven zoeken naar Robin, net zo lang tot ik haar gevonden had, maar toch volgde ik haar.

In de keuken was het warm en aangenaam en meteen toen ik er binnenkwam voelde ik pas hoe moe ik was en hoe koud ik het had. Mijn handen en voeten leken wel ijsklompen en rillend ging ik aan de grote eikenhouten keukentafel zitten. Heel even schoot het door me heen dat Robin hier enkele uren geleden ook had gezeten. Waar was ze nu? Waar was ze naartoe gegaan en waarom?

Achter ons stond Grotendijk zacht te praten met een agent in uniform. Ik kon niet horen wat ze bespraken, maar dat het over Robin ging was duidelijk. Ik kreeg ineens enorm de behoefte om Grotendijk alles te vertellen. Over het ongeluk, wat we gedaan hadden, over de man die Marcus bedreigde, over wat ik bij die boerderij gezien had. Dat ik daarmee ons hele gezin op het spel zou zetten, leek me ineens minder belangrijk. Als Robin dan maar weer veilig was.

Ik keek naar Annelien, die aan het aanrecht koffie stond te maken, en wierp vervolgens een blik op Marcus. Zijn ogen straalden spanning en ongerustheid uit. Voorzichtig boog ik me naar hem toe en fluisterde: 'We moeten de politie over die man vertellen, Marcus.'

Hij schudde zijn hoofd. 'Nee,' fluisterde hij terug.

'Maar stel nu dat hij Robin heeft?' siste ik en ik glimlachte vervolgens even naar Annelien die achterom keek. Zodra ze haar aandacht weer op de bekers op het aanrecht richtte, vervolgde ik: 'We kunnen dit niet alleen, Marcus. Het is overduidelijk dat hij van het ongeluk afweet. En wie weet wat hij van plan is. Met... met Robin.'

'Het komt goed,' zei hij zacht. 'Robin is gewoon zoek, het heeft niets met die man te maken.'

'Hoe weet je dat?' fluisterde ik.

'Het komt goed, geloof me nou,' herhaalde hij. 'Als ze morgenochtend nog niet terecht is, dan gaan we alles...' Hij brak zijn zin af en keek op naar Annelien, die een paar koppen koffie op tafel zette. Als ze al iets gemerkt had van ons gesmiespel, liet ze dat niet merken.

'Weten jullie eigenlijk al wie er, eh... bij dat gemaal in het water dreef?' vroeg Marcus, toen Grotendijk bij ons aan de tafel kwam zitten.

'Het is een jongen van een jaar of twintig,' zei Grotendijk, 'maar er is hier niemand die hem kent.'

'Denkt u dat hij wat met de verdwijning van onze dochter te maken heeft?' wilde ik weten.

Hij schudde zijn hoofd. 'Dat lijkt me sterk. De jongen was al dood voordat Robin vermist raakte. We denken dat die twee zaken los van elkaar staan, maar uiteraard houden we alle scenario's open.'

Ik zweeg, roerde gefrustreerd in mijn koffie, maar dronk er niet van. Geen trek. Bovendien zat mijn keel zo dicht, dat ik geen slok naar binnen zou kunnen krijgen.

'Het lijkt me beter dat jullie naar huis gaan,' ging Grotendijk verder. 'Neem wat rust. We bellen als er nieuws is.'

Geschokt veerde ik overeind. 'Naar huis? M-maar...'

'Jullie kunnen hier niets doen. Wij zoeken door en geloof me, zodra we iets weten, nemen we contact op.' Hij schoof een kaartje over de tafel in onze richting. 'Dit zijn mijn gegevens. U kunt mij op welk tijdstip dan ook bellen als u vragen hebt.' Met zijn hand gebaarde hij naar een jonge agent in de deuropening. 'Rechercheur Westra brengt jullie thuis.'

'Dat hoeft niet,' zei Marcus. 'Mijn auto...'

'Uw auto kunt u later ophalen. Het is beter als u nu niet achter het stuur kruipt. Morgenochtend laat ik u door een van mijn collega's weer ophalen.'

Ik wilde opnieuw protesteren, maar Marcus legde zijn hand op die van mij en zei: 'We moeten naar huis, Barbara. Naar Puck.'

Puck. Ja, dat was ook zo. We moesten naar haar toe. Zij mocht niet vergeten worden in deze toestand; ze had ons nodig. En dus wreef ik vermoeid over mijn voorhoofd en knikte. 'Maar morgen...' begon ik.

'Rechercheur Westra haalt u weer op zodra het licht wordt,' beaamde Grotendijk.

'En u kunt altijd hierheen bellen,' zei Annelien. Ze stak haar hand uit naar Marcus en zei: 'Ik zal ons nummer achter op het kaartje van rechercheur Grotendijk zetten. Als jullie willen praten, aarzel dan alsjeblieft niet om te bellen.'

⊡⊡

Het liep tegen halftwaalf toen we thuiskwamen. Rechercheur Westra begeleidde ons tot binnen en nam daar afscheid nadat we hadden afgesproken dat hij ons morgenochtend zodra het licht werd weer zou komen ophalen. Ik knikte alleen maar en was bijna opgelucht toen hij vertrokken was. Op dit moment had ik gewoon even tijd nodig. Voor Puck. En voor Marcus en mij. We moesten praten. Over wat hij van plan was en hoe hij alles dacht op te lossen.

Puck zat in pyjama op de bank, weggedoken in een hoekje, Krook in haar armen en een stapel Donald Ducks op schoot waarin ze niet las. Wietske had haar naar bed gebracht, maar al na een uur was ze weer naar beneden gekomen en op de bank gekropen. Naast haar lag Deyna, haar staart om haar lijf geslagen en met haar kop dicht tegen Puck aan.

'Ze wilde niet meer slapen,' zei Wietske zacht. 'Ze maakt zich zo'n zorgen om Robin.'

Ik liep de kamer in waar Deyna van de bank sprong, me kwispelend begroette, en zich vervolgens uitrekte. Het leek wel of ze vond dat haar taak nu volbracht was. Ze verdween de keuken in, waar ik haar gulzig hoorde drinken uit haar waterbak.

Ik ging naast Puck op de bank zitten, aaide haar over het hoofd en zag toen dat haar gezichtje vlekkerig was en dat haar ogen zwommen in tranen. Ik trok haar tegen me aan en wreef stevig over haar rug, terwijl ze zachtjes snikte. Ook bij mij liepen nu de tranen over mijn wangen.

Een halfuur later bracht ik Puck terug naar bed, waar ze al gauw in slaap viel. Ik voelde me doodmoe toen ik de trap af liep en een vage hoofdpijn drukte achter mijn ogen.

In de keuken zat Wietske in haar eentje aan de tafel. 'Marcus ging zijn mobiel aan de oplader leggen,' zei ze als reactie op de blik die ik om me heen wierp.

Ik knikte even en ging tegenover haar zitten.

'Gaat het een beetje?' vroeg Wietske. Over de tafel heen legde ze haar hand over die van mij. 'Jullie moeten wanhopig zijn.'

Wanhopig was nog zacht uitgedrukt. Ik wist niet waar ik het zoeken moest van ongerustheid. Het liefst was ik de hele nacht op dat landgoed gebleven om net zo lang te zoeken tot ik Robin gevonden had.

'Ze vinden haar wel,' fluisterde ik. 'Dat kan toch niet anders?'

Wietske zweeg; ik voelde hoe ze in mijn hand kneep en wist dat ze geen antwoord durfde te geven. Dat ze bang was om het mis te hebben, dat Robin helemaal niet gevonden zou worden, of in een staat werd aangetroffen waar niemand aan wilde denken. En hoewel dat bij mij ook constant door mijn hoofd spookte, wilde ik niet anders dan vasthouden aan het meest positieve scenario: om wat voor reden dan ook was Robin weggegaan uit dat landhuis en was ze de weg kwijtgeraakt. Straks zouden ze haar vinden, moe, hongerig, maar ongedeerd.

'Zal ik vannacht hier blijven?' vroeg Wietske.

Ik schudde mijn hoofd. 'Lief van je, maar nee. We redden ons wel.'

Wietske glimlachte en kneep nogmaals in mijn hand. 'Hou ons op de hoogte, hè?'

'Natuurlijk,' zei ik.

Ze stond op, bleef in de deuropening nog heel even staan, en verdween toen naar buiten. Zelf bleef ik zitten, peinzend, wachtend op Marcus, die niet kwam. Uiteindelijk stond ik op en liep de hal in. Op het tafeltje lag Marcus' mobiel aan de oplader en aan het einde van de gang zag ik het licht in de praktijk branden. Daar was hij dus. Enigszins aarzelend liep ik de gang door. Wat was Marcus toch allemaal aan het doen?

Ik duwde de klink van de spreekkamerdeur omlaag en merkte dat hij op slot zat. 'Marcus?' vroeg ik, terwijl ik zacht klopte.

'Laat me,' klonk het van binnen.

'We moeten praten,' zei ik. 'Ik wil weten wat je gaat doen.'

Er kwam geen antwoord.

'Marcus,' herhaalde ik.

'Ik los het op, Barbara!' riep hij. 'Echt, ik los het op!'

Met mijn voorhoofd tegen de deur bleef ik staan, zwijgend. Er ging van alles door me heen, maar het meest prominent was de drang om alsnog de politie te bellen. Marcus had dan wel gezegd daarmee tot morgen te wachten omdat hij het zou oplossen, maar ik betwijfelde of dat wel zo'n goed idee was. Ik had liever dat alles uitkwam en ons een kind werd afgenomen, dan dat het misliep en Robin dat met de dood moest bekopen.

Heel even sloot ik mijn ogen. Ik wist het ook allemaal niet meer en zonder iets te zeggen liep ik verslagen de praktijk uit. In de woonkamer kroop ik onder een plaid op de bank en legde de telefoon vlak naast me neer.

-9-

DANIËLLE

Dat haar vader veranderd was de afgelopen tien jaar wist ze wel, maar dit had ze nooit verwacht. Hij had haar en Robin nog steeds stevig bij de arm vast en troonde hen op die manier met zich mee, dwars door de velden.

'Au,' riep Daniëlle, toen ze over een paar dikke graspollen struikelde en haar vader haar hardhandig overeind hees.

'Je had niet naar het gemaal moeten komen,' zei hij. Hij wierp haar een nijdige blik toe.

'Dat heb je me anders helemaal niet opgedragen,' reageerde ze, het woord 'opgedragen' overdreven duidelijk uitsprekend.

Hij gaf er geen antwoord op, duwde haar alleen een klein stukje verder naar voren, ten teken dat hij haar best gehoord had.

Een poosje werd er niet gesproken, liepen ze alleen maar. Daniëlle had geen idee waar ze naartoe gingen. Vroeger als kind had ze hele dagen op het landgoed gezworven, vooral op de dagen dat haar zus Marit weer eens in het ziekenhuis lag en haar ouders meer daar waren dan hier, en nog steeds wist ze feilloos de weg. Maar de route die haar vader hen dwong te lopen, leidde naar haar weten nergens heen. Ja, de bosvijver, die lag in die richting. Maar waarom zou hij hen daarheen willen brengen?

Het schoot ineens door haar heen. Hij zou toch niet…

Nee, natuurlijk niet! Ze was zijn dochter!

Maar zíj niet…

Heimelijk keek ze voor haar vader langs naar Robin. Het meisje was bang, dat was duidelijk te zien. Maar daarnaast lag er ook een vastberaden trek om haar mond. Alsof ze het er niet bij zou laten zitten. Daniëlle zag dat Robin haar hand in het kleine tasje stopte dat kruislings over haar schouder hing. Wat deed ze nou? Had ze een wapen bij zich of zo?

Ze richtte haar ogen nu op het gezicht van haar vader. Waarom deed hij dit? Had hij wél iets te maken met de dood van Merlijn? Hij had het bevestigd noch ontkend. Maar haar gevoel zei dat het wel degelijk zo was. Ze had het gezien aan zijn blik toen hij opkeek van Merlijns lichaam.

'Heb jij hem vermoord?' vroeg ze.

Haar vader zweeg.

'Nou?' drong ze aan. Het klonk brutaal, maar dat interesseerde haar niet.

'Ik laat me niet chanteren, Daniëlle,' zei hij ijzig.

'Dat is geen antwoord op mijn vraag!'

Haar vader bleef met een ruk stilstaan, waardoor ook zij en Robin gedwongen waren om te stoppen. Zijn ogen stonden donker en glinsterden woedend. 'Nogmaals,' gromde hij, 'ik ben jou geen verantwoording schuldig.' Hij trok hen weer mee, nog sneller dan eerst, waardoor zowel Daniëlle als Robin flinke stappen moesten zetten om hem bij te houden.

'Je hebt hem vermoord,' fluisterde Daniëlle nu.

Opnieuw kwam er geen reactie en dat maakte haar woedend. Ze probeerde zich los te rukken uit de greep van haar vader, maar het lukte haar niet. Hij hield haar alleen maar steviger vast en toen dat niet hielp, liet hij Robin los en haalde uit naar Daniëlle.

Zijn hand raakte haar voor de tweede keer hard tegen haar wang en deze keer sprongen de tranen in haar ogen. 'Klootzak!' schreeuwde ze, terwijl ze probeerde hem tegen zijn schenen te schoppen en hem ondertussen met haar vuist begon te bewerken.

Haar vader leek er niet van onder de indruk. Hij pakte haar pols, zodat hij nu haar beide armen vasthad en probeerde haar omlaag te duwen totdat ze op haar knieën in het natte gras zat.

Het was op dat moment dat Daniëlle zag hoe Robin een klein apparaatje naar voren stootte en het tegen de bovenarm van haar vader duwde.

'*What the f...*' begon hij. In een reflex liet hij Daniëlle los en greep met zijn rechterhand naar zijn linker bovenarm. 'Wat heb je gedaan?' snauwde hij tegen Robin, die daardoor van schrik een stapje achteruit deed, struikelde en achterover in het natte gras viel.

Daniëlle was inmiddels weer overeind gekomen en aarzelde geen moment. Ze gaf haar vader een harde duw, waardoor hij tegen de grond sloeg, en hees vervolgens haastig Robin overeind. 'Rennen!' riep ze.

'Deze kant op!' Daniëlle rende voorop, met Robin in haar kielzog. Achter hen hoorde ze haar vader vloeken, maar tijd om achterom te kijken gunde ze zichzelf niet. Ze moesten bij hem weg. Ze wist niet precies wat hij van plan was, maar het was niet goed.

Hij heeft Merlijn vermoord!

Daarvan was ze inmiddels overtuigd. En als hij Merlijn had uitgeschakeld, wat was hij dan met haar van plan? Ze had hetzelfde gezien als Merlijn, had dezelfde conclusie getrokken: haar vader had te maken met de dood van die wethouder. Hoe het allemaal in elkaar stak wist ze niet, maar wat er nu gebeurde was het bewijs dat ze het wel degelijk bij het rechte eind had. En dan was Robin er nog. Zij was totaal onbelangrijk voor haar vader. Behalve dan dat ze een getuige was; ze kon alles verraden. Hij zou vast hetzelfde met haar doen als hij met Merlijn had gedaan: uit de weg ruimen. Was het hem in zijn hoofd geslagen? Had de dood van haar moeder en Marit hem helemaal kierewiet gemaakt?

'We moeten terug naar jouw huis!' riep Robin onder het rennen. 'Dan kunnen we mijn docenten waarschuwen!'

Daniëlle hapte zwaar naar adem. Haar zij begon te steken, maar ze wilde niet stoppen. Niet voordat ze zeker wist dat ze veilig waren. En dat waren ze niet bij haar thuis. Dat was de plek waar haar vader als eerste naartoe zou gaan.

'Nee,' zei ze hijgend. 'Dan wacht hij ons op!' Ze hield nu toch maar wat in en keek achterom. Haar vader was nergens te zien en dat was niet wat ze verwacht had. 'Wat stak je in zijn arm?' vroeg ze. 'Een mes?'

'Ik heb toch helemaal geen mes,' zei Robin. 'Ik heb hem alleen maar een dosis insuline ingespoten.'

'Insuline?' herhaalde ze. 'En wat wil dat zeggen?'

'Dat hij zich behoorlijk beroerd gaat voelen zolang hij niks eet.'

Daniëlle staarde haar aan.

'Door de insuline daalt zijn suikerspiegel. Wil hij die omhoog krijgen, dan moet hij eten. Snap je?' En bij het zien van Daniëlles blik: 'Ik heb maar een minimale dosis gedaan. Hij gaat er vast niet dood aan.'

'Alsof mij dat wat kan schelen,' gromde Daniëlle. 'Hij heeft Merlijn vermoord!'

'Dat weet je toch helemaal niet zeker?' wierp Robin tegen.

Daniëlle lachte cynisch. 'Echt wel. Ik zag het aan zijn blik.'

'Maar… waarom dan?' vroeg Robin. 'Ik bedoel, je vader leek me een aardige man. Toen we naar het gemaal liepen vertelde hij van alles, over het landgoed en het gebouw, het huis. Hij maakte grapjes!'

'Ja, dat kan hij goed,' zei Daniëlle. 'Aardig zijn. Maar altijd tegen anderen. Vertelde hij soms ook over Marit?'

'Marit?'

'Mijn zus. Mijn dode zus.'

Daar schrok Robin van. 'Is je zus dood?'

'Al elf jaar.'

Robin zweeg, leek er even over na te denken. 'Da's triest,' zei ze zacht.

Daniëlle ging er niet op in. 'Heb jij een mobiel?' vroeg ze.

Robin schudde haar hoofd. 'Moesten we inleveren voordat we op excursie gingen.'

Verdomme. En die van haar lag nog thuis. Wat nu? Waar moesten ze heen?

'De politie zou naar het gemaal komen,' begon Robin voorzichtig. 'Als we daar nu naar teruggaan, kun je hun toch vertellen dat jij denkt dat je vader die Merlijn heeft vermoord?'

'En jij denkt dat ze mij geloven?' Daniëlle lachte cynisch. 'Hij weet het vast zo te draaien dat het één grote grap lijkt. Wie weet krijg ik nog de schuld ook.'

'Maar zojuist riep je nog tegen je vader dat je alles ging vertellen!' merkte Robin op.

'Dat wil ik nog steeds. Ik weet alleen niet hoe.'

'Kunnen we niet naar die boswachter?' vroeg Robin. 'Hij was er ook vanmorgen en hij vertelde dat hij in een eigen huis woonde, in het bos aan de oostkant van het landgoed. Waar dat ook mag zijn.'

Daniëlle schudde haar hoofd. 'Pitter is een werknemer van mijn vader,' zei ze. 'Die gaat ons verraden.'

'Zeker weten?'

'Nee, natuurlijk weet ik dat niet zeker!' vitte ze. 'Maar we kunnen het risico niet nemen. Ik heb geen idee wat mijn vader van plan is en al helemaal niet met jou. Ik ben bang voor hem.'

Hij heeft Merlijn vermoord!

En Robin zou weleens de volgende kunnen zijn...

'Hij deed inderdaad vreemd,' beaamde Robin. 'Maar denk je niet dat wij sneller zijn? Ik heb hem wel een dosis insuline ingespoten.'

'Dat is het hem juist. Om terug naar huis te kunnen moeten we weer langs het gemaal. Tenzij we een paar sloten over zwemmen en na al die regen van de afgelopen dagen is dat niet verstandig.' Daniëlle schudde opnieuw haar hoofd. 'Ik durf echt niet terug langs het gemaal. Stel dat hij daar nog is en de politie nog niet?

Wie weet heeft die insuline helemaal geen invloed op hem. Hij is vreselijk sterk. We moeten echt iets anders verzinnen.'

Paniek laaide ineens bij haar op. Hier stonden ze nu. Ver weg van alles, zonder telefoon. Wat moest ze nu doen? Was het echt gegrond dat ze angst voor haar vader voelde? Hij had haar nog nooit kwaad gedaan. Nooit geslagen. Vandaag was voor het eerst geweest.

Hij heeft Merlijn vermoord!

Hij was doorgedraaid! Hij zou haar en Robin ook vermoorden, alleen maar om te verdoezelen wat hij gedaan had. Met Merlijn. En waarschijnlijk ook met die wethouder, wat dat dan ook mocht zijn. Maar het feit dat die man ook dood was, vertelde haar dat er iets behoorlijk fout zat.

'En als we dan eens naar mijn huis gaan?' klonk Robins stem.

'Jouw huis? Waar is dat?'

'In Ferwerd. Mijn ouders zullen ons geloven, dat weet ik zeker.'

'Ferwerd is minstens vier uur lopen vanaf hier,' zei Daniëlle snibbig. 'En mijn geld ligt thuis en mijn pinpas ook, dus we kunnen geen buskaartje kopen.'

Robin haalde schuchter haar schouders op. 'En ik heb ook niks bij me.'

'Plan verworpen dus.'

'Maar wat moeten we dan?'

Daniëlle keek haar aan. 'Dat weet ik niet,' zei ze zacht.

-10-

BARBARA

Ferwerd | dinsdag 25 november

Mijn ogen schoten open. Het was pikkedonker om me heen en heel even had ik tijd nodig om te beseffen dat ik op de bank lag, verstrikt in de plaid en helemaal bezweet. Meteen schoot ik overeind. Ik had geslapen! Was de telefoon gegaan? Hadden ze me gebeld?

In blinde paniek worstelde ik me uit de plaid, zocht verwoed naar mijn mobiel en vond hem tussen twee kussens van de bank. Terwijl ik op het display keek, zag ik dat er niet gebeld was en nerveus ademde ik diep in. Ik had geen oproep gemist.

Mijn blik ging naar de hal en ik zag dat aan het einde van de gang het licht nog steeds brandde. Was Marcus werkelijk de hele nacht in zijn spreekkamer gebleven? Wat was hij toch allemaal aan het doen? Waarom praatte hij niet met me?

Ik stond op, knipte een lamp aan en zag dat het bijna halfzes was. Buiten was het nog donker, maar toch besloot ik om meteen naar het landgoed te rijden. Die agent, Westra, zou pas komen als het licht was. Daar ging ik echt niet op wachten. Eerst Deyna uitlaten, dan Puck wat laten eten en haar daarna naar Wietske brengen. Met mijn eigen auto kon ik met een kwartier op dat landgoed zijn. En als Robin niet snel werd gevonden, kon Marcus wel van alles willen, maar dan was voor mij de grens bereikt. Dan ging ik alles aan Grotendijk vertellen en het allemaal aan hem overlaten, wat de gevolgen ook zouden zijn. Als Robin maar weer terechtkwam.

Op mijn sokken liep ik door de gang naar het praktijkgedeelte en duwde de klink van de deur van de spreekkamer naar beneden, maar hij zat nog steeds op slot.

'Marcus?' zei ik.

Er kwam geen antwoord.

Zachtjes klopte ik op de deur. 'Marcus, ik wil niet wachten op Westra. We kunnen met mijn auto gaan. En als Robin nog steeds niet gevonden is, dan ga ik echt alles aan de politie vertellen.'

Nog steeds bleef het stil. Ik legde mijn oor tegen de deur en luisterde. Ik hoorde gemompel, de stem van Marcus. Was hij aan de telefoon? Of zat hij in zichzelf te kletsen?

'Alsjeblieft, Marcus,' zei ik. 'Het heeft nu lang genoeg geduurd.' En fluisterend: 'Ik wil haar ook niet kwijt, maar alles is beter dan… dan...'

Ik durfde mijn zin niet af te maken, bleef met mijn wang tegen de deur gedrukt staan, terwijl ik tevergeefs op een reactie wachtte, en liep vervolgens naar de keuken. Daar zette ik thee, smeerde een beschuit, die ik al na één hap aan de kant schoof, en trok daarna boven een schone spijkerbroek en trui aan. Eerst moest Deyna een blokje om en daarna naar Wietske, samen met Puck. Ik vond het vervelend haar achter te laten, maar ze was daar veiliger dan bij ons op dat landgoed. Als ik Marcus nu maar kon overhalen met me mee te gaan. Ik had hem nodig, vooral nu. Maar als het niet lukte, dan ging ik toch echt alleen.

Ik griste mijn mobiel van de keukentafel en zag dat hij bijna leeg was. Snel verwisselde ik Marcus' mobiel, die inmiddels opgeladen was, met die van mij en liet hem in mijn jaszak glijden. Ik moest hoe dan ook bereikbaar zijn.

Haastig liep ik even later de donkere straat uit. De regen was inmiddels gestopt, maar aan de plassen te zien moest er vannacht flink wat zijn gevallen. Nu hing er een vervelende lage mist over de velden en ik stak zuiver op gevoel de Ljouwerterdyk over.

In het stukje bos liet ik Deyna los en ze stoof voor me uit het bospad af. Ik keek haar na voordat ze in de mist verdween en vroeg me af of het weer van afgelopen nacht het zoeken had belemmerd. Dat moest haast wel. Was dat misschien de reden dat Robin nog niet gevonden was?

Met twee sprongen schoot Deyna uit de struiken naast me en begon om me heen te dansen, om me over te halen haar frisbee te gooien. Omdat ik die niet bij me had, pakte ik een stok uit het gras naast het bospad en gooide die een eind het pad op. Ze stoof weg, haar staart als een vlag achter haar aan wapperend.

Bij de splitsing van het pad bleef ik staan. Het gevoel dat iemand me observeerde daalde als een klamme sluier op me neer, en ik keek om me heen. Ik zag niets, alleen mist.

Rillend trok ik de kraag van mijn jas wat dichter om me heen. Ik kon beter naar huis gaan en Marcus uit zijn spreekkamer zien te krijgen.

Ik los het allemaal op, had hij gezegd. Ja ja. Maar kon hij dat wel? En wat gebeurde er met Robin als hij *het ging oplossen*? Want haar verdwijning moest haast wel te maken hebben met de man die hem chanteerde. Het was allemaal hoe dan ook aan elkaar gelinkt. De vraag was alleen op wat voor manier. Mijn eigen versie was simpel: Marcus moest medicijnen, waaronder morfine, leveren aan mensen, waaronder die man, die er illegale praktijken op nahielden. Niet alleen verkochten ze de spullen, maar ze gebruikten ze ook zelf, daar in die loods. In de ruimte achter dat plastic. Ik had niet geweten wat ik zag, toen ik het plastic opzij had geduwd en er een volledig, goed uitgerust miniziekenhuis voor me opdoemde, compleet met operatietafel, apparatuur, en een ziekenhuisbed omringd door allerlei machines. Het was verlaten geweest, maar het geheel gaf de indruk dat het op korte termijn gebruikt zou gaan worden. Wat Marcus' rol daar precies in was, wist ik niet. Alleen dat ze hem ertoe dwongen.

Deyna kwam hijgend naast me staan en liet de stok voor mijn voeten op de grond vallen. Ik pakte hem op en gooide hem nog een laatste keer weg en net toen Deyna de mist weer in stoof, werd het gevoel dat iemand vlak bij me was wel heel erg sterk en met een ruk draaide ik me om.

Heel even stopte ik met ademhalen. Voor me stond de man die me nu al ruim een week achtervolgde, en die me inmiddels tot pure paranoia had gedreven. Geschrokken deed ik een stap achteruit.

Met zijn handen in de zakken van zijn regenjas keek de man langs me heen naar het verlaten bospad achter me. 'Wel wel,' zei hij zacht, terwijl zijn ogen nu die van mij zochten. 'Mevrouw Van Brederoo. Ik ben blij dat ik u hier gezond en wel aantref na uw "ongeluk".'

Ik staarde naar het in en in witte gezicht van de man en vroeg me af of hij soms ziek was. Maar in tegenstelling tot zijn ongezonde teint, stonden zijn ogen helder. Helder en vijandig. Ik wilde opmerken dat dat ongeluk nog altijd zijn schuld was geweest, maar kreeg het niet over mijn lippen. In plaats daarvan vroeg ik: 'W-wat wilt u van me?' Mijn stem haperde, hoe ik ook mijn best deed om onbevreesd over te komen.

'Van jou?' De man lachte, wat vreemd hol klonk in de mist om ons heen. 'Van jou niets. Wel van je man Marcus.' Hij boog zich iets naar me toe en vervolgde: 'Hij dacht toch niet dat hij er zomaar mee kon stoppen, wel?'

'S-Stoppen?' vroeg ik. 'Waarmee?'

'Doe niet zo dom, Barbara,' zei hij. 'Ik weet dat hij het je verteld heeft. Hoe wist je anders van het bestaan van onze werkplek?'

Het beviel me helemaal niet dat hij mijn voornaam wist, maar dat was nog wel het minste van mijn zorgen. Ik deed opnieuw een stapje achteruit en staarde hem aan. 'Ik weet helemaal niets van een… een werkplek,' zei ik schor.

'Nee? Waren het dan soms kaboutertjes die je influisterden waar je zijn moest?'

Het schoot door me heen. De loods. De vrouw! Ze moest me

gezien hebben toen ik de eerste keer zo haastig vertrok. Ik slikte en schudde mijn hoofd. 'I-ik heb...'

Maar hij liet me niet uitpraten. 'Wat kwam je doen?' beet hij me toe. 'Foto's maken? Waren jullie van plan om ons erbij te lappen? Sinds hij weigerde mee te werken had ik al zoiets verwacht. Daarom besloot ik ook jou en eventueel jullie meisjes erbij te betrekken. Alhoewel...' verbeterde hij zichzelf. 'Júllie meisjes?'

Al vanaf het moment dat ik het teddybeertje op de keukentafel had zien zitten, besefte ik dat er iemand was die ons geheim kende. Maar toch sloegen zijn woorden een diepe barst in mijn hart.

Opnieuw begon hij te lachen. 'Die beer, hè? Ik wist dat je het zou begrijpen.'

Ik wilde me omdraaien, weglopen. Terug naar huis, zodat ik niet hoefde te luisteren naar zijn stem, gevoelloos en hard, die de ondergang van mijn gezin aankondigde.

'Je had het recht om het te weten,' ging hij verder.

'Het recht om wat te weten?' fluisterde ik. 'Marcus heeft nooit geheimen voor me gehad.'

Hij schudde zijn hoofd. 'Ach Barbara, maak jezelf toch geen illusies. Marcus is geen heilige. Hij wist al die jaren van mijn bestaan, maar verzweeg dat tegenover jou.'

Al die jaren? Bedoelde hij dat hij... Had hij...

'Inderdaad, Barbara,' leek hij mijn gedachten te raden. 'Ik weet niet alleen wat jullie gedaan hebben, ik was er zelfs getuige van. En ik weet ook dat Marcus alles zal doen om jullie geheim veilig te stellen, zelfs als hij daarvoor zichzelf, en daarmee ook mij, voor de leeuwen moet gooien.' Hij glimlachte spottend. 'En dat dacht hij gewoon even door de telefoon aan me te vertellen.'

Ik staarde hem aan.

'Nog geen uur geleden,' verduidelijkte hij bij het zien van mijn blik. 'Hij belde me doodleuk op om te zeggen dat hij eruit stapte en alles aan de politie ging opbiechten.' Hij haalde zijn hand uit zijn jaszak en tot mijn ontzetting zag ik dat hij een pistool vasthield. 'Waar is Marcus?' vroeg hij kil.

Verbijsterd deed ik nog een paar stappen achteruit en schudde langzaam mijn hoofd. Dit leek wel een nachtmerrie! Nee, dit wás een nachtmerrie en zo meteen werd ik wakker en lag ik in mijn bed, naast Marcus. Mijn ademhaling werd gejaagd, mijn hart hamerde zo hard in mijn borst, dat ik dacht dat het onder mijn jas te zien moest zijn. Alles om me heen werd wazig, niets was meer belangrijk, behalve dat pistool, waar ik mijn ogen niet van af kon houden.

'Nou?' beet hij me toe, terwijl hij het pistool nijdig in mijn richting prikte.

'T-thuis...' stamelde ik.

'Hij is niet thuis!' schreeuwde hij nu. 'Zijn auto is weg!'

Ik schudde opnieuw mijn hoofd. 'D-die is ergens anders, b-bij...'

Een geluid naast me deed me geschrokken opzij kijken. Vanuit het niets schoot Deyna naar voren, grommend, tanden bloot onder opgetrokken lippen. Haar ogen glommen van razernij en ze beet zich vast in de arm van de man. Hij slaakte een luide kreet en probeerde haar van zich af te gooien, maar ze liet niet los.

Ik zag mijn kans en vluchtte tussen de bomen door het bos in. De takken sloegen in mijn gezicht, maar dat merkte ik niet. Ik moest weg, weg van die man en weg van dat pistool. Met mijn handen voor me uit worstelde ik me door de hoge struiken heen, kale takken opzij duwend. Bloedige schrammen tekenden zich af op mijn armen, maar ik voelde er niets van, ik wilde alleen maar zo veel mogelijk afstand zien te krijgen tussen dat wapen en mij.

Achter me klonk een harde knal. Vlak daarna een tweede.

Mijn God! Deyna!

Abrupt bleef ik stilstaan en draaide me om. Tussen de struiken door kwam Deyna aanstuiven, hijgend, haar tong uit haar bek. Ik sloeg mijn armen om haar heen en begroef bevend mijn gezicht in haar vacht, terwijl ik tegelijkertijd haar hele lijf betastte om me ervan te overtuigen dat ze ongedeerd was. Dappere Deyna. Ze had me gered!

Ik hield me angstvallig stil en luisterde, maar er klonk geen geluid meer. Het donker was inmiddels minder intens geworden, maar de mist dikker en uit alle macht probeerde ik mijn bevende lichaam onder controle te krijgen. Ik durfde me niet te bewegen, bang om geluid te maken en zo de aandacht van de man te trekken. Ik wist niet of hij daar nog steeds op het bospad stond, of dat hij misschien rondliep, op zoek naar mij.

Had hij werkelijk geschoten? Op Deyna? Of misschien wel op mij? Had hij werkelijk geprobeerd me te doden? En wat zou hij doen als hij me weer vond? Ik wilde daar niet aan denken, ik wilde hier weg. Naar huis, waar ik de deur achter me op slot kon doen. Maar omdat ik helemaal geen idee had waar die man nu was, bleef ik op mijn knieën tussen de bomen zitten, terwijl ik Deyna stevig tegen me aan hield.

Na me voor mijn gevoel een eeuwigheid te hebben stilgehouden, werd Deyna onrustig. Ze probeerde zich uit mijn greep los te maken en wrong zich in allerlei bochten, zodat ik haar uiteindelijk niet meer hield en ze schoot weg. In het oosten leek het wat lichter te worden en ik vroeg me af of ik het kon wagen uit mijn schuilplek te komen.

Heel voorzichtig stond ik op. Mijn knieën waren doornat, ik was ijskoud en mijn hele lichaam deed pijn door de ongemakkelijke houding waarin ik zo lang gezeten had. Stapje voor stapje liep ik terug naar het bospad, ondertussen gespannen om me heen kijkend of ik die man ergens zag. De mist verhinderde dat ik verder dan zo'n vijftig meter kon kijken en ook de schemering hielp niet mee. Er was echter geen geluid te horen en het bospad lag voor zover ik kon zien verlaten voor me.

Ik moest naar huis, de politie bellen. Die man was levensgevaarlijk! Zie je nou wel? We hadden gisteren alles aan Grotendijk moeten vertellen! Dan had ik nu geen gewapende vent die Marcus zocht achter me aan.

Marcus!

O God. Ik moest hem waarschuwen! Die vent was niet gek en had nu vast door dat Marcus wél thuis was, ondanks dat zijn auto niet voor de deur stond. En hij ging ongetwijfeld opnieuw naar hem toe!

Half in paniek zocht ik in mijn jaszak en trok Marcus' mobiel tevoorschijn. Als hij nou de telefoon maar opnam! Ik tikte op het scherm en er verscheen een kader waarin om zijn pincode werd gevraagd. Verdomme, dat was ook zo! De beveiliging! Ik had niets aan dit ding!

Ik propte de mobiel terug in mijn zak en voelde hoe de paniek langzaam maar zeker bezit van me nam. Wat nu? Wat moest ik doen? Kon ik naar huis? Was dat veilig? Ik moest wel. Ik kon Marcus niet aan zijn lot overlaten.

En Puck...

Kippenvel trok over mijn armen. Puck was ook thuis! Hij zou toch niet...

Zonder nog maar een moment te aarzelen, zette ik het op een lopen, het bospad af, richting de Ljouwerterdyk. Deyna volgde me blindelings, week geen meter van mijn zijde. Het was gelukkig niet ver en enkele minuten later rende ik de straat in, stak over en struikelde bijna de oprit op. Daar hield ik in, toen mijn blik op de half openstaande keukendeur viel. Ik had hem achter me dichtgetrokken toen ik wegging, dat wist ik zeker. Niet op slot; dat hoefde hier niet. Maar wel dicht.

Voorzichtig duwde ik de deur verder open en stapte aarzelend naar binnen. 'Marcus?' riep ik.

Geen antwoord.

Deyna piepte zachtjes, maar ik schonk er geen aandacht aan. Ik liep de gang naar de praktijk door, eerst langzaam, maar daarna steeds sneller.

'Marcus!' riep ik nogmaals, maar er kwam opnieuw geen antwoord.

Zodra ik in de praktijk aankwam zag ik het al: de deur van de spreekkamer lag half uit zijn scharnieren en hing scheef aan de deurpost. De spreekkamer zelf was verlaten, maar het was te zien dat er een gevecht had plaatsgevonden: de spullen van Marcus' bureau lagen verspreid door de ruimte, het kamerscherm dat naast de behandeltafel stond, lag kapot tegen de muur, de bureaustoel was opzij gegooid en de ficus lag geknakt naast de metalen archiefkast op de grond, met eromheen verspreid liggende papieren en dossiers.

Waar was Marcus?

En Puck...?

Ik voelde me ijskoud worden.

'Puck!' schreeuwde ik, en ik rende in blinde paniek terug de gang door, de trap op. Ik smeet de deur van haar kamertje open, maar wist al voordat ik de drempel over stoof dat ze daar niet was. Haar bed was een puinhoop. Haar kussen lag overdwars aan het voeteneinde, het dekbed halverwege de kamer. Ze was duidelijk met geweld uit haar bed getrokken, wat bevestigd werd door het feit dat Krook op zijn rug tegen haar bureautje aan lag. Ze ging nooit weg zonder dat ding netjes onder haar eigen dekbed in te stoppen. Niet vrijwillig.

De tranen stroomden ineens over mijn wangen, terwijl een diep gevoel van wanhoop mijn keel dichtkneep. Wat was er in godsnaam allemaal aan de hand? Eerst Robin, nu Puck. En waar was Marcus?

Van beneden klonk zacht gepiep. Deyna. Waarom piepte ze? Was er nog iemand binnen? Waren ze nog hier?

Met twee treden tegelijk stormde ik de trap af, beurtelings roepend om Marcus en Puck. Er kwam geen antwoord. Het gepiep van Deyna hield aan en ik besefte dat het vanuit Marcus' spreekkamer kwam. Wat deed ze daar? Ze kwam er nooit, want ze wist dat de praktijk verboden terrein voor haar was.

In het voorbijgaan greep ik de schaar van Lottes bureau en hield hem voor me uit terwijl ik de spreekkamer in rende, klaar om mezelf te verdedigen, maar de ruimte was nog steeds verlaten. Deyna zat naast het bureau en keek naar me op. Haar voorpoten trappelden ongeduldig, en nog steeds piepte ze onophoudelijk.

'Wat is er?' vroeg ik zacht. En toen zag ik het: grote, rode druppels op de vloer.

TOEN

Feloranje vlammen slokken de Renault volledig op. Een tweede explosie volgt, waardoor stukken van de auto meters de lucht in worden geslingerd. De bestuurder van de Audi maakt zich klein, sluit zijn lichaam om wat hij tegen zijn borst gedrukt houdt en kruipt weg van het inferno.

De man in de waxjas staat nog steeds bewegingloos op de helling, hoort hoe de regen de verwoestende vlammen doet sissen, maar niet doven. Uit zijn jaszak haalt hij een mobiel en toetst het alarmnummer. Maar hij weet dat het te laat is voor de mensen in de Renault. Voor twee van hen. Hij ziet de bestuurder van de Audi overeind komen en naar zijn auto lopen, wankelend. Zijn gezicht licht fel op in de weerschijn van de vlammen. De man in de waxjas knijpt zijn ogen tot spleetjes als hij beseft dat hij de man kent. Niet als vriend. Niet eens als kennis. Hij kent hem als de man die zijn leven verwoest heeft. Nog geen maand geleden.

De bestuurder van de Audi kijkt om naar de Renault, naar hoe de vlammen de wagen consumeren. Dan loopt hij door naar zijn eigen auto, waarvan hij het bijrijdersportier opentrekt. Er stapt een vrouw uit. De bestuurder helpt haar, ondersteunt haar met zijn vrije hand. De vrouw staat daar, bewegingloos, stoïcijns voor zich uit starend. Maar dan valt haar blik op wat haar man in zijn arm houdt. Ze zegt iets en pakt met uitgestrekte handen het bundeltje van hem over. Ze slaat haar openhangende jas eroverheen om het tegen de regen te beschermen en stapt dan terug in de auto.

In de verte klinken de eerste sirenes. De bestuurder van de Audi kijkt op, luistert. Zijn blik gaat naar de volledig vernielde voorkant van zijn wagen en dan weer naar de nog steeds heftig brandende Renault. Opnieuw slaat hij een hand voor zijn ogen en buigt zijn hoofd.

NU

De dood van een patiënt is altijd heftig voor een arts. Maar het wordt ondraaglijk als je weet dat het jouw schuld is. Dat de patiënt door een fout die jij maakte overlijdt.

Ik probeer me voor te houden dat het niet aan mij lag. Niet aan mijn handelen. Het kwam door hen; zij dwongen me te werken op een plek die niet geschikt was; met materialen die niet veilig waren. Dat was de oorzaak van de dood van mijn patiënt.

Het was toen dat ik besloot dat het genoeg was geweest. Ik wilde dit niet meer. Ze dreigden met van alles. Mijn leven, mijn carrière. Het kon me niet meer schelen. Totdat ze mijn gezin erbij betrokken. Eerst mijn vrouw, toen mijn kinderen. Mijn dochter. Toch bleef ik weigeren en heel even dacht ik dat ik gewonnen had, toen ze zeiden dat ik kon volstaan met het leveren van medicamenten en andere spullen. Nu besef ik dat het een leugen was, dat ze al lang een plan hadden om me opnieuw te dwingen. En juist dat doet me beseffen dat ze me nooit met rust zullen laten.

Nachtenlang heb ik me afgevraagd of er een uitweg was, maar ik kon er geen bedenken. De enige uitkomst zou zijn dat wat er tien jaar geleden gebeurde, nooit gebeurd was. Maar op die oktoberavond zag ik geen andere oplossing dan doen wat ik deed. Dat die auto daar midden op die verlaten weg stond toen wij de bocht door kwamen, beschouwde ik later als een gift van God. Voor de ouders van het kind dat ik uit de auto redde, kon ik niets meer doen. Voor het kind zelf wel: ik kon haar een veilig thuis bieden in een gezin dat haar met liefde zou omringen.

Wethouder doneerde nier

Leeuwarden – 25 nov. – Wethouder Harry Ritskes, die vorige week overleed aan de gevolgen van een infectie, blijkt een nier te missen. Dit is bevestigd door een politiewoordvoerder. Waar en door wie de nier werd verwijderd is niet bekend. De familie van de wethouder zegt niets te weten van een eventuele orgaandonatie en meldt dat Ritskes wel als donor geregistreerd stond maar vooralsnog geen plannen had om bij leven een orgaan af te staan. Het onderzoek naar de doodsoorzaak van wethouder Ritskes wordt voortgezet.

IV

'Whoever it is I kiss, he is the one.'

– MATTHEW 26:48 –

-1-

BARBARA

Ferwerd | dinsdag 25 november

Als verlamd staarde ik naar de rode druppels op de vloer.

O mijn God! *Bloed!*

Van wie was dat? Van Marcus? Had die man hem... had hij hem... Ik hapte naar adem toen ik nog meer bloed zag, op de rand van het bureau. Wat was hier gebeurd? Hadden ze gevochten en had die man toen geschoten? Of was het bloed van die man? Had Marcus hem neergeslagen en was hij er daarna met Puck vandoor gegaan?

Nee! Dat geloofde ik niet. Mijn auto stond nog op de oprit. En die zou hij toch echt gebruikt hebben als hij wilde vluchten. Te voet zou hij geen schijn van kans maken tegen een man met een pistool. En al helemaal niet met een kind. Nee, ik wist bijna zeker dat het bloed van Marcus was. Ze hadden gevochten, de man had hem overmeesterd en daarna Marcus – en Puck – onder bedreiging met dat wapen meegenomen.

Mijn hart leek te verkrampen. Ik dacht aan mijn kleine meisje, hoe ze moest zijn geschrokken toen ze uit haar bed werd gesleurd. Hoe bang ze moest zijn...

En toen sloeg opnieuw de paniek toe. Waar was ze? Waar had die kerel haar mee naartoe genomen? En Marcus? Ik wist ineens niet meer wat ik doen moest, behalve schreeuwen of ergens tegenaan schoppen. Hoe was het in godsnaam ooit zover gekomen? Mijn hele gezin was weg en ik had geen flauw idee waar ze waren!

Tranen kwamen omhoog en verblindden me.

Opnieuw piepte Deyna en blafte toen kort, alsof ze me ertoe wilde aanzetten om actie te ondernemen. Ik duwde mijn vuisten tegen mijn hoofd en kneep mijn ogen dicht. Nadenken. Ik moest nadenken. En de politie bellen!

Met twee stappen stond ik naast het bureau, pakte de telefoon en toetste 112. De politie moest komen. Nu meteen! Ze moesten ingrijpen. Iets doen. Wat dan ook!

Nadat ik was doorverbonden en haastig het meest belangrijke had verteld en ons adres had doorgegeven, verbrak ik de verbinding en legde de telefoon terug op het bureau. Het zou wel even duren voordat ze hier waren; minstens twintig minuten. Waarom waren we toch ook in zo'n godvergeten uithoek gaan wonen?

Om het verleden te verbergen…

Ik duwde die gedachte weg en liet mijn blik door de spreekkamer gaan. Er moesten aanwijzingen zijn, al wist ik niet precies wat ik me daarbij moest voorstellen. In ieder geval… íets!

Ik ademde even diep in en weer uit om de paniek te onderdrukken en terwijl ik dat deed bleef mijn blik onwillekeurig steken bij het bloed. Behalve op de rand van het bureau en op de grond er direct naast, zag ik geen andere bloedvlekken. Wat in mijn ogen betekende dat Marcus geen levensbedreigende verwondingen kon hebben; dan had ik een bloedspoor moeten zien. Waarschijnlijk viel het dus wel mee. Ik dacht aan Puck en dankte God dat Marcus bij haar was. Tenminste, dat hoopte ik. Wat nou als die man hen van elkaar had gescheiden? Of als hij Marcus ergens anders zou doodschieten. Of – en dat kwam nu pas in me op – stel dat het bloed niet van Marcus was, maar van Puck. Dat ze…

Niet aan denken!

Ik kneep mijn ogen weer stijf dicht en probeerde de akelige beelden te verjagen die zich aan me opdrongen. Het lukte niet echt. Steeds zag ik een gewonde Marcus voor me. Een doodsbange Puck. En vervolgens Robin ook nog eens in de meest gruwelijke scenario's. Het kostte me moeite om het niet uit te schreeuwen van ellende.

Waar bleef die klotepolitie nou?

Rillend van ongerustheid en angst sloeg ik mijn armen om mijn middel en beval mezelf om me op iets anders te concentreren. Ik scande met mijn ogen het bureau en zag een paar verspreid liggen vellen papier, volgeschreven in het nette, maar priegelige handschrift van Marcus. Zonder erbij na te denken pakte ik er eentje op. *... dwongen ze me mee te werken aan hun plannen. Maar deze keer ging het fout. Onherstelbaar fout...*

Wat was dit? Een bekentenis? Had Marcus dit vannacht geschreven? Mijn ogen vlogen over het papier, hier en daar las ik stukjes, over vroeger, over ons, over Sabine, onze babydochter die elf jaar geleden overleed. Over het ongeluk en wat Marcus had gedaan. Wat we sámen hadden gedaan: ons een kind toe-eigenen dat niet van ons was. Hij schreef over ene Timo, die alles gezien had en hem dwong mee te werken aan illegale operaties.

Geschokt keek ik op. Illegale operaties? Die loods, de operatieruimte!

Alle stukjes vielen ineens op zijn plaats en ik had de moed niet meer om verder te lezen toen ik besefte dat dit het was waar ik al die jaren zo bang voor was geweest. Het verleden had ons ingehaald en drukte ons nu genadeloos met onze neus op het feit dat wat we gedaan hadden niet ongestraft kon blijven. Ik kreunde zachtjes. Ik had het geweten, al die tijd. Alleen had ik zó gehoopt dat het niet de kinderen zouden zijn die de prijs moesten betalen.

Woede laaide ineens in me op en met een flinke schreeuw maaide ik in één keer alles van het bureau af. Pennen, papieren, postbakjes, paperclips, alles vloog door de kamer. Deyna sprong van schrik op en dook achteruit, terwijl ik de spullen die op de grond waren gevallen nog een schop na gaf. De papieren verspreidden zich over de vloer en als laatste dwarrelde een klein kaartje op het bovenste blad neer, alsof de rij daarmee definitief gesloten werd.

Ik staarde ernaar, terwijl de woede diep binnen in me omsloeg in wanhoop en toen kon ik me niet meer inhouden. Snikkend liet ik me op mijn knieën vallen en huilde.

De vlaag van wanhoop duurde maar kort. Dit had geen zin. Ik moest actie ondernemen en terwijl ik mezelf tot de orde riep, viel mijn blik op het kaartje dat daar zo evident boven op de andere papieren lag. Er stond iets op gekrabbeld in een handschrift dat ik niet herkende. Ik snufte nog wat na en reikte naar het kaartje. Op de voorkant stond de naam en contactgegevens gedrukt van de politieman die ons op het landgoed te woord had gestaan. Achterop stond het telefoonnummer dat de vrouw van de beheerder had opgeschreven. Voor als we vragen hadden. Een gewoon mobiel nummer. Maar de naam die erbij stond, deed ineens alle alarmbellen rinkelen. Timo Camminga. Beheerder van landgoed Wâldstaete.

Timo.

Die naam…

Ik duwde Deyna opzij en graaide tussen de verspreid liggende papieren, zoekend naar het vel waarop ik die naam gelezen had.

Timo.

Het was te toevallig.

Zodra ik het blad gevonden had, joeg ik mijn ogen over de zinnen en daar las ik Marcus' woorden: *Timo, de man die alles gezien had…*

Het werd me ineens zó duidelijk! De verlaten weg op die oktoberavond… De weg die vlak langs het landgoed liep. Daar had hij gestaan en gezien hoe we Puck uit die auto haalden. Timo Camminga. Híj was het! De man die me al die tijd gevolgd had. De man die Marcus chanteerde, hem bedreigd had. De man die op me geschoten had.

Die Puck en Marcus had meegenomen…

Ik aarzelde geen moment meer, sprong overeind en rende naar

de hal waar ik mijn autosleutels van het dressoir graaide. Ik wist niet hoe alles precies in elkaar stak, maar het feit dat ook Robin op het landgoed van die Timo was verdwenen, was voor mij voldoende om er direct naartoe te gaan. Met wat geluk was de politie daar al. Zij konden me helpen.

-2-

ANNELIEN

Landgoed Wâldstaete, Leeuwarden | dinsdag 25 november

Het was nog vroeg toen ze naar de badkamer slofte. Ze had slecht geslapen, had steeds moeten denken aan de ouders van dat meisje, aan hoe wanhopig ze moesten zijn. Vooral toen de zoekactie door de hevige regen werd afgebroken. Het was halftwee 's nachts toen ze haar dat kwamen vertellen. Tot die tijd had ze in haar eentje gezeten, zonder Timo. Ze had nog geprobeerd om Daniëlle naar beneden te krijgen; op haar deur geklopt en gevraagd hoe het ging en of ze niet wat wilde komen drinken. Er was geen reactie gekomen en Annelien had niet naar binnen durven gaan. Ze wist dat Daniëlle daar een hekel aan had. Een paar weken terug hadden ze er hooglopende ruzie over gehad en sindsdien waagde ze zich niet meer ongevraagd in Daniëlles kamer.

Timo was pas thuisgekomen toen ze allang op bed lag en vaag had ze gemerkt dat hij naast haar was gekropen. Een poosje later had ze zijn mobiel horen overgaan en was hij weer opgestaan. Ze had op hem liggen wachten tot hij terugkwam, omdat ze hoopte dat het telefoontje betekende dat het meisje terecht was, maar ze had hem niet meer gezien. Ze had alleen de achterdeur gehoord en kort daarna zijn landrover horen wegrijden. Dat was rond halfzes geweest. Echt vreemd was het niet. Het gebeurde wel vaker dat Timo uit bed werd gebeld als er iets aan de hand was op het landgoed.

Terwijl ze haar tanden poetste keek ze door het badkamerraam naar buiten. De hevige regen van afgelopen nacht was gelukkig gestopt. Het was nog donker; pas over ruim een uur zou de zon opkomen en ze vroeg zich af wanneer de politie zich weer zou melden. Ze drukte haar voorhoofd tegen de ruit en keek naar links, naar het pad dat naar de weilanden met koeien leidde, maar ze zag niets. Een dikke mist belemmerde het zicht. Ook dat nog. Hoe moesten ze dat meisje in vredesnaam vinden als ze geen hand voor ogen konden zien?

Nadat ze een blik op Josh had geworpen en geconcludeerd had dat hij nog lekker lag te slapen, liep ze zachtjes de trap af. Nu had ze mooi nog een momentje voor haarzelf. In de keuken knipte ze het licht aan en zuchtte bij de aanblik van de koude, stille ruimte. Het was er irritant rommelig; er waren gistermiddag en 's avonds zo veel mensen binnen geweest dat ze er gewoon niet aan toe was gekomen om op te ruimen. Daar had ze straks weer een hele klus aan. Maar eerst zou ze koffie zetten en de ontbijttafel dekken voor haar en Daniëlle. Die zou inmiddels wel honger hebben.

Een halfuurtje later zat ze met een beker koffie aan tafel en luisterde of ze Josh hoorde, maar alles was stil. Zelfs Daniëlle hoorde ze niet en die had nu toch wel zo ongeveer op moeten zijn. Het was al over zevenen.

Ze strekte haar nek en keek de lange gang door. Normaal gesproken hoorde ze haar om deze tijd wel in de badkamer. Nu klonk er geen enkel geluid. Eigenlijk wist ze helemaal niet of Daniëlle al voldoende opgeknapt was. Kon ze alweer naar school? Waarschijnlijk wel, toch? Maar dan moest ze nu wel opstaan.

Ze dronk haar laatste slok koffie en schoof de beker van zich af. Beter maar even boven kijken en Daniëlle dan toch maar wakker maken. Of ze daar blij mee zou zijn was een tweede.

Zachtjes, om in ieder geval Josh niet te wekken, liep ze de trap op, naar Daniëlles kamer en klopte aan.

'Daniëlle?'

Er kwam geen reactie.

Ze klopte nogmaals, nu wat harder, en herhaalde: 'Daniëlle! Je komt te laat op school als je nu niet opstaat!'

Nog steeds bleef het binnen stil. Net als gisteravond. Maar toen had ze het logisch gevonden. Nu niet. Daniëlle zou op zijn minst iets onaardigs roepen.

Na een korte aarzeling opende ze toch de deur. 'Daniëlle?' zei ze nogmaals en ze keek om de hoek. Het was schemerig binnen, maar Annelien zag meteen dat Daniëlles bed leeg was. Ze liep ernaartoe en voelde aan de lakens. Koud. Waar was ze?

Anneliens blik schoot door de kamer. Buiten de gewone rommel – kleding op de grond, overal verspreide boeken, mobiel op het nachtkastje – was er niets vreemds te zien. Toch de badkamer? Ze snelde de gang op, maar zag meteen dat Daniëlle daar niet was; de badkamerdeur stond op een kier en er brandde geen licht. Waar dan? Nog niet naar school, daar was het veel te vroeg voor. Buiten dan?

Haastig liep Annelien de trap af en ging via de keuken en de bijkeuken de tuin in. In het oosten werd het al wat lichter, maar de mist zorgde ervoor dat de schemer lang bleef hangen.

'Daniëlle!' riep ze.

Geen reactie.

Ze liep naar de voorkant van het landhuis; haar schoenen knerpten op het grind. Vlak voor het bordes blees ze staan en riep: 'Daniëlle, ben je buiten?' Niets. Geen antwoord, geen Daniëlle te zien. Waar was ze dan? En wanneer was ze weggegaan? Vanmorgen? *Gisteren?*

Annelien hapte naar adem. Het zou toch niet zo zijn dat ze gisteren al niet meer thuis was? Nee, nee, dat kon niet. Dan had ze haar moeten zien vertrekken! Toch?

Met al die mensen in en rond het huis? Niet waarschijnlijk.

In de verte hoorde ze het grind knerpen en opgelucht keek ze om, maar besefte vrijwel meteen dat het niet Daniëlle was. Ze hoorde nu duidelijk het geluid van een auto die met flinke haast de oprit op kwam rijden. De politie? Nu al?

Ze bleef staan en trok de col van haar trui wat omhoog tegen de kou. Een moment later doemde de wagen op uit de mist en stopte voor het bordes. In het licht van de twee hoge lampen aan weerszijden van de trap zag Annelien dat het geen politieauto was, maar een personenwagen waaruit de moeder van het vermiste meisje stapte. Wat deed zij nou hier? Ze wilde toch niet zelf gaan zoeken? Het was nog niet licht genoeg en veel te mistig! Ze liep naar de auto toe, maar nog voordat ze iets kon vragen, pakte de vrouw haar bij de bovenarm en vroeg: 'Waar is de politie? Ik moet hen dringend spreken!'

De stem van de vrouw verraste Annelien; ze klonk paniekerig. 'Ze... ze moesten vannacht de zoektocht onderbreken,' zei ze voorzichtig. 'Het was noodweer. Maar ze kunnen hier elk moment weer zijn.'

De vrouw liet haar los en klemde haar kiezen op elkaar. 'Verdomme,' siste ze.

'Ze konden echt niet anders,' vergoelijkte Annelien. 'Het was onverantwoord om nog buiten op het landgoed rond te dolen.' Ze dacht aan Timo die was weggeroepen en vervolgde: 'Ik denk dat onze mensen inmiddels wel weer op pad zijn. Kom anders even binnen, dan kunt u daar op de politie wachten. Ik heb net koffie gezet.'

'Ik wil geen koffie,' beet de vrouw haar toe. 'Ik wil mijn man en dochter! Ze moeten hier zijn! Timo...'

Timo?

'Wat is er met mijn man?' vroeg Annelien.

'Hij... hij heeft... bij ons in het bos... hij heeft een wapen!'

Annelien staarde haar aan, te verbouwereerd om te reageren.

De vrouw keek om zich heen, leek iets te zoeken, en richtte toen haar blik weer op Annelien. 'Hij was bij ons. Timo. Uw man. Hij heeft op me geschoten en daarna heeft hij mijn man en mijn dochter meegenomen. Ze moeten hier zijn!' Deze keer keek ze omhoog, naar de donkere ramen van het landhuis.

Nu viel Anneliens mond bijna open van verbazing. Wat vertelde ze nou allemaal voor onzin! 'Weet u dat zeker?' vroeg ze, gewoon omdat ze niets anders wist te zeggen.

'Natuurlijk weet ik dat zeker!' riep de vrouw. Ze duwde Annelien weg en stoof het bordes op. 'Puck!' riep ze, terwijl ze aan de deur rammelde. 'Marcus!'

De deur schoot open en meteen rende de vrouw naar binnen. Heel even bleef Annelien verbijsterd staan, zichzelf verwensend dat ze de avond ervoor de voordeur van het landhuis blijkbaar niet had afgesloten, maar toen haastte ook zij zich de bordestrap op. Binnen stond de vrouw midden in de hal en keek gejaagd om zich heen. Annelien liep naar haar toe en legde kalmerend een hand op haar arm.

Met een ruk draaide de vrouw zich om en keek haar aan.

Annelien schrok van de blik in haar ogen. 'Hoe weet u dat het mijn man was?' vroeg ze voorzichtig. 'Ik bedoel, u hebt hem toch nooit ontmoet?'

'O, echt wel,' zei de vrouw. 'Hij achtervolgt me al dagen.'

'Hij achtervolgt u?' herhaalde Annelien. 'Wat bedoelt u?' Ze begon zich serieus af te vragen of de vrouw niet een beetje kierewiet was geworden door de vermissing van haar kind.

'Dat uw man mijn echtgenoot chanteert!' snauwde de vrouw. 'Al jaren!'

Opnieuw staarde Annelien haar aan. 'I-ik begrijp er helemaal niets van,' stamelde ze, terwijl een akelig voorgevoel in haar omhoog kroop.

'Waar is uw telefoon?' vroeg de vrouw.

'Er ligt er een in de keuken,' antwoordde ze automatisch. 'Maar...'

De vrouw wachtte niet op de rest, maar snelde bij haar vandaan.

'Wacht...' begon Annelien. Haastig holde ze achter de vrouw

aan, die duidelijk nog wist waar hun keuken zich bevond. Daar zag ze haar bij de tafel staan, de telefoon tegen haar oor gedrukt.

Niet veel later beëindigde de vrouw het gesprek en draaide zich naar Annelien. 'Ze komen zo snel mogelijk,' zei ze. Al zou het nog zéker een halfuur duren voor ze er waren, in deze contreien.

Annelien liet zich op een stoel zakken en keek op. Het gevoel dat er iets vreselijk mis was, had zich inmiddels stevig in haar vastgebeten en met zachte stem vroeg ze: 'Wat bedoelde u toen u zei dat Timo uw man chanteerde?'

De vrouw sloeg haar armen beschermend om haar middel heen alsof ze het koud had. 'Hij liet mijn man illegale operaties uitvoeren.'

'Illegale operaties?' herhaalde Annelien. Nu snapte ze er helemaal niets meer van en hief haar handen. 'Wacht… wacht even. U wilt dus beweren dat uw man door Timo gedwongen werd om operaties uit te voeren? Médische operaties?'

'Ja. Mijn man is chirurg. En hij weigert om verder nog mee te werken en nu heeft uw man… hij heeft behalve mijn man ook mijn dochter! En wie weet heeft hij Robin ook wel en is ze daarom onvindbaar! Waar is uw man?'

'Dat… dat weet ik niet,' zei Annelien. 'Hij werd vanmorgen vroeg uit bed gebeld en is weggegaan. Ik denk dat hij met onze mensen weer is gaan zoeken naar uw dochter.'

'Nee.' De vrouw schudde haar hoofd. 'Het was mijn man die hem belde. Dat weet ik zeker!'

Annelien zweeg. Ze wist niet meer wat ze ervan denken moest. Aan de ene kant klonk het allemaal zo ongeloofwaardig. Timo die geschoten zou hebben. Die een arts chanteerde en daarnaast ook nog eens twee kinderen ontvoerde. Maar aan de andere kant… Ze dacht aan het pistool in Timo's bureaula. Hij hád immers een wapen.

Ineens leek het haar helemaal niet meer zo ondenkbaar dat Timo de vrouw bedreigd had. Hij had altijd al vreemde trekken gehad. Wréde trekken. En dan de controle die hij eiste. Niet alleen als ze vreeën – het was altijd Timo die uitmaakte hoe en waar ze het deden – maar ook met andere dingen. Vroeger was ze er nog weleens tegenin gegaan, maar dat had hem volledig door het lint doen gaan. Onvoorspelbaar, dat was hij. En daarnaast kon hij behoorlijk harteloos en onbuigzaam zijn. Ze had zijn gedrag in de loop der tijd geaccepteerd. Het was niet belangrijk meer geweest. Ze hield van hem, dat had ze voldoende gevonden.

Een groeiende angst overspoelde haar, toen ze weer aan Daniëlle dacht. Daniëlle die ineens onvindbaar was... Zij zou toch geen gevaar lopen? Als haar vader werkelijk met dat wapen rondliep... Zijn gevoelens ten opzichte van zijn dochter waren altijd al dubieus. Annelien had het idee dat Timo Daniëlle iets verweet; dat hij haar daarom zo koud en harteloos behandelde. En nu was ze weg. Had Timo daar misschien iets mee te maken? Ze voelde zich duizelig worden en kneep haar ogen dicht om het draaien te laten stoppen.

'Wat is er?' klonk de stem van de vrouw lichtelijk bezorgd.

'Mijn dochter...' fluisterde Annelien.

'Dochter?'

Ze knikte. 'Ze had gisteren een zware migraineaanval en sindsdien heb ik haar niet meer gezien. Gisteravond vond ik dat niet vreemd, als zo'n aanval ernstig is, ligt ze wel vaker een dag en een nacht op bed. Maar vanmorgen...'

De vrouw zweeg, leek op het vervolg te wachten.

'Vanmorgen was ze weg! En Timo... hij en Daniëlle... dat gaat niet zo goed samen.'

'Jezus,' zei de vrouw na een kort moment. 'Je denkt toch niet dat hij...'

'Ik weet het niet,' fluisterde Annelien. In een flits dacht ze aan de mobiel op Daniëlles nachtkastje. Waarom had ze dat niet eerder beseft? Daniëlle zou dat ding nooit zomaar achterlaten. In ieder geval niet als ze de deur uitging. Ze keek opzij naar de vrouw. 'Het zou kunnen dat ze… dat ze al sinds gisteren weg is.'

'Sinds gisteren?' herhaalde de vrouw. 'Net als mijn dochter Robin?'

Annelien wreef over haar voorhoofd en knikte. 'O, had ik gisteravond maar even in haar kamer gekeken!' Ze keek de vrouw met een angstige blik aan. 'Wat moet ik nou doen?'

-3-

DANIËLLE

Ze schrok wakker en haar ogen schoten open. Het was donker om haar heen; iets prikte irritant in haar wang en ze probeerde haar hand omhoog te brengen om het weg te vegen, maar het ging niet. Alsof ze vastgedraaid zat in haar dekbed. Ze worstelde om los te komen en uiteindelijk lukte het. Ze wreef langs haar wang, voelde iets hards en heel even hield ze haar adem in van schrik. Maar toen wist ze het weer. Ze lag niet thuis in bed; ze lag in het stro. In de schuur van Pitter, met haar jas stevig om haar lichaam gewikkeld tegen de kou.

Kou? Ze smolt zowat van de hitte! Snel duwde ze haar jas van zich af en probeerde in het donker Robin te zien, die vlak bij haar moest liggen. Écht heel dichtbij. Ze waren de avond ervoor tegen elkaar aangekropen omdat ze het niet warm leken te krijgen.

Nadat ze aan haar vader waren ontsnapt, was het al gauw donker geworden. Daniëlle had niet goed geweten wat ze moesten doen. Naar huis durfde ze niet, ondanks dat Robin had gezegd dat er genoeg politie bij het landhuis rondliep en dat Daniëlles vader toch wel drie keer zou uitkijken om hun daar iets aan te doen. Maar het had haar toch geen goed idee geleken. Haar vader zou hen kunnen opwachten nog voordat de politie arriveerde, of zelfs nog voordat ze het landhuis bereikten. Hij kende alle hoeken en gaten, zowel binnen als buiten, en zou hen ergens kunnen opsluiten zonder dat iemand het zag. Nee, ze had het beter gevonden niet naar het landhuis te gaan. Ze moest iets anders verzinnen.

Uiteindelijk had ze besloten dat ze zich dan toch maar bij de boerderij van Pitter moesten verschuilen. Ze wist dat hij naast zijn huis een schuur had waar hij zelden kwam. Vroeger hield hij daar de lammetjes die te vroeg in het jaar geboren waren en 's nachts nog niet buiten konden blijven. Misschien deed hij dat nu nog steeds wel, dat wist ze niet; ze had de laatste jaren niet veel contact meer gehad met Pitter. Jammer eigenlijk, ze had menig uur bij de man doorgebracht. Alles wat ze van het landgoed wist, had hij haar verteld. Dat was het jaar geweest dat haar vader Annelien leerde kennen. Daniëlle doolde in die periode regelmatig in haar eentje rond en het was Pitter die haar uiteindelijk op sleeptouw nam tijdens zijn dagelijkse rondes. Hij had haar de weg geleerd zodat ze nooit zou verdwalen. Hij had haar meegenomen het bos in om de zwijnen te zien. En de herten. Met hem was ze in een boot het water opgegaan en had hij haar de otters getoond, die het jaar daarna alweer verdwenen waren. Hij had haar de ijsvogels laten zien, en de verzamelplaats van de lepelaars, die van daaruit naar hun broedkolonies doorvlogen. Zo veel dingen die ze van hem geleerd had. En dan deze schuur... Ze had hierbinnen bij de lammetjes gezeten, in het stro, en had toegekeken hoe Pitter hen de fles gaf. Het was het gelukkigste tijd uit haar leven geweest.

Ze slikte en probeerde het melancholieke gevoel van zich af te zetten. Dat was toen. Nu was alles anders. Pitter zag ze amper nog en haar leven bestond slechts uit aaneengeregen kleurloze dagen waarop alleen de momenten met Merlijn nog lichtpuntjes waren. Maar nu was ook Merlijn er niet meer. Nu had ze niets meer. Helemaal niets. Wat had het allemaal nog...

Geschuifel buiten de schuur onderbrak haar gedachtestroom. Wat was dat voor geluid? Ze hield haar adem in en tuurde door het donker in de richting van de deur, die ze niet kon onderscheiden.

'Is dat een wolf?' klonk het ineens vlak naast haar.

Bijna gaf ze een gil van schrik, maar besefte vrijwel meteen dat het de stem van Robin was. 'Natuurlijk niet,' snauwde ze, terwijl ze rechtop ging zitten. 'Er zitten hier toch helemaal geen wolven.'

Ze had het nog niet gezegd of het geluid klonk opnieuw. Het kwam bij de deur vandaan, alsof er lucht onderdoor werd geblazen.

'Wat is het dan?' vroeg Robin benepen.

Daniëlle hoorde dat Robin nu ook overeind kwam. 'Gewoon een of ander wild beest,' zei ze, dapperder dan ze zich voelde. 'De deur zit dicht, dus hij kan niet naar binnen. Hij zal zo wel weer weggaan.'

Het geluid verdween en Daniëlle ademde opgelucht in en weer uit. Zie je wel. Vast een zwijn, of zo. Ze zou nog even wachten en dan buiten gaan kijken. Ze moesten zorgen dat ze hier weg waren voordat het licht werd.

'Weet jij hoe laat het is?' vroeg ze aan Robin.

Vlak naast haar lichtte de wijzerplaat van een horloge op. 'Kwart over zes.'

'Dan moeten we zo weg,' zei Daniëlle. 'Voordat Pitter op pad gaat.'

'Kunnen we hem echt niet...' begon Robin, maar ze werd onderbroken door een akelig geschraap aan de deur. Alsof monsterlijke poten met de nagels over het hout krasten. Robin slaakte een korte gil en wierp zich tegen Daniëlle aan van schrik.

Ook Daniëlle schrok zich wezenloos en greep in een reflex Robin vast. Gelijktijdig duwden ze zich naar achteren, verder het stro in, op het moment dat de deur langzaam openging en een vage streep licht naar binnen viel.

Haar vader! Hij had hen gevonden!

Daniëlle sloeg haar armen om Robin heen en trok haar stevig tegen zich aan, alsof ze haar daardoor tegen alle onheil kon beschermen. Ze hoorde voetstappen, geschuifel. En opnieuw dat gesnuif.

'Wel wel,' klonk een stem. Maar het was niet die van haar vader.

Pitter!

Op het moment dat ze dat besefte, duwde Flann zijn snuit in haar gezicht en likte haar kin, alsof hij duidelijk wilde maken dat hij haar echt wel herkende. Tegelijkertijd voelde ze Robin verstijven en zei: 'Het is Flann maar. De hond van Pitter!'

Ze liet Robin los op het moment dat het licht aanfloepte, en krabbelde overeind. Naast de balen stro waarachter Robin en zij zich hadden verstopt, stond Pitter. Op zijn gezicht was zowel verbazing als irritatie te lezen. Hij leek boos en dat maakte haar bang. Wat ging hij doen? Haar vader bellen? Haar blik viel op het jachtgeweer dat hij in zijn hand hield en ze hapte nog net niet naar adem. Of was hij hier uit naam van haar vader?

'Ik wacht op uitleg,' zei Pitter, die onbeweeglijk bleef staan waar hij stond en met gefronste wenkbrauwen van de een naar de ander keek.

Ook Robin ging nu rechtop staan en leek van schrik haar tong verloren. Ze staarde naar Pitter, greep Daniëlles hand en hield hem stevig vast. Onder normale omstandigheden zou Daniëlle zich hebben losgetrokken – ze hield niet van dat kleffe gedoe – maar nu niet. Ze moest Robin hoe dan ook beschermen. Ze zou ervoor zorgen dat haar niets overkwam. De dood van Merlijn was al erg genoeg. En dus ging ze voorzichtig half voor Robin staan.

'Nou?' drong Pitter aan. 'Wat doen jullie in mijn schuur op dit tijdstip?'

'We hadden onderdak nodig,' zei Daniëlle stug.

Een verbaasde blik was de reactie. 'Onderdak?' vroeg Pitter. 'Ik meen me toch te herinneren dat er een paar kilometer verderop een groot landhuis staat waar jij een kamer hebt.'

'Daar konden we niet naartoe,' zei ze. 'Door, eh... omstandigheden.' Ze hoorde zelf hoe belachelijk dat klonk en wist nu al dat Pitter hier echt niet in ging trappen.

'Omstandigheden,' herhaalde Pitter. Hij wreef over zijn stoppelige kin. 'Ja ja.' Hij liet zijn blik over Robin gaan en keek toen weer naar Daniëlle. Hij stak zijn vrije hand uit en wenkte hen met zijn wijsvinger. 'Komen jullie maar eens even mee.'

Daniëlle keek opzij naar Robin, die met angst in haar ogen terug staarde. Ze wist niet zo goed wat ze nu doen moest. Wat was Pitter van plan? Hij leek nogal verbaasd hen hier te vinden. Zou hij dan toch niet met haar vader hebben gesproken? Ze liet Robins hand los en knikte haar toe, ten teken dat ze gehoor moest geven aan Pitter. Zelf klom ze als eerste over de strobalen en hielp vervolgens Robin. Ze volgden Pitter de schuur uit, naar buiten, waar Flann vrolijk om hen heen begon te dansen. Onwillekeurig stak Daniëlle haar hand uit en aaide hem over zijn kop.

Pitter gebaarde dat ze met hem mee moesten lopen en even later stonden ze in zijn keuken. Het was er lekker warm en het rook er naar versgebakken brood en koffie.

'Zitten,' zei Pitter en hij wees naar de stoelen die aan de grote keukentafel stonden.

Zwijgend deden ze wat hij zei, terwijl hij het jachtgeweer in een hoek naast het aanrecht zette en vervolgens tegenover hen ging zitten.

'Ik voel me niet zo lekker,' zei Robin ineens met een bibberend stemmetje. 'Ik moet wat eten.'

Daniëlle dacht aan de avond ervoor, toen ze zich pas in de schuur hadden verstopt. Robin had twee liga's bij zich gehad waarvan ze er elk eentje hadden opgegeten. Ze had ook insuline gespoten. Daniëlle had niet veel verstand van suikerziekte, maar ze wist wel dat het gevaarlijk kon zijn als ze niet op tijd at. En na die ene liga hadden ze niets meer gegeten. Voor haar maakte het niets uit, maar voor Robin was het cruciaal dat ze nu iets at.

'Ze heeft suikerziekte,' zei Daniëlle, toen ze zag dat Pitter gewoon bleef staan.

Hij keek naar haar zonder iets te zeggen en richtte toen zijn blik op Robin. Vervolgens stond hij op, liep naar het aanrecht en zette even later een bordje met een aantal boterhammen met pindakaas op tafel, gevolgd door twee bekers melk.

Meteen pakte Robin een boterham en zette haar tanden erin. Kauwend schoof ze het bordje naar Daniëlle, die zonder aarzelen ook een boterham nam.

'Zo,' zei Pitter, toen het bordje leeg en de melk op was. 'En dan wil ik nu graag antwoord op mijn vraag.'

Daniëlle zweeg. Alles wat er gebeurd was, vond ze zelf al ongeloofwaardig, dus wat zou Pitter er dan wel niet van denken? Dat ze van het padje was geraakt? Wie zou nou geloven dat haar vader was doorgedraaid?

'Vertel het hem!' fluisterde Robin. Ze zat ineengedoken naast Daniëlle en frummelde met het apparaatje dat ze ook in de arm van Daniëlles vader gestoken had.

'Ja,' zei Pitter. 'Dat is een heel goed advies!' En tegen Daniëlle: 'Kom op meiske. Ik heb niet de hele dag de tijd.'

'Haar vader is helemaal geflipt!' riep Robin. Ze ritste haar jas open, schoof haar shirtje een stukje omhoog en plaatste het apparaatje tegen haar buik. Meteen daarna keek ze weer op en zei: 'Hij heeft die jongen vermoord!'

Even viel er een stilte, waarin Daniëlle nog steeds zwijgend naar het lege bordje op de tafel staarde. Geflipt. Dat was misschien wel het juiste woord. Na de dood van haar moeder en Marit was hij steeds geschifter geworden. En nu had hij Merlijn vermoord. Om wat hij gezien had. Wat ze sámen gezien hadden. Wat zou hij doen als hij haar te pakken kreeg?

'Die jongen?' herhaalde Pitter. 'Je bedoelt die bij het gemaal is gevonden?'

Robin knikte.

'En waarom zou jouw vader...' Hij keek nu naar Daniëlle, '... die jongen vermoord hebben?'

'Omdat hij wat gezien heeft,' zei Robin. 'En Daniëlle ook. Iets met die wethouder, toch?' Ze keek naar Daniëlle.

Nog steeds zweeg Daniëlle. Er raasde van alles door haar heen. Oud verdriet welde op en vermengde zich met de verse pijn over de dood van Merlijn. Ze kon dit niet meer. Wílde niet meer. De wens om eruit te stappen overspoelde haar weer in alle hevigheid en ze moest moeite doen om de tranen die omhoogkwamen tegen te houden.

'Is dat zo, Daniëlle?' vroeg Pitter na een korte stilte.

Ze haalde haar schouders op, probeerde ongezien met de rug van haar hand het vocht onder haar neus weg te vegen.

'Vertel het me, Daniëlle,' zei Pitter zacht. 'Anders kan ik je niet helpen.'

Nu keek ze op, met ogen die glinsterden van tranen, maar tevens ook woede uitstraalden. 'Niemand kan me helpen,' fluisterde ze. 'Niet meer!'

'Natuurlijk wel,' zei Pitter. 'Wat er ook gebeurt en wat voor problemen je ook hebt, er is altijd iemand met een schouder.'

Ze sloeg haar blik weer neer, staarde naar haar handen waarmee ze rusteloos over de zoom van haar regenjack wreef. Ze dacht aan haar moeder, aan de liefde die ze al tien jaar miste. Aan Annelien die zo haar best deed om van haar te houden. Haar vader, wat hij gedaan had. En aan haar zus Marit, die ze zowel had gehaat als aanbeden. Het was door Marit dat haar vader een hekel aan Daniëlle had. Want Daniëlle was alleen maar verwekt om donor te zijn. Donor voor haar zus, die was geboren met een ernstige nierafwijking, die haar vroeger of later het leven zou kosten. Maar al vanaf het begin was duidelijk dat Daniëlle haar zus nooit zou kunnen helpen. Ze hadden verschillende bloedgroepen. Marits lichaam zou Daniëlles nier onmiddellijk afstoten, net zoals het met die van haar vader en moeder gedaan zou hebben.

'Daniëlle?'

Ze schudde haar hoofd en probeerde het verdriet dat zich in haar keel leek op te hopen weg te slikken. Naast de tafel kwam Flann overeind. Hij legde troostend zijn kop op Daniëlles knie en dat was het einde van Daniëlles innerlijke verzet. Tranen stroomden ineens over haar wangen en snikkend liet ze haar hoofd op haar armen vallen.

Een halfuur later zat ze met een beker hete thee op de bank naast de open haard. Robin zat naast haar. Pitter had hen daar laten plaatsnemen nadat Daniëlle alles verteld had. Van die avond, nu vier weken geleden. Dat Merlijn haar vanuit De Stee naar huis bracht en dat ze gestopt waren op de met bomen en struiken omzoomde parkeerplaats die aan de andere kant van het landgoed lag. Hoe Merlijn en zij daar seks in zijn auto hadden gehad en dat er vlak voordat ze wegreden een tweede auto stopte, die ze had herkend als die van haar vader. Ze wilde niet dat Merlijn wegreed uit angst dat haar vader haar zou zien en dus waren ze blijven staan. Ze hadden gezien dat er nog een auto was gearriveerd en dat daar die wethouder uit was gestapt. En dat haar vader en die wethouder tegen de landrover van haar vader de liefde hadden bedreven. Hoe de twee mannen daarna ruzie hadden gekregen en dat haar vader de wethouder met geweld in zijn auto had geduwd en was weggereden.

Ze had het geprobeerd te vergeten; zichzelf wijs te maken dat het niet waar was. Dat ze het verkeerd had gezien. Vooral toen ze in de krant had gelezen dat de wethouder ziek was geworden en later overleden was. Maar toch had ze diep vanbinnen gevoeld dat er iets niet goed had gezeten; dat haar vader te maken moest hebben met de dood van die wethouder. En de dood van Merlijn was daar het bewijs van. Ondanks zijn belofte niets te zullen zeggen, had hij Daniëlles vader opgezocht en hem verteld wat ze gezien hadden. En dat hij geld wilde. Tenminste, dat leek haar het meest waarschijnlijk.

'En toen Daniëlle riep dat ze alles zou gaan vertellen, werd hij helemaal gek,' sloot Robin het relaas van Daniëlle af. 'Hij nam ons mee, maar we ontsnapten doordat ik hem een shot van mijn insuline gaf, en we verstopten ons in de schuur.'

'Waar Flann ons vond,' zei Daniëlle zacht, terwijl ze Flann die aan de andere kant naast haar op de bank lag tussen zijn oren kriebelde.

Zwijgend keek Pitter van Daniëlle naar Robin en weer terug, terwijl hij met zijn hand over zijn kin wreef, iets wat hij al meerdere keren had gedaan het afgelopen halfuur. 'Het klinkt allemaal wat vergezocht,' zei hij uiteindelijk. 'Maar ik vind het verontrustend genoeg om de politie in te schakelen. Dan moeten zij maar uitzoeken hoe het verder zit.'

Hij stond op, pakte zijn mobieltje van de tafel en terwijl hij een nummer toetste, liep naar de gang waar hij een poosje met iemand sprak. Een paar minuten later kwam hij de kamer weer binnen en zei: 'Kom, we lopen naar het landhuis. De politieagent die het onderzoek naar de dood van de jongen...'

'Merlijn,' verbeterde Daniëlle hem.

'... de dood van Merlijn leidt, is al met een aantal collega's van hem onderweg daarnaartoe.' Hij stak zijn mobiel in Robins richting. 'En jij gaat nu eerst je ouders bellen en zeggen dat je veilig bent en dat je bij Daniëlle thuis op hen wacht.'

Meteen sprong Robin overeind, greep de telefoon en toetste haastig een nummer. Daniëlle moest er bijna om glimlachen en voelde zich toch een beetje trots dat zij het meisje de nacht door had geholpen.

Blijkbaar was er niemand thuis, besefte Daniëlle, toen ze zag dat Robin een ander nummer toetste en de mobiel opnieuw tegen haar oor hield. Maar ook op dat nummer werd er niet opgenomen.

'Mijn moeder neemt haar mobiel niet op,' zei Robin verbaasd. 'En er is ook niemand thuis.'

'Dan zullen ze wel onderweg zijn,' zei Pitter. 'Je moet niet vergeten dat ze ten einde raad waren toen jij verdwenen was. Ze moeten een verschrikkelijke nacht hebben gehad. Als Flann jullie vanmorgen niet gevonden had, wat hadden jullie dan vandaag gedaan? En waarom zijn jullie gisteravond niet meteen naar me toe gekomen?'

'Dat durfden we niet,' zei Daniëlle beschaamd.

Pitter schoot in de lach. 'Ik dacht dat jij me toch wel beter kende, Daniëlle.'

Ze zweeg en sloeg haar blik neer.

'En de mobiel van je vader?' vroeg Pitter aan Robin.

'Weet ik niet uit mijn hoofd,' zei ze, met lichte paniek in haar stem. 'Dat staat allemaal in mijn eigen mobiel.'

'Geeft niet,' zei Pitter. 'Dan zien we ze vast wel bij het landhuis.' Hij duwde Daniëlle en Robin met lichte dwang naar de keuken, waar hij zijn jachtgeweer pakte en de deur opentrok. 'Daar zijn we in tien minuten.'

-4-

BARBARA

'Wat moet ik nou doen?'

De stem van Annelien weerkaatste in mijn oren. Doen? Wist ik veel wat ze moest doen? Het was al beroerd genoeg dat ik niet wist wat ik zelf moest doen. Het feit dat haar dochter blijkbaar verdwenen was op vrijwel exact hetzelfde moment als Robin, gaf te denken, maar hoefde natuurlijk helemaal niets te betekenen.

'Hoe oud is je dochter?' wilde ik weten.

'Zestien. Maar dat zegt niets. Eigenlijk is ze nog een kind.'

Maar toch ruim drie jaar ouder dan Robin. Was het werkelijk mogelijk dat hun verdwijning met elkaar te maken had? Maar hoe dan? Ze kenden elkaar helemaal niet! Of had die man, die Timo Camminga, er de hand in? Had hij zijn eigen dochter ook onder bedreiging meegenomen? Hij was er gek genoeg voor. Het was dan wel zijn dochter, maar zoals hij met dat wapen voor me had gestaan, leek hij al zijn realistisch denkvermogen kwijt te zijn. Stel dat ze hem in de weg had gelopen? Iets had gezien?

Inmiddels vreesde ik ook steeds meer voor het leven van Robin. Ons hele gezin was Camminga's doelwit, maar Marcus had hij nodig en Puck was zijn garantie dat Marcus deed wat hij wilde. Robin en ik waren dus eigenlijk overbodige ballast; wie weet had hij zich allang van Robin ontdaan en was ze daarom onvindbaar.

Misselijkmakende wanhoop kroop in me omhoog, terwijl ik niet aan dat scenario probeerde te denken. Ik moest positief blijven. Ik leefde nog, dus Robin hopelijk ook. Daar moest ik aan vasthouden en vooral niet bij de pakken gaan neerzitten. Ik ademde even diep in en zei: 'Ik ga hen zoeken.'

'Wat?' vroeg Annelien. In haar ogen zag ik lichte paniek oplaaien.

'Dit landgoed is gigantisch groot,' ging ik verder. 'Er zijn hier genoeg plaatsen waar jouw man iemand kan vasthouden; hij kent het huis en het terrein als geen ander. Wij niet. We zullen dus moeten zoeken.'

'Maar hij is gewapend!' riep Annelien.

Ik draaide me om. 'Dat kan me niet schelen,' zei ik scherp. 'Ik ga hier niet werkeloos zitten wachten tot de politie er eindelijk eens is. Het kan nog wel een halfuur duren voordat ze er zijn!'

'Het is nog te donker buiten,' wierp Annelien tegen. 'Je zult verdwalen als je de weg niet weet!'

'Dan begin ik hierbinnen,' zei ik koppig.

Ik wachtte niet meer op haar reactie, schoot de gang in, de trap op naar boven en duwde een willekeurige deur open. Een kinderkamer. Meteen begon een baby te huilen en doemde Annelien naast me op. Haastig liep ze langs me heen, pakte het kind uit zijn bedje en sprak het sussend toe. Ik verliet de kamer en keek achter elke deur die ik tegenkwam, maar er was niemand te vinden. Geen Marcus, geen Puck, geen Timo Camminga. En al helemaal geen Robin en Daniëlle. Niets wees erop dat er behalve Annelien en ik iemand in dit deel van het huis aanwezig was. Maar ik vertikte het om het op te geven. Er waren nog genoeg andere plekken in dit verdomde doolhof. Om nog maar te zwijgen van de hectares grond eromheen.

'Ik begrijp er niets van,' zei Annelien verward, toen we vijf minuten later in de laatste kamer op de bovenverdieping waren beland. Ze had haar baby nog steeds op de arm en ze staarde verontrust in de la van een bureau dat daar stond. 'Hier lag gisteren een wapen. Timo moet het daarna hebben meegenomen. Maar waarvoor? Waarom bedreigt hij er mensen mee?'

Daar wist ik zo gauw geen antwoord op, behalve dat haar man

gewoon was doorgedraaid. Waarschijnlijk jaren geleden al. 'Hij heeft niet nog meer wapens?' vroeg ik.

Ze schudde haar hoofd. 'Niet dat ik weet.'

Dat was jammer. Het idee dat ik mezelf had kunnen verdedigen met een pistool zou me net even wat meer zelfvertrouwen hebben gegeven. Uiterlijk leek ik dan wel zo vastberaden, maar diep vanbinnen was ik bang. Doodsbang. Voor Timo Camminga. Voor wat er door hem heen ging; wat hem dreef. Voor wat hij met Marcus en Puck had gedaan, en nog kon doen.

En met Robin...

'Ik ga de rest van het huis doorzoeken,' zei ik en zonder op Anneliens reactie te wachten, liep ik de trap af. Ik was ongeveer halverwege toen ik het hoorde: een zacht, schrapend geluid. Het was alsof er ergens voorzichtig een meubelstuk werd verplaatst.

'Dat komt uit de vertrekken van de baron,' klonk de stem van Annelien. Ze was me blijkbaar weer gevolgd en stond nu vlak achter me op de trap.

'Wat?' vroeg ik, terwijl ik me omdraaide.

'De vertrekken van de baron,' herhaalde Annelien.

'Waar zijn die?'

'Boven.' Ze wees in de richting van een deur aan de andere kant van de grote hal. 'Daarachter zit de trap ernaartoe.'

Ik keek naar de crèmekleurige, brede deur en aarzelde geen moment. Vastberaden liep ik de onderste helft van de trap af en doorkruiste de hal, op de voet gevolgd door Annelien.

'Hij zit op slot,' zei ze. 'De sleutel hangt in de keu...'

Maar ik had de knop al omgedraaid en Annelien zweeg abrupt toen ik de deur langzaam opentrok.

'Wat gek,' zei Annelien. 'Hij hoort afgesloten te zijn, zodat bezoekers niet per ongeluk naar boven kunnen.'

Dat zei mij genoeg: *Camminga*!

Voorzichtig trok ik de deur wat verder open en keek naar binnen. Ik zag een ruim portaal, een soort trappenhuis, waarin recht tegenover de deur een brede trap naar boven liep. Hij was bekleed met hetzelfde dikke tapijt als op de vloer.

'Niet naar boven gaan,' zei Annelien met een zenuwachtige trilling in haar stem. 'Wacht op de politie!'

'Daar is geen tijd voor,' zei ik.

'Hij is gewapend.' Ze pakte me bij mijn arm. 'Ik wil niet dat er wat gebeurt. Niet met jou, maar ook niet met Timo.'

'Wat er met Timo gebeurt, interesseert me geen fluit!' snauwde ik. 'Híj is de oorzaak van deze ellende. Wie weet is hij ook wel verantwoordelijk voor de dood van die jongen bij het gemaal!'

Ze keek me aan, met een blik die ik niet kon thuisbrengen. Afkeer? Woede? Misschien. Maar ik trok me er niets van aan, liep de hal in en bleef onder aan de trap staan.

'Timo is geen moordenaar,' klonk het achter me. 'Hij heeft veel fouten gemaakt, maar hij is geen moordenaar.'

Ik reageerde er niet op, liep behoedzaam de trap op. Deze keer volgde Annelien me niet.

Halverwege splitste de trap zich, waardoor je zowel links- als rechtsom in de vierkante hal op de eerste verdieping kwam. Recht tegenover de trap boden twee openslaande deuren met glas-in-loodramen toegang tot een lange, brede gang. Ik zag niets, hoorde ook niets.

Wat nu?

Ik keek de brede gang in en zag aan beide kanten een aantal deuren, waartussen kristallen lampjes aan de muur hingen die een zacht licht verspreidden. Ik spitste mijn oren, maar ik hoorde nog steeds niets. Op mijn tenen sloop ik door de glas-in-lood-deuren de gang in en opende voorzichtig de eerste deur aan de linkerkant.

Het was een kleine salon, met donkere en chique meubels. Het leek alsof er zelden iemand kwam en waarschijnlijk was dat ook zo. Maar juist dat feit maakte het kil en koud.

Ik sloot de deur zo zacht mogelijk, liep naar de andere kant van de gang en opende de volgende deur. Daarachter zat een soort werkkamer. Of een kantoor. Moderner dan wat ik tot nu toe had gezien. Een paar stoelen, wat archiefkasten, een lelijk grijs bureau en een kastje waarop een printer stond. Het enige mooie in deze kamer was de schouw, die een zwartgeblakerde haard omzoomde, waarvan ik vermoedde dat hij regelmatig gebruikt werd.

Geluidloos sloot ik ook deze deur. Ik keek de gang door, waar ik nog vijf deuren zag. Hoeveel kamers waren er eigenlijk? Veel. Belachelijk veel. Maar ik zou ze hoe dan ook stuk voor stuk doorzoeken! Vastbesloten liep ik verder.

Op het moment dat ik de knop van de volgende deur wilde omdraaien hoorde ik iets en meteen trok ik mijn hand weer terug. Wat was dat? Behoedzaam legde ik mijn oor tegen de deur en luisterde, maar alles was stil. De haartjes in mijn nek gingen overeind staan en mijn verstand zei me dat ik me moest omdraaien en zo snel mogelijk terug naar beneden moest gaan. Maar mijn gevoel was sterker: weglopen was geen optie. Ik moest Marcus vinden. En mijn kinderen. Dat moest!

Opnieuw pakte ik de deurknop vast en draaide hem om. Even verwachtte ik dat de deur op slot zou zitten, maar dat was niet zo; hij ging soepel open en verrast keek ik rond in een riante slaapkamer met een enorm hemelbed met crèmekleurige draperieën. Mijn blik schoot echter vrijwel direct naar de sofa bij het raam. Het ding had slechts aan één kant een leuning en daar tegenaan zat Marcus. Zijn handen en voeten waren met donkergrijs tape samengebonden en ook zijn mond was ermee dichtgeplakt.

'Marcus!' riep ik.

Hij keek naar me; zijn ogen schoten van links naar rechts. Hij gromde, probeerde iets te zeggen, maar ik ontdekte te laat wat dat was. Een hand sloot zich van achter me in een ijzeren klem om mijn arm, zodat ik een kreet van schrik slaakte.

'Ik had van alles verwacht,' klonk een stem, 'maar niet om jou hier te zien.'

Mijn hart schoot omhoog tot in mijn keel. *Camminga!*

Zijn greep om mijn arm werd krachtiger en ik kromp ineen van de pijn. Ik keek om en zag in zijn andere hand het wapen waarmee hij me eerder ook al bedreigd had. Ik voelde dat hij tot het uiterste gespannen was en dat kon hem weleens gevaarlijk en onvoorspelbaar maken.

'Laat me los,' zei ik met trillende stem. 'Dit wil je niet.'

Hij lachte wrang. 'Er zijn wel meer dingen die ik niet wilde,' zei hij. 'Een zieke dochter, een instabiele vrouw, een arts die mijn kind heeft vermoord.'

Ik zag de donkere blik in zijn ogen en een nerveuze tinteling verspreidde zich over mijn rug. 'Daar weet ik niets van,' zei ik, licht aarzelend. 'Ik ben hier alleen maar om mijn man en mijn dochters op te halen.'

Hij staarde me aan, geringschattend. Zijn mond vertrok tot een scheve grijns en voor de tweede keer die dag richtte hij zijn pistool op me. Achter me klonk het gegrom en gesnuif van Marcus, wat me onrustig en ook angstig maakte.

Camminga leek zich er niets van aan te trekken. Hij duwde me zonder iets te zeggen de kamer uit en trok de deur achter zich dicht.

'Wat gaan we doen?' vroeg ik. 'Waar zijn mijn kinderen?'

Hij reageerde niet, duwde me alleen maar voor zich uit, zijn vingers nog strakker om mijn arm geklemd.

'Ik wil mijn kinderen zien!' zei ik, meteen daarna mijn tanden op elkaar klemmend tegen de pijn.

Nog steeds zei hij niets, leidde hij me verder de gang door. Aan de muur hingen foto's waarvan ik vermoedde dat het familieportretten van de baron waren. Sommige leken al vrij oud, maar er waren er ook bij die recenter waren. Ik zag een foto van een vrouw met een kind en dacht ineens aan Annelien en haar baby. Hún baby. Was dat misschien een opening om hem te laten praten?

'Ik heb je vrouw ontmoet,' zei ik. 'En je baby. Een schattig kereltje.'

Hij gaf geen antwoord, maar daar liet ik me niet door uit het veld slaan. Ik keek naar hem over mijn schouder en vervolgde: 'Hoe ga je dit alles aan hen uitleggen? Wat zullen zij ervan zeggen?'

'Dat interesseert me niet,' antwoordde hij, terwijl hij me ruwer dan daarvoor de gang door duwde.

Het maakte me ineens woedend. Met een enorme ruk trok ik mijn arm los en zonder na te denken over de eventuele gevolgen van mijn actie, draaide ik me naar hem om. 'Dat interesseert je niet?' beet ik hem toe. 'Weet je wel dat je vrouw daar beneden volledig in paniek is?' Dat was niet helemaal waar, maar om tot hem door te dringen zou ik alles bij elkaar liegen, als dat nodig was.

'Annelien is een onnozel kalf,' zei hij. 'Haar trouwen was pure noodzaak.'

'Noodzaak?' herhaalde ik. 'Jullie hebben een baby!'

Met een ijskoude blik staarde Camminga me aan. 'Loop je nou nog door of hoe zit dat?'

Ik stond daar, helemaal perplex, geschokt door de kille houding van een man die zowel echtgenoot als vader was. De woede die me zojuist nog overspoeld had, sijpelde weg en werd vervangen door een steeds sterker wordend gevoel van ongeloof. Was hij werkelijk zo kil en gevoelloos? Wat bezielde die man? Wat dreef hem? Ik keek hem recht aan en zei: 'Wie bén jij eigenlijk? En waarom doe je mijn gezin dit aan?'

'Jouw gezin?' Hij lachte even kort. 'Wat dacht je van dat van mij?'

'Wat weet ik nou van jouw gezin?' riep ik. 'Ik ken ze toch helemaal niet?'

'Dan wordt het tijd dat je ze leert kennen,' zei hij met een nijdige klank in zijn stem. 'Jouw man heeft ze tenslotte de dood in gejaagd.'

Dat antwoord had ik niet verwacht. Wat bedoelde hij? Net had hij het ook al over de dood van een kind. Zíjn kind. Niet Daniëlle, toch? Ik had het meisje nog nooit gezien, maar het idee dat hij zijn dochter iets had aangedaan deed me koud worden tot op het bot. En wat had Marcus er in vredesnaam mee te maken?

'I-ik begrijp het niet,' stamelde ik.

'Nee, dat zal wel niet,' zei Camminga. Hij pakte me weer bij mijn arm en zonder me los te laten duwde hij me verder de gang door. Ik was te overdonderd om opnieuw te protesteren.

Aan het eind waren opnieuw twee openslaande deuren met glas-in-loodramen die uitkwamen op een halletje. Camminga leidde me er voorbij, verder de gang in tot bijna aan het einde, waar hij een deur opengooide en me een ouderwetse bibliotheek met plafondhoge boekenkasten in duwde. Er stond een bank bij de schouw en recht tegenover de deur was een groot openslaand raam in een erker. Midden in de kamer stond een bureau waarop een koperen lamp stond. Op een van de hoeken lag een opvallend dik boek met een verweerde omslag dat rijkelijk versierd was met zilverkleurig beslag.

Camminga sloot de deur achter zich, doorzocht toen mijn jaszakken en trok Marcus' mobiel eruit, die hij in zijn broekzak schoof. Het had geen zin hem te vertellen dat ik daar toch niet mee kon bellen; dat zou hij vast niet geloven. Hij gebaarde naar de bank, waar ik aarzelend op ging zitten. Vervolgens liep hij naar het raam en keek zwijgend naar buiten, zonder zichtbaar op mij te letten.

Na een poosje haalde hij zijn eigen mobiel tevoorschijn, legde hem op het bureau, met het pistool ernaast, en ging in de leren bureaustoel zitten. Ergens in de verte hoorde ik een klok acht uur slaan.

'Waarom doe je dit, Timo?' vroeg ik weer. Hem hardop bij zijn voornaam noemen klonk gek in mijn oren, maar hem aanspreken met meneer Camminga leek me bepaald onzinnig.

'Wat kan het jou schelen?' vroeg hij, zonder op te kijken.

'Een heleboel,' zei ik. 'Ik wil het begrijpen.'

Camminga keek opzij en voor een kort moment ontmoette mijn ogen de zijne, voordat hij zijn hoofd weer terugdraaide en voor zich uitstaarde. 'Het maakt niks meer uit,' zei hij. 'Het was allemaal voor niets.' Hij draaide zich met stoel en al in mijn richting en vervolgde: 'Het heeft me mijn dochter in ieder geval niet teruggegeven.'

'Welke dochter?' vroeg ik. 'Daniëlle?'

Hij schudde zijn hoofd. 'Marit. Mijn oudste.'

Ik zweeg. Er was dus nog een dochter geweest en dat gaf me min of meer een geruststellend gevoel. Want dat betekende dat zijn andere dochter nog leefde. Of had zij hier misschien helemaal niets mee te maken? Maar waar was ze dan? En waar was Robin?

'Ze was mooi, weet je dat?' zei hij zacht. 'Mijn Marit.' Hij keek me aan en vervolgde: 'We wisten allemaal dat ze dood zou gaan, uiteindelijk. Vooral nadat bleek dat zowel mijn vrouw als ik geen geschikte donor waren. Ik had de verkeerde bloedgroep en van mijn vrouw waren de weefseltests negatief. Alleen een wonder of een ander familielid had toen nog uitkomst kunnen bieden, want de wachtlijst voor een donornier is eindeloos en Marit was nog lang niet aan de beurt.'

'Dat spijt me,' zei ik zacht.

Na een korte stilte ademde hij even diep in voordat hij verderging: 'Het was toen dat we het plan kregen om nog een kind te nemen. De kans was groot dat een broertje of zusje een geschikte donor zou zijn, en dat had Marits leven kunnen redden.' Hij keek me aan. 'Daniëlle,' zei hij. 'Marit was vier toen zij werd geboren. We hadden weer hoop. Hoop op een toekomst voor onze oudste, maar al snel bleek dat ook Daniëlle niet geschikt was als donor. Ze had mijn bloedgroep en die was dus niet compatibel met die van Marit.'

Ik slikte, wist eigenlijk niet goed wat ik moest zeggen. Het idee een kind te verwekken alleen om een donor te creëren, kwam hardvochtig en ongevoelig op me over. Daarnaast wist ik niet eens dat het een mogelijkheid was; een minderjarige, nog in leven zijnde orgaandonor.

'Ik begrijp dat je daar kapot van bent,' zei ik. 'Maar wat heeft het allemaal met ons te maken? Met mij. Met Marcus?'

Zijn blik veranderde ineens. De verslagenheid die ik erin had gezien verdween en maakte plaats voor een oplaaiende woede. 'Het was de keus van jouw man,' zei hij ijzig. 'Na jaren wachten stond Marit boven aan de lijst. Ze was tien en haar levenskracht doofde langzaam uit. Maar toen was er een donor. Een tiener die geschept was door een auto. Haar ouders stemden in met een orgaandonatie. We waren zo blij.' Hij boog zijn hoofd en ik zag hoe hij zijn handen nijdig tot vuisten kneep, toen hij zei: 'Maar jouw man besliste dat het donormateriaal niet geschikt was. Beschadigd door het ongeluk. Ze zouden nooit optimaal werken, had hij gezegd. En dus kwam er geen transplantatie. Drie maanden later was ze dood. Mijn Marit. Mijn engeltje.'

'Dat is vreselijk,' zei ik zacht. 'Maar het had dan toch niets uitgemaakt? Als die nieren van dat dode kind waren getransplanteerd, had jouw dochter nog steeds geen werkende nieren gehad en zou ze misschien...'

'Geen góéd werkende nieren,' beet hij me toe. 'Het had haar tijd gegeven. Tijd tot de volgende transplantatie van goede, sterke nieren. Ze had een kans gehad. Een kans die haar arts, jouw man, haar ontnam.'

Ik zweeg. Omdat ik met stomheid geslagen was, maar ook omdat ik ineens een heleboel dingen begreep. Ik had me al eerder afgevraagd wat de connectie was tussen hem en Marcus. Dat Timo Camminga het ongeluk op die oktoberavond gezien had, was me al duidelijk uit de flarden die ik gelezen had in Marcus' bekentenis, maar hoe hij ons gezin gevonden had, was me een raadsel geweest. Nu wist ik het. Hij moest Marcus daar op die verlaten weg herkend hebben als de arts van zijn dochter. Wat had hem daar in vredesnaam gebracht, in de stromende regen?

Ik wist nog steeds niet hoe ik moest reageren, staarde hem alleen maar aan, toen zijn mobiel ineens een zacht geping produceerde.

Camminga's blik schoot naar het telefoontje. 'We krijgen bezoek,' zei hij. Meteen daarna stond hij op, pakte het pistool en zijn mobiel van het bureau, liep naar de deur en draaide zich daar nog even naar me om. 'Jij blijft hier,' zei hij kortaf. 'Doe geen domme dingen... ik waarschuw je. Ik ben met tien tellen terug.'

Hij wachtte niet op mijn antwoord, maar verliet direct de kamer. Ik hoorde een sleutel omdraaien en blies teleurgesteld mijn adem uit. Via de deur ontsnappen zou ook te gemakkelijk zijn geweest. Ik was in ieder geval blij dat hij me niet vastgebonden had, zoals hij Marcus had gedaan. Het deed me wel beseffen dat hij niet ver weg zou zijn.

Ik wierp een blik op het raam en vroeg me af of er misschien een mogelijkheid was om daardoor te ontsnappen. Niet dat ik dat zo graag wilde, niet zolang Marcus even verderop vastgebonden in een kamer lag en Puck en Robin hier misschien ook ergens waren, maar het zou nieuwe mogelijkheden kunnen creëren.

Of juist niet.

Misschien kon ik beter blijven wachten op de politie, die naar ik hoopte inmiddels wel gearriveerd zou zijn en door Annelien op de hoogte was gebracht over haar man en het wapen.

Op dat moment werden mijn gedachten onderbroken door een luide knal, kort daarop gevolgd door een tweede, en geschrokken veerde ik overeind.

-5-

DANIËLLE

'Ik zie nog geen politie,' zei Daniëlle, toen ze het bos verlieten en over het betegelde pad naar de oprit liepen.

'Maar wel de auto van mijn moeder!' riep Robin. Ze stoof naar voren en gluurde door de raampjes naar binnen.

'Ze is vast al binnen, in de keuken bij Daniëlles moeder,' zei Pitter.

Stiefmoeder.

Annelien was haar moeder niet. Dat zou ze nooit worden, hoe ze ook haar best deed. Niemand kon haar moeder vervangen. Maar zoals altijd zei Daniëlle niets. Ze had geleerd dat mensen het toch niet begrepen. Vooral de mensen die Annelien kenden. De enige reactie die ze gaven was dat Annelien toch lief was en zo haar best deed. Dat begreep Daniëlle ook wel; Annelien deed er alles aan om op goede voet met Daniëlle te komen. Ze deed eigenlijk te veel; ze drong zich op en daar kon Daniëlle niet mee omgaan. Haar vader had haar al die jaren min of meer genegeerd, en pas toen Annelien op het toneel was verschenen had hij wat meer interesse in haar getoond. Niet veel, net genoeg om Annelien te laten denken dat hij om zijn dochter gaf. Nou, dat was dus niet zo. Haar vader hield niet van Daniëlle. Daniëlle had Marit vermoord. Het waren precies de woorden die hij ooit tegen haar had gezegd, toen ze een jaar of elf was. Vanaf die dag had ze geweten dat ze er alleen voor stond. Ook toen Annelien in hun leven kwam en probeerde een band met haar op te bouwen, vaak op het obsessieve af. Maar Daniëlle hield de dikke muur die ze om zich heen had opgetrokken intact en ondoordringbaar. Nooit meer zou ze iemand op haar ziel laten trappen.

Ze keek opzij naar Pitter, die zijn ogen over het landhuis liet glijden. Ze volgde zijn blik en zag waarom hij zo verbaasd keek: de voordeur stond open. Dat was gek. Dat ding zat altijd dicht en op slot. Als kind had ze daar een hekel aan gehad, vooral als het regende en ze helemaal moest doorlopen naar de zijdeur van hun eigen vleugel.

'Wacht hier,' zei Pitter, die het blijkbaar niet vertrouwde.

'Echt niet,' zei Daniëlle. Ze glipte langs hem en rende de trappen van het bordes op. Eenmaal binnen keek ze links en rechts de hal door. Er was niets te zien.

'Niemand,' zei ze tegen Pitter en Robin, die achter haar aan waren gekomen.

'Waarom staat die deur dan open?' vroeg Pitter. 'Iedereen weet dat je vader die deur gesloten wil houden.'

'Ja, mijn vader wil zo veel,' snauwde Daniëlle. Ze kreeg er genoeg van dat iedereen maar naar zijn pijpen danste. Zelfs nu, terwijl ze Pitter verteld had wat hij gedaan had.

Pitter wilde net reageren toen ergens een zacht geluid klonk. Het leek op zacht gemompel, of was er iemand aan het huilen? Daniëlle keek naar rechts, de gang in die naar hun woongedeelte leidde. Daar kwam het vandaan. Zonder op de anderen te wachten, rende ze de gang door.

Vanuit de keuken klonk nu duidelijk de stem van Annelien. Ze klonk opgewonden en zodra Daniëlle binnenstormde, viel ze stil. Met de telefoon tegen haar oor staarde ze Daniëlle aan alsof ze een spook zag. Maar vrijwel meteen daarna leek opluchting Annelien te overspoelen. Haar verhitte gezicht ontspande zich en tranen stroomden ineens over haar wangen.

'Daniëlle,' fluisterde ze. Ze gooide de telefoon op de keukentafel en sloeg haar armen om haar heen. 'O, ik was zo ongerust!'

Heel even liet Daniëlle het toe, maar toen duwde ze Annelien bijna bruusk van zich af. 'Waar is papa?'

'Dat… dat weet ik niet precies.' Ze keek naar Pitter, die ook de keuken was binnengekomen. 'Ik denk boven, in het appartement van de baron. We… hoorden geluiden en toen is ze naar boven gegaan. Ik heb de politie weer gebeld omdat ze niet meer terugkwam.'

'Ze?' vroeg Pitter.

'Zij,' zei Annelien. 'Die vrouw. De moeder van dat vermiste meisje.'

'Mijn moeder?' vroeg Robin. 'Is zij boven?'

'Ja, maar je kunt er niet naartoe!' riep Annelien, toen Robin zich omdraaide om terug de gang in te rennen. 'Hij is gewapend! Wacht op de politie!'

'Wie is gewapend?' wilde Pitter weten.

Annelien aarzelde. 'Timo,' zei ze. 'Hij heeft een pistool.'

Daniëlle zag Pitters gezicht betrekken. 'Jezus,' reageerde hij. 'Wil je zeggen dat Timo boven met een pistool rondloopt en dat die vrouw desondanks naar hem toe is gegaan?'

Annelien knikte.

Daniëlle ergerde zich ineens aan Anneliens passiviteit. Kon ze niet eens wat meer initiatief tonen? Wat had ze gedaan, nadat Robins moeder naar boven ging? Niet veel, dat was duidelijk. Had ze niet achter haar aan kunnen gaan en haar helpen? Nee, ze was naar de keuken gegaan en had de politie gebeld, die toch al onderweg was. Handig.

'Ik zei haar nog niet te gaan, maar ze luisterde niet,' ging Annelien verder. 'Ze zei dat Timo haar man en dochter had meegenomen.'

'Wat?' zei Robin. 'Zijn mijn vader en zusje hier ook?' Nu rende ze naar de deur van de keuken, waar ze werd tegengehouden door Pitter.

'Geen denken aan,' zei hij. 'Jullie blijven hier op de politie wachten. Ik ga poolshoogte nemen.'

'Ik wil mee!' riep Robin, terwijl ze zich probeerde los te trekken uit Pitters greep.

'Nee,' beet Pitter haar toe. 'Je blijft hier!' Het klonk zo streng dat Robin van schrik kalmeerde en hem met grote ogen aanstaarde.

'Wij wachten hier,' zei Daniëlle tegen Pitter. Ze sloeg haar arm om Robins schouders en bracht haar naar een van de stoelen rond de eettafel.

Pitter knikte haar waarderend toe en verliet de keuken.

'Mijn ouders en mijn zusje zijn daar!' riep Robin, terwijl ze opstond. 'Ik wil naar hen toe!'

'Straks,' zei Daniëlle en ze duwde Robin weer op de stoel terug. 'Laat Pitter eerst kijken of het veilig is.' Ze keek naar Annelien. 'Weet je zeker dat mijn vader gewapend is?'

Ze knikte. 'Hij had in zijn bureaula een pistool liggen. Dat is nu weg.'

Ook dat nog. Waarom had haar vader een wapen? En was hij werkelijk van plan om het te gebruiken? Of – erger nog – had hij het misschien al gebruikt? Wat was er eigenlijk allemaal aan de hand? Waarom had haar vader een man en een kind meegenomen? Gegijzeld, eigenlijk? Dat sloeg toch nergens op? Oké, hij was nooit een echte vader voor haar geweest, en hij had nooit enige blijk van liefde ten opzichte van haar getoond, maar dat hij mensen tegen hun wil vasthield, was wel het laatste wat ze van hem verwacht had. Ze had eigenlijk altijd gedacht dat het de 'familiekwestie' was, die hem zo gemaakt had. De teleurstelling dat Daniëlle niet kon waarmaken waarvoor ze verwekt was, had bij hem een knop omgezet.

Maar nu... nu kreeg ze toch het idee dat er meer aan de hand was. Er speelden dingen waar ze geen weet van had. Wat was de link tussen haar vader en Robins ouders? Die moest er zijn, dat kon niet anders. Ze dacht aan dat moment bij het gemaal, waarop haar vader naar Robin had gekeken en plotseling wist ze die blik thuis te brengen. Het was herkenning geweest. Hij kende haar. En als hij haar kende, moest hij ook haar ouders kennen.

Daniëlle groef in haar geheugen, maar ze kon niets bedenken

wat een schakel zou kunnen vormen. Ze keek naar Annelien. Of zou zij de bindende factor zijn? Nee, onmogelijk. Haar blik ging weer naar Robin, die zojuist aan Annelien had verteld wat er allemaal gebeurd was, waar ze de nacht hadden doorgebracht en hoe Pitter hen gevonden had.

Annelien had geluisterd zonder iets te zeggen, terwijl ze ondertussen Josh op haar knieën op en neer bewoog. Het joch lachte, met die brede babygrijns van hem en juist toen Daniëlle naar hem keek, stond Robin op van haar stoel en sprintte de keuken uit.

'Hé!' riep Daniëlle. 'Blijf hier!' Ze schreeuwde Robins naam en rende meteen achter haar aan. Aan het einde van de gang had ze haar bijna ingehaald en net toen ze haar bij de arm greep en tot stoppen dwong, klonk er een harde knal. Vlak daarna hoorden ze een kreet, gevolgd door nog een knal.

Heel even keek Daniëlle Robin aan. Toen schoot ze de gang door, naar de openstaande deur naar de vertrekken van de baron, op de voet gevolgd door Robin. Onder aan de trap in het halletje bleef ze geschokt staan bij de aanblik van Pitter die op zijn rug naast zijn jachtgeweer lag. Zijn ogen waren gesloten en op zijn borst verscheen een rode vlek, die langzaam steeds groter werd.

-6-

BARBARA

Geschrokken staarde ik naar de deur. Iemand had geschoten! Camminga? Dat moest haast wel. Maar op wie? Toch niet op Marcus?

Ik schudde mijn hoofd vol ongeloof. Nee, onzin. Waarom zou hij op een geknevelde man schieten? Hij was gewoon krankzinnig; moest volledig de weg kwijt zijn. Hoe lang was dit al aan de gang? Had hij de dood van zijn dochter gewoon nooit goed verwerkt en was dit het resultaat? Maar hij besefte toch wel dat hij niet de enige was? Zo veel ouders verloren een kind. Ík verloor een kind. Mijn Sabine. Ze was nog zo klein toen ze op die fatale avond ziek werd. Twee weken oud en er was geen hoop. Ook ik had op dat moment niet meer geweten hoe het verder moest. Tot die avond.

Ik huiverde. Hoe fout onze beslissing toen ook was, ik wist dat we niets anders hadden kunnen doen. Voor ons niet, maar ook niet voor Puck. Wat zou er van die kleine baby terechtgekomen zijn als ze op een andere manier dat vreselijke ongeluk toch had overleefd? Een weeshuis? Pleeggezinnen? Nu groeide ze op in een gezin dat haar alles gaf wat een kind nodig had. Liefde. Aandacht. Warmte. De kans om gelukkig te zijn. Ik had er geen spijt van. En ik zou er alles voor doen om te voorkomen dat ze ons werd afgenomen.

Vastberaden kwam ik overeind. Ik moest hier weg. Dat was een ding dat zeker was. Mijn blik schoot naar het raam. Dat was mijn enige ontsnappingsweg. Ik stond op en liep er voorzichtig naartoe, terwijl ik af en toe naar de deur keek om me ervan te verzekeren dat Camminga niet ineens weer binnenkwam. Met mijn handen boven mijn ogen staarde ik door het glas naar buiten. De zon was nog niet helemaal op en die verrekte mist blokkeerde mijn uitzicht, maar toch was me duidelijk dat we aan de achterkant van het huis zaten. Ik spande mijn ogen in om meer te kunnen zien en in de ochtendschemer zag ik uitgestrekte weilanden waarin koeien graasden, en links een bosrand met dikke, hoge bomen.

Ik keek omlaag, naar een soort Frans balkon dat langs het raam zat. Dat was vreemd, want het waren geen openslaande deuren. Ik duwde mijn wang tegen het glas en volgde met mijn ogen de balustrade, die zich naar links leek uit te strekken, tot voorbij een ander raam, dat zich in een andere ruimte moest bevinden.

Op mijn knieën kroop ik opzij over de kussens in de vensterbank en keek opnieuw door het glas. De balustrade zat op ongeveer dertig centimeter van het raam. Als ik mijn buik inhield, moest ik ertussen passen en kon ik misschien opzij schuifelen naar het raam van de kamer hiernaast.

Ik greep de kruk van de ouderwetse spanjolet, draaide hem om en probeerde het raam open te trekken, maar dat lukte niet. Hij was waarschijnlijk in eeuwen niet open geweest en zat muurvast. Ik rammelde wat, gaf met mijn vuist een flinke klap tegen het houtwerk, trok opnieuw en toen ineens schoot hij open, waardoor ik bijna achterover van de vensterbank duikelde.

Gespannen bleef ik op mijn knieën zitten, bang dat Camminga iets gehoord had, maar er klonk geen enkel geluid. Snel stak ik mijn hoofd door het raam naar buiten. Langs de onderkant van de balustrade zag ik een betonnen rand waar ik mijn voeten op kon zetten. Een paar minuten zou het me maar kosten om bij het andere raam te komen.

Voorzichtig ging ik in het open venster zitten en sloeg een been over de rand. Ik probeerde niet naar beneden te kijken, bang als ik was dat ik niet meer zou durven, maar toch kon ik niet voorkomen dat mijn blik naar de struiken onder het raam werd getrokken. Heel even sloot ik mijn ogen om moed te verzamelen en net toen ik mijn andere been naar buiten wilde zwaaien, hoorde ik een schorre kreet die mijn hart een paar slagen deed overslaan. Verschrikt draaide ik me half om, mijn handen nog steeds om de balustrade geklemd.

Camminga!

In een oogwenk stond hij achter me, greep me met één hand bij mijn arm en sleurde me terug naar binnen. Ik viel achterover op de kussens in de vensterbank en tuimelde vervolgens op de grond. Haastig krabbelde ik overeind, maar nog voordat ik mijn evenwicht had hervonden, gaf Timo Camminga me zo'n harde klap, dat ik opzij viel en met mijn hoofd op de rand van de vensterbank terechtkwam.

De eerste paar seconden wisselden zwarte vlekken en gekleurde lichtflitsen elkaar af; scherpe steken in mijn hoofd deden me naar adem happen en de pijn verbijtend liet ik mezelf met mijn rug tegen de muur vallen, terwijl ik uit alle macht probeerde mijn ogen op één punt te focussen.

'Wat was jij in godsnaam van plan?' beet Camminga me toe.

Ik voelde me te ellendig om antwoord te geven. De kamer draaide om me heen zodat ik misselijk werd en ik haalde een paar keer diep adem om te voorkomen dat ik moest overgeven.

Met grote stappen liep Camminga naar het raam en keek de tuin in. Wat hij daar verwachtte te zien, wist ik niet, maar ik was blij dat hij zijn aandacht op iets anders dan op mij richtte. Ik sloot mijn ogen, legde mijn hoofd op mijn opgetrokken knieën en wachtte tot het duizelige gevoel over ging.

Nijdig duwde Camminga het raam dicht en draaide de kruk van de spanjolet om. Hij keerde zich naar me toe en terwijl hij op me af kwam, duwde ik mijn rug nog harder tegen de muur en wenste dat ik erin kon verdwijnen. Ik wist niet wat ik kon verwachten, maar het was duidelijk dat hij mijn ontsnappingspoging niet echt waardeerde.

'Opstaan,' zei Camminga, terwijl hij met het pistool gebaarde.

'Alsjeblieft, niet doen...' begon ik, in een poging hem te overreden me geen pijn te doen. 'Ik zal niet...'

'Kop dicht,' snauwde hij. 'En kom overeind!' Hij pakte me ruw bij mijn arm, trok me omhoog en smeet me vervolgens met geweld tegen het bureau aan, waar ik voorover op terechtkwam. Ik keek om en zag hem opnieuw op me afkomen. Angst verspreidde zich door mijn lichaam.

Hij gaat me vermoorden!

Mijn hart ging als een razende tekeer en om me te kunnen verdedigen, duwde ik mezelf omhoog. Vlak voor me zag ik het dikke boek met het zilveren beslag en in een opwelling greep ik het met beide handen beet, draaide me om en sloeg het met alle kracht die ik in me had tegen de zijkant van Camminga's hoofd. Hij wankelde achteruit en viel op de kussens van de vensterbank, waar hij versuft bleef zitten, zijn ogen gesloten, terwijl hij zijn vuisten tegen zijn slapen drukte. Het pistool was uit zijn hand gegleden en tussen de kussen verdwenen.

Ik bedacht me geen moment en vluchtte de kamer uit.

In blinde paniek rende ik de gang op, maar kwam niet verder dan de eerste glas-in-looddeuren. Ik greep de knoppen en rammelde er radeloos aan, maar de deuren gingen niet open. Tranen liepen over mijn wangen; tranen van woede, van machteloosheid en misschien ook wel van angst. *Ik kon niet weg!* Ik zat gruwelijk in de val! Nerveus keek ik over mijn schouder. Geen Camminga. Hij moest nog steeds buiten westen zijn. Misschien kon ik ergens anders een uitgang vinden, voordat hij weer bij zijn positieven kwam!

Mijn blik viel op een deur die ik eerder niet had gezien. Zonder na te denken snelde ik er naartoe, gooide hem open en schoot naar binnen. Een enorme keuken doemde voor me op. Een lang roestvrijstaal werkblad domineerde het midden van de ruimte; erboven hingen koperen potten en pannen en ander keukengerei. Recht tegenover me zag ik tot mijn opluchting weer een deur zitten. En die leidde naar buiten, te zien aan het daglicht dat door een kleine raampje boven in de deur naar binnen viel. Ik rende de keuken door, greep de deurkruk, maar de hoop dat ik nu een uitweg had gevonden, werd direct de bodem in geslagen.

Op slot!

Gejaagd ging ik op mijn tenen staan en gluurde door het raampje naar buiten. Daar was een soort veranda, met aan de zijkant een trap naar beneden! Woest rammelde ik nogmaals aan de deur, maar het had totaal geen zin.

Vanuit de gang hoorde ik een geluid en paniekerig keek ik om. Hij kwam eraan! Wanhopig speurde ik om me heen op zoek naar een nieuwe ontsnappingsroute en rechts in de hoek zag ik een tweede deur. Zonder aarzelen snelde ik ernaartoe en trok hem open. Ik kwam in een soort bijkeuken, waar een wasmachine, een droger en een grote vrieskist stonden.

In één oogopslag zag ik dat ontsnappen ijdele hoop was. Dit was een gesloten ruimte; er was geen andere uitgang en ik voelde hoe paniek overging in zuivere angst.

Waarom heb ik niet eerst een mes gepakt?

Er klonken langzame voetstappen in de keuken, alsof Camminga wist dat mijn vlucht ten einde was en hij zich niet meer hoefde te haasten. Ik draaide me om en zag hem in de deuropening verschijnen, waar hij even bleef staan en me strak aankeek. Over de zijkant van zijn gezicht liep een rode veeg, die vanaf zijn slaap uitgesmeerd was tot over zijn wang. Bloed? Had ik een gat in zijn hoofd geslagen? *Jezus!*

Ik deinsde achteruit, tot ik met mijn rug tegen de muur stond. Ik kon geen kant meer op en mijn angst voor wat Camminga van plan was te doen, nam met de seconde toe.

Hij liep op me af, greep me met één hand bij mijn keel en duwde me met kracht tegen de muur. Hij bracht zijn gezicht vlak bij dat van mij en fluisterde zacht, dreigend: 'Dat was heel dom van je.' Zijn ogen hadden een gevaarlijke schittering, koud, emotieloos, en ik voelde hoe hij mijn keel geleidelijk dichtkneep. Ik kreeg het benauwd. De tranen sprongen in mijn ogen, mijn longen begonnen pijnlijk te branden en raspend hapte ik naar adem. Ik zag lichtflitsen voor mijn ogen en net toen ik dacht dat ik zou stikken, leek hij zich te bedenken en liet hij me los. Met een ruk trok hij me vervolgens bij de muur vandaan en duwde me hardhandig de smetteloze keuken in, terwijl hij met zijn pistool dreigend in mijn rug prikte.

'Lopen,' zei hij kortaf, terwijl hij naar de gang gebaarde.

Ik had nauwelijks de tijd om bij te komen en terwijl ik hoestend over mijn zere keel wreef, struikelde ik voor hem uit. Ik had moeite met ademhalen en slikte een paar keer om mijn pijnlijke keel te verzachten. Wat was hij van plan? Ging hij me vermoorden? Maar dat had hij net al kunnen doen. Nee, hij had duidelijk andere plannen. Gingen we naar Marcus? En dan? Ik voelde me koud worden. Hij ging Marcus toch niet laten boeten voor mijn gedrag? Nee! Neeneenee, dat kon hij niet maken!

Camminga ontsloot de glas-in-looddeuren en klemde opnieuw zijn hand als een bankschroef om mijn bovenarm. Ik voelde dat hij woedend was, al liet hij dat niet merken en zijn uiterlijke kalmte maakte me nog angstiger dan ik al was.

Aan het einde van de gang liepen we voorbij de kamer waar Marcus zat opgesloten. Ondanks dat ik niets liever wilde dan naar hem toe gaan, golfde de opluchting door me heen. We gingen niet naar Marcus. Camminga liet hem met rust. Voor nu althans.

In het trappenhuis duwde Camminga me in de richting van de trap. 'Naar boven,' zei hij bits.

Ik deed wat me gezegd werd en liep langzaam de trap op. Hij kwam vlak achter me aan. Ik vroeg me af wat we gingen doen en hoe lang deze situatie nog zou gaan duren. Hij kon ons hier niet eeuwig vasthouden. En waar bleef de politie met een fenomenale reddingsactie? Het irriteerde me ineens dat ik helemaal niets wist. Niet wat er beneden gebeurde, niet wie er geschoten had. Niets. En ondertussen liep ik hier met een gewapende gek.

Boven kwamen we op een klein overloopje. Er was maar één gang, smal, met een vrij laag plafond. Er lag tapijt op de grond maar van veel mindere kwaliteit dan een verdieping lager. Ik telde een stuk of zes deuren en aan het einde van de gang bleven we voor de laatste daarvan staan.

'Dit waren vroeger de kamers van het personeel,' legde Camminga uit alsof hij een rondleiding gaf. 'Niet erg luxe, maar het voldeed.' Hij stak een sleutel in het slot, draaide hem om en duwde de deur open.

Binnen was het aardedonker, op het schijnsel van een klein nachtlampje na. Camminga reikte opzij en knipte het licht aan. De kamer rook muf en bedompt. Er stond een bed, een kast en een tafel met een stoel, en op de grond lag vaalgroen tapijt dat zijn beste tijd allang had gehad. Ik keek naar het bed waar duidelijk iemand in lag, weggestopt onder een wollen deken. Ik zag donkere krulletjes op het kussen en opluchting golfde door me heen.

Puck!

-7-

DANIËLLE

Het was Robin die het eerst reageerde. Ze schoot naar voren en knielde naast het bewegingloze lichaam van Pitter. Ze ritste zijn jagersjack een stukje open en voelde in zijn hals. 'We moeten een ambulance bellen!' riep ze toen. 'Hij leeft nog!'

Op dat moment verscheen Annelien in de deuropening. Ze zag Pitter liggen en trok wit weg. Meteen daarna greep ze Daniëlle bij de arm en trok haar achteruit. 'Weg bij die trap!' gilde ze naar Robin.

Maar Robin reageerde niet. Ze keek omhoog en schudde haar hoofd. 'Daar is niemand meer. Ik denk dat hij weer weg is, maar we moeten niet meer proberen naar boven te gaan. Ik geloof niet dat hij dat wil.' Ze richtte haar blik nu op Annelien en Daniëlle en vervolgde: 'Kom op nou, bel 112. Ik heb mijn mobiel niet!' Meteen daarna ritste ze Pitters jack verder open, trok zijn sjaal van zijn nek en drukte die met kracht op de bloedende wond.

'Ga bellen!' riep Daniëlle tegen Annelien, die nog steeds als versteend in de hal stond. Ze pakte haar bij de arm en duwde haar in de richting van de keuken.

Even nog leek Annelien te aarzelen, keek weer om, naar Pitter, maar toen leek ze te ontwaken uit haar lethargie. Ze haastte zich de hal door en verdween.

Daniëlle knielde neer aan de andere kant van Pitter. 'Wat doe je?' vroeg ze aan Robin.

'Ik probeer het bloeden te stoppen.' Ze keek op. 'Volgens mij is hij niet in zijn longen geraakt, want hij ademt gewoon. En als de kogel door zijn hart was gegaan, had hij niet meer geleefd. Dus wie weet redt hij het. Als er tenminste snel hulp komt.'

Verbaasd staarde Daniëlle Robin aan. 'Hoe weet je dat allemaal?'

Robin haalde even kort haar schouders op. 'Ik hoor weleens wat op tv. En mijn vader is dokter.'

Dat laatste klonk alsof het een volstrekt normale reden was om te doen wat ze nu deed. Daniëlle keek bewonderend naar de nu bebloede handen van Robin. Dat kind zat vol verrassingen. Terwijl ze wist dat haar ouders en zusje ergens daarboven moesten zijn. Vastgehouden door Daniëlles vader.

Daniëlle begreep het allemaal niet meer. Het gedrag van haar vader – bedreigen van mensen, seksuele relaties met mannen, het schieten op Pitter waarmee hij het altijd zó goed had kunnen vinden, het vermoorden van Merlijn – moest gewoon door de dood van Marit komen. Hij had het nooit kunnen verwerken. Verbergen voor de buitenwereld, ja, dat had hij goed gekund. Maar hij had er nooit mee leren leven. Niet met haar dood, maar vooral niet met het feit dat Daniëlle nog leefde. Daniëlle, het kind dat voor hem een laatste kans was geweest om zijn dochter te redden. En dat was mislukt. Strikt genomen was Daniëlle dus de oorzaak van alle ellende die Robin nu doormaakte. En misschien was het dan ook wel rechtvaardig dat het Daniëlle was die een einde aan die situatie maakte. Haar blik viel op het geweer van Pitter en instinctief wist ze dat het de juiste beslissing zou zijn. Ze sprong overeind, greep de Browning van de grond en sprintte de grote hal in.

'Wat ga je doen!' riep Robin haar na, maar Daniëlle antwoordde niet. Ze moest naar boven, haar vader tegenhouden. Ze wist nog steeds niet wat hij precies van plan was, maar het feit dat hij Merlijn had gedood was voor haar al voldoende om te begrijpen dat hij niet zou aarzelen om ook Robins ouders om te brengen. Maar naar boven gaan via de trap waar Pitter vanaf was geschoten leek haar geen goed idee. Ze had geen zin om net als hij te eindigen en dus zou ze via de diensttrap gaan. Door de keuken van de baron.

Ze rende naar de linkervleugel van het landhuis en ging via de serre aan de achterkant de tuin in. In de verte hoorde ze sirenes naderen, en even overwoog ze te wachten. Maar vrijwel direct besloot ze dat wachten geen optie was. Ze moest iets doen. Nu meteen, voor het te laat was. Ze liep de tuin door, naar een houten trap die naar het platte dak van een uitbouw leidde. Waar het voor diende wist Daniëlle niet, alleen dat de baron het platte dak altijd gebruikt had om stiekem zijn sigaren te roken. Daniëlle had hem daar ooit betrapt toen ze als kind in de tuin aan het spelen was.

Ze beklom de trap voorzichtig, om zo min mogelijk geluid te maken en sloop behoedzaam over het balkon naar de keukendeur. Ze wist dat er een plantenbak naast hing, onder het raam, en dat daar een sleutel van de deur in zat. De baron had hem daar zelf verstopt, nadat hij een keer was buitengesloten doordat de deur was dichtgewaaid. Het was hun geheimpje geweest.

Met haar vingers voelde ze langs de rand van de bak en vond de sleutel. Hij zat in een klein plastic ziplock-zakje en op het moment dat ze hem daaruit haalde, hoorde ze gerammel aan de keukendeur. Van schrik liet ze bijna de sleutel vallen. Ze sprong naar voren, hurkte neer en drukte zich zo stevig mogelijk tegen de muur aan. Ze had geen idee wie daar aan de deur stond te trekken, haar vader of iemand anders, maar hier betrapt worden was wel het laatste wat ze wilde.

Het gerammel stopte. Vijf, zes tellen hoorde ze niets, maar toen klonk de stem van haar vader. Binnen. Ze kon niet precies horen wat hij zei, maar hij klonk boos. Een rilling liep over haar rug. Ze had zich nooit veel aangetrokken van haar vader; had zich afgeschermd voor zijn gedrag dat altijd te streng, te boos, te afstandelijk, of simpelweg te vijandig was geweest. Het was zelfbehoud geweest, dat uiteindelijk was omgeslagen in zelfhaat. Ze was overbodig op deze wereld – nog steeds. Niemand zat op haar te wachten, niemand had haar nodig. Ze kon er net zo goed uitstappen. Helemaal nu Merlijn er niet meer was. Maar eerst wilde ze dingen rechtzetten. Robin had ook haar geholpen; op deze manier kon ze in ieder geval iets terugdoen.

Zachtjes kwam ze overeind en sloop naar de deur. Op haar tenen gluurde ze voorzichtig door het raampje en zag nog net dat haar vader een vrouw voor zich uit de keuken uitduwde, terwijl hij een pistool tegen haar rug hield. Dat moest Robins moeder zijn!

Daniëlle kneep met twee handen in het jachtgeweer. Ooit had Pitter haar uitgelegd hoe het wapen werkte. Hij had haar op blikjes laten schieten en beloofd haar mee op jacht te nemen als ze oud genoeg zou zijn, maar dat had ze niet gewild. Ze hield niet van zinloos dieren afknallen en hoe hij haar ook had proberen uit te leggen dat faunabeheer op het landgoed noodzakelijk was, ze was blijven weigeren. En hij had erom gelachen, maar haar mening gerespecteerd. Zo was Pitter. Kalm, rustig, betrouwbaar en respectvol. Een man om van te houden. En nu lag hij dood te bloeden onder aan de trap.

Ze wachtte totdat haar vader en de vrouw verdwenen waren en stak toen voorzichtig de sleutel in het slot en draaide hem om. Het ging gemakkelijk en nadat ze de sleutel in de zak van haar joggingbroek had laten glijden, trok ze de deur open en stapte naar binnen. Met gespitste oren bleef ze even staan luisteren, maar hoorde niets.

Voorzichtig liep ze de keuken door. De deur stond open en behoedzaam keek ze om de hoek. Ze zag hoe haar vader aan het einde van de gang de vrouw naar de trap duwde. Waar bracht hij haar in vredesnaam naartoe?

Op haar tenen sloop ze de gang in, het jachtgeweer nog steeds in haar handen geklemd. Ze had niet gekeken of het geladen was; want dat was het, dat wist ze zeker. Pitter was ermee de schuur in gekomen. En zonder geladen geweer zou hij echt niet gaan kijken wat Flann in zijn schuur geroken had. Stel dat het een zwijn was? Zwijnen konden levensgevaarlijk zijn.

Ze was halverwege de gang toen ze het hoorde: een zacht, gesmoord geluid. Meteen hief ze het geweer en richtte het recht voor zich uit, terwijl ze heel even dacht dat haar hart het zou begeven. Maar er gebeurde niets. Niemand kwam de gang in, er werd geen deur geopend, en opgelucht zuchtte ze zachtjes. Ze liet het geweer weer zakken en keek even besluiteloos om zich heen. Tot het geluid opnieuw klonk. Het leek op zacht gegrom, afgewisseld met getik. En ineens was daar een korte, doffe klap, waardoor Daniëlle opnieuw het geweer omhoog bracht en van schrik bijna de trekker overhaalde.

Hou je kop erbij, Daan!

Het kon niet haar vader zijn; die had ze zelf de trap op zien verdwijnen. En het geluid kwam onmiskenbaar uit een van de kamers aan de linkerkant van de gang waar ze nu liep. Ze slikte en liep behoedzaam naar de eerste deur links. Met haar oor ertegenaan luisterde ze. Niets. Ze reikte naar de deurkruk, maar net toen ze hem wilde omdraaien klonk opnieuw het gegrom. Het kwam uit de volgende kamer!

Snel liep ze door, voorzichtig, en bleef staan bij de tweede deur. Ze hoorde onmiskenbaar iets in deze kamer, luider dan net, maar ze kon het geluid niet thuisbrengen.

Ze aarzelde. Nu kon ze twee dingen doen. Voorzichtig die deur openen of meteen actie ondernemen en gewoon naar binnen stormen met het geweer in de aanslag.

Opnieuw klonk het gegrom, woest nu, gevolgd door zacht gekreun en vooral dat laatste maakte de beslissing voor Daniëlle gemakkelijker. Ze greep het geweer stevig vast, gooide de deur open en stoof de kamer binnen.

Wat ze zag benam haar de adem. Achteraan, bij het raam, lag een man op de grond. Zijn armen en benen waren bij elkaar gebonden en zijn mond was met tape dichtgeplakt.

Daniëlle bleef als bevroren staan en staarde naar het tafereel. De man keek haar aan met een verwilderde blik in zijn ogen. Hij bewoog heftig heen en weer, probeerde wat te zeggen, maar het enige geluid dat hij voortbracht was gegrom en gesnuif.

Fuck!

Snel liep ze naar de man toe en knielde naast hem neer. Ze trok de tape van zijn mond en het eerste wat hij deed was een diepe teug adem nemen. Daniëlle zag zijn gebarsten lippen en het bloed dat rondom zijn mond zat vastgekoekt. Er zat een verdachte plek op zijn slaap, net onder de haargrens, alsof ook daar opgedroogd bloed zat. Dit moest de vader van Robin zijn. Wat had Daniëlles vader toch met dat gezin? De moeder, de vader en waarschijnlijk ook het zusje van Robin. Maar waar was zij?

'Mijn vrouw...' fluisterde de man. Zijn stem klonk zwak en krakerig. 'Hij heeft mijn vrouw en mijn dochter!'

Daniëlle knikte. 'Dat weet ik,' zei ze.

'Mijn oudste dochter...' ging de man verder.

'Robin,' zei Daniëlle. 'Zij is veilig. Beneden bij mijn moe... stiefmoeder.'

Ze zag de opluchting in zijn ogen, opnieuw gevolgd door angst. 'Ik moet mijn vrouw...'

Hij probeerde zijn handen los te wringen, maar dat lukte niet.

Daniëlle legde het geweer naast zich neer en maakte eerst de tape rond zijn polsen los en daarna die om zijn enkels.

'I-ik moet ze vinden,' zei de man. Hij draaide zich op zijn knieën maar viel meteen daarna met een kreet opzij. Daniëlle kon hem nog net opvangen voordat hij opnieuw tegen de grond sloeg.

'Mijn been,' gromde hij met zijn handen tegen zijn rechterknie gedrukt. 'Hij heeft me geschopt. Ik denk dat er iets gebroken is.'

Daniëlle zei niets. Ze stond op en pakte de man onder zijn arm vast. 'Kom op,' zei ze. 'We moeten hier weg, voordat mijn vader terugkomt.'

Geschokt keek de man haar aan. 'Je vader?' vroeg hij.

Ze gaf geen antwoord, hees de man zo goed en zo kwaad als het ging overeind en greep toen met haar andere hand het geweer weer van de grond. 'Ik breng u naar beneden,' zei ze.

'Maar... mijn vrouw!' begon de man.

'Dat komt later. Eerst moet u hier weg.'

Maar de man trok zich los en schudde zijn hoofd. 'Niet zonder mijn vrouw en kind.'

'U moet,' zei ze dwingend. 'U begint helemaal niets tegen mijn vader. Hij is gewapend en heeft al iemand neergeschoten.' En bij het zien van zijn verbijsterde blik: 'Zodra u beneden bent, ga ik terug voor uw vrouw en dochter.'

'Wat?' zei hij. 'Maar jij bent nog een kind!'

'Ja, zíjn kind,' merkte ze droogjes op. 'Hij zal heus niet zomaar op me schieten.'

Dat was een leugen, dat wist ze heel goed. Ze had het idee dat haar vader absoluut niet zou aarzelen om haar wat aan te doen. Het zou anders zijn als ze Marit was geweest. Zijn lieveling. Zijn alles. Maar zij was gewoon Daniëlle, het kind dat alles verpest had. Zij was niet belangrijk. Niet meer.

De man keek naar haar, leek haar woorden te wegen, maar wist blijkbaar niet goed hoe hij moest reageren. En Daniëlle wachtte er niet op. Ze wrong zich onder zijn arm door, zodat hij op haar kon leunen, en leidde hem de kamer uit, de gang in. Daar bleef ze even staan luisteren, maar ze hoorde niets. Misschien heel in de verte vaag wat stemmen, maar dat was niet belangrijk.

'Kom,' zei ze zacht en ze sleepte de man zo ongeveer de gang door, naar het trappenhuis.

De man kreunde van de pijn. Daniëlle zag dat hij moeite had zich te focussen, wat vast door die klap tegen zijn hoofd kwam. Hij had hulp nodig en snel ook.

'We moeten de trap af,' zei ze zacht. 'Gaat dat lukken?'

De man knikte, een verbeten trek op zijn gezicht.

‘We moeten wel voorzichtig doen. Hij is daarboven en ik weet niet of hij ons kan horen.’

Opnieuw knikte de man. Met zijn vrije hand greep hij de trapleuning beet en strompelde de bovenste treden af. Beneden klonken nu duidelijk mannenstemmen. Politie. Eindelijk.

Daniëlle hielp de man tot op de overloop halverwege de trap en fluisterde toen tegen hem: ‘Ik laat u verder alleen gaan, lukt dat?’

De man wierp haar een vragende blik toe.

‘Ze laten me niet meer naar boven gaan als ik eenmaal beneden ben,’ verklaarde ze. ‘En ik heb u beloofd uw vrouw en dochter te gaan halen.’

‘M-maar…’ begon de man.

Maar Daniëlle liet hem los en stapte achteruit. Nog voordat de man meer kon zeggen, was ze de trap alweer op gelopen. Hij zou hulp krijgen zodra hij beneden was. Nu was het tijd om het volgende probleem aan te pakken: de vrouw en het kind. Ze greep het geweer met twee handen stevig beet, en liep de lange gang in.

-8-

BARBARA

Zonder verder nog op Camminga te letten, liep ik de kamer door en knielde naast het bed neer. 'Puck?' zei ik zacht, terwijl ik haar over het hoofd aaide. 'Puck, liefje, alles komt weer goed.'

'Vertederend, hoor,' hoorde ik Camminga achter me zeggen.

Ik reageerde er niet op, schudde Puck zachtjes heen en weer. Ze kreunde loom en opende haar ogen.

'Mama?' mompelde ze. 'Ik ben Krook kwijt!'

Ik glimlachte. 'Krook ligt thuis op je te wachten.'

Ze sloot haar ogen weer en zuchtte diep. Het was abnormaal dat ze zo slaperig was. Ik draaide me om naar Camminga, die nog steeds in de deuropening stond en vroeg: 'Wat is er met haar aan de hand? Waarom is ze zo suf?'

'Ze begon te protesteren toen ze hier alleen moest blijven,' zei Camminga koel. 'Dus heb ik haar iets gegeven om haar rustig te houden.'

'Rustig te houden?' vroeg ik verbijsterd. 'Zoals?' Ik keek weer naar Puck die haar ogen amper kon openhouden.

'Morfine,' zei Camminga op een toon alsof dat heel gewoon was.

'Morfine?' herhaalde ik. 'Je kunt niet zomaar morfine aan een kind geven!'

'Wind je niet zo op,' snauwde Camminga. 'Het was maar één tabletje. Ik kon haar toch moeilijk vastbinden en een prop in haar mond stoppen?'

Ik kon mijn oren niet geloven. Was dit een vader van twee

dochters? Je zou toch denken dat hij wijzer zou zijn dan een kind van tien morfinepillen te geven.

'Meekomen,' onderbrak Camminga mijn gedachten en hij maakte een hoofdbeweging naar de gang. 'En neem haar mee.'

Dat hoefde hij me geen tweede keer te zeggen. Ik sloeg de deken van Puck af en hielp haar overeind.

'Ik ben moe, mama,' lispelde ze.

'Dat weet ik liefje,' zei ik zacht.

Het liefst wilde ik haar optillen, tegen me aan drukken, maar dat zou ik niet lang volhouden. Ze woog ruim dertig kilo en mijn pijnlijke schouder speelde nu al op. Noodgedwongen sloeg ik mijn arm om haar middel en liet haar voorzichtig opstaan. Ik wierp Camminga een woeste blik toe en snauwde: 'Als mijn dochter wat overhoudt aan die morfinepillen, dan vermoord ik je, hoor je me?'

'Jouw dochter?' Hij lachte smalend. 'Laat me niet lachen. Het verbaast me dat het niemand ooit is opgevallen.'

Ik gaf geen antwoord, keek hem alleen maar minachtend aan.

'Die ogen van haar zeggen toch alles, Barbara,' ging hij verder. 'Mama en papa blauw, zij amber. Genetisch onmogelijk, dat weet je toch?'

Ja, dat wist ik heel goed. Maar wie lette er nou op de oogkleur van de ouders? Familie hadden we niet en omdat we het huis in Ferwerd vlak voor het ongeluk gekocht hadden, verdwenen we vrijwel meteen nadat we Puck als onze eigen dochter hadden aangegeven naar ons nieuwe leven. Vrienden hadden we nauwelijks nog over door de psychische toestand waarin ik na de dood van Sabine een jaar had verkeerd, dus er was niemand die het kon opvallen dat we ineens weer een baby hadden. En in Ferwerd wisten ze niet beter dan dat we twee kinderen hadden en had er nooit iemand een opmerking van belang gemaakt over de ogen van Puck, alleen dat ze zo bijzonder van kleur waren. En dat is ook zo: amberkleurige ogen komen maar bij één procent van de wereldbevolking voor. Misschien was het daarom wel dat niemand er ooit naar gevraagd had.

In ieder geval zag ik geen reden om op zijn woorden te reageren en terwijl ik Puck zo veel mogelijk ondersteunde, liep ik langs hem heen het lage gangetje in.

Camminga volgde me op de voet, het wapen nog steeds in zijn hand. Bij de trap hield hij me tegen en keek over de balustrade naar beneden. Het was duidelijk waarom: er klonk geroezemoes, voetstappen, gevolg door een deur die gesloten werd. Daarna werd het stil. Ik zag Camminga's donkere ogen en besefte ineens hoe gevaarlijk hij was. Natuurlijk wist ik het niet zeker, maar ik had een sterk vermoeden dat hij het was geweest die geschoten had. Misschien had hij wel iemand gedood en als ik maar één verkeerde beweging maakte, zou hij vast niet aarzelen het nogmaals te doen. Angstvallig drukte ik Puck nog wat steviger tegen me aan.

Met een gebaar van het pistool gaf Camminga aan dat ik naar beneden moest gaan. Ik verwachtte niet dat Puck zelf de trap af kon lopen en voorzichtig tilde ik haar naar beneden, waar ik haar weer neerzette en haar bij de hand pakte.

'Daarheen,' zei Camminga kortaf en hij gebaarde naar de brede gang. 'Het wordt tijd dat dokter Van Brederoo zijn keuze maakt.'

'Wat voor keuze?' vroeg ik, zonder om te kijken.

Hij hield me tegen toen we bij de deur kwamen waarachter ik Marcus had gezien. 'Of hij wel of niet meewerkt om zijn taak te voltooien,' zei hij.

Ik draaide me naar hem om. 'Waarom?'

'Waarom?' herhaalde hij. 'Omdat hij weigert nog iets te doen. Toen die wethouder instortte nadat jouw man hem op zijn operatietafel had gehad, deelde hij doodleuk mee dat hij het voor gezien hield. Dat hij het voor zichzelf niet meer kon verantwoorden.' Hij lachte cynisch. 'Alsof hij in de positie verkeert om eruit te stappen. Maar hij wilde niet luisteren. Dus belde ik naar de praktijk en maakte een afspraak om even met hem te babbelen.' Hij maakte een beweging met het pistool in mijn richting en vervolgde: 'Jij was zo vriendelijk om me ertussen te plaatsen en op het spreekuur wees ik je man er fijntjes op dat er ook andere manieren waren om hem te laten meewerken.'

Hij keek me zelfgenoegzaam aan en ik begreep meteen wat hij bedoelde. Dat was de reden geweest dat hij me achtervolgde. Om aan Marcus te laten zien dat ze zelfs zijn gezin in het vizier hadden en dat ook konden en wilden inzetten om hem op zijn besluit te doen terugkomen.

'Maar dat deed hij niet,' zei ik.

'Nee,' klonk het sarcastisch. 'Dat deed hij niet. Misschien had hij het wel gedaan als die wethouder de pijp niet was uitgegaan. Maar dat was voor hem de druppel. We moesten niet meer op zijn medewerking rekenen, zei hij.'

'En toen ontvoerde je dus onze dochter,' stelde ik. 'Dat was gemakkelijk genoeg, hè? Ze was toch al op je landgoed.'

Hij staarde me stoïcijns aan. 'Jullie dochter? Dat kreng heeft een naald in mijn arm gestoken. Ik ben anderhalf uur hondsberoerd geweest.'

Als de situatie niet zo precair was geweest, zou ik erom hebben kunnen glimlachen. Had ze dat werkelijk gedaan? Mijn kleine, dappere meisje. Alleen vreesde ik dat het Camminga woest had gemaakt. Wat had hij daarna met haar gedaan?

'O, wees maar niet bang,' zei Camminga, alsof hij precies wist wat ik dacht. 'Ze is 'm gesmeerd. Samen met mijn dochter.'

Ik kon er niets aan doen dat mijn ogen zich vulden met tranen van opluchting. Ze was ontsnapt! En ze was niet alleen! Waar ze was wist ik niet, maar niet in zijn handen. Nu was het alleen nog Marcus, Puck en ik.

Met een bruusk gebaar gooide Camminga de deur van de kamer open. 'Naar binnen,' snauwde hij.

Zwijgend stapte ik over de drempel, verwachtingsvol omdat

ik wist dat Marcus daar ook zou zijn, weliswaar vastgebonden, maar we zouden in ieder geval bij elkaar zijn. Zolang Camminga dat toestond. Maar vrijwel meteen bleef ik staan, mijn blik gericht op de lege sofa en de stukken tape die bij het raam op de grond lagen, als stille getuigen van wat zich in de kamer had afgespeeld.

Ook Camminga kon niet geloven wat hij zag. Net als ik staarde hij naar de tape en vloekte vervolgens hartgrondig. Hij duwde mij en Puck in de richting van het hemelbed en liep vervolgens met grote stappen naar het raam. Daar graaide hij de tape van de vloer en vloekte nogmaals.

Voorzichtig installeerde ik Puck op het bed en streek wat krullen uit haar gezicht. Ze was nog steeds slaperig, maar toch leek het alsof ze wat alerter werd. Waarschijnlijk begon de morfine alweer uit te werken.

Ik keek op toen Camminga ineens naast me stond. 'Hij is weg,' zei hij met vlammende ogen.

Mijn blik ging langs hem heen naar de sofa en ik knikte. Het voelde goed te weten dat Marcus had weten te ontkomen. Ik wist niet hoe, maar wel dat hij de keus om ons achter te laten niet zomaar genomen had. Wij waren alles voor hem en alle beslissingen die hij ooit genomen had waren voor zijn gezin geweest. Voor mij en voor de kinderen.

Ik kon er niets aan doen dat ik ineens woedend werd. Om alles, maar het meest om het feit dat deze man dacht controle over ons leven te verkrijgen, alleen omdat hij er vijf minuten van had gadegeslagen. 'En wat had je gedacht nu te doen?' beet ik hem toe. 'Ons afknallen? Omdat je zo nodig wraak wilt nemen op de arts die alleen maar het beste wilde voor jouw dochter?'

'Het beste?' herhaalde hij ijzig. 'Ze ging dood! Mijn dochter ging dood!'

'En denk jij dat je de enige bent?' schreeuwde ik nu. 'Mijn dochter ging ook dood! Ze was twee weken oud!' En toen, fluisterend:

'Het enige wat Marcus wilde toen hij Puck uit die auto haalde, was haar leven redden.'

Hij snoof. 'Redden? Jullie hebben haar gestolen.'

'Dat zal ik niet ontkennen,' zei ik zacht. 'Maar haar ouders waren dood. Wat zou er van haar terecht zijn gekomen als we het niet hadden gedaan en zij het ongeluk op wat voor manier dan ook had overleefd?'

'Familie had haar kunnen opnemen.'

'Welke familie?' snauwde ik. 'De ouders zijn nooit geïdentificeerd! De politie vertelde ons dat het Hongaren waren. Dat was het enige wat ze konden achterhalen. Ze kwamen waarschijnlijk van het platteland en reden in een oude auto waarvan het chassisnummer onleesbaar was.'

Hij zweeg en ik besefte dat hij dat nooit geweten had. Hij had gezien wat we gedaan hadden, maar nooit nagedacht over het grotere geheel.

'Waarom heb je het nooit bij de politie gemeld?' vroeg ik.

De uitdrukking op zijn gezicht veranderde ineens. Er was nu geen woede meer, maar iets anders, wat ik niet goed kon thuisbrengen. Afgunst? Haat?

'Waarom?' zei hij. 'Omdat ik...' Hij zweeg en richtte zijn blik nu op het raam, terwijl hij terug leek te denken aan die avond. Toen keek hij weer naar mij en vervolgde: 'Ik was stuk van verdriet, weet je dat? Tien jaar lang had mijn dochter voor haar leven gevochten. En wij met haar. Haar moeder en ik. Maar het mocht niet baten. We kregen weer hoop toen er eindelijk een donor was, maar die hoop werd de grond in geboord door jouw man. Ik zag hem staan, in het ziekenhuis, druk in overleg met andere artsen, en ik wist dat hij alles zou verzieken. Hij zou de transplantatie die mijn dochter kon redden niet toestaan. En ik kreeg gelijk.'

Hij ademde even diep in, haalde zwijgend zijn hand door zijn haar. 'Ik heb je man gesmeekt de transplantatie toch te laten plaatsvinden, maar hij was niet te vermurwen. En toen zag ik hem daar. Die avond. Er was zo veel regen gevallen dat ik de gemalen moest inspecteren of ze het allemaal wel aankonden. Ik besloot te checken of het water in de sloten niet te hoog stond en net toen ik daarmee bezig was, zag ik de auto midden op de weg staan en vlak daarna die van jullie, die er vol op botste. Ik wilde ernaartoe om hulp te verlenen, maar ik kon niet over de sloot heen en dus keek ik toe en zag hoe je man die baby uit de auto haalde. Op het moment dat jij je over haar ontfermde, je rug naar alles toe draaide, toen al kreeg ik het sterke vermoeden dat jullie die baby niet meer zouden afstaan en gek genoeg voelde ik... jaloezie. Vanwege dat prille leven en twee mensen die een nieuw begin konden maken. En toen herkende ik hem: de man die enkele maanden eerder het doodvonnis over mijn dochter had uitgeroepen. Hij stond daar, met jou en die baby. Ik...' Zijn stem haperde en zijn blik schoot weer opzij.

'En je haatte hem,' vulde ik voor hem aan.

'Ja,' beaamde hij met fonkelende ogen. 'Ik haatte hem. Ik haatte jou. En die baby. Toen de politie kwam en mijn vermoeden dat jullie niets over het kind uit die ontplofte auto zouden zeggen bevestigd werd, wist ik dat ook ik moest zwijgen. Ooit zou er een moment komen dat ik kon gebruiken wat ik gezien had.'

'Om hem kapot te maken,' deduceerde ik.

'Om mezelf op de been te houden,' verbeterde hij. 'Vooral nadat ook mijn vrouw het opgaf en ik alleen verder moest.'

'Alleen?' klonk het ineens vanuit de deuropening.

Met een ruk keek ik opzij, net als Camminga. Op de drempel verscheen een meisje in een regenjas. Ze was een jaar of zestien, met lang sluik haar en een bleek gezicht. En in haar handen hield ze een jachtgeweer.

'Daniëlle?' zei Camminga verbaasd. Hij draaide zich om en wilde na een korte aarzeling naar haar toe lopen, maar ze hief het geweer en richtte het op hem.

'Daar blijven,' zei ze.

Hij bleef staan, zijn hoofd schuin. 'Daniëlle, wat doe je?'

'Je zei dat je alleen verder moest nadat mama doodging,' zei ze. 'En ik dan?'

'Jij was toch nog een kind,' verdedigde hij zichzelf. 'Hoe kon jij ooit je moeder vervangen?'

'Dat wilde ik ook helemaal niet. Ik wilde dat je van mij hield zoals je van Marit had gehouden. Maar dat gebeurde niet. Je gaf mij de schuld van haar dood. Want ik was niet geschikt. Mijn organen waren niet geschikt. Ik was het doel waarvoor ik verwekt was voorbijgeschoten.'

Geschokt luisterde ik naar wat het meisje – Daniëlle – zei en voelde een intens medelijden bij het besef dat ze al die jaren met die kennis had moeten leven.

'Ik heb altijd van je gehouden,' zei Camminga. 'Onvoorwaardelijk.'

'O echt?' smaalde Daniëlle. 'Je hebt nooit aandacht aan me besteed. Nooit deden we iets samen, nooit sloeg je je arm eens om me heen. Ik miste hen ook, weet je? Mama. En Marit. Je hebt me nooit getroost. Het enige wat je deed was jezelf wentelen in zelfmedelijden en treuren bij de foto van Marit.'

Hij zweeg, leek niet goed te weten hoe hij moest reageren. Alles wat hij zou zeggen zou nu te veel zijn en dat wist hij.

'En dan heb ik eindelijk iemand gevonden die werkelijk om me geeft en die pak jij weer van me af,' zei ze met trillende stem.

'Wat?' vroeg hij.

'Merlijn. Ik hield van hem. En hij van mij.'

'Hij chanteerde me,' zei Camminga.

'Nou, dan was hij dus niet de enige!' riep ze. 'Jij deed precies hetzelfde! En toch heb je hem vermoord!'

'Ik heb hem helemaal niet vermoord,' snauwde hij. 'Hij dreef in het water bij het gemaal. Ik heb hem er alleen maar uitgevist!'

'Je liegt!' schreeuwde Daniëlle nu. 'Je wilde jezelf indekken! Omdat niemand mocht weten dat je die wethouder neukte en hem daarna dwong met je mee te gaan! Wat heb je met hem gedaan?'

Langzaam liet ik me naast Puck op het bed neerzakken, verbijsterd over wat ik hoorde. Maar veel tijd om het te verwerken had ik niet. Daniëlle deed een stap naar voren en richtte het geweer demonstratief op haar vader.

'Beken het maar,' beet ze hem toe. 'Je hebt Merlijn vermoord om hem het zwijgen op te leggen. Was je dat ook met mij van plan?'

'Natuurlijk niet,' gromde hij. 'Ik heb die jongen niet vermoord en jou zou ik toch nooit kwaad doen? Je bent mijn dochter!'

Ze lachte cynisch. 'Een beetje laat om dat te erkennen... páp,' zei ze. 'Wat heb je met die wethouder gedaan?'

'Niets,' zei hij.

Ik zag dat hij steeds kwader werd. Hij had nog steeds dat pistool vast en ik vroeg me af of hij dat werkelijk tegen zijn dochter zou gebruiken. Als hij ook die jongen gedood had... Maar zijn eigen kind? Dat was toch heel iets anders? Hoewel ze wel met een geweer voor hem stond, in een atmosfeer die steeds dreigender werd. Zou zíj in staat zijn om te schieten? Ik wist het niet. Maar ik wist wel dat ik Puck hoe dan ook moest beschermen als het losbarstte.

'We zagen jullie op die parkeerplaats. Tegen de motorkap aan. Je dwong hem daarna mee te gaan. Waarom?'

Camminga haalde onwillig zijn schouders op. 'Ik had wat van hem nodig.'

Er viel een beladen stilte. Ik had geen idee wat hij bedoelde. Daniëlle blijkbaar ook niet. Ze hief haar kin en vroeg: 'Zoals?'

Hij keek haar aan met ogen die zowel afkeer als haat uitstraalden. 'Een nier.'

'Een nier?' herhaalde ik.

'Een nier, ja,' beet hij me toe. 'Voor een veertienjarig meisje dat op sterven lag.'

Zowel Daniëlle als ik staarde hem aan.

'Je wilde zijn nier?' vroeg Daniëlle uiteindelijk. 'Maar... je kunt iemand toch niet dwingen zijn organen af te staan?'

Camminga lachte kort, maar niet van harte. 'O je moest eens weten waartoe mensen bereid zijn om hun geheimen te bewaren,' zei hij en hij wierp mij een minachtende blik toe die ik maar al te goed begreep. 'Het was al eens eerder gelukt.' Hij keek weer naar Daniëlle en vervolgde: 'Ik kwam op het idee tijdens een van de avonden van de zelfhulpgroep, waar ik naartoe ging nadat Marit was overleden. Een groep voor ouders van een overleden kind. Ik leerde John en Marieke kennen, ouders van een tweeling waarvan er één was overleden aan dezelfde nierziekte als Marit. De ander leed er ook aan en stond nog steeds op de wachtlijst voor een transplantatie. Er zat geen schot in. Er zijn gewoon te weinig donoren en de kans was groot dat ook dit kind vroegtijdig zou overlijden. Het was uit wanhoop dat John tegen me zei dat hij als het kon zelfs iemand zou willen dwingen om een nier aan zijn kind af te staan. Natuurlijk meende hij daar geen woord van, of wel, dat weet ik niet, maar bij mij was het zaadje geplant. Toen ik niet veel later in de krant las over een bekende persoonlijkheid die gechanteerd werd omdat hij een relatie met een man had, werd het idee geboren.'

'Om mensen te dwingen een orgaan te doneren?' Ik kon er niets aan doen dat er afschuw in mijn stem lag.

'Een nier,' verbeterde hij. 'Dat is het enige orgaan dat betrekkelijk gemakkelijk te transplanteren is, waarna zowel donor als ontvanger beiden hun leven in goede gezondheid kunnen voortzetten.'

'Dat is toch ziek?' klonk Daniëlles stem.

'Het is ziek als een arts een donororgaan afkeurt terwijl dat helemaal niet nodig is!' beet hij haar toe.

'Marcus zou nooit zomaar een nier afkeuren,' zei ik. 'En helemaal niet als er een kind in het spel is.'

'En toch deed hij dat,' gromde hij.

'Die nieren waren beschadigd,' zei ik koppig. 'Dat zei je zelf.'

'Volgens jouw man, ja! Maar al zouden ze niet optimaal werken, het zou haar de zo gewenste tijd hebben gegeven.'

Tot wat, vroeg ik me af. Tot het moment dat ze weer zouden falen? En wie had hij dan de schuld gegeven? Er was met hem geen discussie mogelijk. Hij had een zondebok gezocht en die gevonden in Marcus.

'Ik begon op datingsites te zoeken naar mannen met een verleden. Liefst mannen die iets te verliezen hadden en na krap twee jaar vond ik iemand. Een BN'er. Speelde in grote Nederlandse films en stond op het punt door te breken in Amerika. Getrouwd, twee kleine kinderen. Ik sprak met hem af, we deden het, terwijl ik alles op film vastlegde. Enkele dagen daarna belde ik hem op en zei hem dat er een kans was dat ik een soa had overgebracht, dat hij zich moest laten testen. Maar dat wilde hij natuurlijk niet bij zijn eigen huisarts laten doen en daar kwam jouw man in beeld.' Hij keek naar mij. 'Het was een peulenschil om uit te zoeken waar jullie heen waren verhuisd en je man... over te halen om mee te werken. Hij testte het bloed van de BN'er, zodat we zeker wisten dat zijn nier geschikt was voor de ontvanger, in dit geval de dochter van John en Marieke. Het matchte, ik sprak opnieuw af, zogenaamd om de uitslag door te geven en stelde de beroemde acteur voor de keus: meewerken of zijn geaardheid en heimelijke seks met mannen openbaar gemaakt zien.'

'En hij koos voor het eerste,' zei ik. Het was geen vraag, eerder een conclusie die overduidelijk was.

Camminga knikte. 'Een vriendin van mij werkt voor een NGO die medische spullen voor Afrika regelt. Waaronder verouderd materiaal voor operatiekamers.'

'Vera,' zei ik.

'Ja,' beaamde hij. 'Via haar kwamen we in de loods bij die boerderij terecht en konden we een provisorische OK inrichten. Met wat ik wist over Marcus dwong ik hem naast het doen van die bloedtesten, ook medicijnen en materialen te leveren en de transplantatie uit te voeren.'

Ik voelde misselijkheid opwellen. Was dit hele gedoe dan al zo lang aan de gang? Twee jaar na de dood van zijn dochter, dat moest in 2005 zijn geweest. Negen jaar dus.

'En hoe... hoe vaak zijn er... hebben jullie...' Ik wist niet meer uit mijn woorden te komen, maar Camminga begreep zo ook wel wat ik bedoelde.

'Niet vaak,' zei hij. 'Officieel zouden we het alleen voor de dochter van John en Marieke doen. Maar enkele jaren later zocht een ander echtpaar contact met me. Ze waren door John en Marieke gestuurd. Ze hadden een zoon, elf jaar oud, met kapotte nieren. Hij moest dringend een transplantatie ondergaan. Eerst wilde ik niet. Maar toch wisten ze me over te halen en ik ging opnieuw op zoek naar een donor.'

'En je vrouw dan?' wilde ik weten. 'Annelien? Wist zij hiervan?'

Hij snoof. 'Natuurlijk niet. En ze had ook niets door, naïef als ze is. Ik wilde helemaal niet trouwen, ik vond genoeg troost in de mannenwereld waar ik per toeval in terecht was gekomen. Maar ze bleef aandringen en ach, het was natuurlijk een goede dekmantel. Ik trouwde met haar vlak voordat de tweede transplantatie werd uitgevoerd.'

'Je had dus opnieuw een man via zo'n datingsite uitgezocht?'

Hij knikte. 'Ook een belangrijk figuur die zijn geheimpjes graag wilde bewaren. Net als wethouder Ritskes, die de derde was. Getrouwd met een knap vrouwtje, papa van drie kindertjes, maar ondertussen ging hij los met welke kerel maar wilde. Waaronder ik, dus. Ik voelde me als Judas, die zijn beruchte kus uitdeelt: de man die ik kus, die zal het zijn.'

'Alleen, die wethouder ging dood,' klonk Daniëlles stem. Ik was alweer helemaal vergeten dat zij hier ook was en vroeg me af of het wel verstandig was dat ze dit allemaal hoorde. Maar toen ik de uitdrukking op haar gezicht zag, wist ik dat dit het was waar ze jaren naar op zoek was geweest: antwoorden.

'De operatiewond ging infecteren,' zei Camminga. 'Hij bleef te lang doorlopen. Als hij mij gebeld had, had ik Marcus opgetrommeld, maar dat deed hij niet. Toen hij instortte, was het al te laat.'

'Maar waarom dwong je hem om mee te gaan?' vroeg Daniëlle. 'Jullie hadden... het gedaan en toen kregen jullie ruzie. Je hebt hem met geweld meegenomen, dat hebben Merlijn en ik gezien.'

Met toegeknepen ogen keek hij naar zijn dochter. 'Wat deden júllie daar eigenlijk?'

'Dat doet er niet toe,' vitte ze. 'Het gaat erom wat jíj deed.'

'Hij herkende me. Je weet dat ik als beheerder van het landgoed vaak moet opdraven bij die politieke bijeenkomsten. Hij rook onraad, maar toen was het al te laat. Ik nam hem mee en liet hem de film zien van ons, eh, liefdesspel.'

Opnieuw werd het stil. Er waren me ineens een heleboel dingen duidelijk geworden. Alles. Vanaf die avond in oktober tot het moment in het bos dat Camminga met zijn wapen voor me stond.

'Ik wist het niet,' fluisterde ik. 'Ik was Marcus gevolgd omdat ik wilde weten wat hij uitspookte. Daarom kwam ik in die loods terecht.'

Hij keek me aan, peilend.

'Het was allemaal niet nodig geweest,' ging ik zacht verder. 'Als je Marcus gewoon had laten gaan, was dit allemaal niet gebeurd.'

'Hij heeft nog altijd Merlijn vermoord,' riep Daniëlle fel. 'En Pitter neergeschoten.'

'Pitter?' vroeg ik.

'De boswachter. Mijn vader heeft hem van de trap geschoten!'

'Ik heb Merlijn geen haar gekrenkt,' zei Camminga nadrukkelijk. 'Ik heb hem gesproken en hem gezegd dat hij moest opdonderen met zijn eisen. Wie zou die jongen nou geloofd hebben? Niemand toch?'

'Je liegt!' riep Daniëlle weer. 'Wie moet het anders gedaan hebben?'

'Dat weet ik niet! Ik heb hem bij het gemaal achtergelaten en niet meer gezien. Behalve toen hij daar in het water dreef, twee dagen later.'

'Ik geloof je niet!' schreeuwde Daniëlle.

Ik zag hoe de tranen in haar ogen sprongen en mijn hart brak bij het zien van de intense pijn die haar gezicht tekende. Het liefst zou ik haar in mijn armen hebben genomen om haar te troosten. Wat een vreselijk leven moest het kind gehad hebben, in de wetenschap dat ze alleen bestond omdat haar nieren haar zus misschien hadden kunnen redden.

Een kort moment stonden we daar en net toen ik dacht dat Camminga op zijn dochter wilde afspringen, hoorde ik vanuit de gang 'Politie!' schreeuwen.

Geschrokken draaide Daniëlle zich om, waar Camminga direct gebruik van maakte. In twee stappen stond hij voor haar en trok het geweer uit haar handen. Vervolgens boog hij zich naar haar toe en gromde: 'Wegwezen. Je hebt hier niets te zoeken!'

Ze keek naar mij en Puck en schudde haar hoofd. 'Ik laat hen niet alleen met jou!'

'Laat ik het anders stellen,' zei hij en hij stapte achteruit tot bij het hemelbed. 'Ga weg, of anders jaag ik dat kind een kogel door haar kop.' Terwijl hij dat zei richtte hij het pistool op Puck, waardoor mijn hart stil leek te staan.

Onbeweeglijk stond Daniëlle daar, met een blik die overstroomde van afschuw. Toen keek ze weer naar mij, vertwijfeld.

Met ingehouden adem knikte ik naar haar, om haar duidelijk te maken dat ze moest doen wat hij zei.

-9-

ANNELIEN

Op het moment dat ze Pitter neergeschoten onder aan de trap zag liggen, wist ze het zeker: Timo was doorgedraaid. Al die jaren had ze aangevoeld, nee, geweten, dat het ooit een keer zou gebeuren. Ze had dat diep weggestopt; gedacht dat haar liefde voor hem voldoende zou zijn om hem het verleden te laten vergeten. Het was niet zo. Annelien zou nooit Timo's eerste vrouw kunnen vervangen, net zoals Daniëlle nooit Marits plaats had kunnen innemen.

Met Josh op haar arm keek ze naar de mannen van de ambulance die Pitter op een brancard hadden gebonden en hem nu haastig naar buiten reden. Politieagenten stonden overal verspreid, binnen en buiten, er klonken stemmen, ze hoorde geroezemoes, en heel even vroeg ze zich af hoe dit allemaal weer goed moest komen. Ze dacht aan Daniëlle, die ergens boven moest zijn. Tenminste, daar ging ze van uit. Dat had ze ook tegen die inspecteur gezegd: dat Daniëlle blind de weg wist in het landhuis en dat ze waarschijnlijk een andere route naar boven had genomen. En dat ze Pitters jachtgeweer bij zich had.

Annelien huiverde. Daniëlle en een jachtgeweer, dat was geen goede combinatie. Wat was Daniëlle van plan met dat ding? Haar vader doodschieten? Annelien kneep haar handen tot vuisten; probeerde de verlammende angst die zich een weg door haar lichaam vrat te onderdrukken. Ze had het zo vreselijk koud. Niemand leek zich om haar te bekommeren. Haar blik schoot naar buiten, waar ambulances en politiewagens op de oprit stonden, en vervolgens naar een verpleegkundige die verderop in de hal

Robins vader aan het behandelen was. Hij zat op de rand van een brancard, met Robin naast zich, zijn arm stevig om haar heen, en had geweigerd om naar een ziekenhuis gebracht te worden zolang zijn vrouw en jongste dochter daarboven bij Timo waren.

Timo. Wat was er toch misgegaan? Haar mond vertrok tot een cynische grimas. Domme vraag. Alles. Alles was er misgegaan. Diep vanbinnen had ze het altijd geweten: Timo kon geen liefde geven. Het vermogen om die gevoelens te tonen was onomkeerbaar geblokkeerd geraakt op het moment dat zijn oudste dochter stierf. Het had hem zo verbitterd gemaakt, dat zelfs Daniëlle daar de prijs voor had moeten betalen en haar in de armen van die Merlijn had gedreven.

Merlijn.

Ze voelde haar kaken verstrakken. Het kwam door hém dat Daniëlle amper nog thuis was. Door hém had ze het gezinsleven, waar Annelien zo op had gehoopt, de rug toegekeerd; dat had ze aangevoeld op het moment dat ze hen samen had gezien. Ze had ook meteen beseft dat ze met elkaar naar bed gingen. Een man van in de twintig met een meisje van zestien. Misschien was ze zelfs nog wel vijftien toen ze het voor het eerst deden. Hoe had hij het in zijn hoofd gehaald! Van Daniëlle begreep ze het wel. Soms kon dergelijke intimiteit een heleboel gevoelens onderdrukken en platstrijken. Een soort vlucht uit de werkelijkheid, ver weg bij haar vader vandaan. Maar Merlijn had beter moeten weten. Hij had moeten handelen naar zijn leeftijd en haar moeten afwijzen. Gelukkig was dat probleem door zijn dood niet meer aan de orde. Nu was het Timo; wat wilde hij nou eigenlijk bereiken?

Er klonken ineens luide stemmen vanuit het trappenhuis en geschrokken deinsde Annelien een stukje achteruit. Josh voelde haar gespannenheid en begon zachtjes te huilen.

'Misschien kunt u beter met hem in de keuken gaan zitten,' zei een agent tegen haar. 'Dat is ook veiliger.'

'Veiliger?' vroeg ze.

De agent keek om naar een aantal gewapende mannen die in een heftige, op fluistertoon gevoerde discussie verwikkeld waren, en vervolgde: 'We weten niet of er nog meer geschoten gaat worden.' Hij pakte haar bij de arm en leidde haar door de gang naar haar eigen keuken. 'Ik zal een van mijn collega's vragen of ze u gezelschap komt houden.'

Hij wachtte tot ze Josh in de kinderstoel had gezet en zijzelf aan tafel zat, voordat hij de keuken weer verliet.

Ze keek hem na en voelde langzaam een intense woede opborrelen. Waarom behandelden ze haar toch altijd als een onnozel wicht? Ze was een volwassen vrouw, getrouwd, moeder van een kind. Van twéé kinderen, als je Daniëlle meetelde. Ze moesten eens ophouden haar te discrimineren op haar uiterlijk. Vierentwintig was ze. Oud genoeg om te stemmen. En oud genoeg om serieus te worden genomen.

Opnieuw klonken er harde stemmen, geschreeuw, gevolgd door het geluid van een deur die dichtsloeg. Kort daarna hoorde Annelien duidelijk de stem van Daniëlle, afgewisseld met die van die rechercheur.

Meteen sprong ze overeind en rende de gang door. In de hal zag ze haar staan, Daniëlle, in haar regenjas. Ze zag er kwetsbaar en vermoeid uit, maar haar wangen vertoonden een kleur van opwinding.

Opluchting overspoelde Annelien. Ze was ongedeerd! Ze haastte zich naar Daniëlle toe en sloeg haar armen stevig om haar heen. 'Dat was zo dom om te doen,' fluisterde ze.

Even nog bleef ze zo staan, maar toen liet ze Daniëlle los. Ze zag de ietwat geïrriteerde blik van het meisje, maar trok zich er niets van aan. 'En dan ook nog met een geweer!' zei ze verwijtend. 'Er had je van alles kunnen overkomen!'

'Doe niet zo dramatisch,' snauwde Daniëlle. 'Er is toch niks gebeurd? Ik heb tenminste iets ondernomen.' En toen, zachter: 'In tegenstelling tot sommige anderen.'

Annelien zweeg, te verbouwereerd om te kunnen reageren. Waarom bleef Daniëlle toch zo bot doen? Begreep ze dan helemaal niet hoe bezorgd, hoe báng Annelien was geweest?

'Daniëlle,' klonk een stem. Het was rechercheur Grotendijk die naast hen opdook. 'Zou jij ons kunnen helpen? Het arrestatieteam wil graag vanaf twee kanten de bovenverdieping betreden. Waar ben jij naar boven gegaan? Niet via de trap toch?'

Daniëlle schudde haar hoofd. 'Nee, via de keuken van de baron. Het team kan daar zo naar binnen; de deur is al open.'

'En waar is die keuken?'

'Aan de achterkant, net voorbij de serre.'

'Kun jij de mensen van het AT de weg wijzen?' vroeg Grotendijk, terwijl hij Daniëlle wegleidde.

Annelien keek hen na en voelde ineens het verlangen zich te verweren. 'Iets ondernomen?' echode Annelien. 'Je moest eens weten.'

Het klonk zacht, maar toch hoorde Daniëlle haar en zonder zich om te draaien bleef ze staan.

'Je deed nooit iets goed in zijn ogen,' fluisterde Annelien. 'Hoe vaak ik je niet verdedigd heb als hij weer eens nijdig op je was.'

Nu draaide Daniëlle zich om, haar ogen vlammend van woede. 'Daar heb ik toch nooit om gevraagd?'

'Dat hoefde je ook niet,' zei Annelien. 'Ik deed het met liefde. Je bent mijn dochter.'

'Ik ben je dochter niet,' beet Daniëlle haar toe. 'En dat zal ik nooit worden ook.' Ze keerde zich weer naar Grotendijk, maar Annelien liet zich niet nog een keer buitenspel zetten. Met twee stappen stond ze achter Daniëlle en greep haar bij de arm.

'Ik ben anders wel de enige die om je geeft,' gooide ze eruit. 'Je vader…'

'Om me geeft?' onderbrak Daniëlle haar. 'Heb je nou nog niet door dat ik dat helemaal niet wil? Ik wíl jouw aandacht niet. Het enige wat ik wil is de liefde van mijn vader, snap dat dan!'

'Je vader hield alleen van Marit.' Annelien hoorde zelf hoe bitter het klonk.

'Alsof ik dat niet weet!' schreeuwde Daniëlle nu.

Rechercheur Grotendijk legde kalmerend zijn hand op Daniëlles arm, maar ze schudde hem weg. 'Waarom denk je dat hij daarboven een vrouw en een kind gegijzeld houdt?' riep ze nijdig. 'Omdat hij alles en iedereen de schuld geeft van de dood van zijn lieveling! Maar zijn eigen fouten zijn niet van belang, die veegt hij van tafel. Zelfs de... zelfs de d-dood van M-Merlijn.'

Die laatste zin deed haar stem breken en Daniëlle boog haar hoofd, alsof ze niet wilde dat iemand haar tranen zag.

Annelien staarde haar aan. 'Je vader kan zijn wat hij is,' zei ze zacht, 'maar hij is geen moordenaar!'

'O, doe toch niet zo naïef,' blafte Daniëlle haar toe. 'Hij is mijn vader, maar daarom zie ik nog wel wat er gebeurt en waar hij mee bezig is! Kijk naar Pitter. Naar Merlijn! Hij heeft daarboven een wapen tegen het hoofd van een kind gezet!'

Het was juist op dat moment dat er opnieuw een schot klonk.

-10-

BARBARA

Zodra Daniëlle de kamer had verlaten, pakte Timo Camminga me bij mijn arm en snauwde me toe dat ik moest meekomen. Haastig nam ik Puck bij de hand en terwijl hij zijn pistool weer in mijn rug duwde, dwong hij me de gang op. Vanuit mijn ooghoeken zag ik hen verspreid bij de trap: gewapende mannen met kogelvrije vesten waarop met witte letters POLITIE stond. Daniellë was weg; die hadden ze waarschijnlijk in veiligheid gebracht. Ik hoopte dat ze werd opgevangen door mensen die wisten wat ze doormaakte.

'Daar blijven!' schreeuwde Camminga, toen een van de agenten langzaam een stap naar voren zette.

Ik voelde de loop van het pistool nog wat venijniger in mijn rug prikken en hield mijn adem in. Maar er gebeurde niets; de agent bleef staan waar hij stond en Camminga dwong me naar rechts te gaan. Ik hield Puck stevig bij de hand en merkte dat ze ons amper bij kon houden. Een paar tellen later gooide Camminga de deur van de bibliotheek open en duwde ons naar binnen. Hij gebaarde naar de bank, waar ik samen met Puck op ging zitten. Ze hing lusteloos tegen me aan, haar ogen halfopen, terwijl ze zacht iets mompelde wat ik niet kon verstaan. Ik trok haar dicht tegen me aan en probeerde mijn hartslag, die al die tijd als een op hol geslagen pauk in mijn borst had gebonkt, te laten kalmeren.

Tersluiks keek ik naar Camminga. Nadat hij de deur van de bibliotheek op slot had gedraaid, had hij het pistool tussen zijn broekriem gestoken en was hij weer achter het bureau gaan zitten, waar hij zacht vloekend op zijn mobiel had gekeken. Ik vermoedde dat er iets aan het ding mankeerde, of in ieder geval aan dat alarmpje van hem. Hoe had Daniëlle anders zo onverwacht hebben kunnen opduiken? En die agenten? Zwijgend had hij de mobiel op het bureau gelegd en nu zat hij diep in gedachten voor zich uit te staren.

Ergens in het huis sloeg een klok tien keer. Hoe lang werd ik hier nu al vastgehouden? Toch zeker drie uur. Wat was de volgende zet van de politie? Een nieuwe inval? En zo ja, hoe wilden ze dat doen? We zaten in een enorme impasse. De politie begon niets, maar ook Timo Camminga had geen zicht op een veilige aftocht.

'Timo,' vroeg ik na een poosje. 'Hoe wil je hier wegkomen?'

Hij zweeg en schonk geen aandacht aan mijn vraag.

'Ze laten je nooit gaan,' ging ik verder.

'Dat zullen we nog weleens zien,' zei hij. 'Ik heb jullie toch? Ze zullen geen risico's nemen.'

Ik liet Puck los, aarzelde even, maar deed toen toch een paar stappen in de richting van het bureau. Camminga kwam overeind in zijn stoel en keek wantrouwend naar me op, waardoor ik halverwege bleef stilstaan.

'Dit kan toch nooit je bedoeling zijn geweest, Timo?' vroeg ik zacht. Het voelde nog steeds raar hem bij zijn voornaam te noemen. Maar ik moest wel, als ik kans wilde maken tot hem door te dringen. Een soort binding creëren waardoor hij gewilliger werd, misschien gevoeliger voor suggesties.

'Ach,' zei hij. 'Het gaat in het leven nou eenmaal nooit precies zoals je wilt.'

'Ik wil het begrijpen,' drong ik aan. 'Je hebt je dochter verloren. En je vrouw. Dat is triest, maar je bent niet de enige, Timo. Als iedere ouder die een kind verliest zou reageren zoals jij doet, dan...'

'Jij weet niets van mijn beweegredenen,' viel Camminga me bits in de rede. 'En je hoeft ze al helemáál niet te begrijpen.'

'Waarom doe je toch zo afstandelijk?' vroeg ik. 'Je zei dat je bij een hulpgroep voor ouders van een overleden kind bent geweest, heeft dat dan helemaal geen effect gehad?'

Hij keek naar me, zijn blik koel en onverschillig. 'Wat gaat jou dat aan?'

'Misschien niks, maar je houdt mij en mijn dochter hier gegijzeld. Denk je niet dat ik het recht heb om te weten...'

'Jij hebt helemaal nergens recht op!' snauwde Camminga, terwijl hij langzaam opstond en achter het bureau vandaan kwam. 'Jij had je er gewoon buiten moeten houden!'

'Buiten moeten houden?' riep ik geërgerd. 'Wie was het die mij dagenlang achtervolgde? Die me uit mijn slaap hield, me anoniem opbelde, me verdorie een ongeluk bezorgde? Jij, Timo! Jij hebt me hierbij betrokken en niemand anders!'

Zijn ogen werden donker van woede, de lijnen rond zijn mond verstrakten, een adertje in zijn hals begon driftig te kloppen. 'Ik heb je godverdomme toch niet gevraagd om hier naartoe te komen om de held uit te hangen?' beet hij me toe. 'Dat was je eigen keus!'

Ik werd witheet door zijn opmerking. 'Dus jij vindt dat ik mijn man en dochter aan hun lot had moeten overlaten?' schreeuwde ik. 'Wat denk je nou? Ik hou van hen, klootzak! Ik zou een pact met de duivel sluiten om ze weer veilig bij me te krijgen! En jij? Hoe zit het met jouw gezin? Kijk naar je dochter! Ze haat je tot op het bot! Ze...'

'Hou je kop!' viel Camminga me woedend in de rede, terwijl hij een waarschuwende vinger naar me opstak. 'Hou in godsnaam je kop! Je gaat te ver!'

Ik zag zijn felle ogen, zijn gezicht dat rood aanliep; ik hoorde zijn ademhaling versnellen, maar het kon me niets meer schelen. Ik moest nu alles eruit gooien, voordat ik zou ontploffen.

'Te ver?' Ik prikte met mijn vinger in zijn richting. 'Jíj bent te ver gegaan! Hoe heb je het allemaal in je zieke hersens gehaald? Mensen dwingen een orgaan af te staan! Godallemachtig! Je hebt mensenlevens verwoest, man!' Ik wees achter me, naar Puck, die ons nu met grote, maar nog steeds slaperige ogen angstig aanstaarde. 'En waag het niet te zeggen dat die baby van toen de *trigger* was tot jouw daden. Je hebt er zélf voor gekozen om ongelukkig te zijn. Zélf de keuze gemaakt om te zwijgen. Schuif jouw rotleven niet af op een onschuldig kind, maar draag je eigen verantwoording!'

Om mijn woorden kracht bij te zetten, deed ik een stap naar voren en wist vrijwel meteen dat dat een verkeerde beslissing was. In een flits trok Camminga het pistool tevoorschijn en duwde het tegen mijn borst.

'Nog. Eén. Woord,' fluisterde hij schor, bijna smekend.

Heel even dacht ik dat hij zou schieten, dat hij de trekker zou overhalen en er een einde aan zou maken. Mijn hart ging als een razende tekeer; mijn ademhaling leek te stoppen, terwijl we bewegingloos tegenover elkaar stonden. Het waren hooguit enkele seconden, maar voor mijn gevoel leken het minuten; minuten waarin Camminga me met woest fonkelende ogen aankeek.

'Heb je enig idee hoe het is om te leven met een schuldgevoel?' zei hij ineens, terwijl hij zich van me wegdraaide en terug naar het bureau liep. 'Hoeveel energie het kost om elke ochtend opnieuw je bed uit te komen en de dag te aanschouwen? De dag die net als alle andere zonder hen zal zijn?' Hij ging weer in de stoel zitten en keek me aan. 'Heel veel, Barbara. Ongelooflijk veel. Het vreet je van binnenuit op.'

Van verbazing wist ik even niets te zeggen. Zijn plotselinge stemmingswisseling verontrustte me en misschien kon ik beter geen antwoord geven. Als ik weer iets zei wat verkeerd op hem overkwam, kon hij weleens zó kwaad worden dat hij deze keer wél die trekker overhaalde. Maar niets zeggen kon net zo goed averechts werken.

'Ik ken het gevoel,' zei ik dus. En bij het zien van zijn blik: 'Ook mijn baby ging dood. Ik weet wat het is, dat gevoel van onmacht.

Van schuld. De vraag die je jezelf steeds stelt: had ik iets kunnen doen? En later: waarom héb ik niets gedaan.'

Hij knikte. 'Tien jaar lang heb ik voor mijn dochter gevochten maar pas na haar dood vond ik de oplossing.'

'Gedwongen transplantatie,' stelde ik.

'Het had haar kunnen redden.'

'En dus besloot je anderen te "redden".' Ik hoorde zelf hoe sarcastisch dat klonk, maar het leek hem niet op te vallen.

'Kinderen die er net zo beroerd aan toe waren als mijn Marit.' Hij keek op. 'Mijn bedoelingen waren niet slecht.'

'Niet slecht?' herhaalde ik. 'Je hebt mensen van een orgaan beroofd! Er is een man aan overleden! Hoezo, niet slecht?'

'Dat is nooit de bedoeling geweest!' riep hij. 'Er waren complicaties!'

'Die er niet waren geweest als die man zijn beide nieren nog had gehad,' zei ik koeltjes.

'Jouw man had zich nooit moeten terugtrekken,' ging hij verder. 'Het zou nog maar één keer zijn. Eén operatie om een kind te redden. Daarna zouden we ermee stoppen.'

Ik snoof. 'Dat zei je ook na de eerste keer, toch?'

'Wat zou jij doen als het jouw kind was?' riep hij nijdig.

'Dat weet ik niet,' zei ik eerlijk. 'Dat zijn keuzes die pas gemaakt kunnen worden als je er zelf voor staat.' Ik liep terug naar Puck en ging weer naast haar zitten. Terwijl ik haar tegen me aan trok en over haar haren wreef, vervolgde ik zacht: 'Net zoals Marcus die avond zijn keuze maakte op die donkere, verlaten weg en jij die van jou op vrijwel hetzelfde moment.'

'Het had allemaal niet zo moeten aflopen,' zei hij ineens zacht. 'Ik wilde ouders weer gelukkig maken, een kind een goed leven schenken. Een leven dat mijn dochter nooit gegund is.'

'En je andere dochter dan?' vroeg ik. 'Was zij het niet waard om je liefde aan te geven?'

'Daniëlle?' Hij glimlachte bitter. 'Daniëlle hing veel meer aan haar moeder. Marit was helemaal mijn kind.'

Het klonk cru, maar ik wist dat hij het op dit moment zo niet meende. Het gebeurde nou eenmaal. Het ene kind kon meer naar de vader trekken en de ander naar de moeder. Ik voelde me ineens gelukkig dat ik twee kinderen had die zowel aan Marcus als aan mij hingen.

'Daniëlle liet me niet toe in haar wereldje. En oké, misschien was dat de eerste jaren omgekeerd ook zo. Ik was te veel met mezelf bezig en met mijn plannen om de dochter van John en Marieke te redden.'

'En Annelien?' vroeg ik, denkend aan het iele vrouwtje dat nu ongetwijfeld beneden met haar baby in de keuken zat, wachtend op nieuws van haar man, die ze waarschijnlijk de komende jaren alleen nog maar in de gevangenis zou kunnen zien.

'Annelien was een leuke afwisseling,' zei hij. Hij wierp me een korte blik toe en sloeg toen zijn ogen weer neer, alsof hij zich schaamde. Toch was het geen schaamte, besefte ik. Deze man was niet in staat tot zulke gevoelens. Het was meer dat hij het voor zichzelf misschien als een soort zwakte had gezien.

'Mijn werk op het landgoed, afgewisseld met de avontuurtjes die ik had via de datingsite, waren voldoende om me op de been te houden,' ging hij verder. 'Meer had ik niet nodig. Maar Annelien drong zich op, beet zich in me vast als een pitbull in een houten stok, en uiteindelijk gaf ik toe, maar dat was meer omdat het goed zou zijn voor mijn imago. Het waren meestal getrouwde mannen met kinderen; zo zou ik zelf ook aan dat profiel voldoen.' Hij schudde somber zijn hoofd. 'Denk je dat ik zat te wachten op nog een kind? Ik gaf haar alleen een baby om haar zoet te houden. Af en toe een knuffel, af en toe wat seks, en ondertussen kon ik verdergaan met mijn plannen.'

Ik zweeg, wachtte op het vervolg dat niet kwam.

'Ik deed het voor de kinderen,' fluisterde Camminga uiteindelijk. 'Ik heb er geen spijt van.'

Er viel een ongemakkelijke stilte. Ik moest iets doen, besefte ik. Inspelen op zijn gemoedstoestand van dit moment.

'Timo,' zei ik, terwijl ik probeerde mijn stem vast te laten klinken. 'Dit kan nooit goed aflopen.'

Hij keek niet op, zat als gebroken op de stoel achter het bureau en staarde naar het wapen in zijn hand.

'Laat ons gaan, geef het op.'

Hij schudde zijn hoofd.

'Je hebt geen keus.'

'Er is altijd een keus.'

'In dit geval niet,' zei ik. 'Je komt hier niet weg. Kijk naar haar.' Ik knikte naar Puck, die ons nog steeds met knipperende ogen van vermoeidheid gadesloeg. 'Je bezorgt haar een trauma voor het leven. Ze...'

'Genoeg,' fluisterde hij.

'Ze gaat dit echt niet...'

'Genoeg!' schreeuwde hij.

Ik zag de woedende blik in zijn ogen weer oplichten.

'Probeer me niet te bespelen,' siste hij me toe. 'Door jou zit ik in deze shitzooi. Door jou en die slimme chirurg van je.'

'Dat is niet waar,' zei ik zacht. 'Tien jaar geleden heb je hiervoor gekozen. Dat is niet onze schuld. Het kon niet anders dan zo lopen, Timo. En nu is het voorbij. Ze laten je nooit gaan. Er is geen uitweg meer.'

'Geen uitweg meer?' gromde hij. 'Dacht je dat?' In een oogwenk stond hij op en richtte het pistool op Puck.

'Nee!' gilde ik. Ik gooide me opzij en schermde Puck af met mijn eigen lichaam, op het moment dat ik achter me een scherpe knal hoorde. In een fractie van een seconde bereidde ik me voor op de pijn, die niet kwam, en terwijl ik mijn armen nog steeds om Puck heen hield, keek ik om, juist op tijd om Camminga achterover te zien slaan. Bloed zat verspreid tegen de witte vitrages, de muur en de kussens in de vensterbank en meteen begreep ik het.

Hij had zichzelf door het hoofd geschoten!

Instinctief trok ik Pucks gezicht tegen me aan, zodat ze de aanblik van de dode man niet hoefde te zien. In de gang hoorde ik geschreeuw, snelle voetstappen, een harde dreun. De deur van de bibliotheek knalde open, houtsplinters vlogen rond, en meteen daarna stormden de mannen van het arrestatieteam naar binnen. Nog meer geschreeuw. Eén van de mannen kwam direct op mij en Puck af. Hij zag er dreigend uit, in zijn kogelwerend vest, zijn helm en het automatische wapen in zijn hand, en ik voelde hoe Puck zich tegen me aan drukte. Maar de stem van de man was vriendelijk, toen hij met zijn hand op mijn schouder vroeg of we in orde waren.

Als vanzelf knikte ik, maar eigenlijk ging het helemaal niet. Het was alsof mijn keel werd dichtgesnoerd door het besef wat er gebeurd was. Dat Timo Camminga dood was. Dat hij zijn wapen op Puck had gericht. Wat als hij werkelijk had geschoten…

'Kom,' zei de man. Hij hielp me overeind en tilde vervolgens Puck van de bank. Hij fluisterde haar iets toe, waardoor ze verlegen glimlachte en ondanks alles deed dat me goed.

Haastig nam de man ons mee de bibliotheek uit. Ik had niet eens de kans meer om naar Timo te kijken, maar vlak voordat we de gang op liepen, keek ik toch nog een keer om en zag nog net hoe drie man van het arrestatieteam hun wapens op de grond achter het bureau richtten. Op Timo, die daar lag. Was ik blij dat hij dood was? Ik wist het niet. Ik was volledig leeg vanbinnen.

De man leidde ons de gang door, tussen nog meer mannen door en duwde me met lichte dwang de trap af en vervolgens de grote hal van het landhuis in. Het stond er vol met mensen, politieagenten, ambulancepersoneel. De man van het arrestatieteam wenkte een verpleger om zich te ontfermen over Puck. Een andere verpleger kwam naar mij toe en sloeg een deken om me heen. Puck keek naar me op en ik glimlachte naar haar. Ze lachte terug, aarzelend, maar met de lach waar ik zo veel van hield.

Ik keek op en zag Marcus op een brancard zitten. Zodra hij mij in het oog kreeg, liet hij zich op de grond zakken en hinkte op ons af. Met zijn armen om me heen hield hij me zo stevig tegen zich aan dat ik bijna geen adem meer kon halen. Ik liet hem begaan, niet in staat iets te zeggen of te doen, maar zodra ik zijn vertrouwde armen om me heen voelde, brak er iets in me en pas toen liet ik mijn tranen de vrije loop. Het was over. Voorbij. En terwijl ik de verpleger met Puck aan de hand naar de ambulance zag lopen, dacht ik terug aan die avond in oktober. Aan het moment waarop ik haar voor het eerst vasthield en haar beloofde er altijd voor haar te zijn, haar nooit alleen te laten. Er zou een dag komen waarop we haar alles zouden moeten vertellen. Over het ongeluk, haar ouders, waarom we deden wat we deden. Want ondanks dat er nu niemand meer wist wat zich tien jaar geleden op die verlaten landweg had afgespeeld, had ze recht op de waarheid over haar afkomst; die konden, nee, móchten we haar niet onthouden. Heel even vroeg ik me af of ze zou begrijpen hoe ze ons leven gered had; ons gezin uit een diep dal had gehaald. En of ze ons ooit zou vergeven voor wat we gedaan hadden.

MERLIJN

Oostelijk gemaal, Landgoed Wâldstaete | zaterdag 22 november

Wat een tegenvaller dat hij er al was! Het liefst had hij vóór hun ontmoeting de omgeving onder de loep genomen, zodat hij niet voor verrassingen kwam te staan. Want hij zou niet blij zijn, meneertje Camminga.

Merlijn keek nog even om naar de verlaten weg die zo'n tweehonderd meter achter hem lag, en zag zijn auto als klein stipje in het weidse plaatje van grauwe regenwolken en uitgestrekte weilanden. Op de een of andere manier gaf het hem een veilig gevoel. Hij kon zo weer weg als het uit de hand liep. Hup, in zijn auto en wegwezen.

Eigenlijk was het een belachelijke plek om af te spreken. Waarom niet gewoon ergens in een café? 'Heb ik geen tijd voor,' had meneertje gezegd. 'Kom maar naar het gemaal aan de oostkant van het landgoed. Daar ben ik over een uur aan het werk.'

Geen tijd voor. Merlijn snoof. Als meneertje hoorde wat hij te zeggen had, zou hij vast de tijd wel nemen om met hem te praten.

Met grote stappen struinde hij door de kniehoge begroeiing in de richting van het gemaal, zacht vloekend omdat zijn sokken nat werden van het vocht dat door de naden van zijn schoenen kroop. Stomme plek. Stomme kerel. Het was te begrijpen dat Daniëlle een hekel aan hem had.

Daniëlle. Door haar had zijn leven weer zin gekregen. Hij had op het randje gebalanceerd toen zij op het forum verscheen. Haar eerste bericht, het verdriet dat hij erin gelezen had; hij had ineens begrepen dat zijn eigen problemen maar futiel waren vergeleken bij de pijn die Daniëlle al zo veel jaren met zich meedroeg. Ze hadden ergens afgesproken, na een poosje, en al bij hun eerste ontmoeting had hij geweten dat hij haar nooit meer kwijt wilde. Maar hij wist ook dat Daniëlle moeilijk te bereiken was; ze had een enorme kasteelmuur om zichzelf heen opgetrokken en het zou tijd kosten om die af te breken. Het was zelfs maar de vraag of hem dat ooit ging lukken. Zijn plan was om haar mee te nemen, ver weg bij haar vader vandaan. Dan kon ze eindelijk zichzelf zijn. En deze afspraak was daar het begin van; hierna zou hij de mogelijkheid hebben haar weg te rukken uit het leven dat haar alleen maar benauwde en ongelukkig maakte. Zo ongelukkig dat ze volgens hem nog steeds met het plan rondliep om eruit te stappen, iets wat hij op wat voor manier dan ook wilde voorkomen.

'Je bent laat,' zei een stem.

Merlijn maakte nog net geen sprong opzij van schrik. Links van hem, van achter het gebouwtje van het gemaal, was Camminga opgedoken. Daniëlles vader. Ze leek op hem. Dezelfde oogopslag. Dezelfde trotse houding.

'Wat wil je ook, als je me eerst een halve kilometer door de wildernis laat worstelen,' zei hij geprikkeld. Hij draaide even met zijn schouders, die nog behoorlijk zeer deden van de aframmeling die zijn vader hem twee dagen terug had gegeven.

Camminga reageerde niet, nam hem alleen maar vorsend op. Of nee: nieuwsgierig. En dat was goed. Hij was dus bereid om naar Merlijn te luisteren.

'Wat wil je?' vroeg Camminga, terwijl hij zijn handen afveegde aan een doek die over de reling langs het water hing.

'Een vergoeding,' zei Merlijn.

Met opgetrokken wenkbrauwen keek Camminga hem aan, voordat hij een scheef lachje produceerde. 'Een vergoeding?' herhaalde hij. 'Voor wat?'

'Voor wat we… ik gezien heb.'

Camminga gooide het doekje terug over de reling en wenkte

Merlijn hem te volgen. 'Ik begrijp dus dat je iets gezien hebt en daar geld voor wilt hebben,' zei hij, terwijl ze bij het gemaal wegliepen in de richting van het bos in de verte.

Merlijn knikte, niet goed wetend of het wel verstandig was om met Camminga mee te gaan. Híj was tenslotte op bekend terrein en Merlijn niet. Hij zweeg, en probeerde ondertussen Camminga bij te houden, die met flinke pas het weiland in zuidelijke richting doorkruiste.

Ook Camminga zei niets meer, totdat ze uiteindelijk, na een minuut of tien, bij de bosrand aankwamen. Ze liepen een klein stukje tussen de bomen door, waar een kleine schuur stond. Een meter of honderd verder stond een boerderij met een rieten dak. Of er iemand woonde, kon Merlijn niet zien.

Camminga haalde een sleutel uit de zak van zijn waxjas, ontsloot de deur van het schuurtje en ging naar binnen. Merlijn bleef een beetje verloren buiten staan. Hij had iets heel anders verwacht van dit gesprek. Wat precies, dat wist hij niet, maar in ieder geval hoorde een trektocht over het landgoed er geen onderdeel van te zijn.

'Om te zwijgen, neem ik aan?' zei Camminga, toen hij weer naar buiten kwam met een vreemd uitziend voorwerp – een grote tang? – in zijn hand.

Merlijn deed een stap naar achteren en knikte opnieuw, aarzelend.

'Dat noemen ze chantage, geloof ik,' merkte Camminga op. Hij deed de deur weer op slot en draaide zich naar Merlijn, die onwillekeurig nog een stapje naar achteren deed en zijn blik nauwelijks van het stuk gereedschap in Camminga's hand kon losrukken. Camminga grijnsde. 'Wees maar niet bang, hoor,' zei hij. 'Ik ga hier heus je tanden niet mee trekken.'

Het ding moest minstens twintig kilo wegen, bedacht Merlijn. Wat had hem in vredesnaam bezield om hiernaartoe te gaan? Om überhaupt Daniëlles vader te willen chanteren? Er zou geen haan naar kraaien als Camminga hem hier ter plekke zou doodslaan.

Camminga bleef echter gewoon staan en bekeek Merlijn met een uitdrukking in zijn ogen die het midden hield tussen vermaak en compassie. Was dat de blik van een man die zomaar iemand zou ombrengen? Niet echt. Maar je wist het nooit. Danielle had gezegd dat haar vader onvoorspelbaar was. Daarom had ze ook niet gewild dat Merlijn er ooit met hem over zou praten wat ze gezien hadden. Ze zou woest zijn als ze het hoorde.

'Wat had je voor bedrag in gedachten?' vroeg Camminga. Hij liet de sleutel van de schuur terug in zijn zak glijden en zette weer koers naar het gemaal.

Haastig liep Merlijn achter hem aan. 'Vijftigduizend euro,' zei hij.

Camminga reageerde niet, alsof Merlijns woorden hem niet bereikten, maar toen ze het bos weer uit liepen en het weiland in stapten, keek hij opzij en herhaalde: 'Vijftigduizend euro.' Hij glimlachte. 'En wat zou jij dan gezien moeten hebben wat dat bedrag waard is?'

Merlijn aarzelde. 'We zagen... ik zag u...' Hij schraapte zijn keel. 'Met die wethouder.'

Het leek Camminga weinig te interesseren. 'En?'

'Jullie, eh... deden het tegen de motorkap. En daarna hebt u hem in uw auto gedwongen.'

'Zijn auto,' verbeterde Camminga.

'Wat?'

'Het was zijn auto. Niet de mijne.'

'Vier weken later was hij anders wel dood,' zei Merlijn. 'En dat heeft te maken met wat er op die parkeerplaats gebeurde. Dat weet ik zeker.'

'O, dat weet je zeker?'

Merlijn knikte. 'En als ik dat geld niet krijg, dan ga ik naar de politie.'

In de verte doemde het gemaal weer op, met daarachter een antracietgrijze lucht waarin zwarte strepen een naderende bui aankondigden. Camminga zei niets, liep door tot ze bij het gebouw stonden, waarvan hij de zijdeur opentrok. Hij ging naar binnen en liet Merlijn staan, die niet zo goed wist wat hij nu moest doen. Weggaan? En dan? Het gesprek was nog helemaal niet afgelopen. Hij wilde weten waar hij aan toe was. Geld of de politie.

Gedurende een minuut of vijf hoorde hij allerlei geluiden in het gemaal, waaruit duidelijk bleek dat Camminga iets aan het repareren was. Toen hij weer naar buiten kwam, zagen zijn handen opnieuw zwart en hij greep het doekje weer van de reling langs het water.

'Opdonderen,' zei hij.

Merlijn staarde hem aan.

'Vooruit,' zei Camminga. 'Wegwezen.'

'M-maar...' stamelde Merlijn. 'De politie...'

'Denk je nou heus dat die jou gaan geloven?' beet Camminga hem toe. 'Doe me een lol.' Hij maakte een beweging met zijn hand. 'Opzouten!'

De eerste druppels begonnen te vallen en Camminga keek verstoord naar de lucht. 'Ook dat nog,' mompelde hij. Hij richtte zijn blik weer op Merlijn en zei: 'Eén ding. Mocht de politie tóch aan mijn deur komen door jou, dan zorg ik er persoonlijk voor dat je Daniëlle nooit meer te zien krijgt. Begrepen?'

Merlijn was te verbouwereerd om te antwoorden. Hoe wist Camminga dat Daniëlle en hij met elkaar omgingen? Hij voelde hoe zijn maag verkrampte. Betekende dat ook dat Camminga wist dat Merlijn niet alleen was toen hij hem met die wethouder zag? O jezus. Hij zou Daniëlle toch niet op het matje roepen? Hij greep Camminga bij zijn arm vast, maar die trok zich los. Hij wierp Merlijn nog een koele blik toe en liep toen zonder een woord te zeggen weg.

Merlijn keek hem na, verbijsterd. Wat moest hij nu doen? In ieder geval Daniëlle waarschuwen dat haar vader alles wist! Snel haalde hij zijn mobiel uit zijn jaszak, negeerde de tientallen nog ongelezen appjes en belde naar Daniëlle. Er werd niet opgenomen. *Fuck!*

Haastig opende hij Whatsapp en typte:

Moet je spreken.

Belangrijk.

Wacht op je bij

oostelijk gemaal.

xx

Ongeduldig staarde hij naar het display. Ze was vijf minuten geleden nog online geweest. Nu niet meer. Maar ze had haar mobiel altijd bij zich, dus ze zou zijn bericht snel zien. Met schuldgevoel keek hij naar de door haar aan hem verzonden appjes van vandaag. Hij wist dat het er veel meer waren, maar zijn mobiel was naar de filistijnen gegaan nadat zijn vader hem weer eens een aframmeling had gegeven en hij de hele donderdagmiddag buiten westen op de keukenvloer had gelegen. De vrijdag had hij doorgebracht in bed, met een handvol pijnstillers, zich afvragend wanneer hij eindelijk het lef zou hebben om zich van zijn vader los te maken. Van een vriend had hij vanmorgen een mobieltje kunnen overnemen, maar toen wilde hij eerst met Daniëlles vader gaan praten. Het moest een verrassing voor Daniëlle zijn. Samen weg, met geld om een eigen – nieuw – leven op te bouwen. Maar het zou niet zo zijn. Dit hele plan was vanaf het eerste moment niet levensvatbaar geweest. Hoe had hij het in zijn hoofd gehaald om Camminga te willen afpersen? Zonder een flintertje bewijs! Nee, het was over en uit; alles zou bij het oude blijven, hoe ellendig dat ook was.

Het tweede vinkje verscheen naast het verzonden bericht. Yes! Ze had het gelezen! Het werd bevestigd door een kort berichtje terug:

Ben onderweg.

xx

Hij propte de mobiel terug in zijn zak en haalde zijn sigaretten tevoorschijn. Dat de regen in straaltjes langs zijn gezicht liep kon hem niet schelen. Met bevende handen inhaleerde hij diep en duwde zijn rug tegen de muur van het gemaal, waar het net even wat droger was.

Toen een klein kwartiertje later de stromende regen overging in zacht gemiezer, hoorde Merlijn het geluid van naderende voetstappen door het gras. Hij nam nog een laatste trek van zijn – inmiddels derde – sigaret, liet hem op de grond vallen en trapte hem uit. Terwijl hij zich afvroeg waarom hij eigenlijk niet in zijn auto was gaan zitten wachten, zette hij zijn kraag wat hoger op en stapte bij het gemaal vandaan.

'Jij!' zei hij verbaasd, toen hij de vrouw zag. Wat deed zij hier nou?

'Wat een plek om af te spreken,' zei ze.

Hij zag haar kinderlijke, fijne gezichtje onder de grote capuchon van de waxcoat die ze droeg, en wist niet zo goed wat hij terug moest zeggen, behalve: 'Waar is Daniëlle?'

'Thuis, ergens,' zei de vrouw.

'Maar ze zou hierheen komen!'

De vrouw glimlachte op een manier die Merlijn de kriebels gaf. Ze deed een stapje naar voren tot ze ongeveer een meter bij Merlijn vandaan stond, en zei: 'Je moet niet denken dat jij zo belangrijk bent voor Daniëlle.'

'W-wat?' vroeg hij.

Ze zuchtte. 'Daniëlle is nog een kind. Ik weet niet wat jij je allemaal in je hoofd gehaald hebt, of wat je Daniëlle allemaal hebt aangepraat, maar jullie relatie, voor zover je daarvan kunt spreken, is gedoemd te mislukken.'

Merlijn staarde haar aan. 'Waar bemoei jij je mee?' vroeg hij toen.

'Met Daniëlle,' zei ze. 'Ik ben nu haar moeder, ik ben verantwoordelijk voor haar. Jullie… relatie eindigt hier en nu. Ze is veel te jong. Voor jou.'

Even stond hij met zijn mond vol tanden. Maar toen lachte hij, al was het niet van harte. 'Ik denk dat Daniëlle dat heel goed zelf kan beslissen.'

De uitdrukking op haar gezicht verhardde. Ze deed nog een klein stapje naar voren en fluisterde: 'Ze is te jong,' zei ik. En dat jullie seks hebben gehad heeft helemaal niets te betekenen. Sterker nog, dat is verboden. Als jij Daniëlle niet met rust laat, kon dat weleens verkeerd voor je uitpakken, begrijp je?'

'Ze is zestien,' wierp Merlijn tegen. 'Ze wilde het zelf. Dat is niet strafbaar.'

'Maar ze was vijftien toen jullie het voor het eerst deden,' zei de vrouw. 'Toch?'

Merlijn keek haar aan, zag de helblauwe ogen en voelde zich misselijk worden. Hoe wist ze dat? Had Daniëlle haar dat verteld? Onmogelijk. Ze had een hekel aan haar stiefmoeder. Die had ze echt niet verteld dat ze met iemand naar bed was geweest. Het idee alleen al. 'Waar is Daniëlle?' vroeg hij opnieuw. 'Heeft zij mijn berichtje gezien?'

De vrouw glimlachte weer. 'Waarom denk je dat ík hier ben en niet Daniëlle? Ze was net even naar het toilet toen jouw berichtje binnenkwam. Haar pincode was makkelijk te raden: de sterfdatum van haar moeder. En naderhand heb ik alles natuurlijk gewist.'

Verbijsterd staarde hij haar aan.

Ze zag zijn blik en schudde haar hoofd. 'Je had toch niet gedacht dat ik haar hier zomaar naartoe zou laten gaan?' Kalmpjes schoof ze de capuchon van haar hoofd en meteen deed een windvlaag haar haren opzij wapperen. 'Het is over tussen jullie,' ging ze verder. 'Vergeet haar. Net zoals zij jou ook snel genoeg zal vergeten.'

Een ongekende woede maakte zich van hem meester. Vergeten? Wat bezielde dat mens? Alsof zij dat zomaar even voor hen kon beslissen. 'Het is pas over tussen ons als Daniëlle me dat persoonlijk heeft gezegd,' siste hij.

‘Een heroïsch mannetje,’ merkte de vrouw nog steeds glimlachend op.

‘En dat ze vijftien was… dat zullen we allebei ontkennen.’

Nu verdween de glimlach en maakte plaats voor iets wat Merlijn niet kon thuisbrengen. Woede? Haat?

‘Een surrogaatmoeder,’ zei ze langzaam. ‘Zo noemde ze me. Alsof een surrogaatmoeder voor haar zou doen wat ik allemaal doe.’ Ze keek hem hooghartig aan. ‘Er komt een dag dat ze dat beseft, weet je. Ze begon al bij te draaien.’

Steeds opnieuw zette ze een stapje naar voren, tot ze vlak voor hem stond, maar Merlijn weigerde zich te laten intimideren door zo’n iel vrouwtje en bleef roerloos staan. Hij had geen flauw idee hoe dit ging aflopen, maar hij zou haar absoluut niet haar zin geven. Nooit. Hij maakte zich nog wat groter door zijn rug te strekken en heel even dacht hij dat die beweging de vrouw afschrikte en ze zich ging terugtrekken, maar in plaats daarvan boog ze zich naar hem toe en fluisterde: ‘En denk maar niet dat ik me haar door jou laat afpakken!’

Het volgende moment duwde ze hem met kracht naar achteren. Zijn hoofd sloeg met een misselijkmakende klap tegen de muur van het gemaal, waardoor hij opzij viel en met zijn slaap op de ijzeren reling langs het water smakte. Als een lappenpop gleed hij op de grond. Sterren draaiden voor zijn ogen en vloeiden samen tot een veelkleurig geheel. Hij probeerde overeind te komen, maar kon zich amper bewegen en langzaam zakte hij weg in een overweldigende zee van licht. Hij voelde hoe de vrouw zijn autosleutels en mobieltje uit zijn zak pakte en hem vervolgens met haar voet een zetje gaf. Het leek alsof hij in een duizelingwekkende afgrond viel, dieper en dieper, voordat zijn lichaam het water raakte en alles om hem heen zwart werd.

DANK AAN

- Puck Vermeulen;
- Dr. A. Verbeek;
- Brigitte Plagge;
- mijn vader;
- Lydia Nijman;
- Manon Hendriks;

en natuurlijk Ilse Karman en Sanneke van Duijn.